우리가 사랑한 세상의 모든 책들

BIBLIOPHILE

THE WIND-UP BIRD CHRONICLE
ADICHIE
a room of one's own
Virginia Woolf
The Hogarth Press
JAMES BALDWIN
GO TELL IT ON THE MOUNTAIN
HARPER LEE
TO KILL A Mockingbird
The Brief Wondrous Life of Oscar Wao
Junot Díaz
BELOVED
Toni Morrison
The Hitchhiker's Guide to the Galaxy
Little Women
THE GOD OF SMALL THINGS
AUSTEN
EMMA
DICKINSON
A Tale of Two Cities
F. SCOTT FITZGERALD

우리가 사랑한
세상의 모든 책들

BIBLIOPHILE

제인 마운트 쓰고 그림
by Jane Mount
진영인 옮김

아트북스

일러두기

- 단행본 · 잡지 · 신문 · 앨범 제목은『 』, 영화 · TV프로그램 · 노래 · 시 제목은「 」로 표기했습니다.
- 인명과 지명 등의 외래어 표기는 국립국어원의 규정을 따르는 것을 원칙으로 했습니다.
- 책에 소개된 도서는 국내에 번역 출간된 경우 출간명을 그대로 썼고, 그 외에는 원제를 병기했습니다.

"책 또한 별이리라,
어둠을 밝히는 살아 있는 불이며,
팽창하는 우주를 향해 앞장서 나아간다."
_매들렌 렝글

케플러와 피닉스를 위하여:
책도 별도 다함이 없을지어다.

차례

서문

이 책의 목표는 당신의 '책더미'를 세 배로 늘리는 것이다. 이 책은 일종의 문학적 '호기심의 방'으로, 이곳에서 당신은 갖가지 이유로 당신이 좋아할 만한 책들과 만나게 될 것이다. 책의 주제가 마음에 들어서일 수도 있고, 근사한 지역 도서관에서 마주쳐서, 혹은 표지에 귀여운 고양이가 있어서일 수도 있다. 열정적인 책 소개 문구로 가득한 인기 서점의 이동식 책꽂이처럼, 이 책에는 책을 찾는 이를 위한 특별한 무언가가 있다. 책을 펴볼 때마다 지금까지 내가 왜 몰랐지 싶은 보석을 하나씩 발견하게 될 것이다.

안경과 치아교정기를 뺀 후의 내 모습

나는 친구가 얼마 없는 수줍음 많고 조금은 이상한 아이였다. 그리고 많이들 그러하듯 더 나은 세상을 찾아 책에 의지했다. 독서를 하고 그림을 그리며 혼자만의 행복한 오후를 보내는 날이 많았다. 인류학으로 학위를 딴 후, 짧은 기간이지만 미술학교를 다녔고, 수년간 인터넷 사업을 하다가 다시 그림 그리기에 본격적으로 뛰어들었다. 나는 남편과 함께 맨해튼의 작은 아파트에서 살았다. 우리 집 붉은 다이닝룸 식탁을 작업대 삼았는데, 바로 옆에 책이 가득한 책장이 있었다. 텅 빈 종이를 앞에 두고 어쩔 줄 몰라 하다 일단 뭐라도 시작하자는 마음으로 그 책들을 그리기 시작했다. 한 친구가 집에 왔다가 내 그림을 보더니 이렇게 말했다. "이 그림들을 지금 당장 다 사고 싶어." 내 작업을 보고 누군가 그렇게 즉각적으로 반응하는 경우는 처음이었다. 그래서 나는 깨달았다. 책이 사랑스럽게 보이도록 만드는 무언가가 있다는 사실을.

처음 책을 그릴 때의 나는 디너파티를 훔쳐보는 사람 같았다. 친구들의 책을 책장에 꽂힌 그대로 베껴 그렸으니까.

← 내가 가장 좋아하는 책! (『팬텀 톨부스』, 볼스아이북스 1996년 페이퍼백)

그러다 사람들에게 질문을 하는 쪽이 더 재미있다는 사실을 알게 되었다. '당신을 드러내는 책을 골라줄래요?' '가장 좋아하는 책은?' '당신이 생각하는 이상적인 서가에는 어떤 책을 두고 싶나요?' 우리 모두에게는 아끼는 책이 있다. 아마도 가슴에 끌어안고 처음으로 다른 이에게 이야기한 책일 것이다. 어쩌면 세상 보는 눈을 영영 바꾸어버린 책일 수도 있다. 많은 사람들은 이런 책을 몇 권씩 갖고 있다. 책장 선반에 가지런히 그려넣으면 이 책들은 하나의 이야기가 된다. 우리가 어떻게 살았는지, 우리의 신념이 무엇인지, 그리고 우리가 누구인지에 대해 이야기해준다.

얼마 지나지 않아 자신들의 참사랑을 그림으로 남기고 싶은 애서가들과, 또 애서가들에게 정성어린 선물을 하고 싶은 사람들로부터 그림을 그려달라는 의뢰를 받기 시작했다. 때때로 선물을 하고 싶다며 '이상적인 서가'를 그려달라고 부탁하는 사람들이 있는데, 나중에 선물 받은 사람이 무척이나 좋아했다는 편지를 보내오곤 한다. 그림도 마음에 들고 자기가 아끼는 책이 무엇인지 알고 싶어한 의뢰인의 노력도 가슴에 와닿는다며 행복한 눈물을 흘린다고. 세상에서 행복의 눈물을 흘리게 하는 일보다 더 좋은 일은 없다.

2008년 이래로 나는 이상적인 서가를 1000점 넘게 그렸다. 책등은 1만5000권쯤 그렸는데, 여러 번 반복해 그린 책들이 제법 있다. 다음은 내가 가장 자주 그린 책들이다. 위에서부터 자주 그린 순서로 나열했다. (『앵무새 죽이기』가 나머지를 크게 앞질렀지만, '해리포터' 시리즈 일곱 권을 미국과 영국판 둘 다 포함해서 하나로 친다면 2등과 별 차이 나지 않을 것이다.) 이 책들은 진짜 고전이다. 많은 사람들을 바꾸고 영감을 주고 삶의 질문에 답을 주는 책 말이다.

그런데 모든 책은 그런 힘을 갖고 있다. 어떤 책이 고전인지 아닌지는 굳이 판단하지 않겠다. 적절한 순간에 읽는다면 어떤 책이든 내 삶을 더 좋게 만들 수 있고, 우주와 그 안의 모든 사람들을 더 잘 이해하도록 돕는다. 내가 그린 책장의 주인들은 작가, 교사, 생물학자, 요리사, 건축가, 음악가, 유치원생, 은퇴한 사람들, 무신론자와 불교신자, 타투 아티스트, 노인과 변호사 등 정말 다양하다. 사람들은 장르를 가리지 않고 순문학과 대중문학 둘 다 그려달라고 한다. 여기에 시집, 수필, 회고록, 만화, 단편집, 여행서, 역사서, 과학서, 자기계발서, 요리책, 아트북과 (독자가 어린이나 청소년이 아닌 경우에도) 어린이책과 청소년책까지. 사람들은 그들이 사랑하는 것을 사랑한다.

당연한 얘기지만 이 일을 하며 나는 책에 대해 많이 배웠다. 이 일을 하지 않았다면 몰랐을 많은 책들을 읽었고, 이른바 침대 옆 탁자 구실을 하는 책더미에 수백 권의 책을 추가했다. 내가 새로 알게 된 것들 중 일부를 이 책을 통해 다양한 방식으로 나누려 한다. 사소하지만 재미난 정보, 재치 있는 퀴즈, 책 좋아하는 사람의 프로필과 사랑스러운 책방 투어 같은 것으로 말이다. 물론 추천도서에 오르는 주제별 명저들의 책더미도 포함되어 있다. 어디에나 굉장한 놀라움이 있으니 당신이 특히 좋아하는 장르에서 주저 말고 벗어나도 좋다. 이 마법의 작은 문들 가운데 어떤 길을 통하더라도 (어쩌면 많은 길을 통해) 당신은 새로운 책과 만나 사랑에 빠질 것이다. 그래서 그 책에 담긴 새로운 세상을 사랑하게 될 것이다.

그리고 당신이 어느 책 한 권을 사랑하면, 많은 사람들도 그렇다는 데에 의심의 여지가 없다. 그러한 사랑 덕분에 우리는 서로 인연을 맺고 이 세상에 혼자가 아니라는 기적 같은 감정을 느끼게 된다. 이것이 모든 책을 꿰뚫는 요지다. 책은 다른 사람이 이 세상을 보듯 우리가 세상을 보게 해주고 서로를 이해하도록 도우며, 우리 모두는 같은 인간이라는 점을 일깨워준다.

HARPER LEE
TO KILL A Mockingbird
HARPER
The GREAT GATSBY
FITZGERALD
SCRIBNERS
the CATCHER in the RYE
J. D. SALINGER
LITTLE, BROWN
Pride & Prejudice
JANE AUSTEN
TRIANGLE BOOKS
ROWLING
YEAR 1
HARRY POTTER
AND THE SORCERER'S STONE
SCHOLASTIC
Charlotte Brontë
JANE EYRE
Penguin Classics Deluxe Edition
J.R.R. TOLKIEN
THE LORD OF THE RINGS
50TH ANNIVERSARY EDITION
Harper Collins
STEINBECK
EAST OF EDEN
VIKING
Anne of Green Gables
L.M. MONTGOMERY
Little Women
Louisa MAY Alcott
PENGUIN CLASSICS DELUXE EDITION
The Little Prince
ANTOINE DE SAINT-EXUPÉRY
Harcourt, Brace & World

도서 목록: 220쪽 참조

WILLIAM STEIG · AMOS & BORIS · Farrar, Straus and Giroux
FERDINAND LEAF and LAWSON VIKING
The Cat at Night Dahlov Ipcar ISLANDPORT PRESS
willems Don't Let the Pigeon Drive the Bus! hyperion/dbg
David McKee ELMER
Boynton Moo, BAA, LA LA LA!
Matt de la Peña · Christian Robinson LAST STOP ON MARKET STREET Putnam
Eric Carle THE VERY HUNGRY CATERPILLAR Philomel
Brown/Hurd GOODNIGHT MOON Harper & Row
JERRY PINKNEY THE LION & THE MOUSE Little, Brown
Carson Ellis Du Iz Tak? Walker Books
Krouse Rosenthal/Corace Little Pea chronicle books
EZRA JACK KEATS THE SNOWY DAY VIKING
MAURICE SENDAK IN THE NIGHT KITCHEN HARPERCOLLINS
THE FOX AND THE STAR CORALIE BICKFORD-SMITH
B.J. Novak The Book With No Pictures
FREEMAN Corduroy VIKING
Johnson HAROLD AND THE PURPLE CRAYON HarperTrophy
BOUTAVANT AROUND the WORLD with MOUK Chronicle books
SilverStein THE GIVING TREE HarperCollins
MADELINE by LUDWIG BEMELMANS THE VIKING PRESS
Doi Chirri & Chirra Enchanted Lion Books
McCLOSKEY BLUEBERRIES FOR SAL VIKING
OLIVER JEFFERS PRESENTS THE INCREDIBLE BOOK EATING BOY PHILOMEL
Rathmann GOOD NIGHT, GORILLA Putnam
Jacqueline Ayer The Paper-Flower Tree Enchanted Lion Books
THOMPSON/KNIGHT ELOISE SIMON & SCHUSTER
Richard Scarry's BUSY, BUSY WORLD Golden Press
The Little Engine That Could
Mercer Mayer Liza Lou and the Yeller Belly Swamp Parents' Magazine Press · New York
Oh, the Places You'll Go! Dr. Seuss Random House
The VELVETEEN RABBIT Margery Williams Doubleday
BEGINNER BOOKS Go, Dog. Go! Eastman
McBRATNEY · JERAM GUESS HOW MUCH I LOVE YOU CANDLEWICK PRESS
Bruno Munari's ZOO chronicle books

도서 목록: 220쪽 참조

그림책

최초의 어린이 그림책은 1658년에 요한 아모스 코메니우스(Johann Amos Comenius)가 “기지 있는 아이들을 이끌기 위해” 만든 교과서 『세계도해(Orbis Sensualium Pictus)』, 혹은 『세계 최초의 그림 교과서』로 알려져 있다. 우리가 지금 보는 그림책과 더 비슷한 형태는 1800년대 후반에 등장했다. 영국의 일러스트레이터 랜돌프 칼데콧(Randolph Caldecott) — 해마다 어린이 그림책 삽화가에게 수여하는 문학상인 칼데콧상은 그의 이름에서 따왔다 — 은 그림이나 글 중 하나가 이야기를 이어갈 수 있는 작품을 창작했다. 모리스 샌닥(Maurice Sendak)의 표현을 빌리자면 “그림과 글을 독창적으로 병치한” 작품 말이다. 그림책이 성공을 거두게 된 것은 1930년대 말에서 1940년대 초, 사이먼&슈스터 출판사가 품질은 좋지만 값은 적당한 ‘리틀 골든북’ 시리즈를 내고 닥터 수스(Dr. Seuss)라는 필명으로 시어도어 가이절(Theodore Geisel)이 책을 쓰면서부터의 일이다.

마거릿 와이즈 브라운(Margaret Wise Brown)은 100권 넘는 책을 썼다(『잘 자요, 달님』 『엄마, 난 도망갈 거야』 『리틀 퍼 패밀리(Little Fur Family)』 등). 그녀는 짧지만 매력적인 삶을 살았다. 처음 받은 인세를 꽃 한 수레를 사는 데 다 쓰고, 남녀 모두와 진지한 관계를 가졌으며 (나이가 훨씬 어린) 록펠러 가문 사람과 약혼을 했다. 평생 비글을 길렀고 사냥개들과 함께 다니며 토끼들을 쫓았다(도망가, 토끼들!). 그녀는 마흔둘의 나이로 세상을 떠났는데, 맹장수술을 받은 뒤 기분이 얼마나 좋은지 간호사에게 보여주려고 다리를 차올렸다 혈전이 떨어져 나가 색전증을 일으키고 말았다.

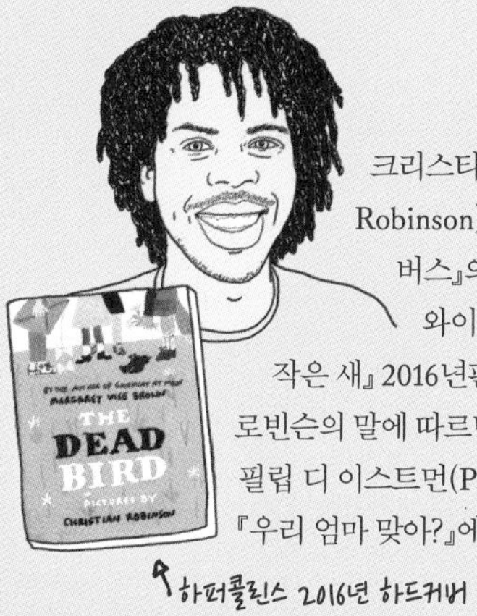

크리스티안 로빈슨(Christian Robinson)은 『행복을 나르는 버스』의 그림 작가다. 마거릿 와이즈 브라운의 『잘 가, 작은 새』 2016년판의 그림도 맡았다. 로빈슨의 말에 따르면 그는 어린 시절부터 필립 디 이스트먼(Philip Dey Eastman)의 『우리 엄마 맞아?』에 빠져 살았다.

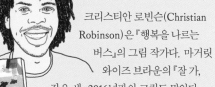

『내 모자 어디 갔을까?』는 존 클라센(Jon Klassen)의 첫 책이다. 글도 쓰고 그림도 그렸다.

2016년 맷 데 라 페냐(Matt de la Peña)는 『행복을 나르는 버스』로 뉴베리상을 받았다. 소년이 할머니와 함께 (차가 없기 때문에) 버스를 타고 가며 세상을 배우는 이야기다.

더 읽고 싶다면

『작은 집 이야기』 | 버지니아 리 버튼
『미스 럼피우스』 | 바버러 쿠니
『탁탁 톡톡 음매~ 젖소가 편지를 쓴대요』 | 도린 크로닌(글), 베시 르윈(그림)
『달을 먹은 아기 고양이』 | 케빈 헹크스
『포키 리틀 퍼피(The Pocky Little Puppy)』 | 자넷 세브링 로우리
『달을 줄 걸 그랬어』 | 존 무스
『이건 상자가 아니야』 | 앙트아네트 포티스
『용은 타코를 좋아해』 | 아담 루빈(글), 대니얼 살미에리(그림)
『북극으로 가는 기차(The Polar Express)』 | 크리스 반 알스버그
『부엉이와 보름달』 | 제인 욜런(글), 존 쇤헤르(그림)

사랑받는 서점들

이 고양이의
이름은 케이크
이 근사한
자판기들은
펭귄출판사가
1930년대
런던에서 선보인
페이퍼백 자판기
펭귄큐베이터에서
힌트를 얻었다.

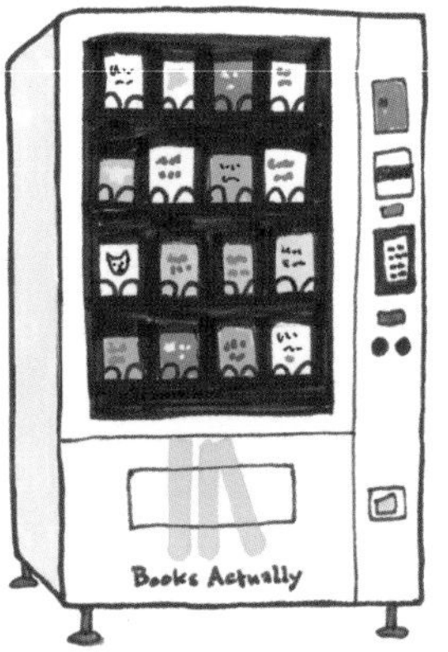
Books Actually

북스액추얼리

싱가포르, 싱가포르

서점은 하나지만 북스액추얼리(BooksActually)는 싱가포르와 그 너머에도 특별하게 존재한다. 도시 곳곳에 자동판매기를 두어 싱가포르 작가들의 책을 전시하는 동시에 전 세계로 책을 배송한다. 이곳은 온라인으로 시작해 2005년에 매장을 열었다. 외서, 국내서, 신간과 희귀본을 다루고 있다. 자판기는 싱가포르 국립박물관, 싱가포르 관광안내소, 굿맨아트센터, 국립예술위원회 등에 설치되어 있다. 서점에서는 당장 사람들이 책을 사지 않아도 싱가포르 작가들의 이름에 익숙해지길 바라고 있다.

카리스 북스 & 모어

미국, 조지아주, 애틀랜타

카리스 북스 & 모어(Charis Books & More)는 1970년대에 문을 열어 아직도 영업 중인 보기 드문 페미니스트 서점 가운데 하나다. 카리스는 샌프란시스코의 올드와이브즈테일즈(Old Wives' Tales), 보스톤의 뉴워즈(New Words), 워싱턴D. C의 래머스(Lammas) 등 그 시절의 활기찬 흐름을 타고 문을 연 기념비적인 가게들을 지금껏 꿋꿋하게 운영해왔다.

카리스는 '우아함' 또는 '선물'을 뜻한다. 설립자 린다 브라이언트는 그녀가 가게를 열 수 있게 금전적 도움을 준 친구를 기념하는 의미에서 그 이름을 골랐다.

카리스 북스는 1996년에 카리스 서클과 함께 교육 및 사회정의 프로그램을 갖추었다. 이 비영리 조직은 예술가, 작가, 활동가와 손잡고 한 해에 250가지가 넘는 행사를 개최한다. 글쓰기 모임, 누구나 참여하는 시 낭송회, 아이들의 이야기 시간, 요가 수업, 합동 회의 등으로 애틀랜타의 페미니스트 공동체를 대상으로 한다.

폴리틱스 앤드 프로즈

미국, 워싱턴 D.C

폴리틱스 앤드 프로즈(Politics and Prose)는 이름처럼 정치에 뿌리를 두고 있다. 카를라 코언은 카터 행정부 임기가 끝나면서 일자리를 잃은 후 서점을 열었다. 현재 주인 가운데 한 명인 리사 무스카틴은 힐러리 클린턴의 참모였다. 그렇다고 오픈 초기에 이곳에 온 사람들의 예상과 달리 서점은 정치 서적만 다루지는 않는다. 책방에는 거의 모든 분야의 책이 있다. 서점의 이름은 서점이 자리한 워싱턴D. C에 예우를 갖추면서 꾸밈없는 인상을 준다.

폴리틱스 앤드 프로즈는 트레버 노아(Trevor Noah)부터 드루 베리모어(Drew Barrymore), 닐 게이먼(Neil Gaiman), 실레스트 잉(Celeste Ng)까지 다양한 작가들과의 만남으로도 유명하다. 고맙게도 독자들은 어디에 있든 폴리틱스 앤드 프로즈의 유튜브 채널을 통해 이 작가들을 볼 수 있다(그리고 수많은 이들이 그렇게 한다!).

서점을 지키는 고양이들

옛날 옛적에 이집트 사람들은 고양이를 훈련시켜 파피루스에 해로운 해충을 잡도록 했다. 그리하여 세계 최초로 책을 지키는 고양잇과 동물이 탄생했다. 이후 고양이는 생쥐와 시궁쥐가 서점에 들어오지 못하게 막았다. 이들은 특히 안락의자를 지키는 일에 능숙해 보이는데, 멋진 독립 서점에서 자주 그런 모습을 볼 수 있다.

니체

더 북맨

캐나다, 브리티시 컬럼비아주, 칠리왝

니체는 2008년 세이프 헤이븐 동물 보호소에서 입양되었다. 아이들을 아주 좋아한다! 그리고 유아차 타고 외출하는 것도 좋아한다.

에마와 엔더

리사이클 북스토어

미국, 캘리포니아주, 새너제이

틸사

리브레리아 엘 비레이

페루, 리마

스털링

애이브럭사스 북스

미국, 플로리다주, 데이토나비치

길 잃은 작은 새끼고양이였던 스털링은 애이브럭사스의 주인 D. 새스의 차 앞으로 뛰어들었고, 이후 서점에서 쭉 살게 됐다.

강탈자 티니

커뮤니티 북스토어

미국, 뉴욕시, 브루클린

티니는 또다른 고양이 마저리를 서점 운영에서 쫓아내어 '강탈자 티니'라는 이름을 얻었다. 심지어 인스타그램 계정도 있다. @tinytheusurper!

새들레어

데이비드 메이슨 북스

캐나다, 온타리오주, 토론토

어밀리아

더 스파이럴 북케이스

미국, 펜실베이니아주, 필라델피아

어린이책 주인공인 어밀리아 베델리아와 「닥터 후」의 등장인물인 어밀리아 폰드, 두 인물에게서 이름을 따왔다.

허버트

킹스 북스

미국, 워싱턴주, 타코마

킹스 북스는 2015년에 입양한 새 고양이 친구의 이름을 공모했다. 결국 그 지역 문학 영웅인 프랭크 허버트에게 경의를 표하기로 했다.

제우스와 아폴로

더 일리아드 북숍

미국, 캘리포니아주, 노스할리우드

둘은 형제로 2014년에 태어났다.

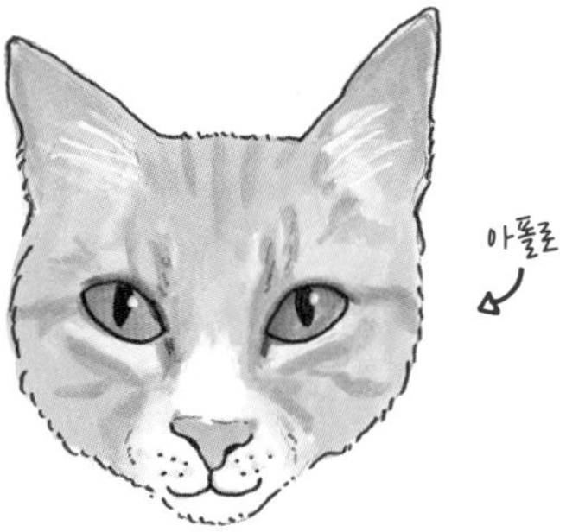

잭

코퍼필즈

미국, 캘리포니아주, 힐즈버그

보안 책임자 피에르와 보안 견습생 업턴 싱클레어

더 켈름스콧 북숍

미국, 메릴랜드주, 볼티모어

JUSTER
THE PHANTOM TOLLBOOTH
KNOPF
Trophy Newbery
CREECH
WALK TWO MOONS
Charlotte's Web
E.B.White
HARPER COLLINS
APPLEGATE
THE ONE AND ONLY IVAN
HARPER
THE NEWBERY LIBRARY
Roll of Thunder, Hear My Cry
TAYLOR
DIAL
ZIZOU CORDER
LIONBOY
Blume
Are You There God? It's Me Margaret
Yearling
PENNYPACKER
PAX
KLASSEN
B+B
Lynda Mullaly Hunt
DiCAMILLO
Flora & Ulysses
CANDLEWICK PRESS
SNICKET
A Series of Unfortunate Events
1
THE BAD BEGINNING
Little House on the Prairie
LAURA INGALLS WILDER
Diary of a Wimpy Kid
KINNEY
AMULET
Raina Telgemeier
Smile
barrows/blackall
ivy + BEAN 1
chronicle books
RASKIN
THE WESTING GAME
Dutton
PALACIO
WONDER
KNOPF
Roald Dahl
JAMES and the GIANT PEACH
PENGUIN CLASSICS DELUXE EDITION
FROM THE MIXED-UP FILES OF MRS. BASIL E. FRANKWEILER
E.L. KONIGSBURG
ATHENEUM
HOLES
SACHAR
FSG
PETER BROWN
THE WILD ROBOT
LITTLE, BROWN
Black Beauty
ANNA SEWELL
DOUBLEDAY CLASSICS
A WRINKLE IN TIME
MADELEINE L'ENGLE
JUNIOR DELUXE EDITIONS

도서 목록: 220쪽 참조

어린 시절 최고의 친구들

처음으로 혼자서 다 읽어낸 책은 다른 어떤 책보다도 우리 곁에 오랫동안 머문다. 특히 (감수성이 풍부하고) 어린 독자들을 대상으로 쓰인 (슬기롭고 힘이 세거나 모험심 강한) 어린 주인공이 나오는 책들이 그렇다.

메그 머리(Meg Murry)는 과학소설 최초의 여성 주인공 가운데 한 명이다. 매들렌 렝글(Madeleine L'Engle)이 보기엔 그런 이유로 많은 출판사에서『시간의 주름』 원고를 거절했다. 원고는 패러, 스트라우스&지루 출판사와 계약됐고 1963년에 출간되었다. 주인공 메그는 치아교정기와 안경을 꼈고 머리카락은 칙칙한 갈색이었으며 복잡한 수학문제를 풀 줄 알았다. 이런 메그의 모습은 수많은 소녀들(소년들도 포함)에게, 특히 어디에도 잘 적응하지 못한다고 느끼는 아이들에게 줄곧 힘이 되었다.

이것이 1963년에 패러, 스트라우스&지루에서 나온 하드커버 버전이다. 디자이너는 엘렌 라스킨. 그녀는 1000권 이상의 표지를 디자인 했고, 『웨스팅 게임』을 비롯하여 16권의 책을 썼으며, 30권 이상의 책에 삽화를 그렸다.

『스마일』은 레이나 텔게마이어(Raina Telgemeier)의 그래픽노블이다. 중학교 시절 발을 헛디뎌 앞으로 고꾸라지는 바람에 치아가 왕창 망가지면서 겪은 일을 그렸다. 그녀는 긴긴 치과 치료, 성장과 우정, 평범하고자 애쓴 시절에 대한 가슴 아픈 기억을 안고 있다.

미니애폴리스의 와일드 럼퍼스 북스(Wild Rumpus books)는 현관이 자그마한데 아이들을 위해 특별히 만든 것이다. 그래서 성인이 서점에 들어가려면 이상한 나라의 앨리스처럼 몸을 작게 만들어야 한다. 어린이를 위한 책만 취급하는 미국의 몇몇 서점들 가운데 하나로 고양이, 닭, 친칠라, 왕관앵무새를 키우는 점 또한 자랑거리다.

1949년, E. B. 화이트(E. B. White)는 메인주에 있는 자신의 농장 헛간에서 거미 한 마리가 알주머니를 짓고 있는 모습을 보았다(그곳엔 돼지도 있었다). 거미가 사라지자 그는 알주머니를 떼서 뉴욕의 아파트로 가지고 갔다. 몇 주 후 아기 거미 수백 마리가 기어 나왔고, 화이트는 그 거미들이 옷장이며 거울 등 집 안 곳곳에 거미줄을 치게 놔두었다. 가사도우미는 진저리를 쳤지만, 3년 후『샬롯의 거미줄』이 탄생했다. 많은 사람들이 이 작품을 역대 최고의 어린이책으로 꼽는다.

브루클린의 젊은 건축가 노턴 저스터(Norton Juster)는 도시에 관한 책을 쓸 지원금을 받았다. 그런데 지겨워졌다. 대신 그는 세상을 발견하는 따분한 소년 이야기를 썼다. 그림은 이웃에 사는 줄스 파이퍼(Jules Feiffer)에게 부탁했다. 이렇게 『팬텀 톨부스』가 탄생했고 그뒤로 언제 어디서나 영리한 아이들이 환호했다.

더 읽고 싶다면

『트리갭의 샘물』 | 나탈리 배비트
『벽 속에 숨은 마법 시계』 | 존 벨레어스
『펜더윅스』 | 진 벗설
『학교에서 살아남기』 | 스베틀라나 치마코바
『반쪽 마법』 | 에드워드 이거(글), N. M. 보데커(그림)
『버드나무에 부는 바람』 | 케네스 그레이엄(글), 어니스트 하워드 쉐퍼드(그림)
『써니 사이드 업』 | 제니퍼 L. 홀름(글), 매튜 홀름(그림)
『비밀의 숲 테라비시아』 | 캐서린 패터슨(글), 도나 다이아몬드(그림)
『손도끼』 | 게리 폴슨

사랑받는 서점들

스트랜드 북스토어

미국, 뉴욕주, 뉴욕시

맨해튼의 이스트 빌리지에 위치한 스트랜드 북스토어(Strand Bookstore)는 3층짜리 건물에 있는 250만 권이 넘는 책을 가리키는 "18마일의 서가"라는 구호를 내걸고 있다. 신간 서적이 최적의 가격에 구비된 것은 물론이고, 중고서적과 희귀도서도 거래된다. 2층에 있는 아트북 코너는 이곳에서 가장 훌륭한 공간 중 하나다.

스트랜드에서 일을 하고 싶다면, 어떤 일을 하든지 책 지식을 증명할 퀴즈를 풀어야 한다. 문제는 10개뿐이지만 시험 보는 사람은 바짝 긴장할 만하다. 프레드 배스(서점주인 중 한 명)는 이 퀴즈가 "좋은 직원을 찾는 아주 좋은 방법"이라고 말한다.

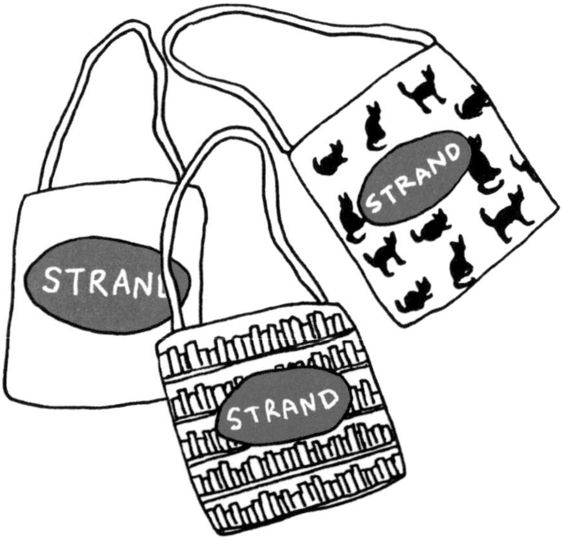

스트랜드는 토트백으로도 유명하다.
여러 명의 사람들이 디자인했다.
그리고 서점에서는 책을 디자인 소재로 삼은 양말,
에나멜 배지, 자수 배지, 그밖에 애서가라면
갖고 싶어질 수밖에 없는 아주 많은 물건들을 판다.

스트랜드 퀴즈에 도전!

다음은 예전 시험이다
(당연한 이야기지만 최근 것은 비밀이다).
책과 작가를 짝지어보라.

1) 『역사』
2) 『멋진 신세계』
3) 『포이즌우드 바이블』
4) 『시간의 주름』
5) 『현명한 피』
6) 『인피니트 제스트』
7) 『하얀 이빨』
8) 『사랑을 말할 때 우리가 이야기하는 것』
9) 『소리와 분노』
10) 『태엽 감는 새』

A) 데이비드 포스터 월리스
B) 워커 퍼시
C) 플래너리 오코너
D) 윌리엄 포크너
E) 제이디 스미스
F) 헤로도토스
G) 바버라 킹솔버
H) 무라카미 하루키
I) 올더스 헉슬리
J) 매들렌 렝글
K) 여기엔 없다

정답
1-F, 2-I, 3-G, 4-J, 5-C, 6-A, 7-E, 8-K(레이먼드 카버), 9-D, 10-H

냄시 배스 와이든이 현재 서점주인이다.
아버지 프레드 배스가 2018년에 세상을 떠날 때까지
함께 스트랜드를 운영했다. 서점은 1927년 프레드의 아버지
벤저민 배스가 세웠다. 그 무렵 4번가는 책의 거리라
불렸는데 근처에 47개의 서점이 더 있었다.
스트랜드는 현재 남아 있는 유일한 서점이다.

소녀 영웅들

2011년의 한 연구에 따르면 20세기 미국에서 출간된 어린이책 6000여 권 가운데 여성이 주인공인 책은 단 31퍼센트라고 한다. 남성 주인공은 57퍼센트인데 말이다. 그러나 1990년대 이후로 달라지기 시작했다. 여기서 소개하는 책들과 그 비슷한 작품들 덕분이다. 이러한 여성 주인공의 용기는 독자에게 말을 걸며, 둘은 실제 삶에서도 영웅이 되어 두려움과 혐오와 차별이라는 골리앗과 싸운다.

라벤&셰그렌
1945년 하드커버
그림 잉리드 방 니만

아스트리드 린드그렌(Astrid Lindgren)의 아홉 살 난 딸 카린(Karin)이 아파서 침대에 누워 있을 때 이야기를 들려달라고 했다. 린드그렌이 어떤 이야기를 들려줄까 하고 묻자 카린은 이름 하나를 말했고 그렇게 『내 이름은 삐삐 롱스타킹』(혹은 스웨덴어로 '롱스트롬프'), 세상에서 가장 힘센 소녀가 탄생했다. 린드그렌은 카린에게 들려준 이야기를 녹음했다. 그리고 출판된 책을 카린의 열번째 생일날에 선물했다.

파키스탄에서 2012년, 어느 탈레반 저격수가 열다섯 살 난 말랄라 유사프자이(Malala Yousafzai)의 머리를 쐈다. 소녀들도 학교에 다닐 권리가 있다고 그녀가 주장했기 때문이다. 총상에서 회복한 뒤로도 유사프자이는 소녀들의 교육받을 권리를 계속 지지했고 2014년에는 노벨평화상을 수상했다.

비벌리 클리어리(Beverly Cleary)의 작품은 대부분 오리건주 포틀랜드가 배경이다. 라모나, 비저스, 헨리 히긴스와 그의 개 립시에 대한 책들도 그렇다. 작가는 그곳에서 성장했다. 관광객들은 안내서를 보면서 그 지역 동북쪽의 오래된 동네를 직접 돌아보고, 클리키테트 거리의 실제 모습도 볼 수 있다. 글렌우드 학교에 영감을 준 거리이자 라모나의 장화가 진흙에 빠진 곳 말이다. 로라 O. 포스터(Laura O. Foster)가 쓴 『라모나와 걷기(Walking with Ramona)』라는 안내서도 있다.

팔에 늘 공책을 끼고 다니는 『탐정 해리엇』의 해리엇 M. 웰시는 수십 년간 도시 아이들, 작가, 뉴요커, 성차별에 저항하는 이들의 수호신이었다. 자신만만하고 언제나 자기 자신에게 솔직한 해리엇은 어린이 문학 최초의 여성 저항세력 중 한 명이었다.

스콧 오델(Scott O'Dell)의 『푸른 돌고래 섬』은 니콜레뇨 북아메리카 원주민인 후아나 마리아의 실제 이야기에서 영감을 받았다. 1800년대에 그녀는 18년 동안 샌 니콜라스 섬에 홀로 남겨졌다. 오델의 책 속 주인공은 카라나로, 그녀는 회색 늑대를 길들여 론투라는 이름을 붙여준다.

더 읽고 싶다면

『오즈의 마법사』 | 라이먼 프랭크 바움
『헝거 게임』 | 수잔 콜린스
『마이티 미스 말론(The Mighty Miss Malone)』 | 크리스토퍼 폴 커티스
『내 친구 윈딕시』 | 케이트 디카밀로
『그래도 엄마는 너를 사랑한단다』 | 이언 포크너
『코랄린』 | 닐 게이먼(글), 데이브 맥킨(그림)
『사이공에서 앨라배마까지』 | 탕하 라이
『별을 헤아리며』 | 로이스 로리
『나의 세번째 가족』 | 홀리 골드버그 슬론
『검정새 연못의 마녀』 | 엘리자베스 조지 스피어
『사이모린 스토리』 | 퍼트리샤 리드

도서 목록: 220~221쪽 참조

우리가 사랑한 책들

트래비스 존커

미국, 미시건주, 웨일랜드
통합학교의 초등학교 사서

『엘 데포』
시시 벨

해리 N. 에이브럼스
2014년 하드커버
디자인 케이틀린 키건과
채드 W. 베커맨, 그림 시시 벨

"제임스 조이스(James Joyce)는 말했다, '특수함 속에 보편이 있다'고. 시시 벨의 자전적 그래픽노블『엘 데포』보다 더 좋은 예를 생각해낼 수가 없다. 청력을 잃은 벨의 유년시절 이야기는 지극히 개인적이지만, 이야기가 다루는 우정과 수용이라는 주제는 모든 독자가 공감할 것이다. 아주 빼어난 솜씨로 만든 작품이라서 뉴베리위원회가 주목했고, 상을 수여했다. 그래픽노블로서는 처음이다."

『홀로서기』
엘레나 페란테

유로파에디션 2005년 페이퍼백
그림 에마누엘레 라니스코

"『홀로서기』는 엘레나 페란테의 나폴리 소설들 중 즐겁게 읽을 만한 것을 묻는 사람들에게 내가 제일 먼저 추천하는 책이다. 이 책은 분량은 짧지만 어두운 분위기에 지옥처럼 분노로 가득한 작품으로, 남편에게 (막) 버림받자마자 어떻게든 견디려고 애쓰는 여성의 삶을 엿보는 느낌이 든다.『홀로서기』는 야만스러우면서도 마술적인 페란테의 문학세계로 들어가는 완벽한 입문서다. 즐거움과 고통이 동시에 느껴지는 방식으로 당신을 한 방 먹일 거고, 그러면 아마도 당신은 페란테의 평생 팬이 될 것이다."

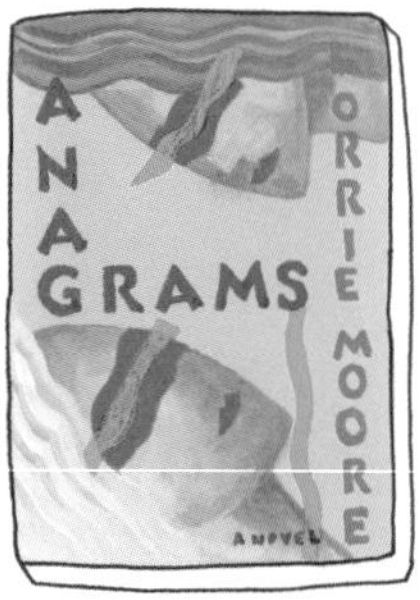

크노프
1986년 하드커버

머리스 크라이즈먼

『이달의 책』 편집장

『애너그램(Anagrams)』
로리 무어

"『애너그램』은 소설 한 권이 무엇을 해낼 수 있는지에 대한 내 예상을 모두 부수었다. 제목을 보고 짐작했겠지만 이 작품에는 놀라울 만큼 결점이 많은 여자 주인공의 여러 모습이 담겨 있다. 재미와 슬픔 사이에서 절묘하게 균형을 잡는다. 실로 인용할 가치가 있으며, 동음이의어 말장난이 심오하게 쓰일 수 있다는 결정적인 증거가 되는 작품이다."

마리아 포포바

독자, 작가,
brainpickings. org 설립자.
brainpickins. org는 문화적
가치가 있는 자료를 모으는
국회도서관의 영구적
아카이브에 속해 있다.

『튜링 기계를 향한 광인의 꿈 (A Madman Dreams of Turing Machines)』 | 재너 레빈

앵커 2007년 페이퍼백
디자인 피터 맨델선드

"수학자 쿠르트 괴델과 컴퓨터 과학의 개척자 앨런 튜링. 이들의 아이디어는 현대의 삶을 근본적으로 뒤흔들어 새로운 모습으로 바꾸어놓았다. 천체 물리학자이자 저자인 재너 레빈은 가장 시적으로 산문을 쓰는 우리 시대 최고의 작가로, 두 사람의 유사한 삶을 엮는 방식으로 놀라운 소설을 써냈다. 논리의 한계점, 포착하기 어려운 진리의 본성, 천재성과 광기 사이의 관계를 탐색하는 작품이다."

『시민의 불복종』
헨리 데이비드 소로

프로메테우스북스
1998년 페이퍼백

150년 전, 어느 젊은 초월주의자 시인은 노예제도의 잔인함과 멕시코 미국 전쟁의 참상에 분노해 시민 불복종으로 정의를 실현하자는 선언문을 썼다. 정치적으로나 사회적으로나 깨어 있는 걸작이었다. 그 영향력은 레프 톨스토이나 마하트마 간디, 마틴 루터 킹 주니어 같은 문화 혁명가에 비할 만하다.

앤드루 메들러

시카고 공공도서관 소장품 부서 부위원장, 어린이를 위한 전 도서관서비스협회장

판테온 1986년 하드커버
그림 필립 라이즈베커

『세계의 사랑받는 설화들(Favorite Folktales from around the World)』
제인 욜런 엮음

"이야기에는 힘이 있다(그렇지 않다면, 이 책은 나오지 않았을 것이다). 아마도 이야기의 가장 훌륭한 점이라면 우리를 서로 연결해준다는 것이다. 존경받는 언어의 대가가 모은 재미나고 두툼한 보물창고 같은 이 책은 세계 곳곳의 사람들이 경험한 바를 좇는다. 그리고 수십억 사람들이 품고 있는 수많은 감정과 궁금증과 희망에 공통점이 있음을 밝혀준다.

이야기에 대한 이야기(아샨티족의 설화 '거미는 어떻게 하늘 신의 이야기를 얻어왔는가')부터 (화이트리버수 부족에서 유래한) '세계의 마지막'까지, 욜런은 설화들을 이해하기 쉽도록 정리하고 있다. 그녀의 분류를 살펴보면 '사기 치는 자, 악당, 야바위꾼'은 자메이카에서부터 일본에 이르기까지 있고, '얼간이와 멍청이'는 어느 대륙에나 넘쳐나며, '마음대로 변신하는 인물'은 적도의 북쪽과 남쪽 모두에 있는데, 이들과 맞설 '있을 법하거나 있을 법하지 않은 영웅들'도 우리 주위 어디에나 있다. 천일야화 같은 작품은 아니지만, 어린아이를 밤마다 안고 재울 때나 바닷가 또는 화톳불 곁에서 놀 때에 읽기 좋다. 독자의 서재에는 더 예쁜 삽화가 그려진 설화 모음집이 있겠지만, 이 책처럼 짜임새가 세심하면서 읽는 내내 놀랍고 재미있고 긍정적이며 강렬한 책은 흔치 않을 것이다."

애더 피츠제럴드

미국, 노스캐롤라이나주, 데이비슨에 있는 메인 스트리트 북스의 주인

스크리브너 1997년 페이퍼백
디자인 캘빈 쇼
그림 월터 포드

『도도의 노래』
데이비드 쾀멘

"쾀멘은 찰스 다윈의 삶과, 그의 강적이자 패배자인 앨프리드 윌리스의 삶을 정교하게 써내려가면서 기막힌 솜씨로 엮었다. 여기에 낯선 동시대 생명체에 대한 환상적인 이야기도 곁들였다. 이 생명체가 멸종으로 치닫는 과정을 보여주면서 환경 파괴가 어떤 결과를 초래하는지 우리 모두에게 경고를 보낸다."

줄리아 호바트

미국, 매사추세츠주, 그레이트배링턴에 있는 북로프트의 책 구매 담당자

아테네움 1972년 하드커버
그림 앨런 E. 코버

『어둠이 떠오른다』
수잔 쿠퍼

"나는 어렸을 때 이 책을 읽었고 항상 곁에 두었다. 어른이 되어 시리즈 전체를 다시 읽고 오디오북도 여러 번 들었는데 여전히 처음처럼 재미있다."

JASON REYNOLDS
LONG WAY DOWN
The OUTSIDERS
S.E. HINTON
VIKING
I Capture the Castle
Dodie Smith
JANDY NELSON
I'LL GIVE YOU THE SUN
DIAL
BRET EASTON ELLIS
LESS THAN ZERO
Block
weetzie bat
JAMAICA KINCAID
ANNIE JOHN
FSG
SHERMAN ALEXIE
The Absolutely True Diary of a Part-Time Indian
LITTLE, BROWN
GHOST WORLD
Daniel Clowes
THOMAS
THE HATE U GIVE
B+B
VIZZINI
IT'S KIND OF A FUNNY STORY
miramax books HYPERION
SANDRA CISNEROS
THE HOUSE ON MANGO STREET
VINTAGE
nicola yoon
EVERYTHING, EVERYTHING
EMBER
SÁENZ
Aristotle and Dante DISCOVER THE SECRETS OF THE UNIVERSE
SIMON & SCHUSTER
FANGIRL
RAINBOW ROWELL
JULIET TAKES A BREATH
GABBY RIVERA
the perks of being a wallflower
STEPHEN CHBOSKY
BOOKS
ZOBOI
AMERICAN STREET
B+B
PHOEBE GLOECKNER
The DIARY of a TEENAGE GIRL
A TREE GROWS IN BROOKLYN
Betty Smith
HARPER & ROW
LOOKING FOR ALASKA
JOHN GREEN
Nina LaCour
WE ARE OKAY
DUTTON
the CATCHER in the RYE
J.D. SALINGER
LITTLE, BROWN
NIC STONE
Dear Martin
CROWN
JAMES BALDWIN
GO TELL IT ON THE MOUNTAIN
ALFRED A. KNOPF

도서 목록: 221쪽 참조

그렇게 어른이 된다

우리의 연약한 마음들이 세상의 진짜 모습을 알고, 자신이 어떤 존재인지 알아내야 하는 거친 10대 시절을 헤쳐 나가는 것은 경이롭다. 다음의 책은 성장과 변화가 지닌 고통과 힘을 나눈다.

엘버 2017년 페이퍼백
그림 굿 라이브즈 앤드 워리어스
디자인 나탈리 C. 솔사

니콜라 윤(Nicola Yoon)은『에브리씽 에브리씽』을 3년 넘게 썼는데 새벽 4시와 6시 사이에 작업했다. 남편인 데이비드 윤이 삽화를 맡았다. 니콜라 윤은 남편과 사랑에 빠졌던 경험 덕분에 이 달콤한 사랑 이야기를 쓸 수 있었다고 말한다. 2017년에 영화화되기도 했다.

셔먼 알렉시(Sherman Alexie)가 자란 곳은 스포켄 인디언 보호구역이다.『켄터키 후라이드 껍데기』(그가 쓰고 엘런 포니가 그림을 그렸다)의 주인공, 따돌림받는 인디언 소년 만화가 아놀드 스피리트 주니어의 고향도 그곳이다. 알렉시는 아메리칸 원주민들의 힘만으로 제작한 첫번째 영화 「스모크 시그널스」의 시나리오를 쓰기도 했다.

S. E. 힌턴(Susan Elois Hinton)은 겨우 열다섯 살 때『아웃사이더』를 쓰기 시작했고, 열아홉 살 때 출간했다.

델 1971년 페이퍼백

앤지 토머스(Angie Thomas)는 어릴 때 책을 많이 읽었다. 하지만 10대가 되면서 독서량이 줄었다. 책에서 그녀 자신의 모습을 볼 수 없었기 때문이었다. 그녀가 볼 때 출판계는 "흑인 어린이들이 책을 읽지 않으며", 그렇기 때문에 흑인 캐릭터가 나오는 책은 안 팔린다고 억측하는 것 같았다. 토머스의 책『당신이 남긴 증오』는 이런 오해를 바꾸는 데 기여했다. 열세 군데 출판사가 그녀의 책을 내겠다고 나섰고 20세기폭스는 영화화 판권을 샀다.

하퍼콜린스
2013년 영국
페이퍼백

존 그린(John Green)은『알래스카를 찾아서』에서 그가 앨라배마에서 다녔던 학교를 모델 삼아 기숙학교를 그렸다. 그린은 글을 쓰지 않을 때면 동생 행크와 함께 "괴짜를 키우는 끝내주는 힘"이라는 브이로그브라더스 유튜브 채널을 운영한다. 콘돔 피임의 실패부터 포켓몬까지, 거의 모든 주제를 다루는 짧은 동영상을 올리는데 구독자가 300만이 넘는다.

산드라 시스네로스(Sandra Cisneros)의『망고 스트리트』는 반쯤 자전적인 작품이다. 시카고에 사는 라틴계 청소년의 삶에 대해 시적으로 쓴 삽화들이 담겨 있다. 1984년에 출간되어 20개 언어로 번역되었다. 시스네로스는 현재 멕시코의 산 미겔 데 아옌데에서 개 네 마리와 함께 살고 있다.

더 읽고 싶다면

『몇 가지 필요한 부품(Some Assembly Required)』 | 애린 앤드루스
『9세 이하(Nine Years Under)』 | 셰리 부커
『파워 오브 원』 | 브라이스 코트니
『오스카 와오의 짧고 놀라운 삶』 | 주노 디아스
『하늘에서 떨어진 소녀(The Girl Who Fell from the Sky)』 | 하이디 W.던로
『파리대왕』 | 윌리엄 골딩
『은빛 참새(Silver Sparrow)』 | 타야리 존스
『분리된 평화』 | 존 놀스
『킹 도크(King Dork)』 | 프랭크 포트먼
『에이드리언 몰의 비밀일기』 | 수 타운센드

사랑받는 서점들

존 K. 킹 유스드 앤드 레어 북스

미국, 미시건주, 디트로이트

디트로이트에 있는 존 K. 킹 유스드 앤드 레어 북스(John K. King Used and Rare Books)는 꿈과 악몽의 성지다. 서점은 900가지가 넘는 주제를 다루는 100만 권의 책(아마 10여 권쯤 오차는 있을 것이다)을 자랑한다. 본점(예전에 장갑공장이었던 5층짜리 건물)과 그보다 작은 지점이 두 곳 더 있는데, 모든 것을 사람 손으로 분류하고 찾는다. 직원의 말에 따르면, 서점 재고의 대부분은 "컴퓨터에 입력되어 있지 않다". 손님이 무엇을 찾든지 도와줄 수 있는, 서점 일에 정통한 직원이 각 부분을 담당한다. 책을 찾다 길을 잃는다면? 그건 아마도 더욱 흥미로운 무언가를 찾아낼 좋은 기회일 것이다.

책 말고도 이곳에는 엽서, 사진, 지도, 고가구, 음반 등 희귀한 물건들이 가득하다. 한때는 무스(북미에 서식하는 큰 사슴)와 관련된 수집품도 있었다. 골동품 수집가라면 전문가도 아마추어도 rarebooklink.com에서 온라인으로 이 물건들을 찾아볼 수 있다.

라이브러리 D+Q

캐나다, 퀘벡주, 몬트리올

라이브러리 D+Q(Librairie D+Q)는 몬트리올의 출판사 드론&쿼털리에서 운영하는 서점이다. 아트 슈피겔만(Art Spiegelman)과 프랑수아즈 물리(françoise Mouly)의 『로(Raw)』(대안적인 만화 선집)에서 영감을 얻어, 23세의 크리스 올리버로스는 만화잡지를 만들기 시작했다. 1990년 이래로 그의 노력은 만화책과 그래픽노블, 만화 이외의 책을 내는 임프린트와 (인기 좋은 무민 시리즈를 내는) 어린이책 임프린트로 결실을 맺었다. 예술가들과 일하는 올리버로스의 방식은 작가들이 가능한 한 가장 아름다운 책을 창작할 수 있게끔 하는 것이다. 린다 배리(Lynda Barry), 대니얼 클로즈(Daniel Clowes), 메리 플리너(Mary Fleener), 미즈키 시게루(Mizuki Shigeru), 루트 모단(Rutu Modan), 다쓰미 요시히로(Tatsumi Yoshihiro), 에이드리언 토미네(Adrian Tomine), 크리스 웨어(Chris Ware)가 함께했다.

컬트 고전

컬트 도서는 비평가들에게는 혹평을 받을지 몰라도 팬들은 열광한다. 읽은 사람들 중 절반은 싫어할지 모르나 나머지 절반은 평생 애독하는 책으로 아낀다. 컬트 도서는 때로는 실험적이고, 때로는 문화적으로 변방에 있으며, 대체로 재미있고, 그 책에 반한 사람들의 인생을 확실히 바꾸어주는 존재다.

칩 키드(Chip Kid)는 캐서린 던(Katherine Dunn)이 지은 『어느 유랑극단 이야기』의 1989년 초판 표지를 디자인했다. 크노프 출판사에 들어온 지 얼마 되지 않았을 때의 일이다. 키드에게는 이 작업이 '개인적 돌파구'였다. 비뉴스키 가족(책에 등장하는, <프릭> 쇼 공연을 하는 매력적인 가족)에게 재치 있게 경의를 표했는데, 책등 아래쪽 크노프 출판사의 사냥개 모양 로고에 다리를 다섯 개로 그려놓은 것이다. 책이 출간될 때까지 아무도 알아채지 못했다.

『바보들의 결탁』 원고는 여러 차례 출간을 거절당했다. 작가 존 케네디 툴(John Kennedy Toole)은 서른한 살에 자살했기 때문에 책의 출간을 보지 못했으나, 10년이 지난 후(워커 퍼시의 도움으로) 책이 세상에 나왔다. 책은 출간되자마자 소수의 열성 팬이 찾는 컬트작품이 되었고, 나중에는 상업적인 성공도 거두었다. 1981년에 툴은 사후에 퓰리처상을 받았다. 오늘날은 플란넬 셔츠를 입은 유명인사 이그네이셔스 J. 레일리의 동상이 뉴올리언스의 커낼 거리에 서 있다. 소설의 첫 장면에서 그는 이 거리의 시계 아래에서 어머니를 기다린다.

『선과 모터사이클 관리술』은 121곳의 출판사에서 거절당한 원고로 기네스 세계 기록에 올라 있다. 그 어떤 베스트셀러보다도 많이 거절당했다. 출간 이후에는 전 세계적으로 500만 부 이상 팔렸다. 수년간 이 책을 보고 고무된 철학적 팬들이 구루를 찾아 로버트 M. 피어시그(Robert M. Pirsig)의 집에 나타났다.

1964년식 혼다 CB77 슈퍼호크

피어시그는 책의 인기를 설명하기 위해 '문화담지자'라는 스웨덴식 개념을 사용했다. 이는 이미 진행 중인 세상의 변화를 드러내는 존재라는 뜻이다.

브라질 작가 파울로 코엘료(Paulo Coelho)의 『연금술사』는 여행길에 오른 양치기에 관한 책으로 늘 잘 팔리는 책 중 하나다. 퍼렐 윌리엄스 같은 음악 프로듀서를 비롯하여 많은 사람들은 『연금술사』가 인생을 바꾸는 책이라고 말한다.

『은하수를 여행하는 히치하이커를 위한 안내서』를 가지고 만든, 끝내주는 쌍방향 텍스트 게임을 온라인으로 해볼 수 있다. 원작 게임은 1984년에 나왔는데, 게임의 원작 소설은 1979년에 나왔고, 그 소설의 원작은 1978년의 라디오 드라마였다. BBC 웹사이트에 접속하라(http://www.bbc.co.uk/programmes/articles/1g84m0sXpnNCv84GpN2PLZG/the-game-30th-anniversary-edition). 게임을 끝까지 깨는 사람은 "삶과 우주와 모든 것에 대한 궁극적인 질문"의 답이 왜 42인지 깨닫게 될지도 모른다.

더 읽고 싶다면

『스피드보트(Speedboat)』 | 레나타 애들러
『대지의 아이들』 | 진 M. 아우얼
『푸코의 진자』 | 움베르트 에코
『처녀들, 자살하다』 | 제프리 유제니디스
『아이 러브 딕』 | 크리스 크라우스
『흐르는 물(Água Viva)』 | 클라리스 리스펙터
『노르웨이의 숲』 | 무라카미 하루키
『서바이버』 | 척 팔라닉
『파운틴헤드』 | 에인 랜드
『이야기 만들기(Building Stories)』 | 크리스 웨어

JOHN WILLIAMS
STONER
nyrb
COELHO The Alchemist
HOUSE OF LEAVES
MARK Z. DANIELEWSKI
PANTHEON
NABOKOV PALE FIRE VINTAGE
The Hitchhiker's Guide to the Galaxy DOUGLAS ADAMS
HARMONY BOOKS
FICTION WARNER BOOKS Geek LOVE KATHERINE DUNN
HAM ON RYE CHARLES BUKOWSKI
A CONFEDERACY OF DUNCES JOHN KENNEDY TOOLE
GROVE PRESS
Jacqueline Susann
Valley of the Dolls
GROVE PRESS
The Princess Bride
WILLIAM GOLDMAN
Harcourt Brace Jovanovich
FICCIONES BY JORGE LUIS BORGES
GROVE PRESS
WE HAVE ALWAYS LIVED IN THE CASTLE
SHIRLEY JACKSON
VIKING
GENERATION X DOUGLAS COUPLAND
ST. MARTIN'S PRESS
ZEN AND THE ART OF MOTORCYCLE MAINTENANCE
ROBERT M. PIRSIG
BANTAM
ITALO CALVINO INVISIBLE CITIES
Harcourt Brace Jovanovich
DOUGLAS R. HOFSTADTER GÖDEL, ESCHER, BACH
VINTAGE
CAT'S CRADLE KURT VONNEGUT
DIAL PRESS
THE SECRET HISTORY
DONNA TARTT
VINTAGE
NEIL GAIMAN AMERICAN GODS
Wm MORROW
PERFUME
patrick süskind
ESSENTIALS

도서 목록: 221쪽 참조

가보고 싶은 도서관

예일 대학교 바이네케 희귀본과 필사본 도서관

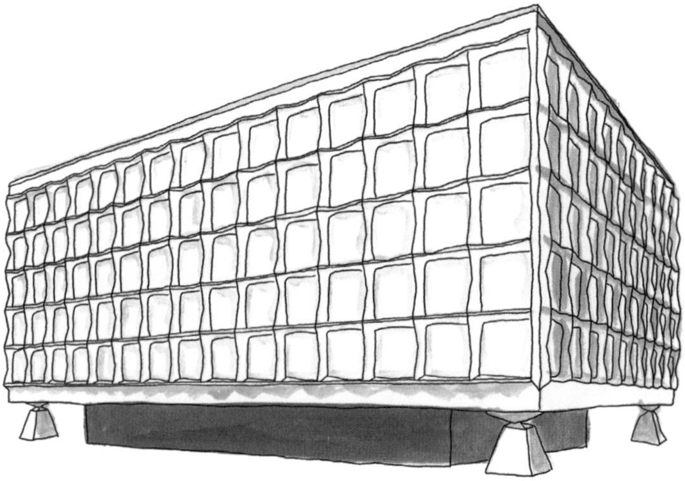

미국, 코네티컷주, 뉴헤이번

디자인 스키드모어, 오윙스&메릴 건축사무소의 고든 번샤프트

1963년 개관

이 건물에는 창이 없다. 직사광선에 희귀본이 손상되는 것을 막기 위해서다. 하지만 대리석으로 된 무척 얇은 벽을 통해 낮에는 빛이 약하게 들어오고, 밤에는 내부 조명으로 건물에서 빛이 난다.

도서관 소장품 가운데는 1454년판 구텐베르크 성경이 있다(현존하는 48부 중 한 부). 신비한 중세 문헌인 보이니치 필사본도 눈길을 끈다. 책에는 해독하기 힘든 글, 이상한 표, 기괴한 식물 삽화가 가득하다.

건물은 원래 궁전의 일부였는데, 현재 인도 정부가 관리 중이다.

램퍼라자도서관

인도, 우타르프라데시, 램퍼

1904년 개관

나와브(총독)였던 파이줄라 칸이 1774년에 도서관을 위한 자료를 모으기 시작했다. 그의 뒤를 이은 나와브들도 이 작업을 계속했다. 이제 이곳은 인도의 이슬람문화 자료를 모은 세계에서 가장 큰 도서관 중 하나다. 필사본 1만7000종, 단행본 6만 권, 서예 작품과 세밀화, 천문 기구와 희귀 동전 등을 소장하고 있다.

모자이크를 만들기 위해 오고르만은
지질학자와 함께 멕시코 전역에서
150가지의 서로 다른 천연 색상을
지닌 돌들을 수집했다.

멕시코 국립자치대학교 중앙도서관

멕시코, 멕시코시티

디자인 구스타보 사베드라와
후안 마르티네즈 데 벨라스코

1956년 개관

거대 모자이크 벽화는 건축가이자 예술가인 후안 오고르만이 제작했다. 멕시코의 전 역사를 담고 있다.

베네슬라 도서관과 문화의 집

노르웨이, 베네슬라

디자인 헬렌&하드 건축사무소

2011년 개관

스물일곱 개의 나무 서까래가 건물의 골조를 구성한다. 안에는 도서관, 카페, 회의 공간이 있다. 서까래 위쪽은 지붕을 지지하면서 조명 설치대 역할을 하며, 아래쪽은 책장과 안락한 좌석 구역으로 변신한다.

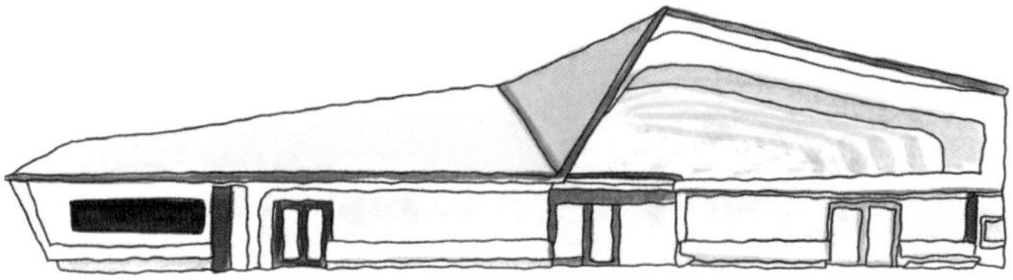

위쪽 서까래를 보면
고래 뱃속 같다.
매우 따뜻하고
편안한 고래.

세종시 국립중앙도서관

세종시는 2012년
새로운 특별자치시가 되었고
한국의 많은 정부 청사와 기관이
서울을 벗어나 이곳에 모였다.

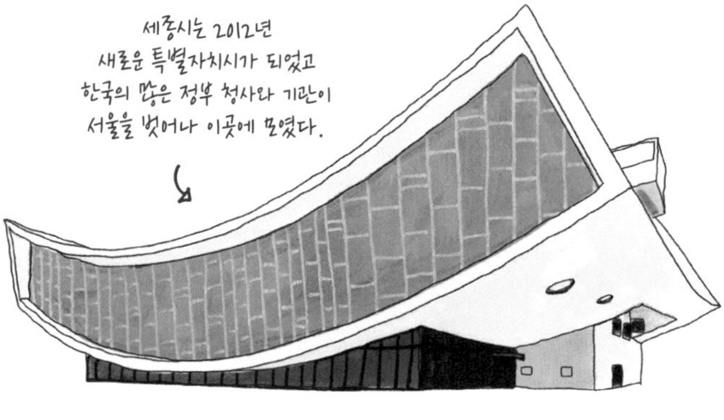

한국, 세종시

디자인 삼우종합건축사무소

2013년 개관

건축가들은 도서관의 생김새를 보고 책장을 넘기는 순간이 떠오르길 바랐다. 내부에는 많은 장서가 있고, 호수가 내려다보이는 전망 좋은 카페도 있다.

1800년대 소설: 영국 문학과 친구들

『겐지 이야기』는 기원후 1000년 즈음에 무라사키 시키부(紫式部)가 지은 작품으로 보통 최초의 소설로 꼽힌다. 근대 소설은 1600년대 초기에 나온 미겔 데 세르반테스(Miguel de Cervantes)의 『돈키호테』가 시작이지만, 장편소설은 19세기에 와서 제대로 자리잡았다. 대중은 책을 더 많이 사기 시작했고 저자는 저작권을 가지고 인세를 받을 수 있게 되었으며, 이에 힘입어 사람들이 읽고 싶어하는 이야기를 더 많이 쓰게 됐다. 인쇄 비용이 줄어들었고 순회도서관이 등장한 덕분에 독서 인구도 늘었다.

영국은 그 시절(식민주의가 절정에 다다른 시기) 서구 문화의 중심지였다. 작가들은 고딕 로맨스를 쓰면서 1800년대를 시작했고, 세기 중반에는 심각한 사회문제를 직시했으며, 1900년대에 가까워지자 최초의 과학 소설과 함께 마침내 미래에 관심을 기울이게 됐다.

제인 오스틴(Jane Austen)은 첫 소설 '수전'을 크로스비 출판사에 10파운드를 받고 팔았다. 하지만 6년이 지난 뒤에도 책은 나오지 않았고 출판사는 치사한 편지를 보낸다. 10파운드를 돌려주면 책에 대한 권리를 반환하겠다는 것. 당시 그녀는 그럴 돈이 없었는데, 결국 다른 소설들 네 권을 출간하는 데 성공하면서 '수전'을 찾아올 수 있었다. 그녀가 세상을 떠난 후 그녀의 오빠는 '수전'을 『노생거 사원』이라는 제목으로 출간했다. 2017년, 제인 오스틴은 다름 아닌 그 10파운드 지폐의 모델이 된다.

샬럿 브론테(Charlotte Brontë)의 '제인 에어'는 근대적 여성 주인공의 시초이자 페미니스트였다. 그녀는 로체스터에게 말한다. "나는 새가 아닙니다. 그리고 어떤 그물도 나를 잡지 못합니다. 나는 독립된 의지를 가진 자유로운 인간입니다."

빈티지 2009년 페이퍼백
그림 캐서린 울코프,
디자인 메건 윌슨

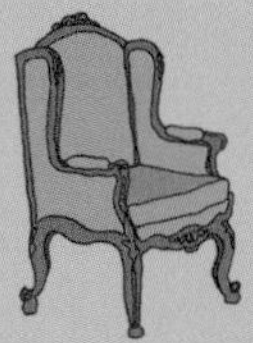

이 책들을 읽기 위해 앉았을 수도 있는 의자다.
프렌치 윙 베르제르 의자, 19세기

"최고의 시절이자 최악의 시절…"로 찰스 디킨스(Charles Dickens)의 『두 도시 이야기』는 시작한다(인용한 문장은 실제로는 훨씬 길고, 사람들이 자기가 사는 특정 시기가 역사적으로 가장 중요하다고 믿는 경향에 대해 이야기한다). 디킨스의 장편들은 사람들의 정서적 유대와 산업혁명시대 노동계급의 투쟁을 그리는데, 1800년대 사회의 전형을 보여준다.

더 읽고 싶다면

『흰옷을 입은 여인』 | 윌리엄 윌키 콜린스
『셜록 홈스의 모험』 | 아서 코넌 도일
『아내들과 딸들(Wives and Daughters)』 | 엘리자베스 개스켈
『테스』 | 토머스 하디
『주홍 글자』 | 너새니얼 호손
『톰 아저씨의 오두막』 | 해리엇 비처 스토
『안나 카레니나』 | 레프 톨스토이
『해저 2만 리』 | 쥘 베른
『타임머신』 | 허버트 조지 웰스
『제르미날』 | 에밀 졸라

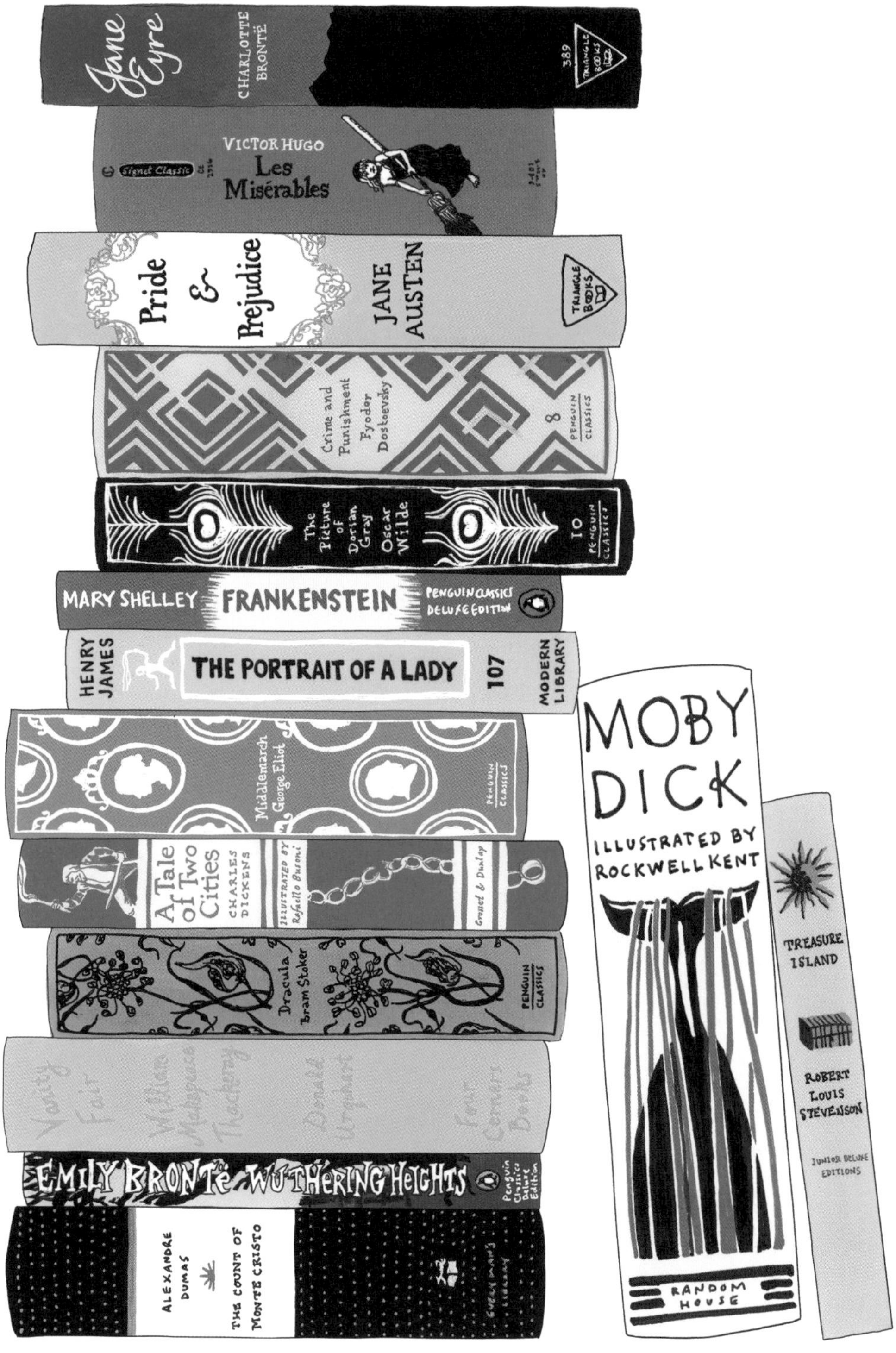
Jane Eyre
CHARLOTTE BRONTË
389
TRIANGLE BOOKS
VICTOR HUGO
Les Misérables
Signet Classic
Pride & Prejudice
JANE AUSTEN
TRIANGLE BOOKS
Crime and Punishment
Fyodor Dostoevsky
8
PENGUIN CLASSICS
The Picture of Dorian Gray
Oscar Wilde
10
PENGUIN CLASSICS
MARY SHELLEY
FRANKENSTEIN
PENGUIN CLASSICS DELUXE EDITION
HENRY JAMES
THE PORTRAIT OF A LADY
107
MODERN LIBRARY
Middlemarch
George Eliot
PENGUIN CLASSICS
A Tale of Two Cities
CHARLES DICKENS
ILLUSTRATED BY Rafaello Busoni
Grosset & Dunlap
Dracula
Bram Stoker
PENGUIN CLASSICS
Vanity Fair
William Makepeace Thackeray
Donald Urquhart
Four Corners Books
EMILY BRONTË
WUTHERING HEIGHTS
Penguin Classics Deluxe Edition
ALEXANDRE DUMAS
THE COUNT OF MONTE CRISTO
EVERYMAN'S LIBRARY
MOBY DICK
ILLUSTRATED BY ROCKWELL KENT
RANDOM HOUSE
TREASURE ISLAND
ROBERT LOUIS STEVENSON
JUNIOR DELUXE EDITIONS

도서 목록: 221쪽 참조

에디션

『오만과 편견』

제인 오스틴의 『오만과 편견』은 1813년에 처음 출간된 이래로 계속해서 새로운 에디션이 나왔다. 이 책은 전 세계적으로 2000만 권 이상 팔렸는데, 저작권이 소멸된 지 100년이 넘었기 때문에 각 시대마다 독자들의 마음을 끄는 다양한 표지로 새롭게 출간됐다. 다음은 그 가운데 일부다.

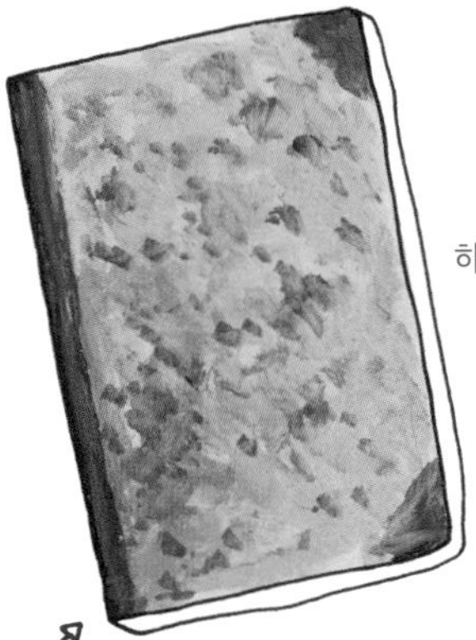

1813년

T. 에거튼
하드커버 세 권 분권

무려 초판본!
당시에는 표지에 제목이 없었다.
초판 인쇄는 1500부,
각 권 가격은 18실링.

1894년

조지 앨런
천 제본 하드커버
삽화 휴 톰슨

1930년대

유니버설라이브러리
하드커버
표지 그림 앨프리드 스크렌다

앨프리드 스크렌다는
1930년대에 고전소설의
아름다운 표지 그림을
다수 그렸다.

1940년대

펭귄 보급판 페이퍼백
표지 디자인 에드워드 영

1935년에 앨런 레인은
영국의 보들리헤드 출판사에서
편집장으로 일하는 동안 모두가
적당한 가격에 소설을 구입할
수 있도록 펭귄 페이퍼백을
만들었다. 이듬해 펭귄은 별도의
회사로 분리되었다.

1960년

베스트셀러라이브러리
보급판 페이퍼백

1964년

옥스퍼드
하드커버

1983년

밴텀클래식 보급판
페이퍼백

표지 그림
토머스 로런스 경

학교 수업 때문에
이 책을 읽어야 할 때
구입하는 유형이다.
아닌가?

2009년

하퍼틴
페이퍼백

스테퍼니 마이어의
'트와일라잇' 시리즈가
이 무렵 아주 인기가 높았는데,
그 표지가 이 책과 닮았다.

펭귄 천 제본 고전 시리즈
가운데 한 권이다. 이
시리즈는 대단한 재능을
타고난 빅포드 스미스가
디자인을 맡았다.

2009년

펭귄클래식
천 제본 하드커버
표지 디자인 코랄리
빅포드 스미스

이 세 권 모두
2009년에
출간되었다!

2009년

펭귄클래식
디럭스 에디션 페이퍼백
표지 그림 루벤 톨레도

루벤 톨레도는
유명한 패션
삽화가다.

작가의 방

헨리 데이비드 소로

2년 2개월 하고 이틀 동안, 헨리 데이비드 소로(Henry David Thoreau)는 방 한 칸짜리 오두막에서 살았다. 친구이자 멘토이며 초월주의 운동의 동료였던 랄프 왈도 에머슨(Ralph Waldo Emerson)이 소유한 약 5700제곱미터 넓이의 땅에 소로가 직접 지은 오두막이었다. 월든 호수 곁에 살면서 소로는 『소로우의 강』을 썼으며 걸작 『월든』의 영감을 받았다. 『월든』은 7년 뒤 완성되어 출간된다. 월든을 떠난 뒤 소로는 부모의 집(오두막에서 걸어서 한 시간 정도 떨어진 곳이었다)과 에머슨의 집(2.4킬로미터쯤 떨어져 있었다)을 오가며 지냈다.

오늘날, 매사추세츠주 콩코드 근처의 낮은 돌기둥이 오두막의 굴뚝과 모서리 네 군데가 있던 곳을 표시하고 있다.

이제는 월든 호수 주립 보호구역이 된 주차장 근처에 오두막 모형 하나가 있다. 모형은 셀 수 없이 많이 만들어졌는데, 그중에는 가스관을 반대한다는 뜻에서 세워진 것도 있다. 환경보전에 대한 소로의 이상에 바치는 헌사다.

소로는 가로세로 3미터, 4.5미터짜리 오두막을 짓느라 28달러 12센트를 썼다. 그는 친구들의 도움을 받아 쪼갠 나무와 어느 아일랜드 철도 노동자에게서 산 판잣집 폐기물로 오두막을 짓고 허물었다.

제인 오스틴

생의 마지막 8년 동안(그동안 책 네 권이 출간되었다) 제인 오스틴은 어머니와 자매들과 함께 잉글랜드의 남쪽 해안을 끼고 있는 햄프셔의 저택에서 살았다. 저택은 오빠인 에드워드 나이트가 그들에게 준 것이었다. 에드워드는 자신을 입양한 자식 없는 부부로부터 재산(과 그 밖의 것들)을 물려받았다.

이 저택이 지금의 제인오스틴하우스박물관이다(Chawton Cottage라는 이름으로도 알려져 있다). 이곳의 도서관에는 오스틴의 자필 원고와 소설 초판, 그녀에게 영감을 주었거나 그녀에게서 영감을 받은 여성 작가들의 작품이 소장되어 있다.

가장 인기가 많고 숭고한 느낌마저 드는 소장품은 오스틴이 쓰던 작은 책상(굳이 책상이라고 부르겠다면 말이다)으로, 이 십이각형의 호두나무 탁자는 종이 몇 장, 깃펜과 잉크통을 겨우 올려둘 만한 크기다.

박물관에 있는 다른 소장품으로는 오스틴의 작은 터키석 금반지와 조그마한 액자 안에 담긴 오스틴 부모의 실루엣이 있다.

도서 목록: 221~222쪽 참조

1900년대 초반의 소설: 각성과 변화

1900년대는 식민지 건설과 산업혁명의 바람을 타고 빠르게 변화했고, 자동차와 비행기 분야의 발전으로 추진력을 얻었다. 제1차세계대전은 수백만의 목숨을 앗아갔고, 대공황 시절에는 미국 내 실업률이 25퍼센트까지 치솟았다. 환상이 깨진 이 시대의 작가들은 있는 그대로의 세상을 묘사하기 위해 낭만주의라는 장밋빛 안경을 벗어던졌다. 세상이란 지독히도 이해할 수 없는 곳이었다. 조지프 콘래드(Joseph Conrad) 는 1899년『암흑의 핵심』을 출간했는데, 소위 문명인과 야만인 사이에서 어떤 차이점도 찾지 못한다. 버지니아 울프(Virginia Woolf)는 "1910년 12월 무렵" 인간성이 본질적인 변화를 겪었다고 썼다. 그 결과 지금의 우리가 모더니즘으로 여기는 "종교, 행동, 정치, 문학에서의 변화"가 뒤따랐다는 것이다.

조라 닐 허스턴(Zora Neale Hurston)은 50권 이상의 장편소설과 단편소설, 연극과 에세이를 발표한 뒤 복지관 쉼터에서 돈 한 푼 없이 홀로 사망했고 묘비 없는 무덤에 묻혔다. 1973년 작가 앨리스 워커(Alice Walker)는 허스턴의 무덤을 찾기 위해 그녀의 사촌인 척하고 플로리다주 이턴빌을 방문했다. 허스턴은 이턴빌(『그들의 눈은 신을 보고 있었다』의 배경지)에 살았지만, 워커는 포트 피어스에서 그녀의 무덤으로 추정되는 곳을 발견하게 되고 그 무덤을 위한 묘비를 샀다. 이 과정에서 워커는 허스턴이 철쭉, 나팔꽃, 치자나무를 기르고 채소밭을 가꾸었으며 흰색과 갈색이 섞인 개 스포트를 데리고 살았다는 걸 알게 됐다.

버지니아 울프는『등대로』에서 당대의 새로운 경향이었던 의식의 흐름 기법을 사용했다(1925년에 출간된『댈러웨이 부인』에서도 그랬고, 그 전에는 제임스 조이스가 1922년에 발표한『율리시스』에서 사용했다). 책은 "행복이란 무엇일까? 그리고 우리는 이곳에서 무엇을 하고 있는가?"와 같은 시대를 초월해 의미 있는 통찰이 깃든 질문을 던진다.

호가스 출판사 1927년 하드커버 디자인 버네사 벨, 울프의 언니

젊은 시절부터 버지니아 울프는 종이에 글을 쓰는 신체 활동을 즐겼다. 이상적인 감각을 찾기 위해 다양한 펜을 가지고 실험을 했다. 몽블랑은 현재 울프에게서 따온 "작가 에디션" 펜을 판다.

26만5000단어, 혹은 약 732쪽으로 구성된 제임스 조이스의『율리시스』는 1904년 6월 16일, 레오퍼드 블룸의 생애 가운데 어느 평범한 하루만을 담고 있다. 조이스의 팬은 이날을 블룸스데이로 기념한다.

랜덤하우스 1934년 하드커버 디자인 에른스트 라이클

이 책들을 읽으며 앉았을 수 있는 의자다. 르코르뷔지에, 샤를로트 페리앙, 피에르 지네레의 LC2, 1928년

더 읽고 싶다면

『대지』 | 펄 벅
『레베카』 | 대프니 듀 모리에
『소리와 분노』 | 윌리엄 포크너
『위대한 개츠비』 | F. 스콧 피츠제럴드
『훌륭한 군인』 | 포드 매덕스 포드
『하워즈 엔드』 | E. M. 포스터
『소송』 | 프란츠 카프카
『바람과 함께 사라지다』 | 마거릿 미첼
『구토』 | 장 폴 사르트르
『호빗』 | J. R. R. 톨킨

사랑받는 서점들

다이칸야마 츠타야

일본, 도쿄

다이칸야마 츠타야는 "숲속 도서관"이라는 아이디어에서 출발해 만들어진 서점으로 이제는 북적이는 도쿄 거리의 피난처로 유유히 자리한 모습이다. 세 채의 건물 외벽은 T자 모양의 마감재로 말끔하게 연결되어 있다. 클라인다이댐 건축사무소 디자이너들이 건물주에게 고개를 숙여 인사하는 것 같다. 서점은 숲으로 이어지는데 자전거 거치대와 반려견 리드줄을 묶어둘 손잡이가 구비되어 있어, 손님들은 몇 시간 동안 서점에 있는 어마어마한 양의 물건들을 둘러보는 사이 자전거나 반려견을 안전하게 놔둘 수 있다.

이곳을 찾는 독자들은 일본과 외국에서 출간된 음식, 여행, 자동차, 자전거, 건축, 디자인, 예술, 인문학과 문학서 들이 가득 꽂힌 여러 방들뿐만 아니라 CD와 DVD 아카이브, 깃펜까지 갖춘 문구 코너도 둘러볼 수 있다.

나는
책이 좋아.
T-site 건물에는
라운지, 여행안내
코너, 장난감가게,
카메라가게,
수의사, 반려동물
호텔도 있다.

2층의 살롱은 빈티지 잡지 전문 공간으로 약 3만 권 이상의 일본과 해외 잡지가 있다. 1960년대와 1970년대에 발행된 것들이 대부분이다. 건물 하나에 두기엔 훌륭한 물건들이 너무 많은데 세 채에 나눠 전시 및 진열을 하고 있어 좋다.

유니티 북스

뉴질랜드, 오클랜드

유니티 북스(Unity Books) 오클랜드 지점은 독자와 거창한 약속을 한다. 서점 외벽을 두르고 있는 문장은 이러하다.

"유니티 북스에는 무엇이 있지? ★ 노래를 부르는 것 ★ 논쟁하는 것 ★ 이야기하는 것 ★ 놀라운 것 ★ 미래를 볼 수 있는 것 ★ 유혹하는 것 ★ 기분을 들뜨게 하는 것."

유니티 북스는 웰링턴에도 지점이 있다. 두 곳 모두 뉴질랜드 작가의 책과 해외 서적이 있고 "뱀파이어 성애물 같은 한숨 나오는 분야"도 있다. 서점에서는 그 외에도 무엇이든 "당신만을 위해 바다를 건넌 이상하고 신비로운 책들을 찾아내 들여올 것이다."

타이프 북스

캐나다, 온타리오주, 토론토

이곳의 편안하고 세련되고 예쁘고 밝은 이미지는 조앤 솔과 사마라 왈봄이 캐나다 문학에 관한 논문을 완성할 무렵 꿈꾼 서점의 모습이다. 그로부터 10년 뒤 타이프 북스(Type Books)가 탄생했다.

타이프 북스는 동네 홍보와 SNS 입소문 홍보 모두에 공을 들인다고 한다. 가게 전면 유리창에는 칼프나 파텔이 무척 정교하고 세밀하게 만든 종이 세공품을 정기적으로 전시한다. 이 세공품은 책진열을 보다 더 효과적으로 연출한다.

서점에서는 "책의 즐거움"이라는 동영상을 제작했다.
책으로 만든 짧은 길이의 스톱모션 비디오다.
직원들이 퇴근한 밤에 책들이 누리는 비밀 생활을 담은 영상으로
조회수가 400만을 넘겼다.

NAKED LUNCH william s. burroughs Grove Press
Ursula K. Le Guin The Left Hand of Darkness
ATLAS SHRUGGED AYN RAND RANDOM HOUSE
THE BELL JAR A NOVEL SYLVIA PLATH
INVISIBLE MAN RALPH ELLISON
ON THE ROAD • Jack Kerouac
THE RAZOR'S EDGE MAUGHAM Vintage
García Márquez One Hundred Years of Solitude Harper & Row
The Stranger ALBERT CAMUS Vintage
Franny and Zooey Salinger Little, Brown
A House for Mr Biswas V.S. Naipaul McGraw-Hill
Hunter S. Thompson Fear and Loathing in Las Vegas A Savage Journey to the Heart of the American Dream Random House
THE END OF THE AFFAIR by GRAHAM GREENE Viking
Lolita NABOKOV VINTAGE
TRUMAN CAPOTE IN COLD BLOOD
SLAUGHTERHOUSE-FIVE KURT VONNEGUT
ONE FLEW OVER THE CUCKOO'S NEST Ken Kesey VIKING
John le Carré The Spy Who Came in from the Cold MODERN CLASSICS
HARPER LEE TO KILL A Mockingbird HARPER
Lord of the Flies William Golding Faber
A CLOCKWORK ORANGE ANTHONY BURGESS
Watership Down Richard Adams

도서 목록: 222쪽 참조

20세기 중반의 소설: 붕괴와 재구성

제2차세계대전의 여파로 문화는 무너지고 흩어졌다. 작가들은 그 무너진 조각들을 집어다가 재조립하여 새로운 형태의 문학으로 만들었다. 이 흐름이 소위 포스트모더니즘이다. 그런데 포스트모더니즘을 정확히 정의내리기란 어렵다. 디스토피아나 풍자 문학으로 향한 작가도 있고, 실재하는 삶을 끌어와 소설을 쓰거나 소설의 이야기 기법을 활용해 뉴 저널리즘이라고도 하는 "논픽션 소설"을 쓴 작가도 있다.

트루먼 커포티(Truman Capote)는 『인 콜드 블러드』를 쓰기 위해 캔자스를 여행했다. 친구 하퍼 리(Haper Lee)와 함께였다. 두 사람은 직접 인터뷰를 한 수천 페이지의 기록을 모았다. 커포티는 이 책을 리에게 헌정했지만 그녀가 책에 기여했다는 사실은 인정하지 않았다.

랜덤하우스 1965년 하드커버
디자인 S. 닐 후지타

하퍼&로 1970년
하드커버
디자인 가이 플레밍

가브리엘 가르시아 마르케스(Gabriel García Márquez) 의 『백년의 고독』은 37개 언어로 번역되었다. 영어판 번역은 그레고리 라바사가 맡았다. 라바사는 쿠바계 아버지와 뉴요커 어머니 사이에서 태어나 용커즈에서 자랐다. 가르시아 마르케스는 라바사의 번역이 원래 소설보다 더 좋다고 했다.

랠프 엘리슨(Ralph Ellison)은 내셔널북어워드 수상 소감에서 『보이지 않는 인간』의 가치는 그 실험적인 문체에 있다고 밝혔다. "(『보이지 않는 인간』의 문체는) 유연하고 빠르다, 미국의 변화가 빠르듯. 미국은 사회의 불평등과 야만성에 직면하고 있지만 그럼에도 희망과 인간애와 개인의 자아실현을 위해 앞으로 나아간다." 버락 오바마는 이 책을 읽고 힘을 얻었다고 했다.

어슐러 K. 르 귄(Ursula K. Le Guin)의 『어둠의 왼손』은 어느 남성 여행자가 양성적인 생명체들이 사는 행성에 방문하는 이야기다. 생물학적 성과 사회적 성이 문화에 어떤 영향을 미치는지를 보여준다.

1969년 에이스 보급판
페이퍼백, 표지 그림 레오 딜론, 다이앤 딜론

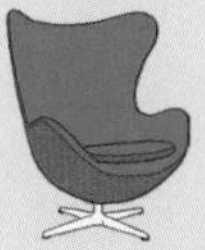

이 책들을 읽으려고 앉았을 수도 있는 의자다.
아르네 야콥센의 에그 체어, 1958년

실비아 플라스(Silvia Plath)는 원래 빅토리아 루카스(Victoria Lucas)라는 필명으로 『벨 자』를 출간했다. 책이 실존인물 및 사건과 너무 비슷한 탓도 있었다. 그녀와 『벨 자』의 주인공 둘 다 뉴욕의 어느 여성 잡지에서 인턴으로 근무했고 점심식사로 캐비어 한 접시를 다 먹었으며 우울증으로 고생했고 자살을 시도했다. 플라스는 결국 오븐을 켠 채 그 안에 머리를 집어넣고 스스로 생을 마감했다.

더 읽고 싶다면

『조반니의 방(Giovanni's Room)』 | 제임스 볼드윈
『캐치-22』 | 조지프 헬러
『노인과 바다』 | 어니스트 헤밍웨이
『추운 기후의 사랑(Love in a Cold Climate)』 | 낸시 미트포드
『대부』 | 마리오 푸조
『어린 왕자』 | 앙투안 드 생텍쥐페리
『나를 있게 한 모든 것들』 | 베티 스미스
『에덴의 동쪽』 | 존 스타인벡
『달려라, 토끼』 | 존 업다이크
『모두가 왕의 부하들(All the king's men)』 | 로버트 펜 워런

예술이 된 표지

책은 원래 일일이 손으로 제본하는 고가의 물건이었다. 옛날에는 내부 종이를 보호하기 위해 표지를 가죽으로 만들었는데, 19세기 초 새로운 기계가 발명되면서 천으로 표지를 만들 수 있게 됐다. 책싸개는 구매자가 책을 가지고 집으로 갈 때까지만이라도 질 좋은 천을 보호할 수 있도록 고안되었다. 그러다 1830년대 즈음 출판사들은 기회를 엿봤고 아름답게 디자인한 책싸개로 책을 팔기 시작했다.

19세기가 끝날 무렵, 문학계간지『노란 책』은 표지에 아방가르드 양식의 도안을 사용하기 시작했다. 그중 다수는 처음에 아트디렉터를 맡았던 오브리 비어즐리의 작품이었다. 제1차세계대전 종전 후인 1920년대에는 소련과 독일의 예술가들이 디자인계를 이끌었고, 출판사가 예술가에게 표지 작업을 맡기기 시작했다. 20세기 중반에 이르기까지 디자이너들은 이미지와 활자를 결합해 놀랍고도 잊지 못할 표지들을 창작했다.

스페인 화가 쿠가트가 『위대한 개츠비』의 표지를 맡았을 때, 피츠제럴드는 계속 집필 중이었다. 작가는 쿠가트의 표지를 좋아했고 "표지가 책에 녹아들도록" 원고를 썼다고 출판사에 전했다. 이 표지는 쿠가트가 작업한 단 하나의 작품으로 작업료는 100달러였다.

『위대한 개츠비』

F. 스콧 피츠제럴드

스크리브너스 1925년 하드커버

그림 프랜시스 쿠가트

『모비 딕』

허먼 멜빌

랜덤하우스 1930년 하드커버

그림 록웰 켄트

『세 가지 삶 (Three Lives)』

거트루드 스타인

뉴디렉션스 뉴클래식스 하드커버 1945년

디자인 앨빈 러스티그

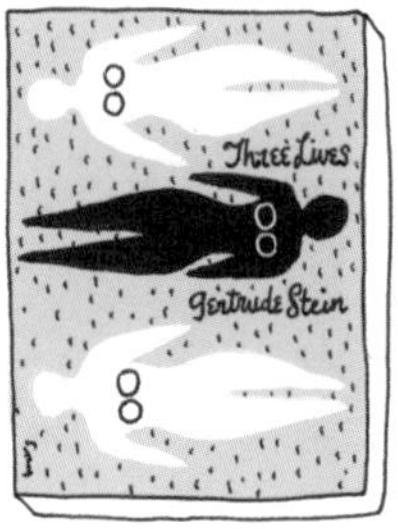

10년이 채 안 되는 기간 동안 러스티그는 뉴디렉션스 출판사의 뉴클래식스 시리즈의 표지를 70권 이상 디자인했는데 표지들은 모두 놀랍도록 세련되었다. 10대 때 걸린 당뇨 때문에 그가 1955년, 마흔 살로 세상을 떠날 때까지 작업은 계속되었다.

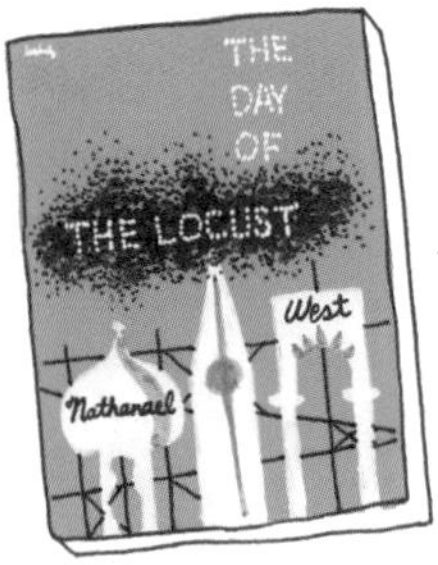

『메뚜기의 날』

너새네이얼 웨스트

뉴디렉션스 뉴클래식스 하드커버 1950년

디자인 앨빈 러스티그

『주홍 글자』

너새니얼 호손

월드퍼블리싱 1946년 하드커버

그림 넬 부커

『호밀밭의 파수꾼』

J. D. 샐린저

리틀, 브라운 1951년 하드커버

디자인 E. 마이클 미첼

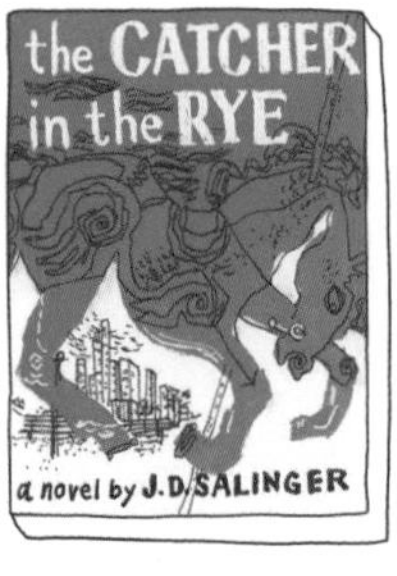

샐린저는 자신의 책 표지에 오로지 작가 이름과 제목만 들어가야 한다는 확고한 의견을 갖고 있었다(광고도 작가 소개도 요약도 거부했다). 표지의 회전목마를 그린 미첼은 샐린저와 40년 넘은 친구 사이로, 코네티컷주 웨스트포트에서 이웃으로 만났다.

『보이지 않는 인간』

랠프 엘리슨

랜덤하우스 1952년 하드커버

디자인 에드워드 맥나이트 코퍼

맥나이트 코퍼는 주로 광고 포스터를 디자인했다. 런던 지하철 포스터와 아메리칸항공 포스터도 다수 작업했다. 그는 표지를 하나의 작은 포스터로 보았다.

『기회(Chance)』

조지프 콘래드

더블데이앵커 1957년 페이퍼백

그림 에드워드 고리

고리는 『펑 하고 산산조각 난 꼬마들』을 비롯하여 본인이 쓰고 그린 책으로 더 유명하다. 1950년대에는 더블데이 출판사 미술부에서 일하면서 많은 표지들을 디자인하기도 했다.

『아틀라스』

에인 랜드

랜덤하우스 1957년 하드커버

디자인 조지 솔터

『더블린 사람들』

제임스 조이스

컴퍼스 1959년 페이퍼백

디자인 엘렌 라스킨

『앵무새 죽이기』

하퍼 리

리핀코트 출판사 1960년 하드커버

디자인 셜리 스미스

베이컨은 6500권이 넘는 표지를 디자인했는데 큰 활자와 단순하고 화려한 이미지의 '빅 북 룩(big book look)' 스타일로 유명하다. 그는 디자인 과정에 대해서 이렇게 말한 적 있다. "스스로에게 언제나 말합니다. '넌 쇼의 주인공이 아니야. 작가는 이 죽여주는 걸 쓰는 데 3년 반이나 걸렸어, 그리고 출판사는 거금을 들이고 있고. 그러니 넌 뒤로 물러나.'"

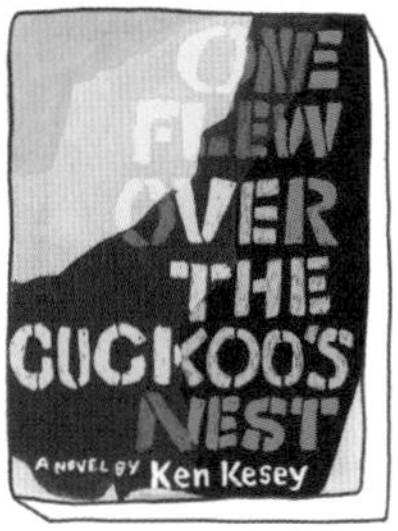

『뻐꾸기 둥지 위로 날아간 새』

켄 키지

바이킹 출판사 1962년 하드커버

디자인 폴 베이컨

펠햄은 펭귄 출판사의 아트디렉터였는데, 영화 포스터 같은 인상을 줄 표지 이미지를 만들려고 삽화가를 고용했다. 스탠리 큐브릭의 영화가 개봉을 앞두고 있었기 때문이었다. 삽화가가 작업에 실패하자, 막판에 그는 직접 불후의 이미지를 만들었다.

『벨 자』

실비아 플라스

페이버 출판사 1966년 하드커버

디자인 셜리 터커

잊지 못할 표지 이미지를 만들기 위해 터커는 제도 컴퍼스를 이용해 점점 더 넓어지는 원들을 그렸고, 일부를 잘라내 완벽하게 배치했다.

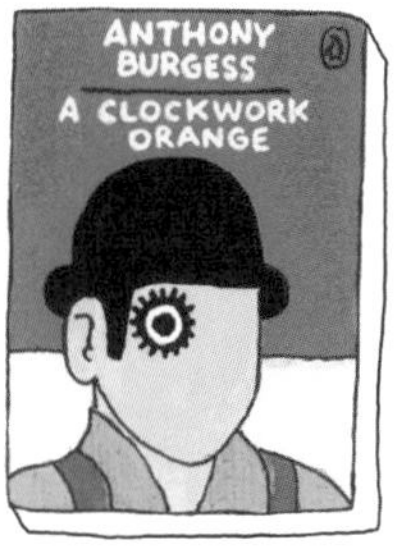

『시계태엽 오렌지』

앤서니 버지스

펭귄 출판사 1972년 페이퍼백

디자인 데이비드 펠햄

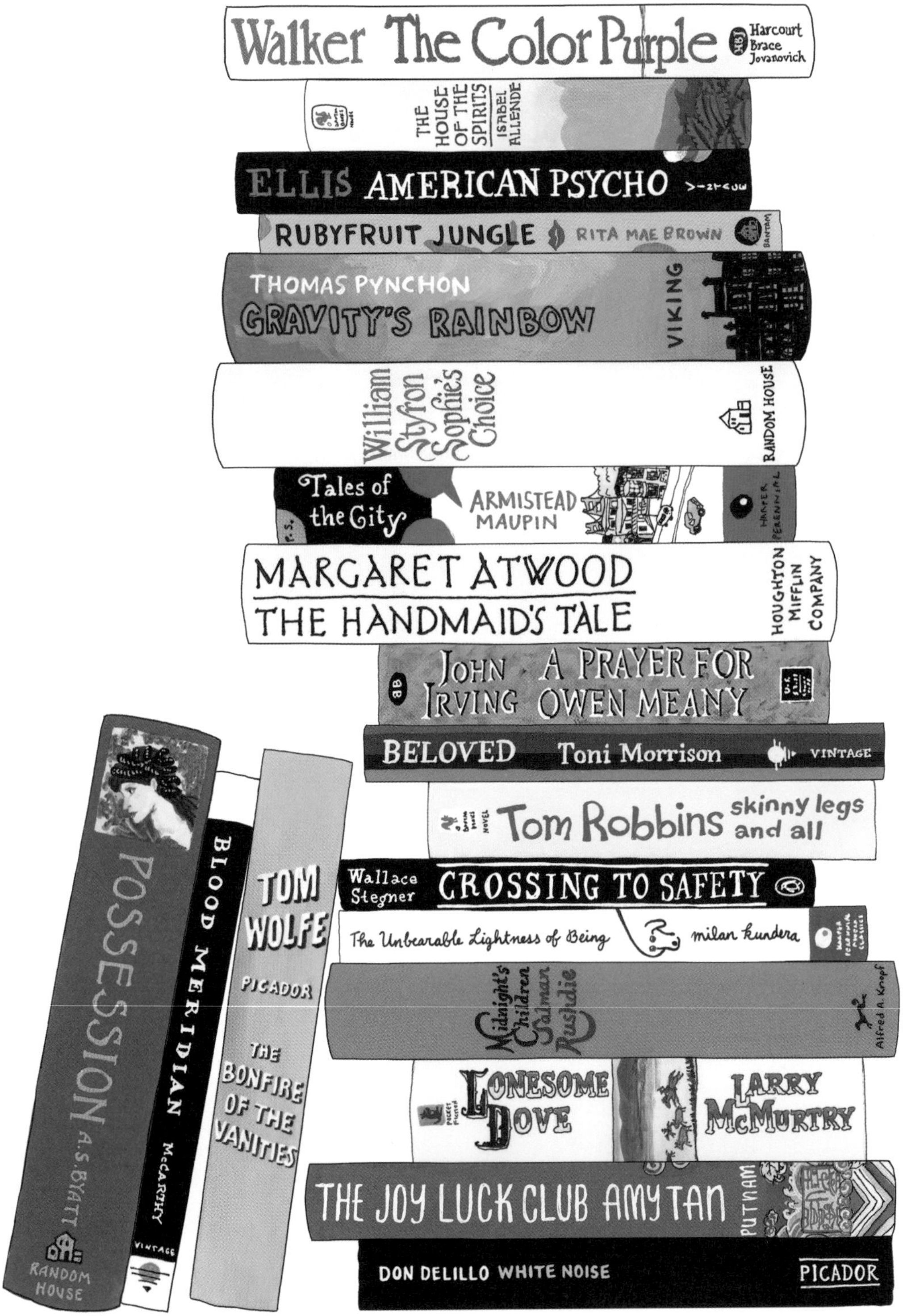
Walker The Color Purple Harcourt Brace Jovanovich
THE HOUSE OF THE SPIRITS ISABEL ALLENDE
ELLIS AMERICAN PSYCHO
RUBYFRUIT JUNGLE RITA MAE BROWN BANTAM
THOMAS PYNCHON GRAVITY'S RAINBOW VIKING
William Styron Sophie's Choice RANDOM HOUSE
Tales of the City ARMISTEAD MAUPIN HARPER PERENNIAL
MARGARET ATWOOD THE HANDMAID'S TALE HOUGHTON MIFFLIN COMPANY
JOHN IRVING A PRAYER FOR OWEN MEANY
BELOVED Toni Morrison VINTAGE
Tom Robbins skinny legs and all
Wallace Stegner CROSSING TO SAFETY
The Unbearable Lightness of Being milan kundera
Midnight's Children Salman Rushdie Alfred A. Knopf
LONESOME DOVE LARRY McMURTRY
THE JOY LUCK CLUB AMY TAN PUTNAM
DON DELILLO WHITE NOISE PICADOR
POSSESSION A.S. BYATT RANDOM HOUSE
BLOOD MERIDIAN McCARTHY VINTAGE
TOM WOLFE PICADOR THE BONFIRE OF THE VANITIES

도서 목록: 222쪽 참조

1900년대 후반의 소설:
욕망과 성장

1976년 『뉴욕 매거진』의 표지 기사에서 톰 울프(Tom Wolfe)는 1970년대를 '나'의 시대로 정의했다. 1980년대에는 '여피족'과 MTV가 등장했다. 블랙먼데이가 닥쳐 세계 시장이 주춤할 때까지 소비지상주의가 세를 불렸다. 베트남전쟁은 조금씩 잦아들었지만 다른 한편 냉전은 차츰 고조되었다. 그럼에도 세상은 조금씩 나아졌다. 베를린 장벽이 무너졌고 넬슨 만델라가 마침내 석방되었다. 그리고 문학에서 '나'는 점점 더 다양한 모습으로 등장했다. 저마다 다른 민족성과 성별과 성 정체성을 지닌 사람들이 창작에 뛰어들었고, 다양한 사람들의 이야기에 독자들은 빠져들었다. 이런 상황들을 살펴보며, 삶은 그 무수함이 기적 같다고 (조금쯤은 존 어빙처럼) 생각할 수도 있겠다.

1981년 1월 8일 이사벨 아옌데(Isabel Allende)는 할아버지가 죽어가고 있다는 소식을 접했다. 그날 그녀는 할아버지에게 작별의 편지를 쓰기 시작했다. 할아버지가 자신의 삶과 가족과 조국에 대해 말해준 이야기를 모두 연대순으로 기록했다. 그해가 끝날 무렵 그녀는 『영혼의 집』 초고를 완성했다. 이후 아옌데는 1월 8일이 되면 소설을 하나씩 쓰기 시작했다.

코맥 매카시(Cormac McCarthy)의 『핏빛 자오선』은 최고의 미국 소설 가운데 하나로 꼽힌다. 하지만 여러 비평가들은 책에 묘사된 잔인한 폭력 때문에 읽기 힘들었다고 털어놓았다. 영화화 시도도 전부 실패로 돌아간 건 놀랍지 않다.

랜덤하우스 1985년 하드커버
그림 살바도르 달리, 디자인 리처드 아델손

1989년 토니 모리슨(Tony Morrison)은 어느 인터뷰에서 노예무역 희생자를 위한 기념비가 없다는 점을 지적했다. "적절한 기념비도, 명판도, 화환도, 벽도, 공원도, 마천루의 로비도 없다. 90미터 높이의 탑도 없고 길가의 작은 벤치도 없다…." 그녀의 말에 힘입어 사우스 캐롤라이나주의

설리반섬에서부터 마르티니크의 포트 드 프랑스까지 길가에 작은 벤치들이 설치되었다.

2017년, 에이미 탄(Amy Tan)은 회고록 『과거는 어디에서 시작하는가(Where the Past Begins)』를 발간했다. 책에서는 삶의 힘든 순간들을 마주한다. 어머니는 캘리포니아로 이주하기 위해 중국의 가족을 떠났고, 탄이 열네 살 무렵 아버지와 오빠가 뇌종양으로 세상을 떠났다.

이 책들을 읽으려고 앉았을 수도 있는 의자다.
마크 뉴슨의 록히드 라운지(LC1), 1985년

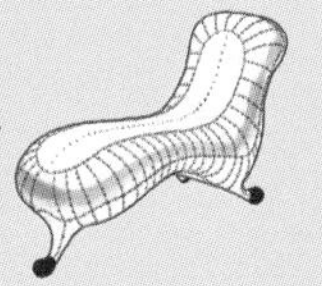

더 읽고 싶다면

『시대의 왕자』 | 팻 콘로이
『발리스』 | 필립 K. 딕
『어느 유랑극단 이야기』 | 캐서린 던
『연인』 | 마르그리트 뒤라스
『푸코의 진자』 | 움베르토 에코
『뉴로맨서』 | 윌리엄 깁슨
『스탠드』 | 스티븐 킹
『잉글리시 페이션트』 | 마이클 온다치
『시핑 뉴스』 | 애니 프루
『뱀파이어와의 인터뷰』 | 앤 라이스

사랑받는 서점들

『사포의 노래(The Songs of Sappho)』
피터포퍼 출판사
1966년 하드커버
그림 스탠리 와트

사포 북스

오스트레일리아, 뉴사우스웨일스주, 시드니

사포 북스(Sappho Books)는 시드니에 위치한 복합문화공간으로 서점의 내부와 외부가 넓게 뻗어 3층까지 이어진다. 카페, 바와 셀프서비스 코너, 중고음반 코너도 있다. 팬들에게 이곳은 매혹적이고 영감을 주며 폭넓은 취향을 만끽할 수 있는 곳이다.

사포는 레스보스섬에 살던 아르카익시대의 그리스 시인의 이름이다. 사랑과 여성에 대해 쓴 서정시가 널리 알려져 있다. 그 이름에 걸맞게 사포 북스는 한 달에 한 번 두번째 주 화요일이면 시드니에서 가장 큰 시 행사를 연다.

서점에 공간이 더 생긴다면 에밀리는 사람들이 밤새 머물 수 있는 장소를 만들 것이다.

파월스

미국, 오리건주, 포틀랜드

애서가들에게 파월스(Powell's)란 포틀랜드와 동의어나 다름없다. 그런데 서점 자체는 1970년에 시카고에서 처음 문을 열었다. 대학원생 마이클 파월은 친구 솔 벨로 등의 격려 속에서 서점을 시작했다. 그러기 위해 3000달러를 빌렸는데 두 달 만에 원금 상환에 성공했다. 마이클의 아버지인 월터는 은퇴한 도색업자로 여름 동안 서점에서 근무하다 그 일에 매료돼 1971년 오리건주에 자신의 서점을 열기로 결심했다. 현재는 3대째 주인인 에밀리가 포틀랜드 전역에 있는 다섯 곳의 파월스 서점을 운영한다. 파월의 플래그십 스토어인 시티 오브 북스(City of Books)는 세계에서 가장 큰 독립서점으로 중고서적과 신간을 판다. 블록 하나를 다 차지하고 있는 서점 건물은 과거 자동차 영업소였다(가까이서 보면 옛 흔적을 찾을 수 있다). 약 100만 권의 책을 보유하고 있다.

밀레니엄 소설: 혼돈 속 희망

또다시 세기말, 또다시 존재론적 혼란을 겪는 시기가 도래했다. 사람들은 인쇄 매체 대신 케이블 뉴스와 인터넷을 소비하고 있었다. 자연 재해는 개발도상국을 파괴하고 있었고 선진국은 Y2K를 걱정하고 있었다. 미국은 국내외 테러리스트들에게 공격당했고 테러와의 전쟁을 선포했다. 고맙게도, 언제나 그렇듯이 책에서 희망과 휴식을 찾을 수 있었다.

『인피니트 제스트(Infinite Jest)』가 출간될 무렵 데이비드 포스터 월리스(David Foster Wallace)는 인터넷을 한 번도 사용해본 적 없었다. 그러나 그는 책에서 스마트폰 화상회의를 예언했다. 책 속 인물들은 처음에는 이를 반기지만 정서적 스트레스와 육체적 공허함 때문에 마음이 빠르게 식는다.

월리스는 표지가 아메리칸항공 안전 소책자를 닮았다고 생각했다. 담당 편집자에 따르면 그는 "산업 쓰레기로 만든 거대한 현대 조형물" 이미지를 표지로 제안했다.

리틀, 브라운 1996년 하드커버
디자인 스티브 스나이더

아룬다티 로이(Arundhati Roy)는『작은 것들의 신』으로 맨부커상을 수상했다. 20년 후 두번째 소설『지복의 성자(The Ministry of Utmost Happiness)』를 냈다. 그사이 그녀는 운동가로 활동했고 여러 권의 책과 가치가 맞먹는 정치적인 에세이들을 썼는데 핵무기 실험을 비판하는「상상력의 끝(The End of Imagination)」도 그중 하나다.

무라카미 하루키는 스물아홉 살에 글을 쓰기 시작했다. 당시 그는 도쿄에서 카페 겸 재즈 바를 운영하고 있었는데 어느 날 그냥 소설을 써보자고 결심했다. 그는 자신의 문체가 음악, 특히 재즈에서 많은 영향을 받았다고 말한다.

데이비드 미첼(David Mitchell)은 여러 시간대를 넘나드는『클라우드 아틀라스』부터 역사소설『야코프의 천 번의 가을』과 어느 정도 자전적 이야기를 그린『블랙스완그린』, 그리고 판타지 세계를 그린『뼈 시계(The Bone Clocks)』까지 다양한 소재의 소설들을 썼고, 그것들은 서로 무척 달라 보인다. 하지만 세심하게 살펴보면 그의 모든 책들은 서로 연결된 하나의 우주로 합쳐지며, 캐릭터들은 여러 작품에서 재등장한다.

이 책들을 읽으려고 앉았을 수도 있는 의자다.
마르셀 반더르스의 매듭의자, 1996년

더 읽고 싶다면

『인간 종말 리포트』 | 마거릿 애트우드
『조나단 스트레인지와 마법사 노렐』 | 수잔나 클라크
『추락』 | J. M. 쿳시
『세월』 | 마이클 커닝햄
『아름다움의 선』 | 앨런 홀링허스트
『하이 피델리티』 | 닉 혼비
『연을 쫓는 아이』 | 할레드 호세이니
『시간 여행자의 아내』 | 오드리 니페네거
『아우스터리츠』 | W. G. 제발트
『설화와 비밀의 부채』 | 리사 시

CLOUD ATLAS David Mitchell
bel canto Ann Patchett
HARUKI MURAKAMI THE WIND-UP BIRD CHRONICLE
THE GOD OF SMALL THINGS ARUNDHATI ROY RANDOM HOUSE
GILEAD | MARILYNNE ROBINSON PICADOR
MICHAEL CHABON the AMAZING ADVENTURES OF KAVALIER & CLAY
THE FORTRESS OF SOLITUDE JONATHAN LETHEM A NOVEL VINTAGE
THE SAVAGE DETECTIVES ROBERTO BOLAÑO PICADOR
EVERYTHING IS ILLUMINATED JONATHAN SAFRAN FOER
mark haddon the curious incident of the dog in the night-time Doubleday
The Poisonwood Bible a novel BARBARA KINGSOLVER P.S.
NEVER LET ME GO KAZUO ISHIGURO VINTAGE
A FINE BALANCE MISTRY VINTAGE
THE LOVELY BONES ALICE SEBOLD Little, Brown
Yann Martel Life of Pi Harcourt
WHITE TEETH ZADIE SMITH VINTAGE
FIGHT CLUB CHUCK PALAHNIUK NORTON
jhumpa lahiri the namesake MARINER BOOKS
IAN McEWAN | ATONEMENT
PHILIP ROTH THE HUMAN STAIN VINTAGE
david foster wallace infinite jest BACK BAY BOOKS
MIDDLESEX JEFFREY EUGENIDES PICADOR

도서 목록: 222쪽 참조

작가가 주인인 서점들

언라이클리 스토리

미국, 매사추세츠주, 플레인빌

제프 키니(Jeff Kinney)는 믿기 어려운 이야기 가운데서도 가장 믿기 어려운 이야기의 주인공일 것이다. 『윔피 키드』의 작가인 그는 처음엔 주류·담배·화기 및 폭발물 단속국의 일원이 되고 싶었다. 그 대신 그는 의료 소프트웨어 회사의 프로그래머가 되었고, 그다음엔 교육용 게임사이트인 펀브레인에서 게임디자이너로 일했다. 그와 아내는 매사추세츠주 플레인빌로 이사를 갔는데 동네가 보스턴의 펀브레인 본사와 가까운 것도 이유였다. 펀브레인은 키니가 6년 동안 일종의 부업처럼 그려온 자전적 만화를 회사 사이트에 올리도록 권했고, 곧 수백만 명의 젊은 독자들이 윔피 키드의 팬이 되었다.

2년 후 키니는 만화를 에이브럼스 출판사에 팔았다. 명성과 부를 누리게 되었지만(작품이 대성공을 거두어 키니는 2014년에만 2000만 달러를 챙겼다) 그는 플레인빌에 머무르기로 결심했으며, 심지어 투자를 하기로 했다. 한때 이발소, 드럭스토어, 찻집, 잡화점이었다가 거의 20년 동안 비어 있던 마을 한복판의 건물을 산 것이다. 작품의 주 독자층인 그 지역 초등학교 5학년 학생들이 그곳에서 무얼 하면 좋을지 아이디어를 냈는데, 롤러코스터와 m&m 초콜릿으로 채운 풀장도 있었다. 여러 아이디어 가운데 키니는 가장 새로운 상상의 나래를 펼치기 위해 책방을 선택했다.

파르나서스 북스

미국, 테네시주, 내슈빌

작가 앤 패칫(Ann Patchett)은 고향에서 기업형 서점 두 군데가 문을 열었다 닫는 모습을 지켜보았다(그중 하나는 소중한 독립 서점 '데이비스 키드'를 인수했었다). 그러나 이후 수익성이 전혀 없지는 않았지만 충분하지는 않았는지 한 곳도 남지 않고 내슈빌을 떠났다. 패칫은 안타까워하는 대신 한때 남부의 아테나로 불린 이 도시에 응당 있어야 할 서점을 열 기회를 잡았다. 그녀는 전문 출판인 친구 카렌 헤이스, 메리 그레이 제임스와 함께 힘을 모아 2011년 11월에 파르나서스 북스(Parnassus Books)를 열었다.

『커먼웰스』
하퍼 2016년 하드커버
디자인 로빈 바일러델로

파르나서스 서점은 『뮤징』(parnassusmusing.net)이라는 '느긋한 문학 저널'도 펴낸다. 에세이스트 메리 로라 필포트(Mary Laura Philpott)가 편집한다. 책을 좋아하는 삶 이면의 모습이 가득 담겨 있다.

파르나서스 서점에는 개들이 돌아가며 나오는데, 패칫의 반려견 스파키가 왕이다.

도서 목록: 222~223쪽 참조

21세기 소설: 위축되는 세계

세번째 밀레니엄이다. 세상은 늘 그랬듯 경이롭고도 사악하다. 『1984』는 2016년 미국 대통령 선거 이후 판매가 1만퍼센트 가량 증가했다. 같은 해에 미국 성인 중 26퍼센트가 책을 한 권도 읽지 않았다. 대신 유튜브 동영상은 매일 1000만 시간씩 시청되고 있었다. 하지만 소셜미디어 또한 중동 전역에서 민주화를 요구하는 운동을 촉발한 공로를 인정받았다. 사방에서 일어난 변화로 사람들이 고국에서 내몰렸고 6530만 명은 난민이 되었다. 언제나 그렇듯 책은 타인의 삶과 세계를 바라보는 창을 제공하며 이런 끊임없는 변화에 더 열린 마음을 갖도록 이끈다.

2017년 뉴욕시 시장은 '하나의 책, 하나의 뉴욕'이라는, 도시 전체의 북클럽을 열었다. 다섯 권의 책이 선정됐는데 치마만다 응고지 아디치에(Chimamanda Ngozi Adichie)의 『아메리카나』도 이름을 올렸다. 펭귄랜덤하우스 출판사는 시의 공공도서관에 이 책을 1500권 기증했다. 뉴욕의 반스앤드노블 서점에서 이 책의 판매량이 400퍼센트 증가했다.

크노프 2013년 하드커버 디자인 애비 와인트라우브

"와일드(Wilde)"를 스페인식 영어 억양으로 말하면 "와오(Wao)"다. 주노 디아스(Juno Díaz)에 따르면 지인이 어느 날 저녁 좋아하는 작가에 대해 이야기하기 시작했단다. "나는 오스카 와오를 좋아해요. 오스카 와오는 눈부셔요." 디아스는 그날 밤 『오스카 와오의 짧고 놀라운 삶』을 쓸 영감을 품고서 잠들었다.

몽구스는 디아스의 책 곳곳에 나오는데 선(善)의 힘을 뜻한다. 디아스는 『뉴욕타임스』에 기고한 에세이에서 몽구스는 농사일을 시키려고 카리브해로 옮겨진 동물이라고 썼다. 그의 민족이 그랬듯 말이다. 또한 "자유를 얻어 번성"할 수 있었다고도 썼다.

한야 야나기하라(Hanya Yanagihara)의 『리틀 라이프』는 분량으로 보나 책이 품은 정서로 보나 결코 '리틀 북'이 아니다. 700페이지가 넘는 이 장편소설은 트라우마가 우리에게서 무엇을 빼앗아 가는지, 우정이 우리에게 도움을 주지만 어째서 우리를 구원하지는 못하는지를 다룬다. 그녀는 맨해튼의 방 한 칸짜리 아파트에 1만2000권이 넘는 책을 모아놓고 산다. 책은 저자 이름을 기준으로 알파벳 순서대로 꽂았다. (그녀는 책을 색깔로 분류하는 사람은 "책 내용이 무엇인지 정말로 관심이 있는 게 아니다"라고 생각한다.)

이 책들을 읽으려고 앉았을 수도 있는 의자다. 자하 하디드의 티피, 2016년

더 읽고 싶다면

『예감은 틀리지 않는다』 | 줄리언 반스
『룸』 | 엠마 도노휴
『나의 눈부신 친구』 | 엘레나 페란테
『자유』 | 조너선 프랜즌
『거대한 불(The Great Fire)』 | 셜리 해저드
『연기 나무(Tree of Smoke)』 | 데니스 존슨
『야수(Beast)』 | 폴 킹스노스
『로드』 | 코맥 매카시
『바다 사이 등대』 | M. L. 스테드먼
『마이 앱솔루트 달링』 | 가브리엘 탤런트

마음을 사로잡는 표지

책을 표지로 판단하는 게 좋다고 생각하거나 말거나 독자들은 언제나 그렇게 한다. 다음은 최근에 출간된 책의 놀라운 표지들이다. '가벼운 낙관주의자(casualoptimist.com)'에 들어가면 더 많이 볼 수 있다. 이곳은 댄 와그스태프(Dan Wagstaff)가 운영하는 곳으로 훌륭한 표지 리뷰 사이트다. '스파인(spinemagazine.co)'도 있다. 에마 J. 하디(Emma J. Hardy)가 만들고 에릭 C. 와일더(Eric C. Wilder)가 편집하는 곳으로 책 만들기와 관련된 주제를 다루는 온라인 잡지다.

『언더그라운드 레일로드』

콜슨 화이트헤드

더블데이 2016년 하드커버

디자인 올리버 먼데이

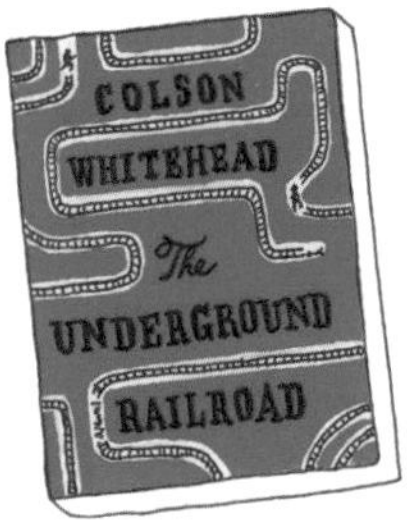

『거장과 마르가리타』

미하일 불가코프

빈티지 클래식스 2010년 페이퍼백

디자인 수잔 딘

『도리언 그레이의 초상』

오스카 와일드

펭귄 2009년 하드커버

디자인 코랄리 빅포드 스미스

빅포드 스미스는 펭귄 클로스바운드 시리즈를 디자인했다. 박 가공을 하고 천으로 장정한, 규모가 큰 전집이다. 책마다 그 책의 이야기에서 따온 상징적인 이미지 패턴을 사용했다. 이 시리즈는 2008년 영국에서 첫 선을 보였다.

빅포드 스미스는 두 권의 동화책 『여우와 별』 『벌레와 새(The Worm and the Bird)』의 저자이기도 하다.

『황금방울새』

도나 타트

리틀, 브라운 2013년 하드커버

디자인 키스 헤이스

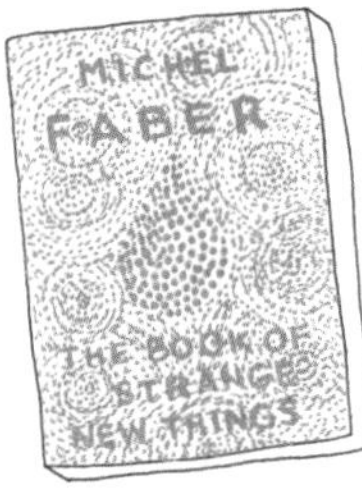

『이상하고 새로운 것들의 책 (The Book of Strange New things)』

미헬 파버르

캐논게이트북스 2014년 하드커버

디자인 라피 로마야

표지 예린 통

『우리는 괜찮아 (We Are Okay)』

니나 라코어

듀톤 2017년 하드커버

디자인 사미라 이라바니

그림 애덤스 카르발류

『배반』

폴 비티

패러, 스트라우스&지루 2015년 하드커버

디자인 로드리고 커랠

그림 맷 벅

『조각난 소녀 (Girl in Pieces)』

캐슬린 글래스고

델라코트 출판사 2016년 하드커버

디자인 젠 휴어

『엄청나게 시끄럽고 믿을 수 없게 가까운』

조너선 사프란 포어

호턴미플린하코트 2005년 하드커버

디자인 존 그레이

『변신과 그 밖의 이야기』

프란츠 카프카

쇼켄 출판사 2009년 페이퍼백

디자인 피터 멘델선드

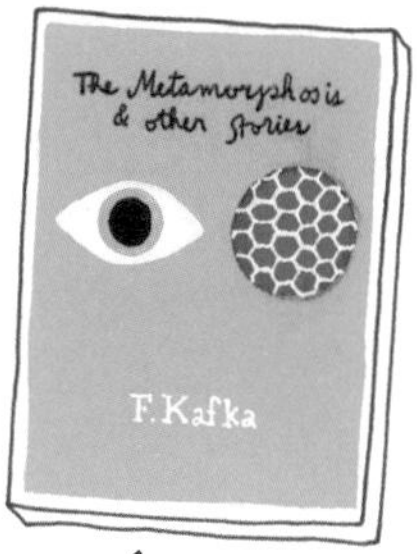

그렇다, 표지 글이 위아래가 뒤집혔다! 알아보겠나?

멘델선드의 표지는 디자인상을 다수 수상했다. 두 권의 책을 직접 쓰기도 했다. 『커버』는 그의 멋진 작업들을 다룬 책이고, 『책을 읽을 때 우리가 보는 것들』은 말이 마음 속 이미지를 어떻게 창조하는지를 다루고 있다.

『노르웨이의 숲』

무라카미 하루키

빈티지 2000년 페이퍼백

디자인 존 갈

빈티지 출판사는 2000년에 무라카미 하루키의 (당시 기준으로) 전집을 냈는데, 같은 책의 외관이며 인상이 일관성 있도록 전체 디자인을 했다. 같은 2015년에 (하루키의 최근작을 포함해서) 디자인을 새로 맡았는데, 표지들을 다 모아보면 하루키의 초현실적인 우주 '지도'가 된다.

『하지만 우리가 틀렸다면』

척 클로스터먼

블루라이더 출판사 2016년 하드커버

디자인 폴 사어

『내 곁에 있어줘 (Stay with Me)』

아요바미 아데바요

크노프 2017년 하드커버

디자인 재닛 핸슨

『녹아웃 (Knockout)』

존 조드지오

소프트스컬 출판사 2016년 페이퍼백

디자인 매트 도프먼

『이방인』

알베르 까뮈

빈티지 출판사 1989년 페이퍼백

디자인 헬렌 옌터스

『조이럭 클럽』

에이미 탄

펭귄클래식 2016년 페이퍼백

디자인 폴 버클리

그림 에릭 나이퀴스트

『나를 보내지 마』

가즈오 이시구로

빈티지 2006년 페이퍼백

디자인 제이미 키넌

사진 개브리엘 리비어/게티 이미지

『문글로우 (Moonglow)』

마이클 셰이본

하퍼콜린스 2016년 하드커버

디자인 아달리스 마르티네스

펭귄 오렌지 컬렉션을 위해 크리에이티브디렉터 폴 버클리는 삽화가 에릭 나이퀴스트와 함께 미국판 도서 12권의 전집을 맡아, 오렌지색과 흰색으로 이루어진 펭귄의 상징적 표지를 독창적이고 재미있는 방향으로 새롭게 만들고자 했다.

역사소설

역사소설의 작가들은 종종 실제 인물에 대해 쓴다. 그런데 그 시대의 진실을 독자들에게 더 선명하게 보여주기 위해 전형적인 인물들을 만들어낼 때도 있다. 로마 황제 클라우디우스든 헤스터 프린이든 톰 빌더든 간에 어쨌든 사실과 날짜는 독자가 '알고 있는' 누군가가 사건을 겪을 때 기억하기 쉬운 법이니까. 불을 피워놓고 이야기를 들려주면 훨씬 좋다. 역사적 사건에 대한 여러 영웅담, 『일리아드』나 『베오울프』, 아이슬란드의 『냘의 사가』 같은 이야기는 문자로 기록되기 전에는 입에서 입으로 전해졌다. 역사소설은 최초의 형식이자 가장 오래된 교육적 오락물일지도 모른다.

힐러리 맨틀(Hilary Mantel)은 『울프 홀』을 쓰기 시작하자마자 이 작품이 그녀가 쓴 글 중 최고의 소설이 되리라는 걸 확신했다. 그녀는 2009년에 『울프 홀』로, 2012년에 그 속편인 『튜더스, 앤불린의 몰락』으로 맨부커상을 두 번 수상한 최초의 여성이다. 두 작품 모두 1500년대 영국 헨리 8세 시절 수석장관이었던 토머스 크롬웰을 다룬다.

앵커 2008년 페이퍼백
그림 에델 로드리게스
디자인 헬렌 옌터스

치누아 아체베(Chinua Achebe)의 『모든 것이 산산이 부서지다』는 W. B. 예이츠의 시 「재림」에서 제목을 따왔다. 그의 작품은 아프리카인이 아프리카에 대해 쓴 최초의 소설 가운데 하나다.

말런 제임스(Marlon James)의 『일곱 건의 살인에 대한 간략한 역사』도 2015년에 맨부커상을 탔다. 이 작품은 1970년대 자메이카를 배경으로 15명의 화자가 전하는 서사시적 이야기로 밥 말리 암살 미수 사건을 다룬다.

직접적이든 그렇지 않든 어느 역사소설에서나 죽음은 당연히 나온다. 하지만 죽음이 화자인 소설은 『책도둑』이 유일할 것이다.

『괜찮은 남자(A Suitable Boy)』는 1950년대를 배경으로 하는 19세기 스타일의 소설로 1993년에 출간되었다. 비크람 세스(Vikram Seth)의 이 소설은 약 60만 개의 단어로 쓰인 두꺼운 책(독자들은 모든 단어를 좋아하게 될 것이다! 그리고 그만큼 배우게 될 것이다!)이다. 독립 직후의 인도에 대한 이야기로, 열아홉 살 대학생 라타 메라와 성년이 된 그녀 주변의 모든 인물들을 다룬다.

더 읽고 싶다면

『여자들에 관한 마지막 진실』 | 애니타 다이아먼트
『장미의 이름』 | 움베르토 에코
『양귀비의 바다(Sea of Poppies)』 | 아미타브 고시
『모든 것의 이름으로』 | 엘리자베스 길버트
『천일의 스캔들』 | 필리파 그레고리
『하와이(Hawaii)』 | 제임스 미치너
『파리(Paris)』 | 에드워드 러더퍼드
『21번째 아내(The Twentieth Wife)』 | 인두 선다레산
『전쟁과 평화』 | 레프 톨스토이
『전쟁의 폭풍(The Winds of War)』 | 허먼 워크

Half of a Yellow Sun Chimamanda Ngozi Adichie
A Suitable Boy A novel
VIKRAM SETH
THE INTERNATIONAL BESTSELLER
I Claudius
ROBERT GRAVES
RANDOM HOUSE
Shusaku Endo SILENCE
PICADOR MODERN CLASSICS
NUMBER THE STARS Lois Lowry
DELL
Hild NICOLA GRIFFITH
PICADOR
A BRIEF HISTORY OF SEVEN KILLINGS
Marlon James
RIVERHEAD BOOKS
Brooklyn COLM TÓIBÍN
Scribner
AVON FICTION
COLLEEN McCULLOUGH THE THORN BIRDS
SHARON PENMAN
THE SUNNE IN SPLENDOUR
sharon m. draper COPPER SUN
ANNIVERSARY EDITION
book thief
MARKUS ZUSAK
KNOPF
NATHANIEL HAWTHORNE THE SCARLET LETTER
ISABEL ALLENDE
DAUGHTER OF FORTUNE
Harper Collins
DAVID MITCHELL
THE THOUSAND AUTUMNS OF JACOB DE ZOET
THINGS FALL APART
Anchor Books
Chinua Achebe
KEN FOLLETT
THE PILLARS OF THE EARTH
MORROW
Wolf Hall
HILARY MANTEL
HENRY HOLT
SHAKESPEARE
JULIUS CAESAR
SAINT MAZIE
JAMI ATTENBERG
Doctor Zhivago
Boris Pasternak
Pantheon

도서 목록: 223쪽 참조

소설의 유형

소설을 쓰기 위한 구성과 양식은 수없이 많고, 그 종류는 끝없이 나누고 나눌 수 있다. 다음은 한때 인기 있었던 몇몇 유형이다. 일부는 여전히 인기가 있다.

밴텀 2015년 페이퍼백
디자인과 그림 레이철 윌리

피카레스크

16세기 스페인에서 시작된 양식으로, 떠돌아다니는 악한 '피카로'가 겪는 모험을 다룬다.

예: 『돈키호테』
미겔 데 세르반테스

『캉디드』 | 볼테르

『루비프루트 정글』
리타 메이 브라운

고딕

무섭고 오싹하며 으스스한 이야기로 보통 거대하고 오래된 건물이 배경이다. 19세기 영국에서 인기가 아주 많았다.

예: 『힐 하우스의 유령』 | 셜리 잭슨

『뱀파이어와의 인터뷰』 | 앤 라이스

『에드거 앨런 포 단편선』
에드거 앨런 포

빈티지 클래식스
2010년 페이퍼백

서간체

이 소설들은 편지나 이메일, 혹은 일기 같은 형식으로 이야기를 전개한다.

예: 『브리짓 존스의 일기』 | 헬렌 필딩

『위험한 관계』 | 쇼데를로 드 라클로

『더 컬러 퍼플』 | 앨리스 워커

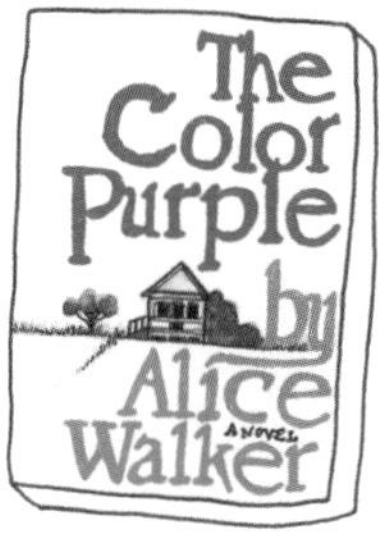

하코트브레이스조바노비치 출판사
1982년 하드커버
디자인 주디스 카즈덤 리즈

사이먼 & 슈스터 1987년 하드커버
디자인과 그림 조지 코르실로

실화소설

이 소설들은 실제 삶과 사건들을 허구적 이야기로 슬쩍 가공해서 이야기한다.

예: 『오렌지만이 과일은 아니다』
지넷 윈터슨

『모두가 왕의 부하들』
로버트 펜 워런

『벼랑 끝에서 보낸 엽서
(Postcards from the Edge)』
캐리 피셔

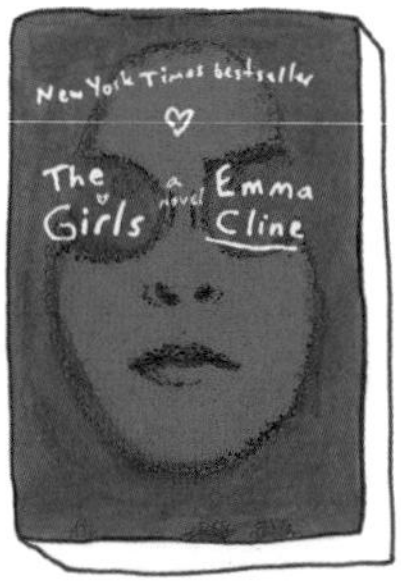

랜덤하우스 2016년 하드커버
디자인 피터 멘델선드
서체 제니 푸에흐

교양소설

이 소설들에선 젊은 사람이 일종의 교육을 받고 성인이 된다.

예: 『젊은 예술가의 초상』
제임스 조이스

『황금방울새』 | 도나 타트

『더 걸스』 | 에마 클라인

사회소설

산업혁명 시기 인기 있던 형식으로, 특정 집단이 처한 형편없는 삶의 조건을 조명하는 소설이다.

예: 『미국의 아들』 | 리처드 라이트

『꿈꾸는 이들을 보아라(Behold the Dreamers)』 | 임볼로 임브에

『황폐한 집』 | 찰스 디킨스

펭귄 2011년 하드커버
디자인 코랄리 빅포드 스미스

마술적 리얼리즘

리버헤드북스
2017년 하드커버
디자인 레이철 윌리

20세기 초 라틴아메리카에서
생겨났으며, 실제 현실이
배경이지만 신비로운 설정이
자연스럽게 조금씩 들어간다.

예: 『백년의 고독』 | 가브리엘
가르시아 마르케스
『한밤의 아이들』 | 살만 루슈디
『서쪽 출구(Exit West)』
모신 하미드

풍자소설

이 소설들은 정체된 현실과
당대의 권력에 대해 아이러니와
비꼬기로 문제를 제기한다.

예: 『동물농장』 | 조지 오웰
『배반』 | 폴 비티
『걸리버 여행기』 | 조너선 스위프트

빈티지클래식스
2007년 페이퍼백

메타픽션

마리너북스
2015년 페이퍼백
디자인 피터 멘델선드와
올리버 먼데이

이 이야기들은 이야기 안에
또다른 이야기를 품는 구성을
종종 이용하여, 독자가 읽고 있는
것이 실제 삶이 아니라 소설임을
환기한다.

예: 『제5도살장』 | 커트 보니것
『눈먼 암살자』 | 마거릿 애트우드
『어느 겨울밤 한 여행자가』
이탈로 칼비노

요즈음 비평가와 독자들은 소설을 단 두 가지 범주로 나누는 경향이 있다.

* 문학소설은 종종 인물 중심으로, 우리 인간이 어떻게 생각하고 소통하는지에 대해 관심이 있다.
* 장르 소설은 좀더 플롯 중심으로, 과학소설이나 미스터리 혹은 판타지처럼 주제별로 더 세세하게 나뉜다.

많은 작가들은 이런 식의 분류를 썩 달가워하지 않는다. 위대한 작가 어슐러 K. 르 귄은 자신의 작품에 으레 따라붙는 장르에 대해 말하며 이렇게 밝혔다. "작가 생활 대부분 동안 과학소설이라는 딱지가 내 소설에 붙은 건 비평적으로 재앙이나 마찬가지였다." 또한 이런 말도 했다.

어슐러 K. 르 귄

"나는 '과학소설'이 그리 좋은 이름이라고 생각하진 않지만, 우리에게 주어진 이름이다. 이 장르는 여타 종류의 글쓰기와는 다르며, 그만의 이름을 얻을 만한 가치가 있다고 본다. 하지만 내가 과학소설가로만 불린다면 화를 내고 싸우려고 덤벼들 수도 있을 것이다. 난 그렇지 않다. 나는 소설가이자 시인이다. 잘 맞지도 않는 그 빌어먹을 칸으로 나를 밀어넣지 말라, 나는 다 넘어버렸으니까. 나의 촉수는 좁은 칸 안에서 모든 방향으로 뻗어나가고 있다."

그녀는 상황이 이제 변하고 있다고 언급하긴 했지만(특히 그녀 작품의 경우, 전보다 비평적으로 칭송받고 있다), 소설에 장르 꼬리표를 달고 작가를 분류하려는 데 여전히 분노했다. 장벽을 부수려는 그녀의 노력에 다른 작가들도 동참했는데, 데이비드 미첼이나 가즈오 이시구로(Kazuo Ishiguro), N. K. 제미신(N. K. Jemisin) 같은 작가들이다. (르 귄의 팬인) 미첼은 "책은 장르를 신경쓰는 게 아니고 그저 그 자체로 존재할 뿐이다"라고 말했다.

ABSALOM, ABSALOM!
WILLIAM FAULKNER
271 MODERN LIBRARY
The Known World
EDWARD P. JONES
Amistad
ADVENTURES OF HUCKLEBERRY FINN
MARK TWAIN
MARGARET MITCHELL
GONE WITH THE WIND
SCRIBNER
The Awakening
Kate Chopin
The Moviegoer
WALKER PERCY
KNOPF
SALVAGE the BONES
JESMYN WARD
COLD MOUNTAIN
FRAZIER
VINTAGE
BLACK BOY
Richard Wright
THE PRINCE OF TIDES
PAT CONROY
HOUGHTON MIFFLIN COMPANY
FLANNERY O'CONNOR
A GOOD MAN IS HARD TO FIND
MARINER
Other VOICES Other ROOMS
Truman Capote
RANDOM HOUSE
Interview With The Vampire
Anne Rice
Alfred A. Knopf
ALL THE KING'S MEN
Robert Penn Warren
HARCOURT BRACE AND COMPANY
CARSON McCULLERS
The Member of the Wedding
MARINER

도서 목록: 223쪽 참조

강렬하고 느긋한 미국 남부 문학

미국에선 북부 문학은 이야기하지 않는다. 오로지 남부 문학만 이야기한다. 아마도 열기 때문이리라. 남부 문학의 캐릭터들은 더 강렬하고 더 느긋하다. 그리고 이야기에는 드라마, 미스터리, 심지어 저녁 반딧불까지도 녹아들어 있는 남부 지역만의 강렬한 인상이 담겨 있다.

『바람과 함께 사라지다』의 초고에서 스칼렛의 이름은 팬지 오하라였고 폰티노이 홀이 주요 거주지였다. 마거릿 미첼(Margaret Mitchell)은 이 책의 제목 후보를 여럿 생각했는데, '내일은 내일의 태양이 뜰 거야' '나팔이 참되게 노래했다' '우리의 운명이 아니라' '지친 짐을 나르다'(!)(「켄터키 옛집」의 노랫말_옮긴이)도 있었다. 결국 그녀는 어니스트 도슨(Ernest Dowson)이 쓴 시「나는 당신에게 성실했었다, 사이나라, 단지 내 방식으로」에서 한 줄을 따서 제목을 지었다.

스크리브너 2017년 페이퍼백
그림과 디자인 킴벌리 글라이더

윌리엄 포크너(William Faulkner)는 1956년의 인터뷰에서 그가 언제나 반복해서 강조하는 주제는 "사람은 자유를 원하는 단순한 의지가 있기 때문에 파괴할 수 없다"임을 밝혔다.

플래너리 오코너(Flannery O'Connor)는 1925년 조지아주 사바나에서 태어났다. 지금도 그곳에 있는 그녀의 유년시절 집에 방문할 수 있다.

에드워드 P. 존스(Edward P. Jones)는 10년 동안『알려진 세계(The Known World)』를 머릿속으로 구상했다. 마침내 석 달 만에 이야기를 종이에 옮겼는데, 때는 2001년이었고, 세금을 다루는 잡지에서 실직당한 뒤였다. 그의 책은 2004년 퓰리처상 픽션 부문을 수상했다.

블룸스버리
2012년 페이퍼백
디자인 패티 라치포드

제스민 워드(Jesmyn Ward)의『바람의 잔해를 줍다』에서 10대 주인공 에쉬는 그리스 신화를 집요하게 읽는다. 신화는 그녀가 사는 곳인 멕시코만에 있는 가상의 작은 마을 보이스 사바지를 이해하고 그 마을에서 벗어나는 데 도움을 준다. 그녀는 강렬하고 비극적인 메데이아 이야기를 특히 좋아한다.

워드의 시적인 2017년 작품『노래하라, 매장되지 않은 채로 노래하라(Sing, Unburied, Sing)』또한 보이스 사바지가 배경이다. 이곳은 그녀가 자라고 여전히 살고 있는 미시시피주의 더일 마을과 매우 비슷하다.

더 읽고 싶다면

『가족의 죽음』| 제임스 에이지
『캐롤라이나의 사생아』| 도로시 앨리슨
『끝났지만 소리질러(All Over but the Shoutin's)』| 릭 브래그
『콜드 새시의 나무(Cold Sassy Tree)』| 올리브 앤 번스
『죽음 앞의 교훈』| 어니스트 J. 게인스
『비행선(Airships)』| 배리 한나
『앵무새 죽이기』| 하퍼 리
『바보들의 결탁』| 존 케네디 툴
『델타의 결혼식(Delta Wedding)』| 유도라 웰티
『욕망이라는 이름의 전차』| 테네시 윌리엄스

사랑받는 서점들

댓 북스토어 인 블리스빌

미국, 아칸소주, 블리스빌

1976년에 처음 이곳이 문을 열었을 때는 중고서점이었다. '블리스빌에 있는 그 서점'이라는 뜻의 댓 북스토어 인 블리스빌(That Bookstore in Blytheville)이라는 이름을 붙이게 된 것은 이곳이 아칸소주 미시시피 카운티의 가장 큰 도시에 하나밖에 없는 서점이었기 때문이다. 서점 설립자는 교사 메리 게이 시플리로 그녀는 자신이 사는 지역사회에 독자와 작가 둘 다 키워낼 공간이 필요하다고 느꼈고, 그래서 직접 서점을 열기로 결심했다.

시플리의 영향력은 그 지역을 넘어 멀리 뻗어 나갔다. 그녀는 일찍부터 존 그리샴(John Grisham)의 팬이었고(그 무렵 그는 차 뒤쪽에 책을 실은 채 팔러 다니고 있었다) 뿐만 아니라 레베카 웰즈(Rebecca Wells)의 『작은 재단은 어디에나(Little Alters Everywhere)』, 테리 케이(Terry Kay)의 『하얀 개와 춤을』, 멀린다 헤인즈(Melinda Haynes)의 『진주층(Mother of Pearl)』, 데이비드 구터슨(David Guterson)의 『삼나무에 내리는 눈』도 알아보았다. 그녀의 안목에 대해 말콤 글래드웰(Malcolm Gladwell)은 이렇게 말했다. "메리 게이 시플리 같은 사람들은 그저 의외의 흥행작을 예측하는 데 그치지 않는다. 아무도 예상하지 못한 흥행을 창조한다."

2013년 스퀘어 북스는 『퍼블리셔스 위클리』에서 그해의 서점으로 뽑혔다!

서점 본관은 옥스퍼드의 아름답고 역사적인 랜드마크로 과거 블레이록 드럭스토어가 있던 자리다. 1986년에 스퀘어 북스가 이 건물로 들어오자, 책 판매가 두 배로 껑충 뛰었다. (이곳은 책을 검색하고 구매하는 곳이다. 행사는 오프 스퀘어 북스 별관에서 열린다.)

스퀘어 북스

미국, 미시시피주, 옥스퍼드

스퀘어 북스(Square Books)는 1979년에 리처드 호워스와 리사 호워스가 설립했다. 서점은 미시시피주 옥스퍼드 마을의 시내 광장에 있는 건물 세 채에 따로 떨어져 있다. 호워스 부부는 초기에 미시시피 대학 사회와 함께 일했는데 토니 모리슨(Toni Morrison), 윌리엄 스타이런(William Styron), 앨리스 워커, 제임스 디키(James Dickey) 같은 작가를 초청하기 위해서였다. 그들은 요즘도 위대한 작가들 초청을 계속 이어가고 있다. 또한 「새커산」이라는 생방송 라디오쇼도 진행하면서 작가 낭독 및 다채로운 형식의 음악 공연도 한다.

THE FAULT IN OUR STARS JOHN GREEN DUTTON
Stay with Me Ayobami Adebayo Knopf
LOVE IN THE TIME OF CHOLERA GABRIEL GARCÍA MÁRQUEZ VINTAGE
BLUE IS THE WARMEST COLOR JULIE MAROH
eleanor & park rainbow rowell
THE FAR PAVILIONS M.M.KAYE
PERSUASION JANE AUSTEN
The Forty Rules of Love ELIF SHAFAK PENGUIN VIKING
POCKET BOOKS FOREVER BY Judy Blume
bridget jones's diary helenfielding VIKING
Dell FICTION DIANA GABALDON OUTLANDER
Jennifer Weiner good in bed WASHINGTON SQUARE PRESS
THE ROSIE PROJECT graeme simsion
levithan BOY MEETS BOY
Giovanni's Room James Baldwin dial
THE ENGLISH PATIENT Ondaatje VINTAGE
NORTH AND SOUTH Elizabeth Gaskell
One Day David Nicholls VINTAGE
JOAN DIDION THE YEAR OF MAGICAL THINKING KNOPF
The Little Prince ANTOINE DE SAINT-EXUPÉRY Harcourt, Brace & World
Like Water for Chocolate Laura Esquivel Doubleday
ROMEO and JULIET SHAKESPEARE
Anna Karenina LEO TOLSTOY

도서 목록: 223쪽 참조

사랑 & 로맨스

사랑 이야기와 로맨스 소설의 차이점은 무엇일까? 후회, 시련, 혹은 위대한 비극을 담고 있고 비평계에서도 좋은 평가를 받으면 아마도 사랑 이야기다. 『로미오와 줄리엣』『조반니의 방』『안나 카레니나』가 그렇다. 비평가들은 로맨스 소설을 얕잡아보는 경우가 많은데, 로맨스 소설이란 사랑 이야기가 그저 해피엔딩으로 끝나는 것 아닐까. 다시 말해, 제인 오스틴은 훌륭한 로맨스 소설을 썼다.

레인보 로웰(Rainbow Rowell)의 『엘리노어 & 파크』는 1980년대 중서부 지방을 배경으로 하는 진실한 첫사랑 이야기다. 로웰은 4년 동안 잘 팔리는 소설 네 권을 낸 전직 신문 칼럼니스트이자 광고 작가다. 남편을 10대 때 만났으니, 사랑 이야기에 대해 좀 아는 사람인 셈이다.

세인트마틴스그리핀
2013년 하드커버
그림 해리엇 러셀, 디자인 올가 그릴릭

레프 톨스토이는 부인 소피아와 만난 지 몇 주 만에 바로 결혼했는데, 당시 그녀의 나이는 불과 열여덟 살이었고 그는 서른넷이었다. 결혼하기 전날 밤 그는 그녀에게 자신의 일기를 읽게 했는데 일기에는 그가 이전에 벌인 무모한 성적 행각이 쓰여 있었다. 또한 그가 소유한 농노 중 한 명이 그의 아들을 낳았다는 사실도 시인했다.

터치스톤
2009 페이퍼백
그림 마이클 코엘시

베아와 레아 코흐 자매는 2016년, 로스앤젤레스에 로맨스 소설만 파는 최초의 서점 립트 보디스(The Ripped Bodice)를 열었다. 자매는 "위대한 로맨스 소설은 스스로 해피엔딩을 믿도록 격려한다"라고 말한다. 그러니 이 장르가 2013년 미국에서 1000억 달러 이상을 벌어들인 건 당연하다. 로맨스 소설에 대해 더 알고 싶다면, 사라 웬델(Sarah Wendell)과 캔디 탄(Candy Tan)이 쓴 『부푼 가슴 너머로(Beyond Heaving Bosoms)』를 읽어라.

로맨스 소설을 읽어보고 싶은 독자에게 베아와 레아는 다음의 책들을 추천한다.

『놀라운 조합
(An Extraordinary Union)』
알리사 콜

『스코틀랜드 사람이 결혼할 때
(When a Scot Ties the Knot)』
테사 데어

『진심(For Real)』
알렉시스 홀

『인디고(Indigo)』
베벌리 젠킨스

『흰 옷을 입은 미의 화신
(Vision in White)』
노라 로버츠

『사이렌(The Siren)』
티파니 레이즈

『어느 가을에 일어난 일
(It happened One Autumn)』
리사 클레이파스

『감각의 노예
(Slave to Sensation)』
나리니 싱

더 읽고 싶다면

『애인(Cheri)』 | 콜레트
『코렐리 대위의 만돌린(Captain Corelli's Mandolin)』 | 루이 디 베르니에르
『프랑스 중위의 여자』 | 존 파울즈
『콜드마운틴의 사랑』 | 찰스 프레지어
『파리의 노트르담』 | 빅토르 위고
『속죄』 | 이언 매큐언
『브로크백 마운틴』 | 애니 프루
『러브 스토리』 | 에릭 시걸
『노트북』 | 니콜라스 스파크스
『담요』 | 크레이그 톰슨

책에서 영감을 받은 노래들

「1984」

데이비드 보위

앨범: 『다이아몬드 독(Diamond Dogs)』

책: 조지 오웰의 『1984』

데이비드 보위는 『1984』를 원작 삼아 뮤지컬 한 편을 만들고 싶었지만 오웰의 부인에게서 저작권을 사지 못했다. 그의 앨범 『다이아몬드 독』에 실린 몇몇 노래는 책을 직접 언급하는데, 「1984」와 「빅 브라더」 「우리는 죽은 사람들이다」가 그것이다.

『1984』는 1949년에 출간된 이래 많은 노래에 영감을 주었다. 라디오헤드의 「2+2=5」, 뮤즈의 「저항」, 콜드플레이의 「스파이」도 그중 하나다.

「사하라에서 차 마시기」

더 폴리스

앨범: 『동시성(Synchronicity)』

책: 폴 볼스(Paul Bowles)의 『셸터링 스카이(The Sheltering Sky)』

전직 교사였던 스팅은 그룹 폴리스 및 솔로 활동을 위해 쓴 다수의 곡에 문학을 녹여냈다. 가사에서 T. S. 엘리엇(T. S. Eliot)의 「J. 알프레드 프루프록의 연가」와 윌리엄 셰익스피어의 소네트를 직접 인용하고 호메로스의 『오디세이아』와 블라디미르 나보코프(Vladimir Nabokov)의 『롤리타』를 언급한다. 「버번 거리의 달」은 앤 라이스(Anne Rice)의 『뱀파이어와의 인터뷰』에서 영감을 받은 곡이다. 「사하라에서 차 마시기(Tea in the Sahara)」는 『셸터링 스카이』에 나온 일화를 바탕으로 가사를 썼다. 사막에서 어느 왕자와 함께 차를 마신 세 자매 이야기다.

「누구를 위하여 종은 울리나」

메탈리카

앨범: 『번개 타기(Ride the Lightening)』

책: 어니스트 헤밍웨이의 『누구를 위하여 종은 울리나』

메탈리카는 이 책의 한 장면을 가지고 곡을 썼다. 다섯 명의 군인이 공습 때문에 죽는 장면이다.

메탈리카 말고도 문학을 토대로 곡을 쓴 밴드가 있다. 앤스랙스의 「산 사람 가운데」는 스티븐 킹의 『스탠드』에서 영감을 받았고 러시는 「2112」에서 에인 랜드의 『형제들의 궁전』을 언급한다. 아이언 메이든은 세계적으로 가장 문학적인 밴드일 텐데 테니슨(Tennyson)과 콜리지(Coleridge)의 시, 에드거 앨런 포(Edgar Allan Poe)의 소설, 움베르트 에코(Umberto Eco)의 『장미의 이름』, 프랭크 허버트(Frank Herbert)의 『듄』을 변주한다.

「흰 토끼」

제퍼슨 에어플레인의 보컬리스트 그레이스 슬릭

앨범: 『초현실주의 베개(Surrealistic Pillow)』

책: 루이스 캐럴(Lewis Carroll)의 『이상한 나라의 앨리스』

그레이스 슬릭은 제퍼슨 에어플레인에 합류하기 전에 이 곡을 썼지만, 그룹과 함께 녹음한 결과 노래는 큰 인기를 누렸다. 그녀에게 「흰 토끼(White Rabbit)」란 호기심이 이끄는 곳으로 따라가는 행위의 상징이다.

앨리스와 애벌레를 비롯한 여러 캐릭터들은 감각을 변화시키는 다양한 약물들을 먹거나 이용한다. 그래서 이 노래는 보통 환각제에 대한 곡으로 통한다.

「길 잃은 소년」

루스 B.

앨범: 『도입부(The Intro)』

책: J. M. 배리의 『피터 팬』

루스 B.는 「길 잃은 소년(Lost Boy)」에서 외로움과 이 세상에서 제자리를 찾는 일에 대해 노래한다. 2015년 이 곡은 빌보드 핫 100차트에서 24위를 차지했다.

「냄새 없는 견습생」

너바나

앨범: 『자궁 안에서(In Utero)』

책: 파트리크 쥐스킨트(Patrick Süskind)의 『향수』

커트 코베인은 소설 『향수』를 좋아했다. 『향수』는 냄새를 엄청나게 잘 맡지만 체취가 없는 남자 이야기다. 코베인은 이 이야기에서 「냄새 없는 견습생(Scentless Apprentice)」의 영감을 받았다고 말했다.

「칼립소」

수잔 베가

앨범: 『고독의 지속(Solitude Standing)』

책: 호메로스의 『오디세이아』

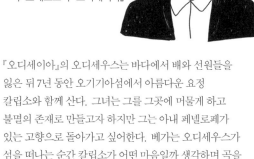

『오디세이아』의 오디세우스는 바다에서 배와 선원들을 잃은 뒤 7년 동안 오기기아섬에서 아름다운 요정 칼립소와 함께 산다. 그녀는 그를 그곳에 머물게 하고 불멸의 존재로 만들고자 하지만 그는 아내 페넬로페가 있는 고향으로 돌아가고 싶어한다. 베가는 오디세우스가 섬을 떠나는 순간 칼립소가 어떤 마음일까 생각하며 곡을 썼다. 이 곡에서 칼립소는 "그를 놓아준다"고 노래한다.

「워더링 하이츠」

케이트 부시

앨범: 『안에서 차기(The Kick Inside)』

책: 에밀리 브론테의 『폭풍의 언덕』

케이트 부시는 불과 열여덟 살의 나이로 「워더링 하이츠(Wuthering Heights)」를 썼다. 히스클리프의 창문 밖에서 집 안으로 들여보내달라고 사정하며 기다리는 캐서린 언쇼의 관점에서 노래한다.

「톰 조드의 유령」

브루스 스프링스턴

앨범: 『톰 조드의 유령(The Ghost of Tom Joad)』

책: 존 스타인벡(John Steinbeck)의 『분노의 포도』

브루스 스프링스턴은 오늘날의 미국에서 불평등을 이겨내며 살아가는 스타인벡의 소설 속 주인공의 영혼에 대해 곡을 썼다. 사실 이 노래를 쓰기 전에 그는 『분노의 포도』를 읽은 적이 없었다! 아마 영화를 보았을 것이다. 그래도 나중에 소설을 읽긴 했다.

이밖에도 많은 노래가 있다!

레드 제플린의 「주절거리기(Ramble on)」는 J. R. R. 톨킨(J. R. R. Tolkien)의 『반지의 제왕』에 대한 경의의 표시다. 소닉 유스는 노래 「패턴 인식(Pattern Recognition)」과 「스프롤(The Sprawl)」에서 윌리엄 깁슨(William Gibson)의 과학소설에 찬사를 보낸다. 스매싱 펌킨스, 스트록스와 데드마우스는 모두 「소마(Soma)」라는 제목의 노래를 만들었다. 올더스 헉슬리(Aldous Huxley)의 『멋진 신세계』에 같은 이름의 먹으면 행복해지는 약이 나오는데 이를 참조한 것 같다. 레드 핫 칠리 페퍼스의 노래 「거북이 왕 예틀(Yertle the Turtle)」은 닥터 수스가 쓴 동화책 『거북이 왕 예틀』에 나오는 말 전부를 그대로 옮겨 부른 거나 다름없는 노래다.

혼자가 아니야

때로 우리는 책을 읽으며 생각한다. 아, 책 속의 인물들도 우리가 겪고 있는 형편없는 일을 똑같이 겪고 있구나, 그리고 저들은 그 일을 저렇게 받아들이는구나. 하지만 때로는 등장인물들이 우리보다 더 엉망진창으로 살아가는 모습을 그린 책을 그냥 읽을 필요가 있다.

앨리슨 벡델(Alison Bechdel)은 자신의 과거를 회상하는 그래픽노블『펀 홈』을 완벽하게 다듬느라 7년을 보냈다. 책의 제목은 그녀의 아버지가 운영한 장례식장의 가족을 일컫는 이름에서 따왔다. 그녀는 자신의 일기를 살피고 오래된 사진과 지도를 손으로 본떴다. 그림을 정확하게 그리기 위해 스스로 등장인물들의 자세를 취한 다음 사진을 찍었다. 하지만 그녀의 책에는 그림 이상의 무언가가 있다. 『뉴욕타임스』 리뷰에서 평했듯, 이 책은 "언어를 사랑하는 이들을 위한 만화책!"이다. 책이 다루는 주요 주제 가운데 하나는, 우리가 살면서 마주하는 문제를 해결하도록 도와주는 문학의 힘이다.

호턴미플린
2006년 하드커버

벡델은 '벡델 테스트'를 만든 것으로도 유명하다. 이 테스트는 영화의 젠더 불평등을 가늠한다. 여성 캐릭터 둘이 남자 말고 뭔가에 대해 서로 대화하면 영화는 테스트를 통과한다.

커티스 시튼펠드(Curtis Sittenfeld)의 『자격 있는(Eligible)』은『오만과 편견』을 현대적으로 다시 쓴 작품이다. 오스틴 프로젝트로 탄생했는데, 이 프로젝트는 유명 작가와 제인 오스틴의 고전을 하나씩 짝지어 글을 쓰는 것이다. 오스틴 프로젝트의 또다른 결과물로는 알렉산더 매컬 스미스(Alexander McCall Smith)가 쓴『에마 — 현대적 개작(Emma: A Modern Retelling』과 조애나 트롤롭(Joanna Trollope)의 『센스 앤 센서빌러티(Sense and Sensibility)』가 있다. 알아둘 사실: 세스 그레이엄스미스(Seth Grahame-Smith)가 쓴『오만과 편견, 그리고 좀비』는 오스틴 프로젝트와는 관계없다.

랜덤하우스 2017년 페이퍼백
그림 추헤일, 디자인 개브리엘 보드윈

펭귄 출판사
2005년 하드커버
디자인 스콧
윌리엄스&헨릭 쿠벨

제이디 스미스(Zadie Smith)는 결혼 직후『온 뷰티』을 썼다. 라디오 진행자 테리 그로스(Terry Gross)에게『온 뷰티』는 "30년 동안 결혼 상태를 쭉 유지한 관계는 어떠할지" 그린 책이라고 설명했다.

제이디 스미스의 아버지는 세상을 떠나기 전, 그녀에게 자신의 삶은 실패했으며 실망스럽게 느껴진다고 말했다. 그가 갖고 있던 창의력을 발휘하지 못했기 때문이라고 그녀는 생각했다. 대신 그에게는 그가 사랑하고 세심하게 보살핀(그가 해준 요리는 스미스가 눈물을 흘리게 될 기억이다) 다섯 자녀가 있었다. 그들은 자라서 모두 예술가가 된다.

더 읽고 싶다면

『다락방의 꽃들』 | V. C. 앤드루스
『미들스테인(The Middlesteins)』 | 제이미 아텐버그
『위대한 산티니(The Great Santini)』 | 팻 콘로이
『마틸다』 | 로알드 달
『우리의 영원한 날들(Our Endless Numbered Days)』 | 클레어 풀러
『거짓말쟁이 모임(The Liar's Club)』 | 메리 카
『안젤라의 재』 | 프랭크 매코트
『황제의 아이들(The Emperor's Children)』 | 클레어 메수드
『내가 너에게 절대로 말하지 않는 것들』 | 실레스트 잉
『바늘땀』 | 데이비드 스몰

도서 목록: 223~224쪽 참조

작가가 주인인 서점들

『라운드 하우스』
하퍼페레니얼
2013 페이퍼백
그림 아자 어드리크

버치바크 북스

미국, 미네소타주, 미니애폴리스

버치바크 북스(Birchbark Books)는 루이스 어드리크(Louise Erdrich)의 서점이다. 그녀는 작가이고 터틀 마운틴 구역의 치페와 부족에 등록되어 있다. 쌍둥이 도시(미니애폴리스와 세인트폴)에 있는 이곳은 곳곳의 북미 원주민들, 인근 주민들, 운 좋게도 잠시 돌아다닐 짬이 생긴 모든 이를 위한 안식처다. 위대한 원주민 작가의 저서 및 관련 도서 중심으로 세심하게 고른 책들 말고도 깃을 사용한 공예품, 바구니세공품, 은세공품, 드림캐처, 그림 들이 있다.

뭘 사기보다 속죄하고 싶다면, 버치바크 북스는 이에 적절한 뭔가를 준비해두고 있다. 바로 어드리크가 죄의 이미지를 그리고 직접 장식한, 청결함과 경건함에 신경쓴 고해실이 그것이다.

『만약에(In the Unlikely Event)』
크노프
2015년 하드커버
디자인 켈리 블레어

북스 & 북스 @ 더 스튜디오스

미국, 플로리다주, 키웨스트

미국 의회도서관이 선정한 '살아 있는 전설' 주디 블룸(Judy Blume)은 대다수의 책방 주인들과는 좀 다르지만, 익히 들어본 불만을 갖고 있다. 더이상 책을 읽을 시간이 없다는 것. 블룸과 그녀의 남편은 북스 & 북스(Books & Books)를 2016년에 지금의 모습으로 만들었다(미첼 카플란이 만든 원래 가게는 지금 코럴 게이블스에 있다). 키웨스트 마을은 오랫동안 어니스트 헤밍웨이, 테네시 윌리엄스, 엘리자베스 비숍(Elizabeth Bishop), 애니 딜러드(Annie Dillard)에게 영감을 준 문학적 도피처였지만, 여전히 서점이 아쉬운 상황이었다. 북스 & 북스는 이제 키웨스트의 스튜디오스에 자리잡고 있다. 스튜디오스는 비영리 공간으로 지역 예술가들에게 작업실을, 방문 예술가들에게는 레지던시 프로그램을 제공한다. 갤러리도 있고 강의도 진행한다.

북스 아 매직

미국, 뉴욕시, 브루클린

브루클린의 사랑받는 서점 북 코트가 2016년 문을 닫으면서 에마 스트라우브(Emma Straub)는 시간 때우기 좋은 곳을 잃었다. 북 코트의 전 직원이었던 스트라우브와 남편 마이클은 그 손해를 만회하기 위해 재빨리 움직였고, 이듬해에 자신들의 서점을 열 공간을 같은 동네에서 찾았다.

다소 엉뚱해 보이는 북스 아 매직(Books Are Magic)이라는 상호명은 말할 때 재미있다는 단순한 이유에서 선택했다. 물론 이름이 뜻하는 바가 진짜이기 때문이기도 하다. 처음에 직원이 추천한 '초심자를 위한 마법'이라는 이름도 잘 어울리는데, 이는 켈리 링크(Kelly Link)가 쓴 단편 모음집 제목이기도 하다.

『모던 러버(Modern Lovers)』
리버헤드북스
2016년 하드커버
그림 레아 고린

그녀들의 북클럽

미국에서 최초의 '문학서클'로 알려진 모임은 1634년에 청교도 이주민 애나 허친슨(Anna Hutchinson)이 조직한 것으로, 여성 성경 공부 모임이었다. 하지만 이 모임은 피해망상에 사로잡힌 청교도 남성들이 제제하고 나서 결국 해산되고 말았다. 그러나 이후 북클럽 운동은 기하급수적으로 커졌고, 1990년 미국에는 약 5만 개의 북클럽이 있는 것으로 파악됐으며, 2000년에는 그 수의 배가 넘는 북클럽이 전국 각지에 생겼다.

크노프
2012년 하드커버
디자인 개브리엘 윌슨

오프라 윈프리는 1996년에 자신의 토크쇼에서 '오프라 북클럽'을 시작했다. 그후 약 15년 동안, 그녀는 한 달에 한 권씩 시청자들이 읽을 책 70권을 선정했다. 이들 중 다수가 수백만 권씩 팔려나갔다. 거의 알려지지 않던 책들도 이곳에 선정되면 불티나게 팔렸다. 2012년, 그녀는 새로운 TV방송국 OWN을 열어 오프라 북클럽을 다시 선보였고 『O — 오프라 매거진』과 연계했다. 이때 그녀가 고른 첫 책은 셰릴 스트레이드(Cheryl Strayed)의 『와일드』였다.

사이먼&슈스터
영국 2011년 페이퍼백

HBO 채널이 각색한 엘리자베스 스트라우트(Elizabeth Strout)의 단편집 『올리브 키터리지』에서, 프랜시스 맥도먼드는 결점이 있지만 정직한 성격의 올리브 역을 맡았다.

많은 유명인사가 자신만의 북클럽을 시작했다. 영화배우 에마 왓슨은 굿리즈를 통해 '공유 책장'이라는 페미니스트 북클럽을 만들었다. 리즈 위더스푼 역시 인스타그램에서 자신의 북클럽을 운영한다.

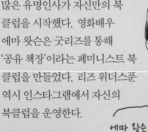

에마 왓슨

리버헤드 2016년 하드커버
디자인 레이철 윌리

브릿 베넷(Brit Bennett)은 불과 열일곱 살에 『엄마들(The Mothers)』을 쓰기 시작했다. 그녀는 여러 해 동안 원고를 다듬었다. 그동안 영문학 학위와 미술석사학위를 땄고, 『뉴욕타임스』와 『제저벨』 같은 지면에 인종과 불평등에 관한 에세이를 썼다. 원고는 리버헤드 출판사가 사갔다.

브릿 베넷

더 읽고 싶다면

『피플 오브 더 북』 | 제럴딘 브룩스
『더 걸스』 | 에마 클라인
『미들섹스』 | 제프리 유제니디스
『키친 하우스』 | 캐슬린 그리섬
『워터 포 엘리펀트』 | 새러 그루언
『눈에서 온 아이』 | 에오윈 아이비
『작은 변화를 위한 아름다운 선택』 | 트레이시 키더
『발자크와 바느질하는 중국소녀』 | 다이 시지에
『헨리에타 랙스의 불멸의 삶』 | 레베카 스클루트
『눈물의 아이들』 | 에이브러햄 버기즈

ANN PATCHETT STATE of WONDER
The Paris Wife PAULA McLAIN
BEHIND THE BEAUTIFUL FOREVERS KATHERINE BOO
ROOM EMMA DONOGHUE
THE MOTHERS BRIT BENNETT
SUE MONK KIDD THE SECRET LIFE of BEES
the Language of Flowers VANESSA DIFFENBAUGH
TAYARI JONES AN AMERICAN MARRIAGE
shanthi sekaran LUCKY BOY a novel
PUTNAM
ELIZABETH STROUT Olive Kitteridge
RANDOM HOUSE
Toni Morrison Knopf The Bluest Eye
AUDREY NIFFENEGGER THE TIME TRAVELER'S WIFE
Harcourt
MEG WOLITZER The Interestings
RUTH OZEKI A TALE FOR THE TIME BEING
WHERE'D YOU GO, BERNADETTE Maria Semple
NEW YORK TIMES BEST-SELLER AMOR TOWLES RULES of CIVILITY A NOVEL
ANITA DIAMANT THE RED TENT PICADOR USA
KHALED HOSSEINI THE KITE RUNNER
The History of Love NICOLE KRAUSS New York Times Bestseller
NORTON
MURIEL BARBERY - The Elegance of the Hedgehog
The LIGHT BETWEEN OCEANS SCRIBNER M.L.STEDMAN
ELENA FERRANTE - My Brilliant Friend
GAIL HONEYMAN Eleanor Oliphant is completely fine
PAMELA DORMAN BOOKS VIKING

도서 목록: 224쪽 참조

다섯 마디 요약 퀴즈

다섯 마디로 요약했다. 책 제목을 맞춰보라.

1 지구 그리고 차는 쭉 계속되리라.

2 토끼는 사랑을 받아서 생명을 얻는다.

3 소방관은 책을 그만 태우고, 읽는다.

4 털북숭이 발 도둑이 용을 이긴다.

5 소녀가 장미를, 소년을, 자신을 가다듬는다.

6 10대들이 독재자 때문에 서로를 죽인다.

7 배고픈 고아는 결국 행복을 찾는다.

8 양아치는 난파를 당해도 여전히 양아치다.

9 엄마는 아기 아빠 때문에 고생한다.

10 철부지여주가 결혼을 주선하고 사랑을 오해한다.

11 나이든 어부가 거대한 청새치와 싸운다.

12 모래벌레가 우주여행을 하게 해 준다.

13 차, 여자들, 담배, 술, 파이.

14 전염병은 전도사 그리고 영웅을 키운다.

15 왕자가 죽음에 대해 두개골에게 말한다.

16 남녀 간의 미국 남북 전쟁.

17 전자책은 위대한 소녀의 베이비시터가 된다.

18 대호황 시대가 펄럭인다, 비극적인 장관.

19 시체 열 구, 하나가 유죄.

20 모래 바람이 멋대로 다닌다, 멋없이.

21 개구쟁이 원숭이가 1000명의 사람을 만난다.

22 개 이야기는 예상한 대로 끝난다 (복수 응답도 가능하다).

23 장기 기증자로 태어난 사람들의 학교.

24 봉제한 삶의 교훈? 동양의 곰.

25 재, 아버지, 소년, 바다, 불.

26 왜 모두가 광대에게 겁을 내나.

27 도벽이 있는 한때의 펑크족은 늙었다.

28 빈손으로 떠난 장대한 하이킹, 사랑.

29 자애로운 우정일까
아니면 학대하는 우정일까.

30 밖에서 모두를 보고 보지 못한다.

31 칙칙한 캘리포니아의 화려함 그리고 광기.

32 당신은 지금 우리를
보고 있나요?

33 모계사회가 가난, 전쟁,
가부장제를 살린다.

34 길잃은 소년들이 함께
용기를 찾는다.

35 잠자리 토끼는 조용히 잠들지 못한다.

36 속물 고전주의자가 살인을
저지르고 무너진다.

37 음악 재생 목록이 관계를 돈다.

38 친척이란 편하게
지내기엔 너무 가깝다.

39 시적인 청소년들이 투쟁한다,
'에스페란자'와 함께.

답

1. 「은하수를 여행하는 히치하이커를 위한 안내서」 | 더글러스 애덤스
2. 「벨벳 토끼 인형」 | 마저리 윌리엄스
3. 「화씨 451」 | 레이 브래드버리
4. 「호빗」 | J. R. R. 톨킨
5 「비밀의 화원」 | 프랜시스 호지슨 버넷
6. 「헝거 게임」 | 수잔 콜린스
7. 「올리버 트위스트」 | 찰스 디킨스
8. 「파리대왕」 | 윌리엄 골딩
9. 「주홍 글자」 | 너새니얼 호손
10. 「에마」 | 제인 오스틴
11. 「노인과 바다」 | 어니스트 헤밍웨이
12. 「듄」 | 프랭크 허버트
13. 「길 위에서」 | 잭 케루악
14. 「스탠드」 | 스티븐 킹
15. 「햄릿」 | 윌리엄 셰익스피어
16. 「바람과 함께 사라지다」 | 마거릿 미첼
17. 「다이아몬드 시대」 | 닐 스티븐슨
18. 「위대한 개츠비」 | F. 스콧 피츠제럴드
19. 「그리고 아무도 없었다」 | 애거서 크리스티
20. 「분노의 포도」 | 존 스타인벡
21. 「아프리카여 안녕!」 | 한스 아우구스토 레이
22. 「나의 올드 댄, 나의 리틀 앤」 | 윌슨 롤스
「내 사랑 옐러」 | 프레드 깁슨
「말리와 나」 | 존 그로건
23. 「나를 보내지 마」 | 가즈오 이시구로
24. 「곰돌이 푸, 인생의 맛」 | 벤저민 호프
25. 「로드」 | 코맥 매카시
26. 「그것」 | 스티븐 킹
27. 「깡패단의 방문」 | 제니퍼 이건
28. 「와일드」 | 셰릴 스트레이드
29. 「아낌없이 주는 나무」 | 셸 실버스타인
30. 「자연의 지혜」 | 애니 딜러드
31. 「있는 대로 대처하라(Play it as it lays)」 | 존 디디온
32. 「보이지 않는 인간」 | 랠프 엘리슨
33. 「작은 아씨들」 | 루이자 메이 올컷
34. 「뭐가 뭐지(What Is the What)」 | 데이브 에거스
35. 「잘 자요, 달님」 | 마거릿 와이즈 브라운
36. 「비밀의 계절」 | 도나 타트
37. 「하이 피델리티」 | 닉 혼비
38. 「코듀로이 재킷과 청바지, 그리고 가족 스캔들」 | 데이비드 세다리스
39. 「망고 스트리트」 | 산드라 시스네로스

The Big Sleep
CHANDLER
THE MALTESE FALCON
BY DASHIELL HAMMETT
ALFRED A. KNOPF
The Intuitionist
COLSON WHITEHEAD
ANCHOR BOOKS
CARDS on the TABLE
AGATHA CHRISTIE
DODD MEAD & Company
P.D. JAMES
An Unsuitable Job for a Woman
SCRIBNER
PATRICIA HIGHSMITH • THE TALENTED MR. RIPLEY
NORTON
TANA FRENCH
IN THE WOODS
THE NAME OF THE ROSE
UMBERTO ECO
MARINER
HENNING MANKELL
FIREWALL
Vintage Crime
BURY YOUR DEAD
LOUISE PENNY
Rebecca
DAPHNE DU MAURIER
The Redbreast
JO NESBO
VINTAGE
The BLACK ECHO
Michael Connelly
LITTLE, BROWN
Smilla's Sense of Snow
PETER HØEG
PICADOR
BENJAMIN
EVEN THE DEAD
BLACK
HENRY HOLT
ARTHUR CONAN DOYLE
SHERLOCK HOLMES

도서 목록: 224쪽 참조

미스터리

미스터리 독자들은 최고의 탐정들 그리고 위험한 범죄자들과 두뇌싸움을 벌인다. 책에 이미 나와 있지만 (책을 읽다 마지막 페이지로 건너뛰지 않는다면, 물론 그건 명백한 부정행위다) 아직 찾지 못한 한 방을 찾으려 애쓴다. 어두운 골목과 어둑한 바를 다니며 사악한 악당과 수상쩍은 탐정을 쫓고, 총알과 칼날과 서슬 퍼런 음모로부터 달아나는 한편 본문을 뒤져 단서를 찾는다. 안락의자에 파묻혀 꼼짝도 하지 않은 채 말이다.

P. D. 제임스(P. D. James)는 미스터리 소설이 질서의 회복으로 결말을 지으면, 독자들은 안정감을 느꼈고, 이것이 격변과 불안의 시대에 미스터리 장르가 인기 있었던 이유라고 생각했다. 여러 편의 미스터리 작품과 더불어, 제임스는 2021년을 배경으로 불임 때문에 인간이 종말을 맞이하는 디스토피아 소설『사람의 아이들』을 썼다.

제임스는 집에서 버마고양이 여러 마리를 키우며 말했다. "내 고양이들이 다정하고 싱거운 녀석들이면 좋겠다."

노르딕 누아르는 1960년대 마이 셰발(Maj Sjöwall)과 페르 발뢰(Per Wahlöö)의 '마르틴 베크' 시리즈로 시작해서 페터 회(Peter Høeg)의 『스밀라의 눈에 대한 감각』에 이르러 문학적으로 인정받았다. 그리고 헤닝 만켈(Henning Mankell), 요 네스뵈(Jo Nesbø), 스티그 라르손(Stieg Larsson)의 작품과 함께 하나의 현상이 됐다. 노르딕 누아르의 탐정은 사건을 수사하는 한편 개인적인 문제도 해결하며 종종 사회 불평등을 폭로한다.

하퍼페레니얼 2007년 페이퍼백

타나 프렌치(Tana French)의 '더블린 강력계 형사' 시리즈는 미스터리 장르의 규칙을 바꾸었다. 탐정 한 명이 여러 사건을 연대기순으로 해결하는 대신, 책마다 다른 형사가 화자를 맡는데 그 형사는 보통 전작에서 조연으로 나온다. 이 시리즈는 한 권만 읽어도 주변 모두에게 알리게 될 것이고, 즉시 다음 권을 읽게 된다.

맨해튼의 미스터리어스 북숍은 미국에서 가장 크고 오래된 미스터리 전문 서점이다. 주인 오토 펜즐러(Otto Penzler)는 임프린트 출판사도 설립했으며 1979년에 서점을 연 이래로 수많은 작가들에게 힘을 주었다. 어느 인터뷰에서 그는 레이먼드 챈들러(Raymond Chandler)와 대실 해밋(Dashiell Hammett)을 맨 처음 읽으며 이런 깨달음을 얻었다고 밝혔다. "이것은 문학이다. 단순한 수수께끼가 아니다. 멋진 이야기만 들려주는 책이 아니다."

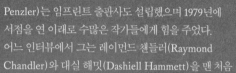

친구들은 대실 해밋을 샘이라고 불렀다. 그가 만든 주인공 샘 스페이드는 과묵하고 과음하는 미국 사립탐정의 표준이 되었다.

더 읽고 싶다면

『추적자』 | 리 차일드
『서스펙트』 | 로버트 크레이스
『쿠쿠스 콜링』 | 로버트 갤브레이스(J. K. 롤링)
『제3의 사나이』 | 그레엄 그린
『저주받은 피』 | 아날두르 인드리다손
『미스틱 리버』 | 데니스 루헤인
『라 트라비아타 살인사건』 | 돈나 레온
『끔찍한 레몬 하늘(The Dreadful Lemon Sky)』 | 존 D. 맥도널드
『요란한 밤(Gaudy Night)』 | 도로시 세이어즈

영화로 만들어진 책들

『에마』

제인 오스틴

「클루리스」,
감독 에이미 해커링,
1995년

펭귄 2011년 페이퍼백

그림 질리언 타마키

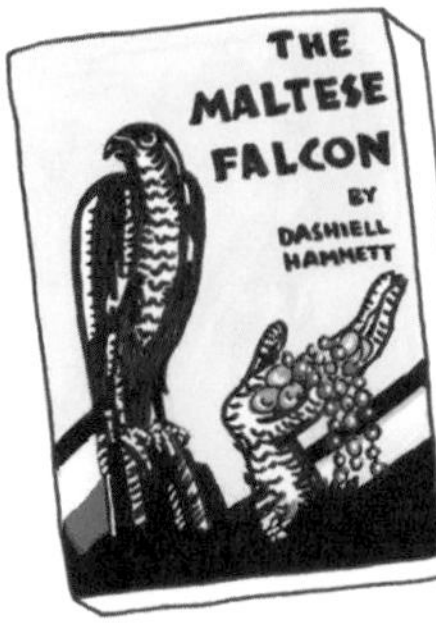

『L. A. 컨피덴셜』

제임스 엘로이

「L. A. 컨피덴셜」,
감독 커티스 핸슨, 1997년

미스테리어스프레스
1990년 하드커버

디자인 폴 가마렐로
그림 스티븐 페린저

『말타의 매』

대실 해밋

「말타의 매」,
감독 존 휴스턴, 1941년

크노프 1930년 하드커버

『죠스』

피터 벤칠리

「죠스」,
감독 스티븐 스필버그,
1975년

밴텀 1975년 페이퍼백

그림 로저 카스텔

이 놀라운 표지 그림 덕분에 『죠스』는
페이퍼백 수백만 권이 팔려나갔고 워낙
반응이 좋아서 영화 포스터로도 사용됐다.

영화 포스터에도
사용된 위대한
표지 디자인의
또다른 예. →

『카지노 로얄』

이언 플레밍

「007 카지노 로얄」,
감독 마틴 캠벨, 2006년

조너선 케이프, 1953년

디자인 이언 플레밍

그렇다, 플레밍은
제임스 본드가 처음으로
등장하는 책의 초판을
직접 디자인했다.

『대부』

마리오 푸조

「대부」,
감독 프랜시스 포드
코폴라, 1972년

푸트넘 1969 하드커버

디자인 S. 닐 푸지타

『브로크백 마운틴』

애니 프루

「브로크백 마운틴」,
감독 이안, 2005년

포스 에스테이트 1998년
페이퍼백

이 작품은 1997년 『뉴요커』에 단편소설로
처음 발표됐고 이후 영국에서 단행본으로
발간되었으며 1999년엔 프루의 단편
모음집 『근거리(Close Range)』에
수록됐다.

『멋진 여우 씨』

로알드 달

「판타스틱 Mr. 폭스」,
감독 웨스 앤더슨, 2009년

퍼핀 2016년 하드커버

그림 틴 블레이크

『트레인스포팅』

어빈 웰시

「트레인스포팅」,
감독 대니 보일, 1996년

빈티지 2013년 페이퍼백

디자인 세라제인 스미스

킹의 작품들은 60여 편의 영화와 TV프로그램으로 만들어졌다. 그는 큐브릭의 각색을 좋아하지 않는다고 말했는데, 너무 "차갑고" "여성혐오"적이며 책에 그리 충실하지 않아 보인다는 게 이유였다.

『샤이닝』

스티븐 킹

「샤이닝」,
감독 스탠리 큐브릭, 1980년

시그넷 1978년 페이퍼백

디자인 제임스 플루머리

『안드로이드는 전기양의 꿈을 꾸는가?』

필립 K. 딕

「블레이드 러너」,
감독 리들리 스콧, 1982년

「블레이드 러너 2049」,
감독 드니 빌뇌브, 2017년

시그넷 1969년 페이퍼백

그림 밥 페퍼

『아메리칸 사이코』

브렛 이스턴 엘리스

「아메리칸 사이코」,
감독 메리 해론, 2000년

피카도르 1991년 하드커버

그림 마셜 아리스먼

『파이트 클럽』

척 팔라닉

「파이트 클럽」,
감독 데이비드 핀처, 1999년

W. W. 노턴 1996년 하드커버

디자인 마이클 이언 케이

영화 포스터에도 사용된 위대한 표지 디자인의 예가 하나 더 있다.

『사이코』

로버트 블록

「사이코」,
감독 알프레드 히치콕, 1960년

사이먼&슈스터 1959년 하드커버

디자인 토니 팔라디노

골드먼은 시나리오 작가로도 활동했는데 「내일을 향해 쏴라」와 「대통령의 음모」 시나리오로 아카데미 각본상을 받았다. 소설 『마라톤 맨(Marathon Man)』도 썼으며 이 작품과 『프린세스 브라이드』 둘 다 영화를 위해 각색했다.

『프린세스 브라이드』

윌리엄 골드먼

「프린세스 브라이드」,
감독 로브 라이너, 1987년

하코트브레이스조바노비치 1973년 하드커버

디자인 웬델 마이너

『케빈에 대하여』

라이오넬 슈라이버

「케빈에 대하여」,
감독 린 램지, 2011년

하퍼페레니얼 2006년 페이퍼백

디자인 그렉 쿨리크

사진 매튜 앨런

GEORGE R.R. MARTIN
A GAME OF THRONES
BANTAM
THE LAST BATTLE
C.S. LEWIS
BLES
THE COLOUR OF MAGIC
TERRY PRATCHETT
THE DREAMBLOOD 1
THE KILLING MOON
N. K. JEMISIN
Jones
HOWL'S MOVING CASTLE
THE GOLDEN COMPASS
PULLMAN
KNOPF
TOCHI ONYEBUCHI
BEASTS MADE OF NIGHT
RAZORBILL
The ONCE & FUTURE KING
T.H. WHITE
DEL REY
ANNE McCAFFREY
DRAGONFLIGHT
THE MISTS OF AVALON
MARION ZIMMER BRADLEY
KNOPF
AVON SCIENCE FICTION
ROGER ZELAZNY
NINE PRINCES IN AMBER
The Last Unicorn
VIKING
Peter S. Beagle
Ende
The Neverending Story
BRANDON SANDERSON
THE WAY OF KINGS
TOR
Fantasy
Susan Cooper
THE DARK IS RISING
ATHENEUM
TERRY BROOKS
The Elfstones of Shannara
DEL REY
NEIL GAIMAN
STARDUST
MORROW
THE HOBBIT
TOLKIEN
HMCo

도서 목록: 224쪽 참조

판타지

닐 게이먼은 이야기 한 편을 완성한 다음 "그전에는 없던 무언가를 만든 직후 세상은 언제나 더 밝아 보인다"고 썼다. 특히 판타지 작가들에게 이 말은 사실일 것이다. 그들은 하나의 세계를 창조한다. 많은 독자들은 이 세계의 또다른 버전에 가보려고 책을 읽는다. 그 세계는 더 좋을 수도 있고 더 나쁠 수도 있는데(95쪽의 '디스토피아'도 함께 보라), 우리에게 진짜 세계를 더 명료하게 바라보는 관점을 제시한다.

게이먼의 『스타더스트』는 원래 1997년에 네 권의 만화책으로 출간되었으며 1998년에는 한 권의 책으로 나왔다. 둘 다 찰스 베스가 삽화를 맡았다. 1999년에는 삽화 없는 소설로 나왔다. 2007년에는 찰리 콕스와 클레어 데인스가 주연을 맡은 매튜 본 감독의 영화로 만들어졌다.

2007년 버티고 하드커버 그림 찰스 베스

다이애나 윈 존스(Diana Wynne Jones)는 자신의 아이들에게 읽어주고 싶은 책이 없다는 걸 깨닫고 어린이책을 쓰기 시작했다. 2011년 생을 마감하던 무렵엔 이미 30권 이상의 책을 썼다. 그녀의 작품 다수가 현실 세계를 배경으로 하지만 그 역시 마법이 가득하고 신화에 기원을 둔 세계다.

게이먼은 다이애나 윈 존스의 팬이자 친구로 "그녀는 내가 아는 가장 재미있고 가장 현명하며 가장 격렬하고 가장 날카로운 사람으로, 마녀 같으면서 경이로운 여성이자 대단히 실용적이고 자신만의 생각이 충만한 사람이었다"고 썼다.

T. H. 화이트(T. H. White)의 묘비명은 이러하다. "불안한 마음으로 타인을 기쁘게 해준 작가." 그의 전기를 쓴 실비아 타운센드 워너(Sylvia Townsend Warner)에 따르면 화이트는 혼자 외롭게 지냈으며

생활에 지장이 있을 만큼 수줍음이 많았다. 그가 남자 혹은 여자와 진지한 관계를 한 번이라도 가졌는지는 알 수 없다. 그러나 그는 자신의 개, 브라우니라는 이름의 아이리시 세터를 무척 사랑했다. 개가 죽자 화이트는 상심했고 친구에게 이렇게 전했다. "내게 브라우니는 평생 그 무엇보다도 완벽했어."

에브리맨스라이브러리 2011년 하드커버 그림 케이트 베이레이

필립 풀먼(Philip Pullman)의 『황금 나침반』 3부작에서 인간은 누구나 데몬을 갖고 있다. 데몬은 그 사람의 정신이나 영혼이 동물로 현현한 존재다. 풀먼은 만약 자신에게 데몬이 있다면 그 데몬은 "빛이 나고 밝은 존재"를 좇아 "그것들을 훔치는" 까치 같은 까마귓과 새일 거라고 했다.

더 읽고 싶다면

『비밀의 책』 | 로이드 알렉산더
『숲의 가장 어두운 곳(The Darkest Part of the Forest)』 | 홀리 블랙
『프린세스 브라이드』 | 윌리엄 골드먼
『파묻힌 거인』 | 가즈오 이시구로
『레드월』 | 브라이언 자크
『세계의 눈(The Eye of the world)』 | 로버트 조던
『다크 타워 1 — 최후의 총잡이』 | 스티븐 킹
『록 라모라의 우아한 계략』 | 스캇 린치
『에라곤』 | 크리스토퍼 파올리니
『바람의 이름』 | 패트릭 로스퍼스

우리가 사랑한 책들

쇼콜라스틱
2015년 하드커버
디자인과 그림 나나 고피

콜비 샤프

미국, 미시건주, 팔마의 초등학교 5학년 선생님이자『창조성 프로젝트(The Creativity Project)』의 저자

『423킬로미터의 용기』
댄 거마인하트

"아이들은 종종 가출을 꿈꾼다.『423킬로미터의 용기』에서 마크는 자신의 개 '보'를 데리고 집을 떠나 워싱턴주에 있는 가장 높은 산들 중 하나에 오르기 위해 세심하게 여행 계획을 짠다. 이야기가 진행되면서 독자들은 산으로 떠나는 마크의 여행이 그의 생애 마지막 모험일지도 모른다는 걸 점차 깨닫게 된다."

켈리 오라지

미국, 캘리포니아주, 샌디에이고의 미스터리어스 갤럭시 북스토어에서 일하는 어시스턴트 매니저

『과거와 미래의 왕
(The Once and Future King)』
T. H. 화이트

하퍼보야저
2015년 페이퍼백
그림 조 맥라렌

"내가 누구에게나 추천할 책을 딱 한 권 고른다면, 그건 T. H. 화이트의『과거와 미래의 왕』일 것이다. 이 작품은 아서왕과 그의 선생 멀린이 있는 매혹적이고 파란만장한 세계로 독자들을 데려간다. 읽고 나면 아서왕의 전설과 사랑에 빠지게 될 것이다. 그러나 너무 깊이 빠지지 않도록 주의하라. 당신은 이야기에서 웃음과 절망과 울음과 사랑이 무엇인지 배우게 될 것이다. 이

책은 매혹적이고 마음을 움직이며 비극적이지만, 그 무엇보다도 인간다움을 찬양하는 소설이다. 그렇기 때문에 너무나 아름답다.

『크레스토만시 연대기
(The Chronicles of Chrestomanci)』
다이애나 윈 존스

하퍼콜린스
2001년 페이퍼백
그림 댄 크레이그

"다이애나 윈 존스는 작품에서 그 누구도 따라할 수 없는 마법을 부린다. 내가 그저 어린아이였을 땐『하울의 움직이는 성』을 골랐다. '해리포터' 시리즈 사이의 빈자리를 채우려고 무척 애쓰면서. 나는 그녀의 책들을 가능한 한 후딱 읽어치웠고 다시 보진 않았다. 그녀의 어마어마한 저서 목록을 전부 파악한 것은 아니지만, '크레스토만시' 시리즈는 계속 읽고 싶은 좋아하는 책들 가운데 하나로 남아 있다. 하지만 그녀의 책들 중 무엇이든 읽는다면 그것은 전적으로, 완벽하게 특별한 무언가와 마주하는 일이 될 것이다."

호턴미플린하코트
2015년 하드커버
디자인 마사 케네디

레이철 퍼시라이저

인터넷에서 활동하는 문학 애호가

『터너 하우스』
안젤라 플루노이

"이 책은 표면상으로는 부동산값이 떨어지고 부모는 나이 들어 죽어가는 와중에 디트로이트 동쪽에 있는 가족의 집에서 무엇을 할지 생각하는 13명의 장성한 자식들과 그 가족 이야기다. 또한 인종과 계급,

중독, 사랑, 믿음과 초자연 현상과 정신 건강과 형제애, 자매애와 용서에 관한 책이다. 그런데 내가 이 책을 가장 사랑하는 건 다음과 같은 이유에서다. 종종 과거와 현재를 오가며 여러 시점에서 서술하는 책을 읽을 때면, 내가 그다지 좋아하지 않는 대목이 있어도 좋아하는 부분을 보려고 그냥 참고 읽는 반면『터너 하우스』에선 이어지는 모든 내용이 재미있었다. 나는 책 속 캐릭터와 시간을 더 보내려고 느긋하게 읽어나갔다. 모든 캐릭터가 실재하는 인물 같고 정말 살아 숨을 쉬는 것 같았다. 어렵고, 정직하지 못하고, 실패하고 흔들리는 등 등장인물들은 저마다 단점을 갖고 있음에도 마음을 온통 빼앗아간다. 나는 그들을 좋아하지 않았을 때조차 그들을 사랑했다."

『코로나 델 마에서 온 소녀들 (The Girls from Corona del Mar)』
루피 소프

빈티지 2015 페이퍼백
디자인 린다 후앙

"평생의 우정을 그린 루피 소프의 데뷔작은 가족, 장애, 임신 중단, 책임감에 대해, 그리고 그것이 무엇이든 우리가 돌려받아야 하거나 우리가 마땅히 누릴 것에 대해 가장 잔혹한 질문을 던진다. 여성들이 자신들의 빌어먹을 상황을 어떻게 헤쳐나가는지 다루는 장르로는 내가 정말 좋아하거나 시사하는 바가 큰 다른 책들도 얼마든지 많지만, 이 책은 그런 장르의 입문으로 제격이다. 소프는 독자들이 거리를 두고 판단하고픈 사람들의 생생한 경험을 알도록 이끄는데, 책을 읽는 동안 불안함과 동시에 쉼 없이 재미있다."

헨리홀트앤드컴퍼니
2009년 하드커버
디자인 에이프릴 워드
그림 베스 화이트

다이앤 카프리올라

미국, 조지아주, 디케이터의 리틀 숍 오브 스토리스의 공동 주인

『열두 살의 특별한 여름』
재클린 켈리

"열한 살 난 캘퍼니아는 일곱 남매 가운데 유일한 소녀다. 내키는 대로 무엇이든 어떤 식으로든 모두 차지하려 드는 원기 왕성한 여섯 남자 틈바구니에 끼어 있다. 어머니는 그녀가 예의바른 어린 숙녀가 되길 바라지만, 캘퍼니아에겐 다른 계획이 있고 다른 욕망이 있다. 과학을 사랑하는 다윈주의자 할아버지의 보호 아래서, 캘퍼니아는 자연 세계와 그 내부의 복잡한 관계들을 관찰하기 시작한다. 인간관계에 영향을 주는 사회적 규범과 사상도 그녀의 탐구 대상이다. 캘퍼니아는 텍사스주 갤버스턴에서 세기말에 소녀로 산다는 것이 무엇을 의미하는지 이해한다.

이 사랑스러운 책의 마지막 장을 생각하면 소름 돋는다. 이 책은 그 무엇도 포기하지 않으면서, 세계는 언제나 새로워지고 불가능한 일이란 없기에, 우리는 세상과 그 세상 속 우리의 장소를 탐색하면서 예상하지 못했던 것을 예상해야 한다고 말한다. 무엇보다 이 책은 소녀에게 변화와 성장이란 무한한 것일 수 있다고 말한다.『열두 살의 특별한 여름』은 내가 이제껏 읽은 어린이책 가운데 가장 희망찬 소설이다."

세라 홀렌벡

미국, 일리노이주, 시카고의 우먼 앤드 칠드런 퍼스트 공동 주인

『나쁜 페미니스트』
록산 게이

하퍼페레니얼
2014년 페이퍼백
디자인 로빈 빌라델로

"『나쁜 페미니스트』에서 록산 게이(Roxane Gay)는 개인적인 이야기를, 멋지고 때로는 아주 웃긴 팝 문화 및 정치 비평과 함께 엮는다. 그녀는 여성주의운동뿐만 아니라 자기 자신에게도 골치아픈 모순이 있다고 말한다. 그녀는 페미니스트가 분위기를 깨는 존재라는 고정관념을 가만히 응시하다가 그녀가 갖고 있는 온갖 도구들 — 아이러니, 약점, 농담, 그리고 그저 평범한 상식 같은 것들 — 을 이용해 산산 조각내버린다."

사랑받는 서점들

게이스 더 워드 북스

영국, 런던

게이스 더 워드 북스(Gay's the Word Books)가 1979년에 런던에 문을 열었을 때는 서점에 들여놓을 책의 상당량을 미국에서 수입해야 했다. 영국에는 게이 독자들을 위한 책이 충분하지 않았기 때문이었다. 월세가 오르고 온라인 매장과 경쟁하는 등 여느 독립서점들이 겪기 마련인 어려움을 겪는 가운데, 1984년에는 국세청에서 수천만 파운드의 책을 압류하기도 했지만 버텨냈다. 서점은 포르노그래피를 팔고 외설적인 책을 수입하려는 음모를 품고 있다고 내몰렸는데 그런 혐의를 받은 책들 중에는 테네시 윌리엄스, 고어 비달(Gore Vidal), 크리스토퍼 이셔우드(Christopher Isherwood), 장 주네(Jean Genet)의 작품도 있었다. 고발은 결국 취하되었다. 부당한 고발에 대한 사과는 한 번도 없었지만, 게이스 더 워드는 이후 정보처 역할을 할 뿐 아니라 공동체의 중심지가 되었다. 아이스브레이커스, 레즈비언 디스커션 그룹, 게이 블랙 그룹, 게이 디세이블드 그룹과 트랜스런던 같은 조직에 모임 장소를 제공했다.

토핑 앤드 컴퍼니는 배쓰에도, 스코틀랜드의
세인트앤드루스 대학 마을에도 지점이 있다.

토핑 앤드 컴퍼니 북셀러스

영국, 일리

대성당을 보러 일리로 여행을 떠나라. 그리고 토핑 앤드 컴퍼니 북셀러스(Topping & Company Booksellers)에 가라. 세심하게 분류한 온갖 종류의 책들이 넘쳐나는 멋진 책장을 보는 동안 토핑 서점에서는 공짜 커피 한 잔을 건네며 환영의 뜻을 전할 것이다. 서점에는 수많은 사인본과 소장본 도서도 있다(웹 사이트에서도 찾아볼 수 있다). 토핑 여사가 손으로 직접 쓴 간판을 주목하라.

더 킹스 잉글리시 북숍

미국, 유타주, 솔트레이크시티

더 킹스 잉글리시 북숍(The King's English Bookshop)의 시작은 다른 서점들과 비슷했다. 솔트레이크시티 출신의 책을 사랑하는 두 사람, 벳시 버튼과 앤 버먼은 서점을 열면 글쓰기에 영감을 받을 수 있으리라 생각했다. 서점 문을 연 지 얼마 되지 않은 1977년에 그들은 고객을 응대하는 일이 풀타임으로 일하는 직장생활과 다르지 않아 글을 쓸 여유가 없다는 걸 깨달았다. 하지만 이후로도 그들은 지역사회의 보물 같은 존재로 남아 있다.

서점은 성장했고 서점주인들은 범상치 않은 방식으로 공간을 활용했다. 그들은 작가 제임스 패터슨(James Patterson)에게 기금을 받아 어린이 공간의 지붕을 높이고 창문을 새로 냈다. 그렇게 생긴 높이 솟은 '나무 위의 집'에서 어린이들은 책을 읽고 논다.

특별한 능력

우리 중 많은 사람들이 특별한 능력을 갖길 바라며 유년시절의 상당 기간을 보낸다. 몇몇은 그 바람을 결코 접지 않는다. 마법이나 엄청난 지능, 혹은 돌연변이 능력을 갖고 태어나길 꿈꾸지 않는 사람이 있을까? 다들 자신에게 특별한 구석이 있다는 걸 안다. 그게 무엇인지 알아내야 할 뿐이다.

교양소설은 젊은 주인공이 어떤 지식을 추구하고, 그로 인해 극적으로 변화하며, 결국 자기 자신을 찾는 성장소설이다. 독일의 철학자 칼 모르겐슈테른(Karl Morgenstern)이 1819년에 이 용어를 만들었다. 요한 볼프강 괴테의 『빌헬름 마이스터의 수업시대』가 보통 이 장르의 시초로 꼽힌다.

2016년 함부르크리저헤프터 페이퍼백

『바람의 이름』의 초반에 매혹적인 주인공 크보스는 말한다. 어느 날 아버지가 그의 이름이 "앎"을 뜻한다는 사실을 알려주었다고. 그런 다음 이제껏 자신이 알게 된 놀라운 것들을 모두 전한다(바람의 진짜 이름을 포함해서).

패트릭 로스퍼스(Patrick Rothfuss)는 9년에 걸쳐 이 책을 쓰는 동안 영문학 전공으로 학부를 졸업했다. 팬들은 '왕 암살자 연대기' 시리즈의 세번째이자 마지막 권을 간절히 기다리고 있지만, 로스퍼스는 만족스러운 결과물을 내기 위해 시간을 할애하고 있다.

'해리 포터' 시리즈는 1997년 1권이 나온 이래로 4억 부 넘게 팔렸다. 여러 출판사에서 '해리 포터' 원고를 거절했는데 다들 '해리 포터'가 아이들이 읽기엔 너무 길다고 생각했기 때문이다. 마지막으로 블룸스버리 출판사의 나이젤 뉴턴이 아홉 살 난 딸에게 원고 일부를 보여주었다. 딸이 그 원고를 다 읽고서 더 보여달라고 했을 때, 그는 자신이 승자가 되었음을 알아챘다. 롤링은 억만장자가 되었지만 처음에는 선인세로 고작 2500파운드를 받았다.

해리가 호그와트로 가기 한참 전, 어슐러 K. 르 귄의 『어스시의 마법사』 속 제드는 로크섬의 마법사 학교로 갔다(1968). 그리고 그 전엔 스탠 리(Stan Lee)와 잭 커비(Jack Kirby)의 만화 'X맨' 시리즈에서(1963) 프로페서 X가 진 그레이, 스콧 서머스, 보비 드레이크, 워렌 워싱턴 3세, 행크 매코이에게 선을 위해 돌연변이 능력을 어떻게 사용할 것인지 자비에 영재학교에서 가르쳤다.

시리즈의 두번째 권 『현명한 남자의 공포(The Wise Man's Fear)』에서 크보스는 체스와 비슷한 전략 게임인 '탁'을 한다. 로스퍼스가 게임디자이너 제임스 어니스트와 협력해 만든 것으로, 킥스타터 캠페인이 성공한 덕분에 독자들은 '탁'을 실제로 해볼 수 있게 됐다.

더 읽고 싶다면

『레드 퀸』 | 빅토리아 애비야드
『엔더의 게임』 | 오슨 스콧 카드
『그레이스링』 | 크리스틴 캐쇼어
『섀도우 헌터스 — 뼈의 도시』 | 카산드라 클레어
『라이온보이』 | 지주 코더
『불사신(Charmed Life)』 | 다이애나 윈 존스
『마음 관리(MIND MGMT)』 | 맷 킨트
『아이 엠 넘버 포』 | 피타커스 로어
『고왕국기 1 — 사브리엘』 | 가스 닉스
『슈퍼뮤턴트 마법 아카데미(SuperMutant Magic Academy)』 | 질리언 타마키

ROWLING
YEAR 1
HARRY POTTER
AND THE SORCERER'S STONE
SCHOLASTIC
The NAME of the WIND
PATRICK ROTHFUSS
A Wizard of Earthsea
Ursula Le Guin
GOLLANCZ
THE #1 NEW YORK TIMES BESTSELLER
CARRY ON
RAINBOW ROWELL
THE BONE SEASON
SAMANTHA SHANNON
BLOOMSBURY
STEVENSON
NIMONA
HARPER TEEN
TRENTON LEE STEWART
The MYSTERIOUS BENEDICT SOCIETY
LITTLE, BROWN
LEV GROSSMAN
THE MAGICIANS
LEXICON
MAX BARRY
MULHOLLAND BOOKS
HODDER
CLAYTON
ONE
THE BELLES
FREE FORM BOOKS
V.E.SCHWAB
A DARKER SHADE OF MAGIC
TOR
The NIGHT CIRCUS
ERIN MORGENSTERN
DOUBLEDAY
1
PERCY JACKSON & THE OLYMPIANS
RIORDAN THE LIGHTNING THIEF
miramax books
HYPERION
STIEFVATER
THE RAVEN CYCLE BOOK II
THE DREAM THIEVES
THE LIBRARY AT MOUNT CHAR | SCOTT HAWKINS | CROWN
RIGGS
MISS PEREGRINE'S HOME FOR PECULIAR CHILDREN
QUIRK
TOMI ADEYEMI
CHILDREN OF BLOOD AND BONE

도서 목록: 224쪽 참조

가보고 싶은 도서관

물가 쪽에서 보면
이런 모습이다.

덴마크 왕립도서관

덴마크, 코펜하겐
디자인 슈미트 하메르 라센
1999년 개관

도서관 외관은 광택이 도는 검은 화강암으로 마감했다. 이 외관과 각이 진 모양 때문에 다들 이 건물을 '검은 다이아몬드'라고 부른다. 도서관은 물가 바로 앞에 자리잡고 있다.

시어도어 가이절은 닥터 수스로 더
유명하다! 도서관 소장품으로 닥터 수스의
드로잉 8500점과 원고, 사진이 있으며 그
외 닥터 수스의 기념품들이 있다.

캘리포니아 샌디에이고 대학교 가이절도서관

미국, 캘리포니아주, 샌디에이고
디자인 윌리엄 L. 페레이라어소시에이츠
1970년 개관

브루탈리즘 양식의 이 건물은 원래 중앙도서관이라고 불렸으나 1995년에 오드리와 시어도어 가이절의 이름을 따 명칭을 변경했다.

브란덴부르크 기술대학교 정보통신미디어센터

독일, 콧부스
디자인 헤어조그&드뫼롱
2004년 개관

이 도서관은 내부가 아주 화려하다. 색조가 다채로운 공간과, 선명한 분홍색과 녹색 나선 계단이 있다.

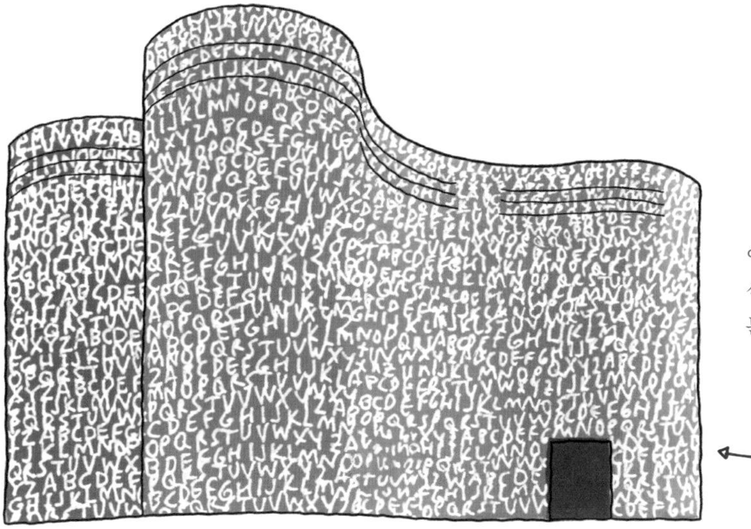
여러 언어로 된 책에서 인용한
문장과 알파벳들로 장식한 외벽.
하지만 겹치고 맞물리게 배치했기
때문에 알아보기는 힘들다.

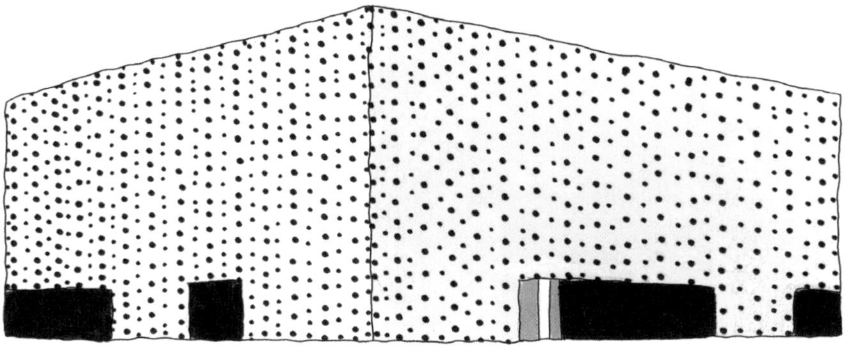

가나자와 우미미라이도서관

일본, 이시카와현, 가나자와
디자인 실러캔스K&H아키텍츠의
구도 가즈미와 호리바 히로시
2011년 개관

외벽 표면의 작은 점들은 모두 구멍이다! 이 구멍들은 반투명한 유리로 마감되어 있고 이를 통해 완벽한 양의 자연광이 들어온다. 이 빛은 사람들이 도서관에서 시간을 보내며 책을 읽고 가도록 분위기를 조성한다. 그냥 책만 확인하고 가는 게 아니라.

도서 목록: 224~225쪽 참조

디스토피아

디스토피아 소설은 제2차세계대전 직전과 전쟁 동안, 그리고 그후에 큰 관심을 끌었다. 1960년대 초반에도, 냉전이 끝날 무렵에도 그랬고 2008년, 수잔 콜린스의『헝거 게임』이 출간된 무렵에도 다시 관심을 끌었다. 디스토피아 소설은 강력한 렌즈다. 현재 우리가 바꾸길 원하는 것이 무엇인지, 그리고 그다음엔 어떻게 살아남을지를 보여준다.

조지 오웰은『1984』를 제목보다 한참 전인 1949년에 출간했다. '대안적 사실'이 등장하고 감시가 논란이 되고 우상화된 지도자들이 등장한 2017년, 이 소설은 미국 아마존 베스트셀러 목록에 올랐다.

1984년에 재출간된『1984』 시그넷클래식스 페이퍼백

오웰은 지금도 많이 쓰이는 단어들을 창조했는데, '빅브라더' '뉴스피크', '사상경찰' '이중사고' '망각 구멍' '2+2=5' 같은 표현이다. '오웰리언'은 주민을 상시적으로 감시하고 미디어, 역사, 사상 모두 통제하는 전체주의 국가, 디스토피아를 뜻한다.

N. K. 제미신은 2016년『다섯번째 계절』로 휴고상(과학소설계에서 가장 명망 높은 상) 장편소설 부문을 수상한 첫번째 흑인 여성 작가가 되었다. 같은 해, '슬픈 강아지들'과 '극렬 강아지들' 같은 우파 작가 그룹은 더 전통적이고 보수적인 책과 작가들이 휴고상을 타도록 투표 시스템을 몰아가려고 했다.

『다섯번째 계절』은 현 상황이 위협을 받지만 결국 그 위협을 물리치는 전통적인 판타지가 아니다. 대신 이 소설은 문제가 있기 때문에 극적 변화를 겪을 수밖에 없는 상황을 다룬다. 제미신은 말한다. "흑인 여성으로서 나는 현상유지에는 별 관심이 없다. 내가 왜 그래야 하나? 현 상황이란 유해하고 대단히 인종차별적이고 성차별적이며, 그 외에 내가 볼 때 달라져야 할 수많은 것들이 있다."

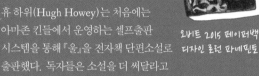

오비트 2015 페이퍼백 디자인 로런 파네핀토

휴 하위(Hugh Howey)는 처음에는 아마존 킨들에서 운영하는 셀프출판 시스템을 통해『울』을 전자책 단편소설로 출판했다. 독자들은 소설을 더 써달라고 요청했고, 그는 그 뒷이야기를 계속 썼다. 2013년 사이먼&슈스터에서 종이책으로 나오기 전,『울』은 이미 전자책으로 40만 권 이상 팔렸고, 20세기폭스에서 영화화 판권을 사갔다. 하위는 전자책 판권 전체를 보유하고 있다.

하위는 '웨이파인더'라는 15미터급 쌍동선을 타고 세계 곳곳을 항해하며 산다.

더 읽고 싶다면

『시계태엽 오렌지』 | 앤서니 버지스
『씨 뿌리는 자의 우화(The Parable of the Sower)』 | 옥타비아 E. 버틀러
『멋진 신세계』 | 올더스 헉슬리
『나를 보내지 마』 | 가즈오 이시구로
『강철군화』 | 잭 런던
『레전드』 | 마리 루
『호스트』 | 스테프니 메이어
『리보위츠를 위한 찬송』 | 월터 M. 밀러
『다이버전트』 | 베로니카 로스
『우리들』 | 예브게니 이바노비치 자먀찐

에디션

『1984』

조지 오웰의 『1984』는 가장 유명한 디스토피아 소설로 1949년에 처음 출간되었지만 언제 읽어도 시의적절하다. 오웰은 이 책에 '유럽의 마지막 사내'라는 제목을 붙일까 고민했지만 편집자가 '1984'를 밀어붙였다. 책은 65개 이상의 언어로 번역되었고, 에디션의 종류도 굉장히 다양한데 몇몇 나라에선 이미 저작권이 소멸했기 때문이다. 그중 일부만 소개한다.

이것이 초판본이다.

영국

세커앤드워버그
1949년 하드커버

인도네시아

벤탕
2003년 페이퍼백

터키

잔야이은나르
2014년 페이퍼백
그림 웃쿠 롬루

영국

펭귄
2008년 페이퍼백
디자인 셰퍼드 페어리

페어리는 의류브랜드 '오베이'의 설립자다. 그는 2008년 버락 오바마가 사용한 상징적인 포스터 「희망」을 디자인했다. 또한 1989년에는 '거인 앙드레가 이끈다'라는 거리 아트 캠페인도 진행했다.

미국

호턴미플린하코트
2017년 하드커버
디자인 마크 R. 로빈슨

캐나다

하퍼페레니얼
2014년 페이퍼백

제목과 작가 이름은
검은색 박 가공을
한 다음 다시 그
위에 검은색 볼록을
덧입혔다. 멋지다!

영국

펭귄클래식
2013년 페이퍼백
디자인 데이비드 피어슨

독일

울슈타인 출판사
1976년 페이퍼백

크로아티아

샤레니 두찬
2015년 페이퍼백

군중 속에서 혼자 고개를 다른
방향으로 돌려 저항하고 있는
사내를 놓치지 마라.

프랑스

에디시옹갈리마드 폴리오
1974년 페이퍼백
그림 구르믈랭

스웨덴

아틀란티스
1983년 하드커버

스페인

아우스트랄
2012년 페이퍼백

William Gibson NEUROMANCER ACE
Philip K. Dick
Do Androids Dream of Electric Sheep?
DOUBLEDAY SCIENCE FICTION
AKIRA 1
KATSUHIRO OTOMO
DARK HORSE COMICS
DARK MATTER BLAKE CROUCH
MICHAEL CRICHTON • JURASSIC PARK
ALL THE BIRDS IN THE SKY
CHARLIE JANE ANDERS
TITAN BOOKS
M.R. CAREY
THE GIRL WITH ALL THE GIFTS
orbit
READY PLAYER ONE
ERNEST CLINE
CROWN
THE DIAMOND AGE
NEAL STEPHENSON
THE ILLUSTRATED MAN RAY BRADBURY DOUBLEDAY
SIMON PULSE TEEN FICTION
SCOTT WESTERFELD UGLIES
a closed and common orbit
Becky Chambers
THE GONE-AWAY WORLD NICK HARKAWAY
VINTAGE
H.G. WELLS THE TIME MACHINE
LITTLE BROTHER CORY DOCTOROW TOR
WORLD WAR Z
AN ORAL HISTORY OF THE ZOMBIE WAR
MAX BROOKS
to say NOTHING of the DOG
CONNIE WILLIS
BANTAM

도서 목록: 225쪽 참조

테크노스릴러 & 사이버펑크

기술은 이제 너무 빨리 변해서 소설 속 아이디어들은 책에 그리 오래 머물지 못한다. 우리에겐 아직도 하늘을 나는 자동차가 없고 안드로이드와 이야기를 나누지도 못하지만, 전기양이든 그 밖에 무엇이든 꿈을 꿀 여지는 항상 있다.

필립 K. 딕(Philip K. Dick)의 『안드로이드는 전기양의 꿈을 꾸는가?』에서 안드로이드와 인간의 차이점 한 가지는 감정이 있느냐는 것이다. 현상금 사냥꾼 릭 데카드는 도주하는 '앤디스(안드로이드)'를 추격하면서 상대의 공감능력을 검사로 확인한다. 이 검사는 말하자면 극단적 튜링 테스트다. 한편 데카드와 그의 부인은 원하는 감정을 스스로 느끼기 위해 감정조절 오르간을 쓰며, 지붕에서 전기양을 키운다.

딕은 개인적으로 아주 지독한 삶을 살았다. 그와 쌍둥이 누이는 미숙아로 태어났는데 누이는 살지 못했다. 부모가 이혼하고, 버클리에서 성장기를 보낸 그는 마약, 다섯 번의 결혼, 자살 시도, 초자연적 경험과 환각을 겪다 53세에 뇌졸중으로 세상을 떠났다. 그는 쌍둥이 누이 곁에 묻혔는데, 그의 이름은 누이가 사망했을 때부터 묘비에 쭉 새겨져 있었다.

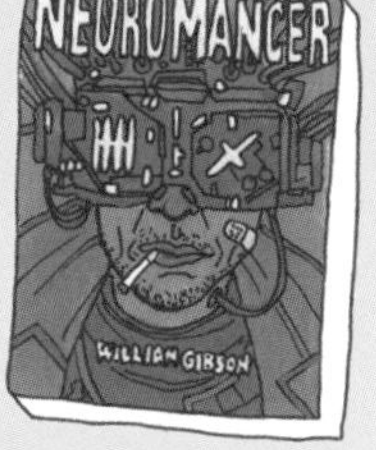

알레프에디토리아 2016년 브라질 판 그림 조산 곤잘레스

윌리엄 깁슨이 소설을 쓰기 시작한 때는 세상이 디지털로 가는 길의 모퉁이를 돌 무렵이었다. '사이버스페이스'라는 말을 만든 사람이 그다. 전자오락실에서 아이들이 노는 모습을 보고 1982년에 「버닝 크롬(Burning Chrome)」이라는 단편소설을 썼다. 깁슨이 보기에 게임을 하는 아이들이 화면을 뚫고 들어가 화면 반대편의 픽셀로 된 세상에 도착할 것 같았다. 그런 일이 가능하다면 말이다. 애플 IIc 컴퓨터를 구입한 후 깁슨은 성인도 개인용 컴퓨터를 처음 접할 때 똑같은 열망을 느낄 거라는 사실을 깨달았다. 데뷔작 『뉴로맨서』는 사이버펑크 운동의 초석이 됐다.

닐 스티븐슨(Neal Stephenson)은 디스토피아 장르가 과대평가되었으며 과학소설 작가들은 낙관주의자가 되어 새로운 기술을 꿈꿀 책임이 있다고 믿는다. 아이작 아시모프(Issac Asimov)의 로봇이나 로버트 A. 하인라인(Robert A. Heinlein)의 우주선 같은 과거의 예들은 혁신을 보여주고 또 새로운 기술이 사회에 어떻게 흡수되고, 엔지니어들과 프로그래머들이 작업에 착수하도록 어떻게 고무하는지 완벽한 실상을 보여준다.

스티븐슨의 『다이아몬드 시대』는 네오빅토리안 나노테크놀로지풍의 미래 슬럼가에 사는 한 소녀가 주인공인 교양소설로 소녀는 어쩌다 모든 것을 바꿀 수 있는 책 한 권을 손에 넣게 된다.

더 읽고 싶다면

『아이, 로봇』 | 아이작 아시모프

『트랜스메트로폴리탄(Transmetropolitan)』 | 워런 엘리스 & 대릭 로버튼

『공각기동대』 | 시로 마사무네

『나는 전설이다』 | 리처드 매드슨

『녹색 지구(Green Earth)』 | 킴 스탠리 로빈슨

『트러블과 그녀의 친구들(Trouble and Her Friends)』 | 멜리사 스콧

『지킬 박사와 하이드』 | 로버트 루이스 스티븐슨

『해저 2만리』 | 쥘 베른

『세계가 충돌할 때(When Worlds Collide)』 | 필립 와일리 & 에드윈 발머

『트리피드의 날』 | 존 윈덤

모두를 위한 책 배달부

아이들에게 자신이 가고
있다는 걸 알리려고
트럭에서 연주를 한다.
마치 아이스크림
트럭처럼.

도서 삼륜차

이탈리아, 바실리카타

안토니오 라 카바는 42년간 교단에 섰다. 그러다 2003년에 허름한 삼륜 트럭을 한 대 사서 책장을 설치하고 그 안에 대여용 도서를 채워 이탈리아 시골 곳곳을 몰고 다니기 시작했다. 그는 매주 여덟 곳, 300마일 넘게 다니며 학교에선 찾기 어려웠을 독서의 즐거움을 아이들에게 선사한다.

걸어다니는 도서전

인도, 부바네스와르

사타디 미슈라와 아크샤야 라브타라이는 2016년에 도서관 트럭을 몰고 6000마일 넘게 다니며 인도 각지에서 책을 팔고 대여했다. 그들은 부바네스와르에 작은 서점도 갖고 있는데, 책값을 저렴하게 받아 더 많은 사람들이 독서의 즐거움을 누릴 수 있었다.

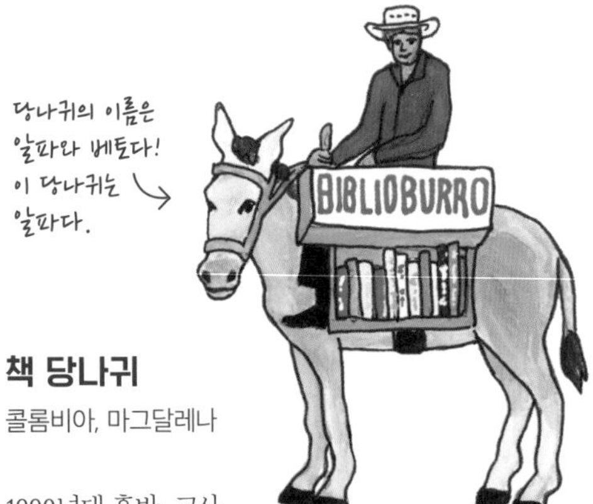
당나귀의 이름은
알파와 베토다!
이 당나귀는
알파다.
BIBLIOBURRO

책 당나귀

콜롬비아, 마그달레나

1990년대 후반, 교사 루이스 소리아노는 학생들의 집에 책이 없다는 사실에 낙담했고 상황을 바꾸기로 결심했다. 그는 당나귀 두 마리를 데리고 카리브해 근처에 있는 콜롬비아 마그달레나 지역을 다니며 책을 나눠준다.

이야기를 들려줘

포르투갈, 리스본

프란시스쿠 안톨링, 도밍구스 크루스, 주앙 코헤이아 페레이라. 이 세 명의 친구는 리스본을 찾는 관광객 모두에게 포르투갈 문학을 사랑하는 그들의 마음을 전하고 싶었다. 그들은 주제 사라마구(José Saramago), 미겔 토르가(Miguel Torga) 같은 작가들의 책을 영어, 독일어, 프랑스어 등으로 옮긴 번역본을 밴에 싣고 시내를 다닌다.

Tell a Story
이 차는
1975년 르노
에스타페틀
복원한
것이다.

케냐 북동부 지역에도 책을 지고 이동하는 낙타가 있다.

몽골 아이들의 이동도서관

몽골, 고비사막

다슈돈독 잠바는 지난 20년 동안 주로 낙타를 타고 고비사막을 5만 마일 이상 여행했다. 그는 책들을(그가 직접 쓰거나 번역한 책들도 여러 권 있다) 도서관이 없는 외진 마을의 아이들에게 가져다준다.

책 수레

콜롬비아, 카르타헤나 데인디아스

마르틴 무리요는 한때 카르타헤나에서 물을 팔았지만, 지금은 독서의 즐거움을 알리기 위해 여러 후원자의 도움을 받아 무료로 책을 빌려준다. 그는 수레를 밀며 마을을 다니다가 종종 아이들에게 책을 낭독해주기 위해 선다.

콜롬비아의 노벨상 수상 작가 가브리엘 가르시아 마르케스가 어느 날 수레를 찾아왔고, 『콜레라 시대의 사랑』 초판을 본 그는 무리요를 위해 책에 사인을 해주었다.

난민과 이주 노동자를 위한 야외 도서관

이스라엘, 텔아비브

유명한 레빈스키 공원에 위치한 이 도서관은 아이와 성인 모두를 위해 16개 언어로 된 3500권의 책을 소장하고 있다. 도서관은 비영리그룹 아팀과 구호단체 메실라가 설립했으며, 요아브메이리 건축사무소가 디자인했다. 밤이면 건물 내부에서 빛이 퍼져 나오는 이곳은 늘 개방되어 있고 소외된 계층의 독자들에게 책을 제공한다.

책이 나오면 벨이 울린다!

원숭이발 책 매트

캐나다, 온타리오주, 토론토

원숭이발은 토론토에 있는 작은 골동품 서점으로, 창가에 특이한 상품을 진열하는 것으로 유명하다. 주인 스티븐 파울러는 애니메이터 크레이그 스몰스와 '책 매트'를 만들기 위해 협업했다. '책 매트'는 2달러를 내면 무작위로 책을 뽑을 수 있는 자판기다.

우주 & 외계인

때로 우리는 진짜 지구를 보기 위해 머나먼 여행을 떠나야 한다. 그리고 때로 거울 속 자신을 보기 위해 외계 생명체를 만나야 한다.

에이스 1965 페이퍼백
그림 존 쉰허

1959년, 프리랜서 기자 프랭크 허버트는 취재차 오리건주 플로렌스 근처의 모래언덕에 갔다가 움직이는 모래를 보고 소설의 영감을 받았다. 그것은 사막 문화와 환경 재앙으로 인해 종교와 메시아가 어떻게 부흥하는지를 다룬 작품이었다. 그가 필요한 자료를 조사하고 집필하는 데 6년이 걸렸고, 이후 20군데의 출판사에서 원고를 거절당하는 등 굉장히 오랜 시간이 지나고 나서야 비로소 1965년에 칠턴(자동차 안내책자로 더 유명하다)에서 『듄』이 출간됐다. 『듄』은 1966년 최초의 네뷸러상을 수상했지만 바로 성공을 거두지는 못했고 시간이 지나며 서서히 명성을 얻어 컬트 고전이 되었다. 2012년에 잡지 『와이어드』 독자들은 역대 최고의 과학소설로 『듄』을 꼽았다.

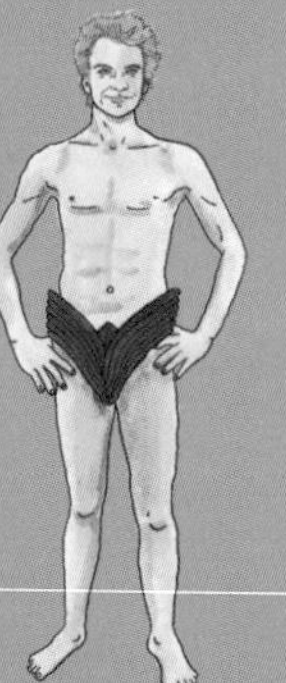

알레한드로 조도로프스키 감독은 『듄』을 영화화하면서 하코넨 남작 역으로 오손 웰스를, 황제 역으로 살바도르 달리를 캐스팅하고, 시각효과는 뫼비우스와 H. R. 기거에게 맡기려고 했다. 하지만 할리우드는 그의 기획이 위험하다고 보고 주저했다. 데이비드 린치가 1984년에 만든 영화는 혹평을 받았다(그림처럼, 페이드-로타 역을 스팅이 맡았다). 영국의 소설가이자 기자 하리 쿤즈루(Hari Kunzru)는 『듄』의 완벽한 영화화(지도자가 될 운명의 소년, 사막 행성, 사악한 황제)는 이미 1977년에 만들어졌다고 주장한다. 「스타워즈」 얘기다.

류츠신(劉慈欣)이 쓴 『삼체』의 제목은 인접한 세 물체가 서로의 움직임에 어떻게 영향을 끼치는지를 풀어내는 고전 궤도 역학 문제를 뜻한다. 그런데 이 시리즈가 탐구하는 진짜 질문은 이렇다. 인간이 혼자가 아님을 알게 되면 무슨 일이 일어날까? 이 책은 중국에서 2006년에 발간되어 엄청난 성공을 거두었다. 켄 리우(Ken Liu, 그 또한 휴고상을 수상한 작가다)가 영어로 번역해 2014년 미국 토르 출판사에서 출간되었다.

소설가 은네디 오코라포르(Nnedi Okorafor)는 우주를 좋아하지 않았다(다채롭고 싱싱하고 마술적인 공간을 좋아했다). 그러나 그녀는 작가로서 또 개인적으로 성장하기 위해 우주를 싫어하는 마음을 직시하고, 그럼에도 작은 것부터 시작해보기로 결심한 후 중편소설 『빈티(Binti)』를 썼다. 지구를 떠나 다양한 생명체가 있는 은하계 대학에 다니는 젊은 여성의 이야기다.

앤디 위어(Andy Weir)는 2016년에 '교재용' 『마션』을 냈다. 이 버전에는 160가지 이상의 욕설이 빠져서 중·고교 과학교사들이 수업 교재로 사용할 수 있다.

크라운 2014년 하드커버
디자인 에릭 화이트

더 읽고 싶다면

『은하수를 여행하는 히치하이커를 위한 안내서』 | 더글러스 애덤스
『타이거! 타이거!』 | 앨프리드 베스터
『2001 스페이스 오디세이』 | 아서 C. 클라크
『바벨 — 17』 | 새뮤얼 딜레이니
『영원한 전쟁』 | 조 홀드먼
『시간의 주름』 | 매들렌 렝글
『사가』 | 브라이언 K. 본(글), 피오나 스테이플스(그림)
『우리는 전설이다[We are Region(We are Bob)]』 | 데니스 E. 테일러
『심연 위의 불길』 | 버너 빈지
『우주 전쟁』 | 허버트 조지 웰스

ADRIAN TCHAIKOVSKY
CHILDREN OF TIME
PAN
Solaris Stanislaw Lem
THE MARTIAN ANDY WEIR
CROWN
Nnedi Okorafor BINTI
TOR
THE MARTIAN CHRONICLES
RAY BRADBURY
heinlein
starship troopers
putnam
the long way to a small angry planet
Becky Chambers
HODDER
ANCILLARY JUSTICE ANN LECKIE
OCTAVIA E. BUTLER DAWN
WARNER BOOKS
DUNE
Frank Herbert
CHILDHOOD'S END ARTHUR C. CLARKE
DEL REY
THE THREE-BODY PROBLEM
CIXIN LIU
NEAL STEPHENSON
SEVENEVES
MORROW
THE SIRENS OF TITAN
KURT VONNEGUT
DIAL PRESS
Ringworld
LARRY NIVEN
SFBC
TOR
ENDER'S GAME
ORSON SCOTT CARD
THE EXPANSE 1
LEVIATHAN WAKES
JAMES S. A. COREY
HYPERION
DAN SIMMONS
ISAAC ASIMOV
FOUNDATION
GNOME PRESS

도서 목록: 225쪽 참조

소설 속 행성

다음의 행성이 나오는 책, 만화책(몇몇 행성은 하나 이상의 작품에 나온다)과 저자의 이름을 맞춰보라.
이미지 비율이나 색깔이 정확하지는 않다.

정답

1)『듄』 2)『어린 왕자』 3)『시간의 아이들(Children of Time)』 4)『파운데이션』 5)『사소한 정의』 6)『시카스타(Shikasta)』 7)『시간의 주름』 8)『마일즈 보르코시건 — 명예의 조각들』 9)『제5도살장』 10)『어둠의 왼손』 11)'캘빈과 홉스' 시리즈 12)『토르(Thor)』 13)『가라, 흩어진 너희 몸들로』 14)「머나먼 지구의 노래」(『아서 클라크 단편 전집 1953~1960』에 수록) 15)『화성의 공주』 16)『스타십 트루퍼스』 17)『사가』 18)『대수학자』 19)『솔라리스』 20)『엔디미온(Endymion)』 21)『사자의 대변인』 22)『크리스털 싱어(The Crystal Singer)』 23)『슈퍼맨(Superman)』 24)『행성 구원자들(The Planet Savers)』 25)『히페리온』

그래픽노블 & 만화

그래픽노블은 (대개) 독립적인 이야기다. 반면 코믹스는 (대체로) 연재물이다. 둘 다 그림이 있다! (때로) 네모 칸 안에 그림이 그려지기도 하고, (때로) 그림 옆에 글이나 말풍선이 있다. 혁신적이고 재기 넘치는 시도가 많기 때문에 정해진 규칙은 없다.

윌 아이스너(Will Eisner)는 만화책 업계 최초의 만화가 가운데 한 명이었다. 그의 경력은 거의 70년에 걸쳐 이어졌고, 아이스너상은 그의 이름에서 따왔다. 그는 성인용으로『신과의 계약 그리고 다른 공동주택 이야기(A Contract with God and Other Tenement Stories)』를 그렸는데 이 만화가 만화가게가 아니라 일반 서점에서 팔리길 원했다. 그래서 그는 자신의 책을 '그래픽노블'이라고 홍보했고, 이 말을 대중화한 첫 작품이 되었다. 서점들은 책을 어디에 배치해야 할지 잘 몰랐다.

피카도르 2000년 페이퍼백 디자인 헨리 신 이

마이클 셰이본은 아이스너의 이야기를 소설화하여『캐벌리어와 클레이의 놀라운 모험』을 썼다.

에밀 페리스(Emil Ferris)는 웨스트나일 바이러스에 감염된 모기에 물려 마흔 살에 몸에 마비가 왔다. 그녀는 결국 손에 접착테이프로 펜을 고정시켜 다시 그림을 그리기 시작했다. 석사학위도 땄다. 그리고 복잡한 그림에, 각 페이지를 스케치북 모양으로 디자인한『몬스터 홀릭』을 그렸다. 이 모든 일을 하는 동안 그녀는 어린 딸도 돌봤다.

『사가』는 브라이언 K. 본(Brian K. Vaughan)이 쓰고, 피오나 스테이플스(Fiona Staples)가 그린 장대한 스페이스 오페라 시리즈다. 본은 어렸을 때 수학수업이 지루해『사가』를 구상하기 시작했다. 그와 아내가 둘째 딸을 임신하고 있을 때 그는 전쟁 중인 외계종족이자 신생아를 데리고 살아남으려 애쓰는 부모 캐릭터를 만들었다. 그 어린아이가 화자다.

스테이플스는 이 시리즈의 공동 작가로 그림을 다 그리고 캐릭터, 탈것, 외계인, 행성을 디자인했다. 간략한 스케치로 계획을 짜고 주로 디지털로 작업을 한다. 결과물은 애니메이션 셀과 비슷한데, 배경과 인물을 따로 채색하는 방식이다. 또한 만화 속 글도 직접 작업하는데, 업계에서는 드문 일이다.

크리스 웨어(Chris Ware)는 만화 매체의 달인이지만 다른 매체도 넘나든다. 그는 칩 키드에게서 무라카미 하루키의 소설『태엽 감는 새』의 표지에 그려진 태엽 감는 새의 내부 설계를 디자인해달라는 의뢰를 받았다. 그리고 데이브 에거스(Dave Eggers)에게서는 비영리 문학조직 '826 발렌시아' 건물의 벽화를 작업해달라는 의뢰도 받았다.

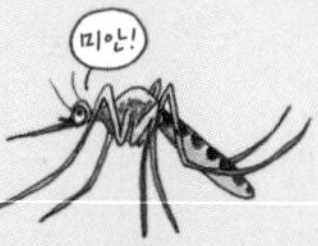

더 읽고 싶다면

『우리가 했던 최선의 선택』 | 티부이

『내가 싫어하는 것 — A부터 Z까지(What I Hate: From A to Z)』 | 로즈 채스트

『설교사(Preacher)』 | 가스 이니스 & 스티브 딜런

『아스테리오스 폴립』 | 데이비드 마추켈리

『재산(The Property)』 | 루트 모단

『커다란 질문들(Big Questions)』 | 앤더스 닐슨

『페르세폴리스』 | 마르잔 사트라피

『그해 여름』 | 마리코 타마키(글) 질리안 타마키(그림)

『끝없는 기다림』 | 줄리아 워츠

『페이블즈 디럭스 에디션 1』 | 빌 윌링험(글), 마크 버킹험, 스티브 리어로하, 랜 메디나, 크레이그 해밀턴(그림)

STRANGER NIOBE: SHE IS LIFE JONES STENBERG WOODS MAY VOL 1
LUMBERJANES BEWARE THE KITTEN HOLY STEVENSON·ELLIS·WATTERS·ALLEN 1 BOOM BOX
image Saga BRIAN K. VAUGHAN FIONA STAPLES BOOK 1
THE SANDMAN preludes & nocturnes NEIL GAIMAN 1 VERTIGO
ABOUET & OUBRERIE AYA D+Q
MICHELINE HESS MALICE IN OVENLAND
julie doucet my New York diary drawn & quarterly
oni press SCOTT PILGRIM BRYAN LEE O'MALLEY 1
THE ARRIVAL SHAUN TAN ARTHUR A. LEVINE BOOKS
JOE SACCO FOOTNOTES IN GAZA METROPOLITAN BOOKS
MARVEL BLACK PANTHER A NATION UNDER OUR FEET COATES | STELFREEZE SPROUSE | MARTIN 1
Are You My Mother? Alison Bechdel HMH
BATMAN THE DARK KNIGHT RETURNS MILLER JANSON VARLEY DC COMICS
CLOWES PATIENCE
WATCHMEN ALAN MOORE DAVE GIBBONS DC COMICS
YANG AMERICAN BORN CHINESE SQUARE FISH
BELL El Deafo
SPIEGELMAN MAUS PANTHEON
BLACK HOLE CHARLES BURNS PANTHEON
EMIL FERRIS BOOK ONE MY FAVORITE THING IS MONSTERS FB
YOUNEEK STUDIOS Vamoz Media E.X.O. SAGA ONE PART ONE CREATED BY ROYE OKUPE
ADRIAN TOMINE Killing and Dying D&Q
image THE WALKING DEAD 1
Will Eisner A Contract With God NORTON
THE UNCANNY X-MEN • THE DARK PHOENIX SAGA • CLAREMONT/BYRNE/AUSTIN MARVEL COMICS
GOODNIGHT PUNPUN 1 INIO ASANO
THE LOVE & BUNGLERS JAIME HERNANDEZ FB
Blankets CRAIG THOMPSON D&Q
UNDERSTANDING COMICS SCOTT McCLOUD WM MORROW
WHAT IT IS LYNDA BARRY DRAWN AND QUARTERLY

도서 목록: 225쪽 참조

사랑받는 서점들

아말감 코믹스 & 커피하우스

미국, 펜실베이니아주, 필라델피아

아리엘 존슨은 미국 동부 해안 최초의 흑인 여성 만화책방 주인으로 필라델피아 아말감 코믹스 & 커피하우스(Amalgam Comics & Coffeehouse)를 꾸리고 있다. 거의 대부분의 만화책을 구비하고 있고 누구나 작품을 통해 자신을 돌아볼 수 있는 공간이다. 그녀는 'X-맨' 시리즈의 캐릭터 스톰 덕분에 이 장르를 더 좋아하게 되었다. 스톰은 할렘과 카이로에서 자란 케냐 출신 부족 공주의 딸이다. 이후 존슨 본인도 만화책에 등장했는데, 『인빈서블 아이언맨(Invincible Iron Man』 1권의 배리언트 커버에서 존슨은 일명 아이언하트라고 불리는 리리 윌리엄스와 커피를 마신다. 리리 윌리엄스는 아이언맨 아머를 직접 만들어 입는 MIT 출신의 열다섯 살 천재 캐릭터다.

아토믹 북스

미국, 메릴랜드주, 볼티모어

아토믹 북스(Atomic Books)는 볼티모어에서 독특한 문학 작품과 언더그라운드 만화를 찾기 가장 좋은 장소일 뿐만 아니라 존 워터스(John Waters)에게 팬레터를 보낼 수 있는 곳이기도 하다(3620 폴즈 로드, 볼티모어, 메릴랜드 21211). 존 워터스는 호평받는 감독이자 작가, 배우, 스탠드업 코미디언, 시각 예술가이자 미술품 수집가로 이 동네 토박이라서 가끔 팬레터를 가지러 서점에 온다.

더 라스트 북스토어

미국, 캘리포니아주, 로스앤젤레스

더 라스트 북스토어(The Last Bookstore)는 2005년에 문을 열었다. 대형서점 보더스도 독립서점도 모두 빠르게 폐점하고 있을 무렵이었다. 서점주인 조시 스펜서는 가게를 여는 게 모험이라는 걸 알고 있었지만, 상대적으로 마음이 편했다고 한다. 이미 더 큰 손실을 입었기 때문이다. 1996년에 전동자전거 사고를 당해 걸을 수가 없게 된 것이다.

서점은 로스앤젤레스 시내의 오래된 은행 건물에 있는데 내부가 동굴처럼 생겼다. 천장이 높고 대리석 기둥이 세워진 공간에 책들이 가득한데, 좋은 책을 발견하는 행운이 뒤따르기를 바라는 듯이 책이 무작위로 꽂혀 있다. 독자들은 오래된 금고 방에서 과학소설과 공포소설을 찾기도 하고 두꺼운 책을 쌓아 만든 터널을 통과하기도 하며 날아다니는 타이프라이터와 책등으로 위장한 조명 버튼 같은 문학적이고 예술적인 설치작품에 감탄하기도 한다.

스펜서는 가게가 따뜻하고 인간미 있는 공간이 되길 원한다. 그곳을 어떤 식으로 묘사하든지 간에, 그의 노력은 통하고 있다. 서점에 들러 종종 책더미를 안고 가는 단골들로 이곳은 일주일 내내 북적인다.

도서 목록: 225~226쪽 참조

단편들

많은 작가들이 단편집으로 데뷔를 한다. 그리고 때로 독자는 그런 작가가 계속 써나가면서 성장하는 과정을 지켜본다. 그러나 단편소설이라는 형식을 기꺼이 택한 작가들에게 단편이란, 한걸음 더 나아가는 과정이 아니라 영광스러운 목적지다.

단편의 제왕 조지 손더스(George Saunders)는 이야기를 쓰면서 말을 건네기까지 한다, 이렇게. "부풀리지 마! 부풀리지 마! 안으로 들어갔다가 최대한 빨리 밖으로 나와." 소설을 쓰는 동안 손더스는 지구물리학 엔지니어, 유전 수색팀의 일원, 베벌리힐스 문지기, 편의점 직원, 컨트리 뮤직 기타리스트, 서부 텍사스 도살장에서 무릎 뼈를 발라내는 사람, 제약회사 기술 작가로 일했다. 2017년 그는 첫 장편『바르도의 링컨』을 출간했고 맨부커상을 수상했다.

켈리 링크(Kelly Link)는 이른바 '밤의 논리'에서 단편소설의 영감을 받는다고 말했다. '밤의 논리'란 꿈속 세상이 그렇듯 독특하고 앞뒤가 안 맞기는 해도 진실성이 담겨 있는 것을 의미한다.

랜덤하우스 하드커버
디자인 알렉스 메르토

「예쁜 괴물들(Pretty Monsters)」은 링크가 처음으로 10대 독자를 위해 쓴 단편소설이다. 그녀는 성인 독자용으로 단편집 여러 권을 썼는데 2015년에는 「골칫거리(Get in Trouble)」도 냈다.

줌파 라히리(Jhumpa Lahiri)는 아버지가 도서관 사서였으므로 어렸을 때 책을 거의 갖지 못하고 대신 빌려야 했다. 대여섯 살 무렵 그녀가 처음 갖게 된 책은 진 카일러 맥매너스(Jean Kyler McManus)의

아메리칸그리팅스
1970년 하드커버
그림 프랭 카리오타키스

『절대 친구를 찾을 필요 없을 것이다(You'll Never Have to Look for Friends)』였다.
라히리 어머니의 모국어는 벵갈어였다. 그녀는 영어로 장편소설 두 권과 단편집 두 권을 썼고, 이후 가족과 함께 로마로 떠나 3년 동안 살면서 이탈리아어를 배웠다. 회고록『이 작은 책은 언제나 나보다 크다』는 이탈리아어로 썼다. 그녀는 자신의 이탈리아어가 완벽하진 않지만 그 언어를 쓰면서 그녀가 영어로는 가지지 못한 자유와 힘을 얻었다고 말한다.

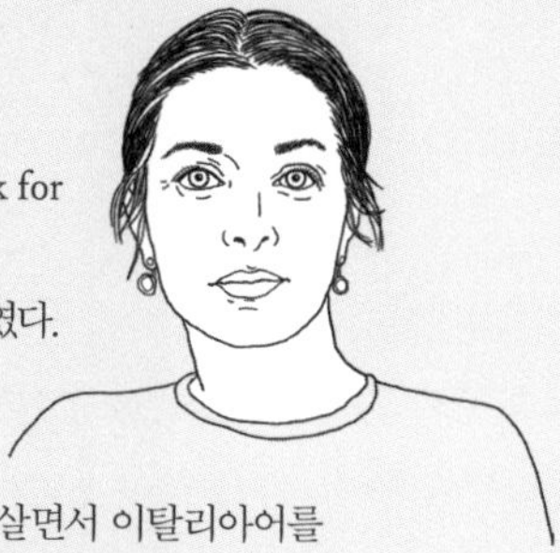

1995년 옥타비아 E. 버틀러(Octavia E. Butler)는 맥아더 펠로우십(일명 '천재 장학금')을 탄 첫번째 과학소설가가 되었다. 어머니는 가사도우미였고 아버지는 구두닦이였다. 수줍음이 많고 난독증을 앓던 유년시절, 그녀는 아이들의 괴롭힘을 피해 패서디나 공공도서관에 숨어서 요정 이야기, 말(馬) 이야기, 과학소설 잡지를 읽었다. 열 살 때는 어머니에게 타이프라이터를 구해달라고 부탁했다. 훗날 그녀는 말했다. "내게는 힘이 거의 없었기 때문에 나는 힘에 대해 쓰기 시작했다."

더 읽고 싶다면

『60가지 이야기(Sixty Stories)』 | 도널드 바셀미
『일러스트레이티드 맨』 | 레이 브래드버리
『피로 물든 방』 | 앤젤라 카터
『존 치버 단편선집(The Stories of John Cheever)』 | 존 치버
『다른 곳에서 커피 마시기(Drinking Coffee Elsewhere)』 | Z. Z. 패커
『브로크백 마운틴』 | 애니 프루
『굿바이, 콜럼버스』 | 필립 로스
『아홉 가지 이야기』 | J. D. 샐린저
『유린되고 타버린 모든 것』 | 웰스 타워
『착한 여자를 억압할 순 없다(You Can't Keep a Good Woman down)』 | 앨리스 워커

사랑받는 서점들

1956년에 시티 라이츠는 앨런 긴즈버그(Allen Ginsberg)의 유명 시집 『울부짖음—Howl』을 출간했다. 펄링게티는 (세상에! 시가 섹스와 마약을 언급했기 때문에) 외설 혐의로 체포되었다. 그러나 클레이턴 혼 판사는 그에게 무죄를 선고했다. 판사는 그 시가 "사회적 의의를 갖고 있다"고 말했다. 재판 때문에 시집은 더 많은 부수가 팔렸다.

시티 라이츠

미국, 캘리포니아주, 샌프란시스코

시티 라이츠(City Lights)는 샌프란시스코에 위치한 서점이자 출판사로 노스비치가 차이나타운과 만나는 지점에 있다. 1953년에 시인 로렌스 펄링게티와 대학교수 피터 D. 마틴이 함께 만들었으며(2년 뒤 서점을 떠났다) '세계 문학, 예술, 진보 정치' 전문 서점으로 출발했다. 원래는 미국 최초로 페이퍼백만 파는 서점이었으나 지금은 양장본도 판다. 2001년, 시티 라이츠는 역사기념물로 공식 지정되었다.

크리스틴 에반스와 그녀의 남편 프라빈 마단은 서점 창립자 개리 프랭크로부터 2007년에 북스미스를 인수받았다.

더 북스미스

미국, 캘리포니아주, 샌프란시스코

더 북스미스(The Booksmith)는 1976년 샌프란시스코 근방 헤이트애시버리에 문을 열었다. 이곳은 미국 반문화의 고향이기도 하다. 서점은 활기 넘치는 이벤트 프로그램을 진행하는데, 초청 연사와 저자들로는 철학자 티모시 래리(Timothy Leary), 과학소설의 전설 레이 브래드버리(Ray Bradbury), 카리스마 넘치는 기자 헌터 S. 톰슨(Hunter S. Thompson), 아이들의 작가 레모니 스니킷(Lemony Snicket), 음악가 닐 영과 패티 스미스(Patti Smith), 그룹 그레이트풀 데드의 필 레시와 미키 하트, 사진가 리처드 애버던과 애니 리버비츠가 있다. 앨런 긴즈버그는 북스미스에서 생애 마지막 낭독을 했다.

시

미국의 국가예술기금에 따르면, 1년에 적어도 시 한 편을 읽는 사람들의 수는 점차 줄고 있다. 1992년에는 17퍼센트였던 것이 2012년에는 6.7퍼센트밖에 안 되었다. 시는 재즈보다 대중적이지 않다(하지만 아직도 오페라보다는 낫다!). 그러나 시는 통계의 반대편에 있다. 진실한 시는 마음을 곧바로 울린다. 시는 의식하지 못한 감정의 이름을 찾아주며 그 과정에 있는 쓰레기는 뭐든 태워버린다.

많은 미국 어린이들이 읽는 최초의 시집은 『골목길이 끝나는 곳』이다. 작가 셸 실버스타인(Shel Silverstein)은 한국전쟁 참전용사이자 잡지 『플레이보이』의 일러스트레이터(이자 플레이보이 맨션의 단골)다. 그는 골든글로브와 아카데미상 후보로 올랐으며 그래미상을 두 차례 수상했다(하나는 조니 캐시의 노래 「수라는 이름의 소년(A Boy Named Sue)」 작사로, 또하나는 「골목길이 끝나는 곳」을 녹음한 앨범으로 탔다.)

트레이시 K. 스미스(Tracy K. Smith)의 퓰리처 수상작 『라이프 온 마스(Life on Mars)』는 그녀가 아버지에게 바치는 헌사로, 그녀의 아버지는 허블우주망원경 엔지니어였다. 그러나 원래 헌사를 하려고 작품을 쓴 건 아니었다. 그녀는 "이곳 지구의 생명과 관련된 사실과 몇 가지 문제를 고찰하기 위한 일종의 메타포로서의 공간"에 더 집중했다.

사랑이 넘치는 많은 부모들이 아들의 이름을 파블로 네루다(Pablo Neruda)의 이름에서 따와 파블로라고 짓곤 하는데, 사실 이 이름은 필명이다. 본명은 리카르도 엘리에세르 네프탈리 레예스 바소알토(Ricardo Eliécer Neftalí Reyes Basoalto)다. 또 그는 외교관이자 상원의원이었고 칠레의 사회주의자 대통령 살바도르 아옌데(작가 이사벨 아옌데의 친척)의 고문이었다. 그는 아옌데 정부가 피노체트에 의해 전복될 무렵 병원에서 암 치료를 받고 있었는데, 의사가 그에게 알 수 없는 약물을 주사했고, 결국 네루다는 여섯 시간 반 뒤에 집에서 사망했다. 독 때문이거나 보고된 대로 전립선암 때문이었다. 2013년에 그의 유골을 발굴해 칠레, 스페인, 미국, 스위스 등지에서 검사했지만 아직까지 결론은 나지 않았다.

하퍼샌프란시스코 2004년 페이퍼백 디자인 나타 이바라

미국에서 시집이 가장 잘 팔리는 시인은 루미(Rumi)로 페르시아인 수피교 신비주의자이자 이슬람 학자다. 지금의 타지키스탄에서 태어나 이란과 시리아에서 공부를 했고 생애 대부분을 터키에서 살았다. 그가 이름을 알리게 된 계기는 콜먼 바크스(Coleman Barks)가 작품을 현대적으로 번역한 덕분이나, 루미가 쓴 사랑과 영성과 통합에 대한 시는 언제 어디서나 사람들에게 말을 건다.

1900년대 초반 시인 라이너 마리아 릴케는 조각가 오귀스트 로댕의 비서로 일했고, 그의 작업에 대한 글을 썼다. 레이첼 코벳(Rachel Corbett)은 그들의 우정에 대한 책 『너는 너의 삶을 바꿔야 한다』를 썼다.

더 읽고 싶다면

『볼록 거울 속의 자화상(Self-Portrait in a Convex Mirror)』 | 존 애시버리
『아킬레스의 방패 — 오든 시선집』 | W. H. 오든
『고인 물(Standing Water)』 | 엘리너 차이
『가족 가치(Family values)』 | 웬디 코프
『사라진 세계의 그림들(Pictures of the Gone World)』 | 로렌스 펄링게티
『산 사이(Mountain Interval)』 | 로버트 프로스트
『야생 붓꽃(The Wild Iris)』 | 루이스 글뤽
『생일편지』 | 테드 휴즈
『수사슴의 도약(Stag's Leap)』 | 샤론 올즈
『봄 그리고 모든 것(Spring and All)』 | 윌리엄 칼로스 윌리엄스

ARIEL SYLVIA PLATH Faber
Langston Hughes Selected Poems Vintage
DANCE DANCE REVOLUTION CATHY PARK HONG NORTON
THE ESSENTIAL Rumi BARKS Harper Collins
BAUDELAIRE
Elizabeth Bishop The Complete Poems 1927-1979
TRACY K. SMITH LIFE ON MARS GRAYWOLF PRESS
SEAMUS HEANEY Field Work
ANNE CARSON AUTOBIOGRAPHY OF RED Vintage
W.B.YEATS Poems selected by SEAMUS HEANEY
THE DREAM OF A COMMON LANGUAGE ADRIENNE RICH NORTON
Wisława Szymborska POEMS NEW AND COLLECTED Harcourt
Just Give Me a Cool Drink of Water 'fore I Diiie Maya Angelou Random House
HOWL Allen Ginsberg
LORDE coal NORTON
E.E. Cummings COLLECTED POEMS Harcourt, Brace and Company
LOVE POEMS PABLO NERUDA ND
JOHN KEATS THE POEMS EVERYMAN'S LIBRARY
The Waste Land and Other Writings T.S. ELIOT MODERN LIBRARY
WALLACE STEVENS THE COLLECTED POEMS VINTAGE
LUNCH POEMS Frank O'Hara
MARY OLIVER THIRST BEACON PRESS
DICKINSON
THE SELECTED POETRY OF RAINER MARIA RILKE Edited and Translated by Stephen Mitchell Random House
77 Dream Songs • John Berryman Faber
Gwendolyn Brooks Annie Allen HARPER
Silverstein Where the Sidewalk Ends Harper & Row
LEAVES OF GRASS WALT WHITMAN

도서 목록: 226쪽 참조

작가의 방

토머스는 사진, 복제
그림, 일람표, 잡지
스크랩을 벽에다
핀으로 고정했다.
이 의자에 앉아
장시간 글을 쓴다니
상상할 수 있는가?

딜런 토머스

시인 딜런 토머스(Dylan Thomas)는 짧은 생애의 마지막 4년 동안 가족과 함께 보트하우스에서 살았다. 웨일스란에 위치한 집은, 타프강어귀가 내려다보이는 절벽에 자리잡고 있다. 그는 집 근처 작은 헛간을 작업실로 사용했고 그곳에서 대표작 몇 편을 지었다. 「저 좋은 밤으로 순순히 들어가지 마세요」와 「존경의 언덕 너머(Over Sir John's Hill)」, 그리고 희곡 『밀크숲 그늘에서(Under Milk Wood)』가 그것이다.

토머스는 뉴욕시로 가던 중 39세에 세상을 떠났다. 폐렴 때문이었으나 평생 지나치게 과음한 탓이기도 했다.

볼드윈이 사용한 타이프라이터 중 하나인
스미스-코로나 코로나매틱 2200

제임스 볼드윈

작가이자 사회 비평가 제임스 볼드윈(James Baldwin)은 미국에서 소외받고 박해받는다고 느끼고 46세에 고향을 떠나 프랑스 코트다쥐르의 중세 마을 생폴드방스로 이주했다. 과수원과 로즈메리 울타리와 산딸기 밭 사이에 자리잡은 그곳의 저택에서 생을 마감할 때까지 18년 동안 살았다. 그는 「나의 누이 앤절라 Y. 데이비스에게 보내는 공개편지」를 포함해서 여러 작품을 그곳에서 썼다.

안타깝게도 볼드윈이 살던 집은 계속 보존되기 어려울 듯하다. 볼드윈 사후 아파트를 지을 계획을 세운 개발업자에게 집이 팔렸기 때문이다. 볼드윈의 가족과 '프로방스 그의 집' 모임이 집을 사들여 보존하려 했지만, 그가 살던 공간은 이미 파괴된 후였다.

볼드윈은 조세핀 베이커, 마일스 데이비스, 니나 시몬, 엘라 피츠제럴드, 뷰포드 델라니, 해리 벨라폰테, 시드니 포이티어를 집으로 초대했다. 그는 생폴드방스를 찾은 유명 예술가 목록에 자신의 이름을 추가했다. 그곳을 자주 찾던 예술가로는 앙리 마티스, 조지 브라크, 파블로 피카소, 페르낭 레제, 호안 미로, 알렉산더 콜더, 장 콕토, 마르크 샤갈이 있다.

손님들은 볼드윈의 정원에 있는 커다란 탁자를 애틋하게 추억한다. 그곳은 활기차게 먹고 마시고 대화를 나눈 곳이었다. 볼드윈은 그 탁자를 '환영 탁자'라고 불렀다. 그 탁자가 우뚝 솟은 삼나무숲 아래에 있었다는 이도 있고, 포도나무 아래에 있었다고 회고하는 이도 있다. 볼드윈의 마지막 작품은 『환영 탁자(The Welcome Table)』라는 제목의 희곡이었다.

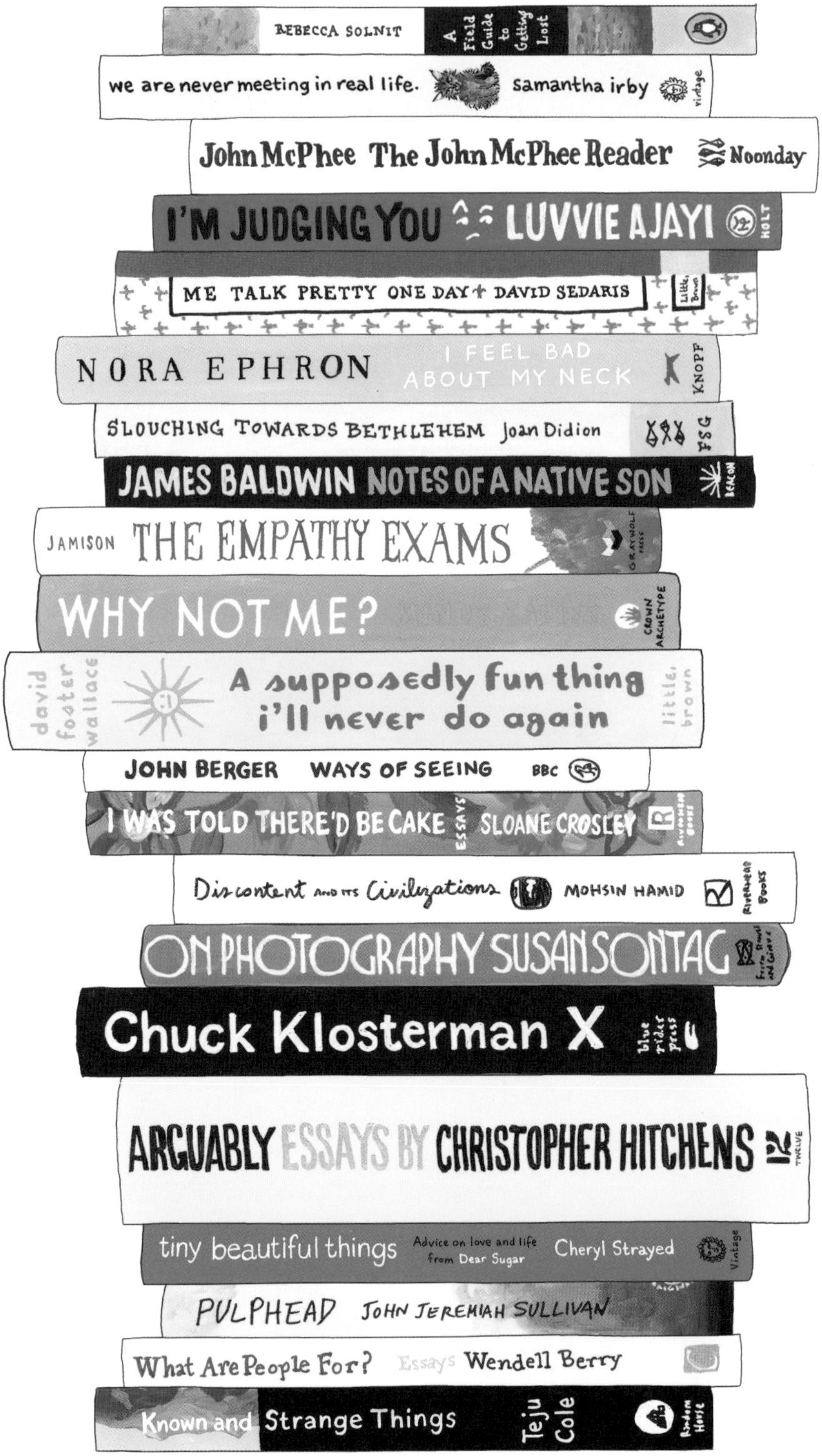
REBECCA SOLNIT
A Field Guide to Getting Lost
we are never meeting in real life.
samantha irby
vintage
John McPhee
The John McPhee Reader
Noonday
I'M JUDGING YOU
LUVVIE AJAYI
HOLT
ME TALK PRETTY ONE DAY
DAVID SEDARIS
Little, Brown
NORA EPHRON
I FEEL BAD ABOUT MY NECK
KNOPF
SLOUCHING TOWARDS BETHLEHEM
Joan Didion
FSG
JAMES BALDWIN
NOTES OF A NATIVE SON
BEACON
JAMISON
THE EMPATHY EXAMS
GRAYWOLF PRESS
WHY NOT ME?
CROWN ARCHETYPE
david foster wallace
A supposedly fun thing i'll never do again
little, brown
JOHN BERGER
WAYS OF SEEING
BBC
I WAS TOLD THERE'D BE CAKE
ESSAYS
SLOANE CROSLEY
Discontent and its Civilizations
MOHSIN HAMID
Riverhead Books
ON PHOTOGRAPHY
SUSAN SONTAG
Chuck Klosterman X
blue rider press
ARGUABLY
ESSAYS BY
CHRISTOPHER HITCHENS
TWELVE
tiny beautiful things
Advice on love and life from Dear Sugar
Cheryl Strayed
Vintage
PULPHEAD
JOHN JEREMIAH SULLIVAN
What Are People For?
Essays
Wendell Berry
Known and Strange Things
Teju Cole
Random House

도서 목록: 226쪽 참조

에세이

미셸 드 몽테뉴(Michel de Montaigne)는 1580년에 『수상록』을 펴냈다. 개인적 일화와 통찰이 가득하고 솔직하게 쓰인 책이다. 이후 우리는 이전에는 알고 싶어 했는지도 몰랐던, 진정으로 우리가 알고 싶어한 것들에 대해 쓴 에세이를 읽어왔다. 에세이스트들은 광범위한 주제에서 핵심을 뽑아내고 이해하기 어려운 주제에 대해 쉽게 설명해준다. 다양한 아이디어들을 함께 섞거나 혹은 아이디어 하나를 날카롭게 다듬는다. 올더스 헉슬리의 말처럼 "에세이는 거의 모든 것에 관해 거의 모든 것을 말하는 문학적 장치다."

리베카 솔닛(Rebecca Solnit)은 많은 사람들보다 세상을 더 명징하게 보고 그렇게 본 것을 아마 그 누구보다도 잘 설명할 수 있는 인물일 것이다. 그녀는 진실을 말하는 사람이자 그것을 조립하는 사람이며, 또한 희망을 준다. 그녀는 자신의 책에서 '맨스플레인'이라는 단어를 만들어냈다. 이제 이 말은 옥스퍼드 온라인 사전에 등록되어 있다. 남자가 '누군가에게, 보통 여자에게 잘난 척하거나 가르치려 하는 태도'를 설명할 때 쓰는 단어다.

리틀, 브라운 2001 페이퍼백
디자인 마이클 이언 케이
& 멜리사 헤이든

데이비드 세다리스(David Sedaris)는 1992년에 NPR 아침 뉴스 프로그램 「모닝 에디션」에서 「산타랜드 일기」를 낭독하며 데뷔했다. 크리스마스에 메이시스백화점에서 요정 노릇하기에 대해 쓴 에세이다. 그 뒤로 그는 대단히 인기 있는 에세이집을 여러 편 발표했고, 그중에는 자신의 유년시절에 대해 쓴 『나도 말 잘하는 남자가 되고 싶었다』도 있다. 이 책에는 유년시절 노스캐롤라이나의 롤리에서 살다가 어른이 되어 프랑스로 건너간 이야기가 담겨 있고, 또한 프랑스어를 배우려고 했던 일화도 있다. 글 잘 쓰는 법에 대해 묻자, 세다리스는 독서를 추천했다. "책을 한 번도 읽은 적 없는데 어느 날 갑자기 자리에 앉아 책을 쓰는 사람 같은 건 존재하지 않습니다. 독자를 어떻게 사로잡을지 배워야 합니다."

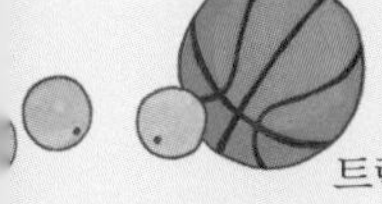

존 맥피(John McPhee)가 쓴 약 30여 권의 에세이는 오렌지부터 농구선수, 알래스카, 트럭 운전, 스위스 군대, 핵물리학까지 폭넓은 주제를 다룬다. 그는 프린스턴에서 수십 년간 글쓰기에 대해 가르쳤다. 강의에서 그는 이렇게 말한다. "자료 하나에서만 이야깃거리들을 집어내는 건 표절이다. 여러 가지 자료에서 집어내는 건 탐구다."

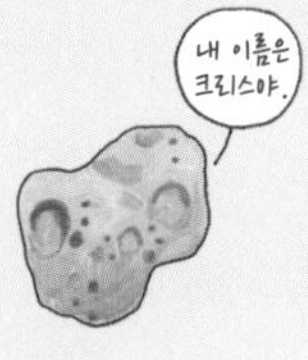

논객(그리고 조지 오웰의 팬) 크리스토퍼 히친스(Christopher Hitchens)는 반전체주의자, 반유신론자로 종교가 아니라 과학이 윤리의 기본이 되어야 한다고 믿는다. 한때 그는 물고문이 어떤 것인지 글을 쓰기 위해 스스로에게 물고문을 가했다. 그의 이름을 딴 소행성도 있다. 그는 2010년에 식도암 진단을 받았는데, 찰리 로스가 그에게 흡연과 음주를 후회하느냐고 묻자, 히친스는 이렇게 말했다. "글쓰기는 내게 중요한 일이다. 글쓰기를 돕는 건 무엇이든, 혹은 글을 더 잘 쓰게 해주고 계속 쓰게 해주며 깊이 있게 쓰도록 하고 때로 논쟁과 대화에 불을 붙여주는 건 그 무엇이든, 내게 그럴 만한 가치가 있다."

히친스는 2011년에 사망했다. 친구이자 작가 앤드루 설리번(Andrew Sullivan)은 그가 남긴 마지막 말이 "자본주의. 몰락"이었다고 전했다.

더 읽고 싶다면

『내 젊음의 소년들(The Boys of My Youth)』 | 조 앤 비어드

『오믈렛과 와인 한 잔(An Omelette and a Glass of Wine)』 | 엘리자베스 데이비드

『돌에게 말하는 법 가르치기』 | 애니 딜러드

『그러나 아름다운』 | 제프 다이어

『시간의 창공』 | 로렌 아이슬리

『흑인을 보는 열세 가지 방법(Thirteen Ways of Looking at a Black Man)』 | 헨리 루이스 게이츠 주니어

『내 삶의 책(The Book of My Lives)』 | 알렉산다르 헤몬

『삶의 환희에 맞서(Against Joie de Vivre)』 | 필립 로페이트

『예술과 열정(Art & Ardor)』 | 신시아 오직

『뇌사상태의 확성기(The Braindead Megaphone)』 | 조지 손더스

우리가 사랑한 책들

셸리 M. 디아스

『스쿨 라이브러리 저널』의 리뷰 관리자이자 편집자

앤드루스맥밀 퍼블리싱
2017년 페이퍼백

『그린 게이블스의 앤 — 그래픽노블(Anne of Green Gables: A Graphic Novel)』
각색 마리아 마스든,
그림 브레나 섬러

"루시 모드 몽고메리(Lucy Maud Montgomery)의 『빨간 머리 앤』 덕분에 나는 독서가가 되었다. 그전에도 책을 닥치는 대로 읽어댔지만, 이 고전을 읽고서 책이 탈출인 동시에 탈것이 될 수 있다는 걸 더 확실히 믿게 됐다. '앤'에게서 나와 같은 영혼을 발견했다. 머릿속이 이야기로 가득하고 남들과 잘 어울리지 못하는 서툰 아이. 마리아 마스든(Mariah Masden)과 브레나 섬러(Brenna Thummler)의 그래픽노블은 내가 열 살 때 읽었으면 더 좋았을 것이다. 소설을 멋지게 각색한 이 작품은 몽고메리의 길고 때로는 장황한 소설을 내가 어느 아이에게나 건넬 수 있는 한 권의 책으로 압축했다."

친코푼토스 출판사
2014년 페이퍼백
디자인과 그림 지크 페냐

『가비, 조각난 소녀(Gabi, a Girl in Pieces)』
이저벨 킨테로

"『가비, 조각난 소녀』는 내가 10대 때 있었으면 좋았을 책이다. 가비는 목소리가 크고 뚱뚱한 초보 시인으로 엄마, 친구, 학교 상담가의 기대에 부응하려고 계속 노력한다. 그녀의 일기는 열여덟 살 시절의 내 일기 같다. 그 무렵 나는 자식을 홀로 키우는 엄마의 기대에 부응하는 한편, 미국과 전통적인 도미니카라는 두 세계 속에서 곡예를 하며 둘 사이에서 균형을 찾으려고 애쓰고 있었다."

셀리아 색

미국, 샌프란시스코, 옴니보르 북스 온 푸드의 주인

W. W. 노턴앤드컴퍼니
2002년 하드커버
사진 젠틀 & 하이어스/에지

『카페 주니 요리책(The Zuni Cafe Cookbook)』
주디 로저스

"『카페 주니 요리책』은 내가 가장 아끼고 가장 많이 추천하는 책이다. 이 책을 보면 왜 정확하고도 시적인 방식으로 주방 일을 해야 하는지 알 수 있다. 이 책은 침대로 갖고 가서 밤새도록 읽고 싶다. 책을 읽으면 요리가 다 됐을 때 어떤 소리가 나는지 알게 된다. 지글지글 하던 소리가 느려지거나 빨라진다. 요리가 완성되면 숟가락 위의 시럽은 어떤 기분일까."

블룸스버리
2009년 하드커버
디자인 데이비드 맨
그림 빅토리아 소던

샌디 토르킬드슨

미국, 위스콘신주, 매디슨, 서점 '자기만의 방'의 공동주인

『인간 종말 리포트』
마거릿 애트우드

"21세기판 '멋진 신세계'는 가까운 미래가 배경인 디스토피아 소설로 사랑과 대량 파괴에 관한 이야기다. 전염병으로 인류가 멸망한 것 같은 세계에서 살아남기 위해 투쟁하는 한 남자의 이야기다. 내용은 무시무시하다. 인간의 탐욕 때문에 유전 공학이 상상도 못할 결말을 맞는다면 어떻게 될까. 여기에 더해 종종 우스꽝스럽기도 하다. 어쨌거나 우리는 인간이니까."

『사랑의 역사』
니콜 크라우스

W. W. 노턴&컴퍼니
2006년 페이퍼백
디자인 커포 응 & 샘 정

“가슴 아프면서도 아주 재미있는 이 소설은 레오 거스키라는 사람의 이야기다. 그는 제2차세계대전 때 나치 공습을 피해 숲으로 도망가서 살아남은 폴란드계 유대인으로 60년이 지난 지금 뉴욕시에서 죽음을 앞두고 하루하루를 소중하게 살고 있다. 그의 이야기는 열네 살 난 알마의 이야기와 엮인다. 그녀는 청년시절의 레오가 쓴 소설을 엄마의 번역으로 읽는다. 그들의 삶은 같은 도시 안에서 전개되는데, 나이 차이는 많이 나지만 서로 정면으로 마주할 참이다.”

메리 로라 필포트

에세이스트, 에미상 수상자
인터뷰「말에 관한 말」
사회자이자 파르나서스 북스의
온라인 잡지 ‘뮤징’을
창립한 편집자
『인간적인 펭귄들(Penguins with People Problems)』의
저자

앵커 2011년 페이퍼백
디자인 데이비드 래코프
& 존 폰타나
그림 마크 매초

『반은 비었다(Half Empty)』
데이비드 래코프

“만일 내가 책을 요리하는 식당의 직원이고, 배부른 소설 코스 사이에 상큼한 입가심 요리를 사람들에게 제공하려고 돌아다닌다면, 재미있는 에세이들을 한 접시 내밀며 고르게 할 것이다. 누군가 책을 고르느라 애를 먹는다면 이렇게 말하리라. ‘오늘 저녁 데이비드 래코프(David Rakoff)는 특히 신선합니다.’ 그리고 『반은 비었다』를 내놓을 것이다. 그들은 책을 펼쳐보고 래코프의 문체를 깨닫게 될 것이다. 유머와 우울, 제목에서 알 수 있듯 고집스런 낙관주의가 섞인 그만의 특별한 방법 말이다. ‘뭔가 생각나는데…’ 그들은 웃으면서 말할 것이고 나는 그들의 문장을 이렇게 맺을 것이다. ‘…데이비드 세다리스, 그렇습니다. 하지만 좀 달라요, 그렇죠?’ 그런 다음 접시를 다시 채울 테고 그렇게 나는 책을 또 권할 수 있다. 데이비드 래코프를 이 세상으로 다시 돌아오게 할 수 없다면, 내가 할 수 있는 일은 그의 글을 다른 누군가에게 전하는 것뿐이다.”

에밀리 풀런

뉴욕 공공도서관 숍의
도서 구매 담당 보조

리틀, 브라운 2002년
하드커버
사진 마이클 매길

『영원히(Forever)』
피트 해밀

“이 소설은 마술적 리얼리즘을 살짝 꼬아서 1740년부터 2001년까지 뉴욕시의 역사를 코맥 오코너라는 화자의 시선을 통해 이야기한다. 그는 어렸을 때 부모를 살해한 남자를 따라 아일랜드에서 미국으로 건너간다. 장사를 배우고 독립전쟁 때는 싸움 기술을 배우며, 항해가 끝날 무렵 가까워진 어느 아프리카계 주술사 덕분에 목숨을 구하기도 한다. 그가 살기 위해 지켜야 할 조건 중 하나는 맨해튼을 떠나서는 안 된다는 것이고, 그래서 독자는 코맥이 그곳에 쭉 머무르는 동안 섬(그리고 국가)이 성장하는 걸 본다. 무엇이 그의 저주를 깰까? 아마도, 사랑? 답을 알고 싶다면 책을 읽어야 한다.”

『마틸다』
로알드 달

바이킹케스트렐 1988년
하드커버
그림 퀜틴 블레이크

“내가 항상 좋아하는 책으로 꼽는 것은 로알드 달(Roald Dahl)의 『마틸다』이다. 이 책이 날 찾아왔을 무렵 나는 이미 안정된 ‘독자’였지만, 이 책은 내 삶의 정체성을 다져주었다(내 몸엔 마틸다 타투도 있다!). 마틸다는 책과 공부를 통해 위안을 얻고 마법을 발견할 수 있었고, 머리를 써서 끔찍한 날들(그리고 견딜 수 없는 부모와 교장)을 떠날 수 있었다. 누구나 책으로 가득 찬 작은 저택에서 허니 양과 함께 살기를 꿈꾸지 않나?”

자연 & 동물

동물과 나무, 그밖에 우리를 둘러싼 이 세상을 구성하는 어떤 생명체에 대해서 많이 알면 알수록 깨닫게 된다. 그들이 가진 사고 능력, 감각 능력, 그리고 전체적으로 오히려 인간과 비슷한 구석이 있는데도 과소평가하고 있다는 사실을. 그들의 특별함이나 어쩌면 인간보다 더 나은 지점은 차치하더라도 말이다. 프란스 드 발(Frans de Waal)의 『동물의 생각에 관한 생각 — 우리는 동물이 얼마나 똑똑한지 알 만큼 충분히 똑똑한가?』라는 제목이 이런 상황을 아주 잘 요약한다.

존 버거(John Berger)는 1980년에 쓴 에세이 『다른 방식으로 보기』에 실린 '왜 동물을 구경하는가?'에서 인간과 동물 관계의 역사를 추적한다. 인간은 동물을 곁에 두고 함께 살다가 노동에 이용하고 우리에 가두기까지 한다. 버거는 우리가 우리 인류에게도 똑같이 굴면서 스스로를 "고립된 생산과 소비 단위"로 축소했다고 본다.

환경운동가이자 환경단체 '야생사회'의 공동설립자인 알도 레오폴드(Aldo Leopold)가 뉴멕시코주에 있는 수백만 에이커의 카슨 국유림 관리자가 되었을 때다. 그는 늑대를 쏘아 죽이고 길을 냈다. 그러나 그와 동료는 이런 방식에 환멸을 느끼면서 단기간의 경제적 목적을 위해 자연을 조절하면 자연에 장기적으로 악영향을 끼친다는 걸 깨닫는다.

사이 몽고메리(Sy Montgomery)는 『문어의 영혼』에 필요한 자료를 조사하면서, 다양한 수족관에서 몇 마리의 문어들과 긴 시간을 보냈다. 어느 날 문어 한 마리가 슬픔에 잠긴 젊은 수족관 봉사자를 안아주기 위해 수조 바닥에서 올라오는 모습을 본 몽고메리는 "여덟 개의 팔과 세 개의 심장을 가진" 이의 포옹보다 더 좋은 것은 없을 거라고 생각한다.

알렉산더 폰 훔볼트(Alexander von Humboldt)는 18세기의 대표적인 박물학자로 명석하고 모험심 넘치는 사람이었다. 그 시절엔 무척 유명했다(지금은 많이 잊혔지만). 그는 5년 동안 남아메리카를 여행하며 자연이 긴밀하게 연결된 하나의 시스템이라는 사상을 키웠다.

인간의 개입이 자연에 해롭다는 걸 그 옛날에 이미 알아차린 것이다. 안드레아 울프(Andrea Wulf)는 전기 『자연의 발명 — 잊혀진 영웅 알렉산더 폰 훔볼트』를 써서 상을 받았다. 작가는 그렇게 훔볼트를 우리 앞에 다시 데려왔다.

빈티지 2016 페이퍼백
디자인 켈리 블레어

더 읽고 싶다면

『새들의 천재성』 | 제니퍼 애커먼

『코끼리와 소통하기(The Elephant Whisperer)』 | 로렌스 앤서니

『가장 완벽한 것 — 새 알의 안(그리고 밖)[The Most Perfect Thing: Inside(and Outside) a bird's Egg]』 | 팀 버크헤드

『안개 속의 고릴라』 | 다이앤 포시

『자연의 지혜』 | 애니 딜러드

『자연』 | 랄프 왈도 에머슨

『욕망하는 식물』 | 마이클 폴란

『소리와 몸짓』 | 칼 사피나

『새』 | 노아 스트리커

『월든』 | 헨리 데이비드 소로

도서 목록: 226~227쪽 참조

작가와 반려동물

많은 작가들이 반려동물을 키운다. 아마도 글쓰기는 외로운 작업이고 털이 있는 (혹은 깃털로 덮인) 친구와 함께 쉬면 좋기 때문이겠지?

핀카

버지니아 울프

코커스패니얼 순혈종 핀카는 비타 색빌웨스트(Vita Sackville-West)가 키우는 반려견 피핀이 새끼 여럿을 낳으면서 선물한 것이다.

마이투, 마이자, 나이셋

이디스 워튼

림피

플래너리 오코너

어린 오코너(Flannery O'Connor)는 병아리를 모았고(뒤로 걸을 수 있는 병아리도 있었고 겉옷과 레이스 깃을 걸친 병아리도 있었다) 그후엔 여러 종류의 가금류를 키웠다. 1961년에 쓴 에세이 '새들의 왕(The King of Birds)'에서 그녀는 기차로 운송되는 공작새 한 가족을 주문해 마침내 커다란 공작새 무리를 갖게 된 일에 대해 썼다. 그중 한 마리의 이름이 림피다.

바스켓

거트루드 스타인과
앨리스 B. 토클라스

보이스

어니스트 헤밍웨이

보이스는 아바나에 있는 헤밍웨이의 집 핀카 비히아에서 살았다. 파파(헤밍웨이의 애칭)의 첫 고양이이자 그가 무척 아낀 친구로, 작가의 책상 옆에 앉았고 함께 밥을 먹었으며 곁에서 잠을 잤다. 보이스는 뒤뜰 근처 고양이 묘지에 묻혔다.

밤비노

마크 트웨인

찰리

존 스타인벡

1960년, 스타인벡과 스탠다드 푸들 찰리는 함께 캠퍼쉘(트럭에 연결과 분리가 가능한 캠핑 숙소 설비로, 스타인벡은 이 캠퍼쉘을 돈키호테의 말 이름을 따서 로시난테라고 불렀다)을 장착한 픽업트럭을 타고 미국 곳곳 수천 마일을 여행했다. 이 자동차 여행과 변화하는 미국에 대해 쓴 책『찰리와 함께한 여행』은 1962년에 출간되었다.

그립

찰스 디킨스

그립은 1841년에 죽었지만 필라델피아 공립도서관 희귀본 부서의 유리함 속 통나무 위에 세워져 있다. 그립은 디킨스의『바나비 러지(Barnaby Rudge)』속 캐릭터로 등장했고 에드거 앨런 포의『까마귀』에 간접적으로 영감을 주었다.

허먼

모리스 샌닥

샌닥의 독일 셰퍼드는 허먼 멜빌의 이름을 따서 지었다.

타이크

잭 케루악

케루악(Jack Kerouac)은 고양이를 사랑하고 특히 타이크를 사랑했다. 『빅 서(Big Sur)』에서 진짜 자신의 남동생인 양 고양이를 애도한다.

미츠

레너드 울프

마모셋원숭이 미츠는 종종 울프(Leonard Woolf)의 어깨 위에 앉거나 주머니 안에 들어갔다. 2007년 시그리드 누네즈는 이 구조된 작은 영장류에 관한 소설『미츠—블룸스버리의 마모셋(Mitz: The Marmoset of Bloomsbury)』을 발표했다.

진저

윌리엄 S. 버로스

버로스(William S. Burroughs)는 고양이를 '마음의 동반자'로 여겼고『여행 가방 속의 고양이』라는 책을 썼다. 심지어 오랫동안 잡지『캣 팬시』를 구독했다.

인간과 우주

몸속 박테리아부터 하늘 위 별들까지 우리는 모든 것을 이해하려고 애쓴다. 하지만 우리는 종종 충분한 이해 없이 세상을 바꾸고, 너무 늦기 전에 상황을 해결하기 위해 허둥대곤 한다. 훌륭한 과학 작가들은 어려운 생각들을 쉽게 풀어내어 호기심을 품게 만들고, 우리가 더 나은 일을 할 수 있게 독려한다.

빌 브라이슨(Bill Bryson)은『거의 모든 것의 역사』를 쓰면서 낙관주의자가 되었는지 아니면 염세주의자가 되었는지 질문을 받자 이렇게 답했다. "저는 모르겠습니다. 일반적으로 인간에 대해 일종의 염세주의를 품지 않기란 어려운 일입니다. 왜냐하면 인간은 상황을 망치는 경향이 있고… 하지만 염세주의자가 되는 건 상황을 직시하는 무척 우울한 방식일 뿐입니다. 그러니 우리는 최선을 다해 희망을 가져야 합니다. 우리가 희망을 가지지 않는다면 삶은 살아낼 가치가 없을 겁니다."

박물학자 다이앤 애커먼(Diane Ackerman)은 산문이면서도 시적인 책을 여러 권 썼다. 때로 동물에 대해 썼고 인간에 대해서도 썼다. 그녀는 숲이나 바다뿐 아니라 도시도 일종의 야생상태로 간주하며 이렇게 말한다. "자연은 모든 걸 담죠."

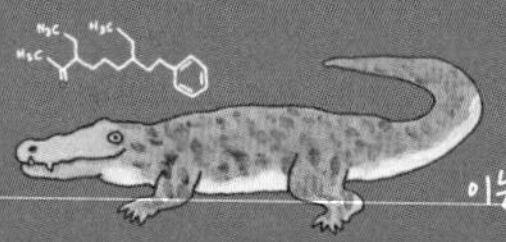

애커먼의 이름을 딴 분자가 있다. 다이애커론. 이는 악어가 내뿜는 페로몬이다.

천체물리학자(이자 고등학교 레슬링팀 주장)인 닐 디그래스 타이슨(Neil deGrasse Tyson)은 어렸을 때 뉴욕시의 헤이든 플라네타륨을 방문한 후 우주를 연구하기로 결심했다. 수십 년 뒤 그는 플라네타륨 관장이 되었다. 타이슨은 누구나 읽기 쉬운 글을 쓰고, 책과 라디오와 TV에서는 유머를 섞어가며, 또 트위터에서는 간결하게, 과학 부정론자들의 주장을 반박한다. 그것도 아주 우아하게.

타이슨의『날마다 천체 물리』는 명료하고 정확한 우주 안내서다.

노턴 2017년 하드커버 디자인 피트 가소

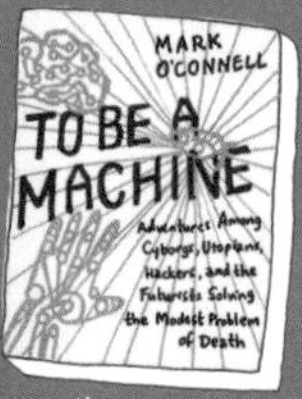

더블데이 2017년 하드커버 디자인 피트 가소

마크 오코널(Mark O'Connell)은『트랜스휴머니즘』첫 부분에 랄프 왈도 에머슨의 문장을 인용했다. "인간은 폐허 속의 신이다." 그는 트랜스휴머니스트들이 어떻게 폐허를 고치고 개선하고 대체하는지, 그래서 결국 우리가 어떻게 불멸의 신이 될 수 있는지를 탐색한다.

월트 휘트먼은 이렇게 썼다. "나는 크다. 나는 무수를 품고 있다." 이 말에 대해 에드 용(Ed Yong)은 우리 자체가 헤아릴 수 없는 존재로 이루어져 있다고 받아친다. 연구에 따르면 인간 세포의 반 이상이 박테리아라고 한다. 그것들은 우리의 행동에 영향을 미치고 생각과 감정에도 영향을 미칠 것이고, 우리가 죽으면 우리의 몸을 분해한다. 진실로 우리는 우주 속에서 결코 혼자가 아니다.

더 읽고 싶다면

『감정은 어떻게 만들어지는가?』 | 리사 펠드먼 배럿
『빅 픽쳐(The Big Picture)』 | 숀 캐럴
『문명의 붕괴』 | 재레드 다이아몬드
『다가오는 전염병(The Coming Plague)』 | 로리 개럿
『카오스』 | 제임스 글릭
『특이점이 온다』 | 레이 커즈와일
『엑시덴탈 유니버스』 | 앨런 라이트먼
『마음은 어떻게 작동하는가』 | 스티븐 핑커
『코스모스』 | 칼 세이건
『행동(Behave)』 | 로버트 새폴스키

A NATURAL HISTORY OF THE SENSES
DIANE ACKERMAN
Vintage
The MAN Who MISTOOK HIS WIFE for a HAT
OLIVER SACKS
Why We Sleep
Matthew Walker, PhD
SCRIBNER
WELCOME TO THE UNIVERSE
TYSON STRAUSS GOTT
PRINCETON
The Lives of a Cell · Lewis Thomas
LONGITUDE
DAVA SOBEL
GENOME
MATT RIDLEY
HARPER PERENNIAL
THE SIXTH EXTINCTION
AN UNNATURAL HISTORY
ELIZABETH KOLBERT
HENRY HOLT
A BRIEF HISTORY OF TIME
STEPHEN W. HAWKING
BANTAM
Dawkins
THE SELFISH GENE
Oxford
The Elegant Universe
Brian Greene
VINTAGE
THE EMPEROR OF ALL MALADIES
SIDDHARTHA MUKHERJEE
SCRIBNER
Eiseley
The Immense Journey
Time Inc.
Tom Stoppard
Arcadia
TO BE A MACHINE
MARK O'CONNELL
DOUBLEDAY
I CONTAIN MULTITUDES
THE MICROBES WITHIN US AND A GRANDER VIEW OF LIFE
ED YONG
RICHARD P. FEYNMAN
SIX EASY PIECES
BASIC BOOKS
BLACK HOLE BLUES
JANNA LEVIN
BODLEY HEAD
STORM IN A TEACUP
HELEN CZERSKI
BANTAM PRESS
Yuval Noah Harari
Homo Deus
A Brief History of Tomorrow
Harvill Secker
BILL BRYSON
A Short History of Nearly Everything

도서 목록: 227쪽 참조

사랑받는 서점들

셰익스피어 앤드 컴퍼니

프랑스, 파리

오늘날 파리 좌안에 있는 셰익스피어 앤드 컴퍼니(Shakespeare and Company)는 오래전에 왔다가 떠나버린 실비아 비치의 서점에 바치는 헌사다. 비치는 모더니즘의 대변자였고, 셰익스피어 앤드 컴퍼니는 『율리시스』를 출판(그리고 미국으로 책을 밀반출)한 곳으로 F. 스콧 피츠제럴드, 거트루드 스타인(Gertrude Stein), 어니스트 헤밍웨이와 주나 반스(Djuna Barnes) 그리고 당연히 제임스 조이스도 방문한 것으로 유명하다. 서점에서는 수수료를 조금 받고 책을 빌려주기도 했다. 제2차세계대전 동안 들려오는 소문 때문에 비치는 가게 문을 닫고 책을 전부 2층에 숨겼다. 미국인인 그녀는 비텔에 있는 포로수용소에서 6개월 동안 있어야 했다. 헤밍웨이는 2년 뒤 자신이 서점을 "해방"시켰다고 말했지만 서점은 다시 문을 열지 않았다.

조지 휘트먼은 1951년 르 미스트랄이라는 이름으로 지금의 셰익스피어 앤드 컴퍼니를 열었다. 그는 결국 서점 이름을 바꾸어, 비치와 윌리엄 셰익스피어의 탄생 400주년을 기념했다. 그리고 서점을 이상적인 공간으로 끌어올렸다. 앨런 긴즈버그, 윌리엄 버로스, 아나이스 닌(Anaïs Nin), 훌리오 코르타사르(Julio Cortázar), 헨리 밀러(Henry Miller), 윌리엄 사로얀(William Saroyan), 로런스 듀럴(Lawrence Durell), 제임스 볼드윈 같은 작가들이 모두 초창기 손님이었다. 이선 호크(Ethan Hawke), 지트 타일(Jeet Thayil), 대런 애러노프스키(Darren Aronofsky), 제프리 러시(Geoffrey Rush)와 데이비드 래코프를 포함해 적어도 3만 명의 작가들과 예술가들이 가게 통로 쪽에 놓인 소파침대에서 잠들었다. 휘트먼은 이 관광객들을 잡초라고 불렀고, 그들이 하루에 한 권의 책을 읽고 서점 일을 도우며 자서전 한 페이지를 쓰는 긴 시간 동안 서점을 자유롭게 오가도록 놔두었다.

휘트먼은 나이가 들자 서점을 딸 실비아에게 넘겼다. 그녀는 시류에 맞게 서점에 신용카드와 컴퓨터와 문학상을 도입했고, 좀더 얌전해진 모습의 잡초를 맞이했다. 조지는 2011년에 세상을 떠났지만 그가 서점에 나타나 때때로 높은 책장의 책을 집어던진다는 소문이 돈다.

베스트 북스 & 리치 트레저

미국, 플로리다주, 탬파

탬파의 이보시티에는 거의 10년 동안 서점이 없었는데 마침내 베스트 북스& 리치 트레저(Best Books & Rich Treasures)가 문을 열었다. 이 재향군인 사업은 문을 연 이래로 군인과 지역 민간인 공동체가 주요 고객이었다. 지금은 맥밀란 공군 기지 근방에 있지만 예전에는 버지니아주 버지니아 해안에 있었다. 베스트 북스& 리치 트레저는 아프리카인의 디아스포라를 다룬 책을 전문으로 취급하지만 갖가지 주제의 신간과 중고서적, 희귀서적도 함께 판다.

이소 원 북스

미국, 캘리포니아주, 로스앤젤레스

타네히시 코츠(Ta-Hehisi Coates)는 자주 찾아가지는 못해도 좋아하는 서점으로 이소 원 북스(Eso Won Books)를 꼽는다. 이 로스앤젤레스 남서부 명소는 1990년에 제임스 퍼게이트와 톰 해밀턴이 문을 열었다. 퍼게이트는 성장기에 독서를 통해 흑인들이 미국과 전 세계에서 어떤 역할을 맡아왔는지 알게 됐고 다른 사람들도 이런 역사를 알고 있다고 믿고 싶었다. 수십 년 동안 운영하면서 이소 원 북스는 LA 시민 소요 사태에도, 몇 차례의 이사에도, 불경기에도, 물론 아마존의 출현에도 살아남았다. 지역사회에 뿌리를 내려 중요한 공간이 되었기 때문이다. 어느 손님은 이소 원 북스가 아무도 머리를 자르지 않는 이발소 같은 곳이라고 묘사했다.

장소의 감각

어떤 책들은 특정 장소를 강렬하게 환기한다. 그래서 다 읽고 나면, 그곳에 가본 적 있나 없나 긴가민가해진다. 관광객이나 현지에 거주하는 외국인이 쓴 여행기나 회고록이 그렇다. 때로는 현지인이 쓴 소설도 그러한데, 배경으로 삼은 장소가 그 자체로 캐릭터가 된다.

폴 볼스는 뉴욕에서 태어났지만 죽기 전까지 52년 동안 탕헤르에서 살았다. 『셸터링 스카이』는 알제리에 사는 두 미국인에 대해 쓴 책이다. 그들은 자신들이 '진짜' 세계를 보는 문명인 여행자라고 생각하지만 결국 어디서도 제 삶에 만족하지 못한다.

1949년 존 레만 하드커버 디자인 프레드 울먼

『트랜스원더랜드를 찾아서(Looking for Transwonderland)』에서, 누 사로위와(Noo Saro-Wiwa)는 영국에서 자란 뒤 고향 나이지리아로 돌아간다. 그녀는 어렸을 때 고향을 종종 찾았지만 인권운동가였던 아버지가 그곳에서 죽임을 당한 이래로 한참 동안 거의 찾지 않았다. 고향을 떠나온 시간 동안 그녀에겐, 그녀의 표현을 빌리자면 "외부인의 순진함"이 생겼다.

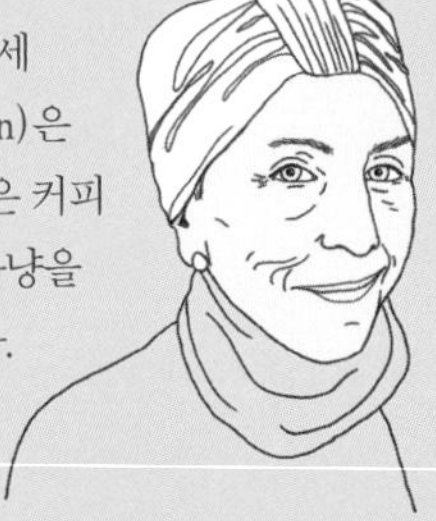

덴마크에서 태어난 카렌 크리스텐세 디네센(Karen Christence Dinesen)은 남편과 함께 케냐로 떠났다. 그들은 커피 농장을 시작하지만 남편은 맹수 사냥을 더 좋아해 그녀가 농장을 도맡았다. 결혼 첫해에 그녀는 남편 때문에 매독에 감염되었다(그래서 평생 동안 척추 통증에 시달렸다). 남편과 이혼한 후 그녀는 데니스 핀치 해턴과 사랑에 빠졌는데 그 또한 사냥꾼이었다. 농장이 파산하고 연인이 비행기 사고로 사망하자 그녀는 덴마크로 돌아가지만 진짜 집이라고 느꼈던 나라를 떠나 행복하지 않았다. 그녀는 이자크 디네센(Isak Dinesen)이라는 필명으로 글을 쓰기 시작해 마침내 엄청난 성공을 거둔다. 가장 유명한 작품은 『아웃 오브 아프리카』(케냐 식민지 사회에서 살던 경험을 담은 소설)로 이 소설을 각색한 영화는 1985년에 오스카상을 수상한다.

노년의 디네센은 언제나 머리에 터번을 둘렀고 굴과 샴페인 말고는 거의 먹지 않았다. 결국 영양실조로 세상을 떠났다.

오르한 파묵(Orhan Pamuk)의 『내 마음의 낯섦』은 이스탄불에서 보자를 파는 메를부트의 이야기다. 보자는 소량의 알코올이 든 진한 터키 음료로 밀을 발효해서 만들며 시나몬과 구운 병아리콩을 뿌려 먹는다.

조슈아 포어(Joshua Foer)와 딜런 투라스(Dylan Thuras)는 2009년 웹사이트 '아틀라스 옵스큐라'를 만들었다. 지구 곳곳의 진귀한 것들을 끌어모은 대규모 수납장 같은 곳이다. 이 세상은 다 본 것 같고 다 겪어본 것 같고 어디서나 스타벅스 음료를 마실 수 있는 것 같지만, 투라스는 이렇게 말한다. "세계란 여전히 놀라운 것들로 가득한, 거대하고 이상하고 광활한 곳이다. 고개를 약간 돌려보면 어디서든 발견할 수 있다." 웹사이트에서 제일 인기 있는 장소 중 한 곳은 다시로지마로, 고양이가 사람보다 많이 사는 일본의 섬이다.

더 읽고 싶다면

『정령들의 도시(City of Djinns)』 | 윌리엄 달림플
『파리에서 달까지』 | 애덤 고프닉
『카트만두에서 보낸 비디오의 밤(Video Night in Kathmandu)』 | 피코 아이어
『나의 프로방스』 | 피터 메일
『그 나라로 들어가며(Coming into the Country)』 | 존 맥피
『마지막 장소들(Last Places)』 | 로런스 밀먼
『바람 속의 페르세우스(Perseus in the Wind)』 | 프레야 스타크
『폴 써루의 유라시아 횡단기행』 | 폴 써루
『미시시피 강의 추억』 | 마크 트웨인
『검은 양과 회색 매(Black Lamb and Grey Falcon)』 | 레베카 웨스트

THE SHELTERING SKY
Bowles
SARA MIDDA'S SOUTH OF FRANCE A SKETCH BOOK
workman
IN A SUNBURNED COUNTRY
BILL BRYSON
OUT OF AFRICA
ISAK DINESEN
RANDOM HOUSE
forster • a room with a view
Vintage
MOCKETT
Where the Dead Pause, and the Japanese Say Goodbye
NORTON
ORHAN PAMUK
A STRANGENESS IN MY MIND
HEINRICH HARRER
Seven Years in Tibet
HART-DAVIS
George Orwell
HOMAGE TO CATALONIA
Harcourt, Brace & Co
A Small Place
JAMAICA KINCAID
FSG
The Inheritance of Loss
KIRAN DESAI
IN PATAGONIA
Bruce Chatwin
SHANTARAM
GREGORY DAVID ROBERTS
ALEX GARLAND THE BEACH
VIKING
ERIC NEWBY
A Short Walk in the Hindu Kush
FOLIO
eat pray love
ELIZABETH GILBERT
THE WHITE TIGER
ARAVIND ADIGA
NOO SARO-WIWA
LOOKING FOR TRANSWONDERLAND
Inde-pendent People
HALLDÓR LAXNESS
Alfred A. Knopf
Frances Mayes
Under the Tuscan Sun
FOER THURAS MORTON
Atlas Obscura
AN EXPLORER'S GUIDE TO THE WORLD'S HIDDEN WONDERS
workman
日本の1年
a year in Japan
Kate T. Williamson
Judith Schalansky
ATLAS OF REMOTE ISLANDS
Fifty Islands I Have Never Set Foot on and Never Will

도서 목록: 227쪽 참조

사랑받는 서점들

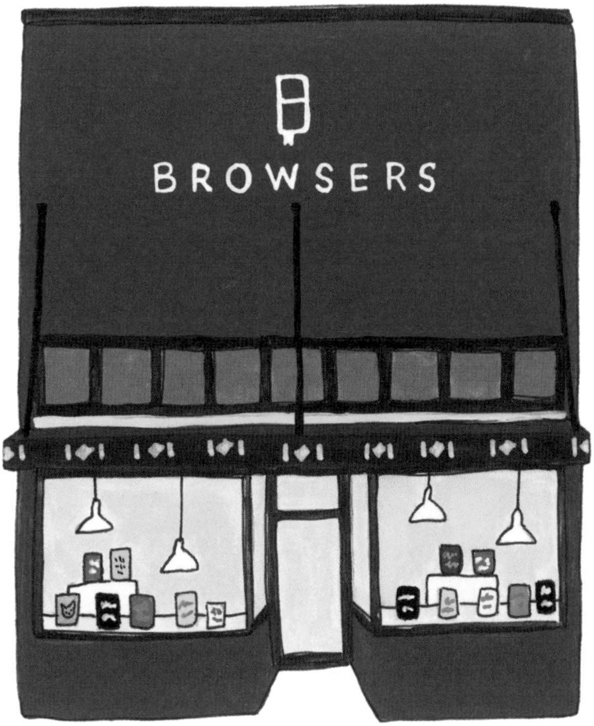

브라우저스 북숍

미국, 워싱턴주, 올림피아

브라우저스 북숍(Browsers Bookshop)은 1935년에 애나 블롬이 워싱턴주 애버딘에 문을 열면서 시작되었다. 그 무렵 애버딘시는 재재소와 연어통조림 공장으로 통하는 연안 해운 중심지였다. 살인율이 높아서 '태평양의 지옥' '사라진 남자들의 항구'라고도 불렸다. 다독가이자 독학자인 유대계 러시아 이민자인 블롬은 서점을 워싱턴주의 주도인 올림피아로 옮겼다. 워싱턴 대법원 판사 월터 빌스의 조언 때문이었다. 그는 서점이 대공황 동안 더 큰 도시에서 잘 버틸 거라고 생각했다. 이후 브라우저스 북숍은 여성들이 3대에 걸쳐 소유하고 운영하고 있다.

현 주인인 앤드리아 그리피스는 서점을 깔끔히 개조해 신간들을 더 많이 들여오고 있다. 원래 이곳은 중고서점으로 유명했지만, 그리피스의 목표는 신간과 중고서적을 거의 비슷한 비율로 판매하는 것이다.

그리피스의 추천:
『미들마치』 | 조지 엘리엇

"최근 내가 좋아하는 손님 중 한 명에게 이 책을 권했다. 무인도에 갖고 가고픈 책들 중 하나다. 그 손님은 은퇴한 변호사이자 대단한 독서가다. 그는 몇 주 후 서점으로 찾아와 이 소설이 정말 좋아서 세 번이나 읽었다고 했다. 두 번은 혼자 읽고 한 번은 아내에게 소리 내어 읽어주었다고 했다. 조지 엘리엇(George Eliot)은 엄청난 재능을 지녔다. 소소하고 일상적인 부분들을 바라보는 활기 넘치는 관찰자일 뿐 아니라, 사랑의 복합성이라든가 무엇이 의미 있고 도덕적인 삶을 구성하는가 같은 거대한 문제와도 씨름한다. 또한『미들마치』는 정말 재미있다. 인생의 단계마다 독자를 만족시키는 위대한 소설들 중 하나다."

펭귄클래식스
2015년 페이퍼백
디자인 켈리 블레어

옥타비아 북스

미국, 루이지애나주, 뉴올리언스

독립서점을 성공으로 이끄는 요인 중 하나는 지역사회에 대한 이해와 지지다. 뉴올리언스의 옥타비아 북스(Octavia Books)도 예외는 아니다. 놀라 외곽에 있는 이 독립서점은 2006년 8월에 허리케인 카트리나가 지역을 강타해 시의 80퍼센트가 물에 잠긴 가운데 5주 만에 다시 문을 열었다. 서점이 보유한 1만5000권의 책 대다수가 지역사회의 저자가 쓴 책이 아니었고 지역 관련 주제를 다루지도 않았지만, 허리케인이 지나간 뒤 몇 주 동안 가장 많이 팔린 책들 중 다수는 지역과 관련된 것이었다. 서점주인 톰 로언버그는 독자들이 무슨 일이 일어났는지 이해하려 하거나 혹은 그 일에서 벗어나려 한 것이라고 말했다.

아틀란티스 북스

그리스, 산토리니

서점을 차리는 일이 더이상 낭만적으로 다가오지 않는다면 그리스 산토리니섬에 연다고 상상해보라. 셰익스피어 앤드 컴퍼니를 모델 삼아 떠도는 나그네와 작가들에게 일자리를 주고 거처를 제공하는 한편, 자식들이 서점을 경영하게 될 날들을 꿈꾸는 것. 이것이 바로 2002년 봄, 미국과 유럽 대학생 친구 몇몇이 하기로 결심한 일이다.

2004년이 되자 크레이그 발저, 크리스 블룸필드, 올리버 와이즈, 윌 브래디, 팀 빈센트스미스, 마리아 파파가피우가 마음속에서 그린 서점이 모습을 드러내기 시작했다. 달팽이 모양이었다. 이들은 나선형 책장을 만들었는데, 책장은 그들과 함께 2005년 건물 지하에 위치한 새로운 장소로 옮겨졌다. 돔 모양 천장 위에서도 나선모양을 찾을 수 있다. 서점에서 일한 사람은 누구나 자신의 이름을 천장에 손 글씨로 남긴다. 나선은 희망차게 자라나겠지만, 서점의 운명은 부동산 시장의 변덕에 달려 있다(매우 유감스럽다).

The Odyssey Homer
PENGUIN CLASSICS
wild Cheryl Strayed
FROM LOST TO FOUND ON THE PACIFIC CREST TRAIL
VINTAGE
SENDAK
WHERE THE WILD THINGS ARE
HARPER COLLINS
Lansing
ENDURANCE
BASIC BOOKS
VOLTAIRE
KON-TIKI
HEYERDAHL
RAND McNALLY
FLAMING IGUANAS
ERIKA LOPEZ
SIMON SCHUSTER
HEART OF DARKNESS
JOSEPH CONRAD
I MARRIED ADVENTURE
OSA JOHNSON
LIPPINCOTT
William Least Heat-Moon
NATIONAL BESTSELLER
Blue Highways
Back Bay Books
THE LOST CITY OF Z
A TALE OF DEADLY OBSESSION IN THE AMAZON
David Grann
VINTAGE
The Incredible Journey
SHEILA BURNFORD
Atlantic Little, Brown
Adrift
Seventy-six days lost at sea
THE NATIONAL BESTSELLER
Steven Callahan
Tracks
Robyn Davidson
INTO THIN AIR
Jon Krakauer
ANCHOR BOOKS
The Call of the Wild
JACK LONDON
APSLEY CHERRY-GARRARD
THE WORST JOURNEY IN THE WORLD
FS
AVON
The Mosquito Coast
PAUL THEROUX
JOHN STEINBECK
TRAVELS WITH CHARLEY
MARKHAM
West with the Night
H.M.Co.
GULLIVER'S TRAVELS
JONATHAN SWIFT
JUNIOR DELUXE EDITIONS

도서 목록: 227쪽 참조

여행 & 모험

『오디세이아』는 서구 문학사에서 두번째로 오래된 작품이다(최초의 작품은 『일리아드』다). 이 책은 세상에 나온 이래로 거의 모든 책에 영향을 미쳤다. 오디세우스가 집으로 가는 10년 동안의 여정과 그뒤에 겪은 모든 모험을 다룬 이야기로, 으레 말하듯 목적지에 대한 작품은 아니다.

베릴 마크햄(Beryl Markham)은 케냐의 부시 파일럿이었다. 동쪽에서 서쪽으로 한 번도 멈추지 않고 대서양을 가로지른 첫번째 여성 조종사이자 영국에서 북아메리카로 한 번도 멈추지 않고 날아간 첫번째 조종사였다('메신저'라는 퍼시벌 베가 걸 항공기를 탔다). 그녀가 회고록 『이 밤과 서쪽으로』를 쓸 때 남편 라울 슈마허(Raoul Schumacher), 혹은 작가이자 연인 관계였던 토머스 베이커(Thomas Baker)가 그녀를 얼마나 도와주었는지에 대한 논쟁이 있었다(대부분 남자들이 부추겼다, 그냥 내 생각일 뿐이지만). 어쨌든 그녀가 세운 기록은 진짜고, 어니스트 헤밍웨이가 말했듯 그녀의 회고록은 "피투성이의 경이로운 책"이다.

윌리엄 리스트 히트문(William Least Heat-Moon)은 전국을 돌아다닐 때 시골길을 고집했다. 랜드 맥널리사의 『도로 지도』에 푸른색으로 표시된 길이었다. 그는 길가 식당의 음식 수준을 카운터 뒷벽에 걸린 (외판원이 남긴) 달력 개수로 평가했다. 달력 하나는 식당 음식이 뉴저지에서 수송된 형편없는 포장 식품임을 뜻했다. 한편 달력 넷은 식당에서 파는 파이를 절대 놓쳐서는 안 된다는 뜻이었다.

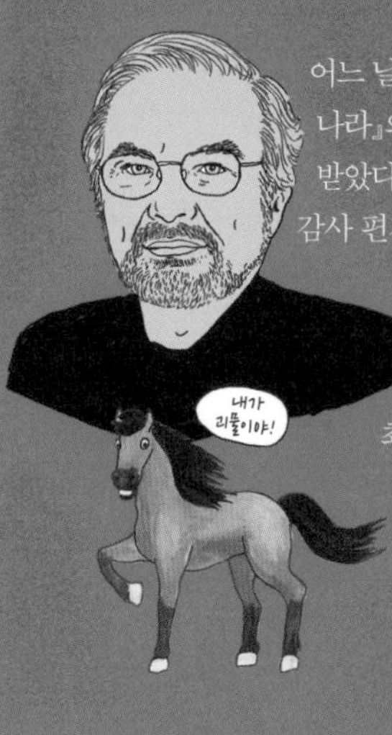

어느 날 모리스 샌닥은 『괴물들이 사는 나라』의 어린이 팬에게 그림을 하나 받았다. 그래서 괴물 그림과 함께 감사 편지를 보냈다. 소년의 어머니는 아들이 그 편지를 너무 좋아해서 먹어버렸다고 답장을 보내왔다. 샌닥은 생애 최고의 찬사 중 하나라고 여겼다.

샌닥은 원래 '리물'말고 야생마를 그리려고 했지만 자신이 말을 그릴 수 없다는 걸 깨달았다.

앱슬리 체리개러드(Apsley Cherry-Garrad)는 남극으로 떠나는 '테라 노바' 호에 보조 동물학자로 승선했다. 1910년에서 1913년까지 영국의 로버트 팰컨 스콧이 불운한 남극 탐험을 이끌었다. 체리개러드와 다른 두 남자는 황제펭귄의 알을 찾아오다가 영하 60도에서 눈보라를 맞아 거의 죽을 뻔했다(그는 치아가 엄청나게 흔들렸고, 대부분 부서졌다). 훗날 그 탐험은 처음으로 남극에 간 기록이 될 뻔했다. 그들이 남극에 가긴 했지만 로알 아문센(Roald Amundsen)이 이겼다. 돌아오는 길에 '남극팀'은 스콧을 포함해 다섯 명이 얼어 죽었다. 9년 뒤에 쓰인 『세계 최악의 여정(The Worst Journey in the World)』은 의협심과 희생과 고난에 대해 깊이 생각하게 한다.

노턴 2013년
페이퍼백

셰릴 스트레이드는 자신의 책 『와일드』에서 1800킬로미터에 달하는 퍼시픽 크레스트 트레일을 혼자 걷는 여정을 기록했다. 그녀는 여행에 에이드리언 리치(Adrienne Rich)의 『공동 언어를 향한 소망(The Dream of a Common Language)』을 갖고 갔는데, 그 책이 "위로이자 오래된 친구"가 되어주었다고 썼다.

더 읽고 싶다면

『쿡스투어』 | 앤서니 보뎅

『나를 부르는 숲』 | 빌 브라이슨

『쿡 선장의 일기(The Journals of Captain Cook)』 | 제임스 쿡

『나와 다른 사람과의 여행(Travels with Myself and Another)』 | 마사 겔혼

『체 게바라의 모터사이클 다이어리』 | 체 게바라

『서둘러 집에 갈 필요 없어(No Hurry to Get Home)』 | 에밀리 한

『퍼펙트 스톰』 | 세바스찬 융거

『본디 거친(Wild by Nature)』 | 세라 마키스

『127시간』 | 아론 랠스톤

『전기 쿨 에이드 산 테스트(The Electric Kool-Aid Acid Test)』 | 톰 울프

책으로 세계일주

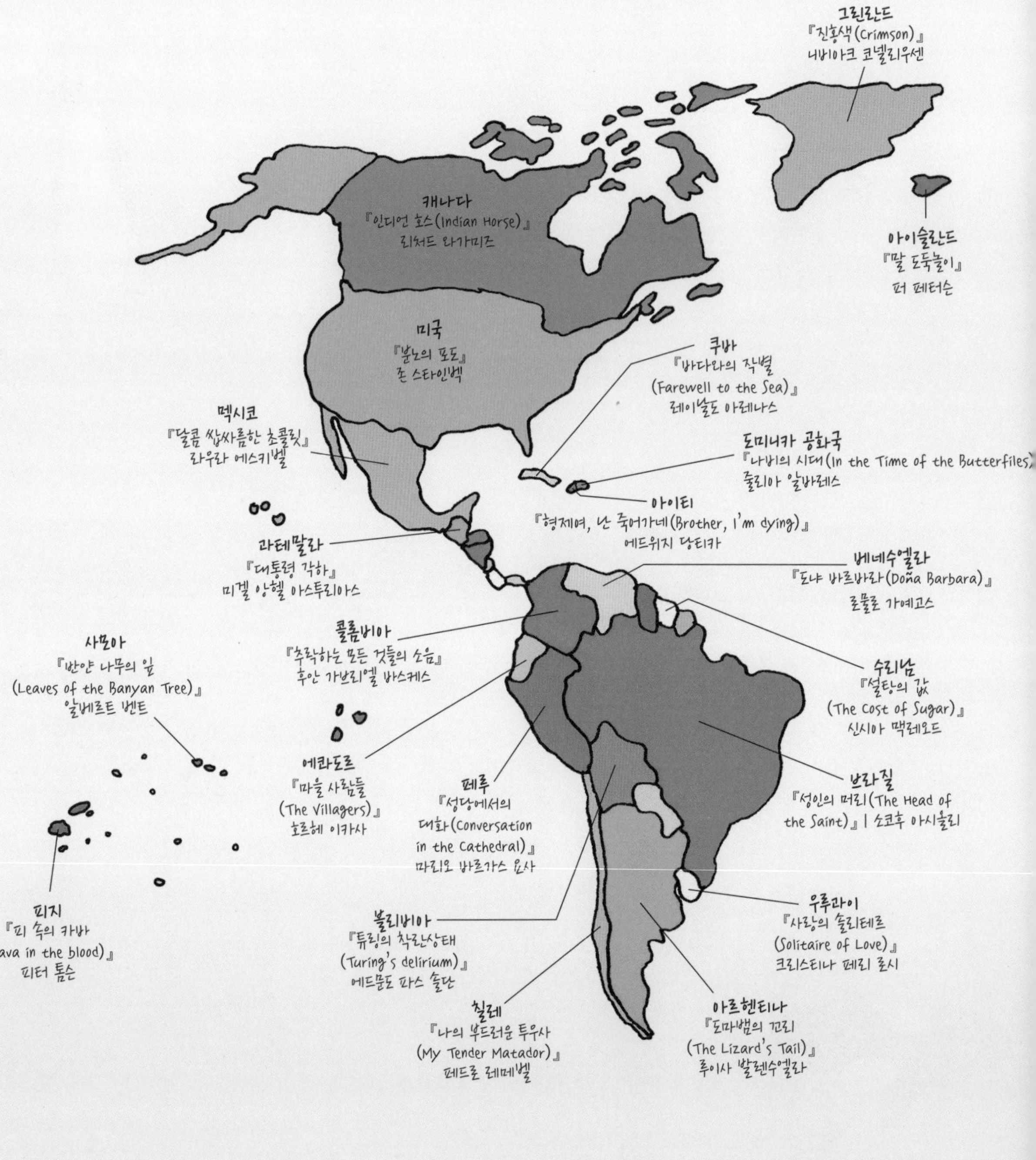
그린란드
『진홍색(Crimson)』
니비아크 코넬리우센
캐나다
『인디언 호스(Indian Horse)』
리처드 와가미즈
아이슬란드
『말 도둑놀이』
퍼 페터슨
미국
『분노의 포도』
존 스타인벡
쿠바
『바다와의 작별
(Farewell to the Sea)』
레이날도 아레나스
멕시코
『달콤 쌉싸름한 초콜릿』
라우라 에스키벨
도미니카 공화국
『나비의 시대(In the Time of the Butterfiles)』
줄리아 알바레스
아이티
『형제여, 난 죽어가네(Brother, I'm dying)』
에드위지 당티카
과테말라
『대통령 각하』
미겔 앙헬 아스투리아스
베네수엘라
『도냐 바르바라(Doña Barbara)』
로물로 가예고스
콜롬비아
『추락하는 모든 것들의 소음』
후안 가브리엘 바스케스
사모아
『반얀 나무의 잎
(Leaves of the Banyan Tree)』
알베르트 벤트
수리남
『설탕의 값
(The Cost of Sugar)』
신시아 맥레오드
에콰도르
『마을 사람들
(The Villagers)』
호르헤 이카사
페루
『성당에서의
대화(Conversation
in the Cathedral)』
마리오 바르가스 요사
브라질
『성인의 머리(The Head of
the Saint)』 | 소코후 아시올리
피지
『피 속의 카바
(Kava in the blood)』
피터 톰슨
볼리비아
『튜링의 착란상태
(Turing's delirium)』
에드문도 파스 솔단
우루과이
『사랑의 솔리테르
(Solitaire of Love)』
크리스티나 페리 로시
칠레
『나의 부드러운 투우사
(My Tender Matador)』
페드로 레메벨
아르헨티나
『도마뱀의 꼬리
(The Lizard's Tail)』
루이사 발렌수엘라

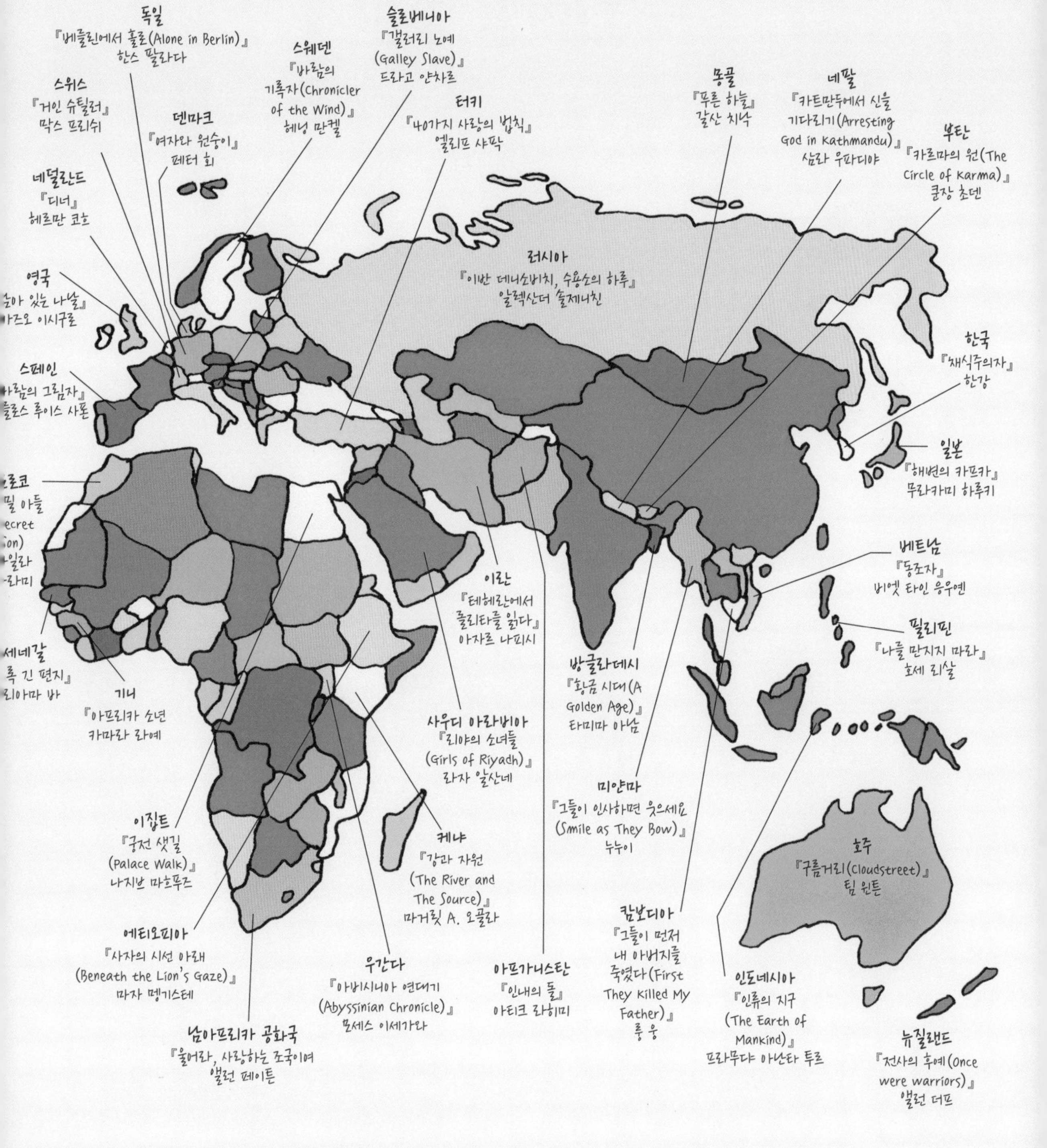

독일
『베를린에서 홀로(Alone in Berlin)』
한스 팔라다
스위스
『거인 슈틸러』
막스 프리쉬
스웨덴
『바람의 기록자(Chronicler of the Wind)』
헤닝 만켈
덴마크
『여자와 원숭이』
페터 회
슬로베니아
『갤리리 노예(Galley Slave)』
드라고 얀차르
터키
『40가지 사랑의 법칙』
엘리프 샤팍
네덜란드
『디너』
헤르만 코흐
영국
ㄴ아 있는 나날』
가즈오 이시구로
스페인
바람의 그림자』
를로스 루이스 사폰
로코
밀 아들
ecret
on)
일라
라미
세네갈
록 긴 편지』
리아마 바
기니
『아프리카 소년
카마라 라예
러시아
『이반 데니소비치, 수용소의 하루』
알렉산더 솔제니친
몽골
『푸른 하늘』
갈산 치낙
네팔
『카트만두에서 신을 기다리기(Arresting God in Kathmandu)』
삼라 우파디야
부탄
『카르마의 원(The Circle of Karma)』
쿤장 초덴
한국
『채식주의자』
한강
일본
『해변의 카프카』
무라카미 하루키
베트남
『동조자』
비엣 타인 응우옌
필리핀
『나를 만지지 마라』
호세 리살
이란
『테헤란에서 롤리타를 읽다』
아자르 나피시
방글라데시
『황금 시대(A Golden Age)』
타미마 아남
사우디 아라비아
『리야의 소녀들(Girls of Riyadh)』
라자 알산네
미얀마
『그들이 인사하면 웃으세요(Smile as They Bow)』
누누이
이집트
『궁전 샛길(Palace Walk)』
나지브 마흐푸즈
케냐
『강과 자원(The River and The Source)』
마거릿 A. 오골라
호주
『구름거리(Cloudstreet)』
팀 윈튼
캄보디아
『그들이 먼저 내 아버지를 죽였다(First They Killed My Father)』
룽 웅
에티오피아
『사자의 시선 아래(Beneath the Lion's Gaze)』
마자 멩기스테
우간다
『아비시니아 연대기(Abyssinian Chronicle)』
모세스 이세가와
아프가니스탄
『인내의 돌』
아티크 라히미
인도네시아
『인류의 지구(The Earth of Mankind)』
프라무댜 아난타 투르
남아프리카 공화국
『울어라, 사랑하는 조국이여
앨런 페이튼
뉴질랜드
『전사의 후예(Once were warriors)』
앨런 더프

지역별 요리

지구본을 돌리고 포크로 찍어보자. 아마도 그 지역의 요리를 다룬 대단한 요리책이 있을 것이다. 어떤 책들은 상당히 정확하고 철저하며 요리 백과사전을 목표 삼은 것들도 있을 테고, 또 어떤 책들은 현지에서 전설로 통하는 요리사가 쓴 것으로 전통에 꼭 집착하진 않지만 지역색을 유지하는 책들도 있을 것이다.

1961년 줄리아 차일드(Julia Child)는 다른 나라의 요리를 다룬 미국 최초의 요리책 중 하나인『프랑스 요리법 마스터하기(Mastering the Art of French Cooking)』를 냈다. 이 책의 탄생은 매혹적인 자서전『줄리아의 즐거운 인생』(남편의 종손 알렉스 프루돔과 함께 썼다)에서 다루고 있다. 책은 가장 사랑하게 된 것을 뒤늦게 발견한 어느 늦깎이에 대한 이야기다. 예컨대 그녀의 남편, 프랑스, '요리와 먹기의 기쁨' 같은 것들.

줄리아 차일드는 1963년 최초의 TV 요리프로그램 중 하나인「프랑스 요리사」를 만들기도 했다. 가장 기억할 만한 일화 중 하나는 그녀가 털을 뽑은 생닭 더미에 크기별로 이름을 지어준 것이다. (그래도 그녀는 닭을 절대 바닥에 떨어뜨리지 않았다. 근거 없는 이야기다.)

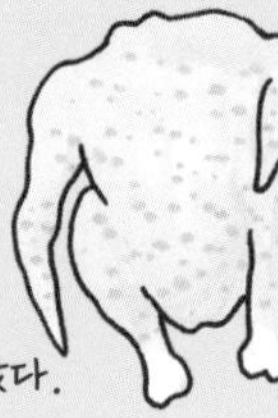

요탐 오토렝기(Yotam Ottolenghi)와 새미 타미미(Sami Tamimi)는 둘 다 1968년에 태어났고 예루살렘에서 자랐다. 오토렝기는 유대인이 정착한 서쪽에서, 타미미는 아랍인이 사는 동쪽에서 자랐다. 이후 두 사람은 텔아비브를 거쳐 런던으로 간다. 그리고 타미미가 일하던 빵집으로 오토렝기가 들어가 페이스트리 담당으로 일하게 되면서 마침내 만난다. 이후 함께 식당 네 곳을 열고 요리책 두 권을 썼다(『오토렝기(Ottolenghi)』와『예루살렘(Jerusalem)』). 오토렝기의『플렌티 모어』와 함께 이들의 책은 5년 만에 100만 권 넘는 판매고를 올렸다(대부분의 요리책은 3만5000부보다 적게 팔린다).

영국의 인도계 우간다인 부모를 둔 미라 소하(Meera Sodha)는 브릭레인의 어느 커리가게에서 친구들과 함께 형편없는 식사를 하고서는 요리를 배워야겠다고 결심했다. 그녀가 먹으며 자란, 더 간단하고 산뜻하고 향이 풍부한 음식을 친구들에게 알리고 싶었다. 그녀는 엄마에게 구자라티 요리를 가르쳐달라고 했고, 집안의 레시피를 모았으며, 인도를 두루 여행한 후『메이드 인 인디아(Made in India)』를 펴냈다.

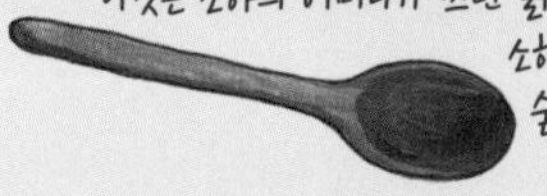

이것은 소하의 어머니가 쓰던 낡은 나무 숟가락으로 어머니는 소하의 서른 살 생일 기념으로 숟가락을 딸에게 주었다.

더 읽고 싶다면

『페르시아 요리(Persiana)』| 사브리나 가율
『나의 프랑스 식탁 주위에(Around My French Table)』| 도리 그린스팬
『멕시코 요리법(The Art of Mexican Cooking)』| 다이애나 케네디
『파리의 부엌』| 데이비드 리보비츠
『솔로몬 왕의 식탁(King Solomon's Table)』| 조앤 네이선
『베트남 부엌으로(Into the Vietnamese Kitchen)』| 안드레아 응우옌
『위대한 라틴식 요리법(Gran Cocina Latina)』| 마리셀 E. 프레시야
『방콕(Bangkok)』| 릴라 푼야라타반두
『새로운 중동 음식(The New Book of Middle Eastern Food)』| 클라우디아 로덴
『유카탄(Yucatán)』| 데이비드 스털링

도서 목록: 227~228쪽 참조

사랑받는 서점들

북스 포 쿡스

영국, 런던

북스 포 쿡스(Books for Cooks)는 하이디 라셀스가 1983년에 문을 연 곳으로, 그 무렵 런던은 여전히 기발한 음식의 종착지였다. 1992년에 라셀스는 로지 킨더슬리를 고용했고, 1년 뒤 킨더슬리는 서점 손님으로 온 지금의 남편 에릭 트레유와 만났다.
이후 북스 포 쿡스는 배고픈 팬들이 찾는 곳이 되었다. 라셀스가 은퇴하면서 킨더슬리와 트레유가 가게를 물려받았다. 그녀는 책을 담당하고 그는 위층의 테스트 키친을 운영한다. 책에서 요리를 골라 레시피를 준비하며 매일 40여 명쯤 되는 열정적인 식도락가들에게 점심을 제공하는 것이다. 식도락 천국에서 맺어준 인연이다.

두 유 리드 미?!

독일, 베를린

베를린의 미테 지구에 자리잡은 두 유 리드 미(Do You Read Me)?!는 패션, 사진, 예술, 건축, 인테리어 디자인, 문화, 사회를 다루는 독립 출판물을 닥치는 대로 사는 세련된 소비자들을 위한 공간이다. 이곳을 찾는 독자들은 책보다 잡지를 더 많이 구입한다. 책 크기에 딱 맞게 주문제작한 책장에는『아파트멘토』나『젠틀우먼』 같은 베스트셀러 잡지에다『토일렛 페이퍼 매거진』과『모노.쿨투르』 같은 틈새시장을 노린 출판물이 반듯하게 놓여 있다.

미테 지구는 그 유명한
TV타워가 있는 곳이다. 이곳은
1989년 베를린장벽이 무너지기
전엔 동독 구역이었고 지금은
근사한 가게와 갤러리들이
가득하다.
TV타워

라 센트럴 델 라발

스페인, 바르셀로나

과거 성당 건물에 자리잡은 라 센트럴 델 라발(La Central del Raval)은 인문학 전문 서점으로 시작했다. 이제는 인류학, 건축, 디자인, 예술, 영화, 사진에 관한 책과 시집도 판다. 또 많은 외국어 소설도 자랑거리인데 영어로 된 책들이 다양하게 구비되어 있어 현지 거주 외국인들의 안식처로 자리매김했다.

요리책이 필요한 순간

이 요리책들은 가스레인지 가장 가까이에 놓여 있다. 페이지는 얼룩지고 책등은 갈라졌으며, 책을 펴면 가장 좋아하는 요리법이나 도무지 머릿속에 담아둘 수 없는 조리법이 바로 나올 것이다(그 바삭한 파이 반죽에는 버터가 한 덩이 들어갔던가, 두 덩이 들어갔던가?). 요리책들은 요리를 (한 번 숙달했다해도 망칠 수 있는) 하나의 시스템으로 보고, 끊임없이 반복하도록 가르친다. 무엇보다 이 책들 덕분에 우리는 요리할 때 겁먹지 않고 자신감을 얻는다.

이르마 S. 롬바우어(Irma S. Rombauer)는 남편의 자살 이후 정서적으로나 경제적으로 힘든 나날들을 보내는 동안 『요리의 즐거움(The Joy of Cooking)』을 써서 자비로 출판했다. 책은 밥스메릴 출판사와 계약해 정식 출간된 후로 개정판만 무려 여덟 번이 나왔고, 4세대에 걸쳐 1800만 부가 팔렸다. 1931년에 나온 초판은 이르마의 딸 마리온 롬바우어 베커(Marion Rombauer Becker)가 삽화를 그렸다. 책 표지는 베타니의 성인 마르타를 묘사하고 있다. 그녀는 요리와 주부의 수호성인으로 주방의 용과 싸워 승리를 거둔다.

사민 노스랫(Samin Nostrat)는 자신의 요리 기술을 딱 네 단어로 요약했다. 소금, 지방, 산, 열. 이 네 가지의 균형을 맞추는 기술을 익힌다면, 모든 게 맛날 것이라고 말한다.

노스랫의 책은 웬디 맥노튼(Wendy Macnaughton)이 그린 맛있는 그림으로 가득하다.

사이먼&슈스터 2017년 하드커버 디자인 알바로 비야누에바

유년시절의 영웅, 일일 과학 프로그램 「마법사 씨의 세계」의 돈 허버트에게서 영감을 받은 J. 켄지 로페즈알트(J. Kenji López-Alt)는 『더 푸드 랩』에서 요리 기술을 체득하기 위해 집요하게 실험하고 수정하고 다시 실험하고 관찰하고 맛을 본다. 이 책에 없는 건, 사실 알 필요가 없다.

마크 비트먼(Mark Bittman)은 『모든 것을 요리하기(How to Cook Everything)』의 레시피를 완성하기 위해 4년의 시간을 보냈다. 꼭 필요하지 않은 레시피는 다수 제외하고 그릴드 치즈 같은 일반적인 레시피를 여럿 추가했다. 출판사가 그의 책을 내지 않기로 결정할 뻔하기도 했지만 출간 후 초판 5만 부가 단숨에 팔려나갔다. 기본적인 것들을 배우고 세부 사항을 빠르게 살펴보는 데 매우 유용한 책이다. 머지않아 책을 한 권 (깨끗한 걸로) 더 사거나 앱을 결제해야 할 것이다.

더 읽고 싶다면

『책 없이 요리하는 법(How to Cook Without a Book)』 | 팸 앤더슨

『제임스 비어드의 미국 요리(James Beard's American Cookery)』 | 제임스 비어드

『쿡와이즈(Cookwise)』 | 셜리 O. 코리허

『프로페셔널 셰프(The Professional Chef)』 | 더 컬리네리 인스티튜트 오브 아메리카

『강가 시골집 고기 책(The River Cottage Meat Book)』 | 휴 피어리위팅스톨

『요리 대사전(Larousse Gastronomique)』 | 라이브러리 라루스

『음식과 요리』 | 해럴드 맥기

『자크 패팽의 완벽한 기술(Jacques Pepin's Complete Techniques)』 | 자크 패팽

『고메 요리책(The Gourmet Cookbook)』 | 루스 라이클

『나의 레시피(My Master Recipes)』 | 퍼트리샤 웰스

Bittman
How to Cook Everything
Completely Revised Tenth Anniversary Edition
WILEY
MADISON
VEGETABLE LITERACY
TEN SPEED PRESS
McFADDEN
Six Seasons
ARTISAN
THE SILVER PALATE COOKBOOK
ROSSO & LUKINS WITH McLAUGHLIN
WORKMAN
The Essential
New York Times
COOKBOOK
AMANDA HESSER
NORTON
SALT FAT ACID HEAT
SAMIN NOSRAT
SIMON & SCHUSTER
HELLMICH
ULTIMATE BAR BOOK
The Comprehensive Guide TO OVER 1,000 COCKTAILS
CHRONICLE BOOKS
WATERS
THE ART OF SIMPLE FOOD
POTTER
JOY OF COOKING
ROMBAUER
BECKER
SCRIBNER
nom nom paleo
FOOD FOR HUMANS
MICHELLE TAM + HENRY FONG
THE FLAVOR BIBLE
KAREN PAGE AND ANDREW DORNENBURG
LITTLE, BROWN
RUHLMAN'S TWENTY
CHRONICLE BOOKS
Betty Crocker's PICTURE COOK BOOK
Published by McGraw-Hill Book Co., Inc.
THE FOOD LAB
J. KENJI LÓPEZ-ALT
Better Home Cooking Through Science
NORTON
LIDIA'S MASTERING THE ART OF ITALIAN CUISINE
KNOPF
LIDIA MATTICCHIO BASTIANICH and TANYA BASTIANICH MANUALI

도서 목록: 228쪽 참조

소설 속 요리

다음의 요리가 나오는 책의 제목을 맞춰보라.

8) 찰스 월리스가 만든, 뜨거운 코코아를 곁들인 간 소시지와 크림치즈 샌드위치

9) 귀한 돼지 꼬리 구이

10) 게살 샐러드를 곁들인 아보카도(그리고 식중독)

11) 운 나쁘게도 다리 하나가 떨어진 게

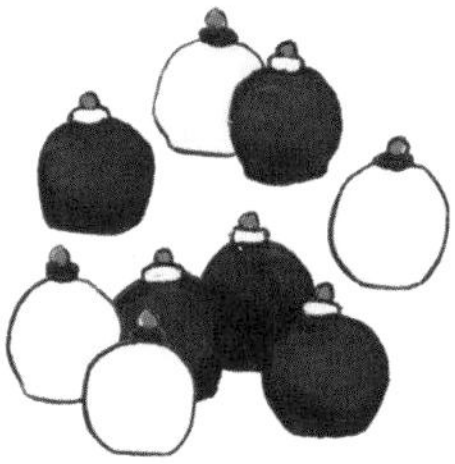

12) 비너스의 젖꼭지

13) 아이스크림을 곁들인 애플파이 하나 더

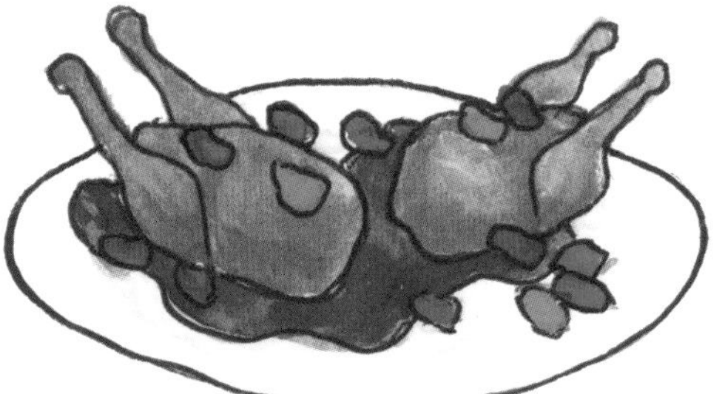

14) 장미 꽃잎을 곁들인 메추라기 요리(그리고 사랑)

정답

1)『가슴이 아린(Heartburn)』| 노라 에프론 2)『사자와 마녀와 옷장』| C. S. 루이스 3)『올리버 트위스트』| 찰스 디킨스 4)『잃어버린 시간을 찾아서-스완네 집 쪽으로』| 마르셀 프루스트 5)『레모니 스니켓의 위험한 대결』| 레모니 스니켓 6)『보이지 않는 인간』| 랠프 엘리슨 7)『해리 포터와 마법사의 돌』| J. K. 롤링 8)『시간의 주름』| 매들렌 렝글 9)『초원의 집』| 로라 잉걸스 와일더 10)『벨 자』| 실비아 플라스 11)『조이럭 클럽』| 에이미 탄 12)『초콜릿』| 조앤 해리스 13)『길 위에서』| 잭 케루악 14)『달콤 쌉싸름한 초콜릿』| 라우라 에스키벨

날마다 음식에 영감을

이 책들 중 아무거나 휙휙 넘겨보라. 오늘밤 만들고 싶은 열댓 가지 요리들을 발견하게 될 것이다. 이 책들은 실제로 애용하는 요리서다. 기이한 주방 기름때를 끌어모으며 선반 자리를 차지하는 책이 아니다.

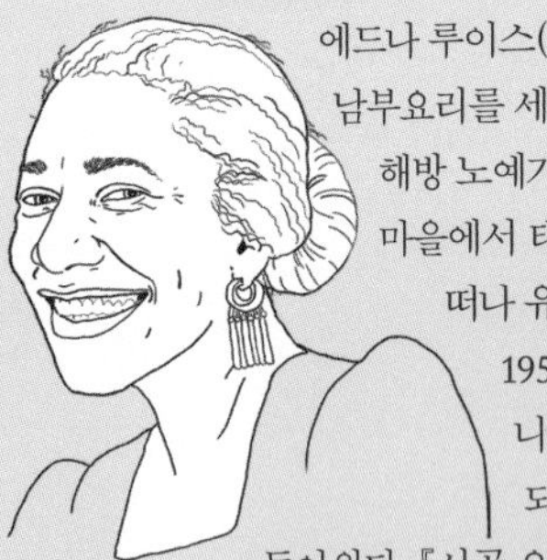

에드나 루이스(Edna Lewis)는 미국 남부요리를 세상에 알렸다. 그녀는 해방 노예가 세운 버지니아의 어느 마을에서 태어났다. 훗날 뉴욕으로 떠나 유명한 요리사가 되어 1950년대에 인기를 끌었던 니콜슨 카페의 공동 주인이 되었다가 마침내 남부로 돌아왔다. 『시골 요리의 맛(The Taste of Country Cooking)』은 1976년에 처음 출간되었지만 여전히 신선하다. 계절별로 요리를 분류해 제철재료를 살려 요리하도록 초점을 맞추고 있으며, 시골 생활에 대한 절제된 이야기로 마무리하고 있다. 1989년의 인터뷰에서 그녀는 이렇게 말했다. "버지니아에서 유년시절을 보내며 나는 모든 음식이 맛있다고 생각했다. 성인이 된 후에는 그전처럼 음식이 맛있다는 생각이 들지 않았고 그래서 평생에 걸쳐 과거의 그 맛을 되살리려고 애쓰게 됐다."

트루먼 커포티는 루이스의 버터밀크 비스킷을 아주 좋아했으며 뭔가 청하려고 니콜슨 카페의 주방으로 슬쩍 들어가곤 했다.

『무스우드 쿡북(The Moosewood Cookbook)』은 1974년 뉴욕주 이타카의 어느 단체가 만든 채식주의 식당에서 탄생했다. 본래 자비로 출판한 책으로 몰리 카첸(Mollie Katzen)이 손글씨로 레시피를 쓰고 삽화를 그렸다. 이후 텐스피드프레스에서 정식 출간되었고, 『뉴욕타임스』 베스트셀러 요리책 부문 10위 안에 늘 들어간다.

줄리아 터셴(Julia Turshen)은 요리책 공동 저자로 알려져 있다. 조디 윌리엄스(Jody Williams)와는 『간이식당(Buvette)』을, 기네스 팰트로와는 『다 좋다(It's all good)』를, 제사민 W. 로드리게즈(Jessamyn W. Rodriguez)와는 『핫 브레드 키친(Hot Bread Kitchen)』을, 마리오 바탈리(Mario Batali)와는 『기네스 팰트로의 스페인 스타일』을 함께 냈다. 이는 전체 목록의 일부에 불과하다. 『작은 성공(Small Victories)』은 그녀가 처음으로 혼자서 펴낸 책으로 요리 초보자와 주방을 겁내는 사람들을 위한 것이다.

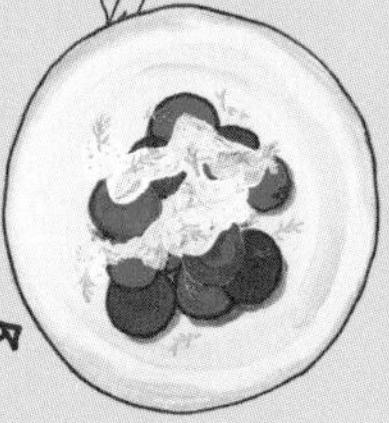

『작은 성공』에 비트와 살짝 절인 오이로 만든 샐러드가 나온다

에드워드 리(Edward Lee)는 브루클린 출신으로 한국인 부모 아래서 태어나 자랐지만 2001년 켄터키 더비로 간 뒤로 남부와 사랑에 빠져 결국 루이빌에 정착한다. 이제 그는 그곳에서 식당 세 곳, 워싱턴D. C에 한 곳의 식당을 운영하고 있다. 그의 요리(그리고 그의 요리책 『연기와 피클(Smoke & Pickles)』)은 종종 한국과 남부요리를 접목한 요리를 선보이기도 한다.

더 읽고 싶다면

『올리브, 레몬, 우슬초(Olives, Lemons and Za'atar)』 | 라위아 비샤라

『굿 푸드 데이(A Good Food Day)』 | 마르코 캐노라

『플레이버왈라(Flavorwalla)』 | 플로이드 카르도스

『주방 요리책(The Kitchen Cookbook)』 | 새러 케이트 길링햄 & 페이스 듀런드

『캐널 하우스 쿡스 에브리데이(Canal House Cooks Every Day)』 | 멀리사 해밀턴 & 크리스토퍼 허사이머

『밀크 스트리트(Milk Street)』 | 크리스토퍼 킴벌

『레온(Leon)』 | 알레그라 매거버디

『푸드52 천재적 레시피(Food52 Genius Recipe)』 | 크리스틴 믹로어

『다이닝 인(Dining In)』 | 앨리슨 로먼

PRINCESS PAMELA'S SOUL FOOD COOKBOOK
PAMELA STROBEL
Charles Phan
Vietnamese Home Cooking
TEN SPEED PRESS
SWANSON
super natural every day
TEN SPEED PRESS
TURSHEN
Small Victories
CHRONICLE BOOKS
MOLLY ON THE RANGE
MOLLY YEH
RODALE
GEORGE WELD & EVAN HANCZOR
breakfast
recipes to wake up for
ERIN GLEESON
the FOREST FEAST
ABRAMS
HETTY MCKINNON
NEIGHBORHOOD
HEARTY SALADS AND PLANT-BASED RECIPES FROM HOME AND ABROAD
AGRAWAL
VIBRANT INDIA
The Taste of Country Cooking
Edna Lewis
ALFRED A. KNOPF
smitten kitchen cookbook
deb perelman
knopf
A BAREFOOT CONTESSA COOKBOOK
barefoot contessa at home
ina garten
potter
DINING IN
ALISON ROMAN
POTTER
ad hoc at home
THOMAS KELLER
ARTISAN
CHEZ PANISSE COOKING
PAUL BERTOLLI
WITH ALICE WATERS
RANDOM HOUSE
donna hay
off the shelf
Harper Collins
LUCKY PEACH
101 Easy Asian Recipes
Peter Meehan
and the editors of Lucky Peach
POTTER
OTTOLENGHI
PLENTY
CHRONICLE BOOKS
KATZEN
MOOSEWOOD COOKBOOK
SMOKE & PICKLES
EDWARD LEE
ARTISAN
Julia Sherman
Salad for President
ABRAMS
EVERYDAY SUPERFOOD
JAMIE OLIVER
Harper Collins
EAT Mexico
LESLEY TÉLLEZ

도서 목록: 228쪽 참조

사랑받는 서점들

페이퍼백 북숍

오스트레일리아, 빅토리아주, 멜버른

멜버른의 기둥인 페이퍼백 북숍(Paperback Bookshop)은 1960년대에 처음 문을 열었는데, 판매가 금지되었거나 쉽게 구할 수 없는 책들을 취급하며 명성을 얻었다. 서점 이름과 달리 요즘은 양장본도 판매하는데, 오스트레일리아 소설과 비소설뿐 아니라 좀처럼 찾기 힘든 묵직한 책과 정성껏 고른 양서들을 충실히 구비하고 있다. 늦게 문을 열고 닫는 올빼미 영업으로 유명하며 많은 사람들에게 사랑받고 있다.

리브레리아 북스

영국, 런던

런던의 리브레리아 북스(Libreria Books)는 호르헤 루이스 보르헤스의 단편「바벨의 도서관」에 경의를 표하는 의미로 재치 있는 이름을 짓고 디자인했다. 길고 좁은 공간 뒷벽을 거울로 장식해 끝도 없이 뻗어나갈 것 같다. 너무 많은 정보는 유용하기보다 무용하다는 생각에 꽂힌 보르헤스 소설 속 화자를 염두에 두고, 서점 내부에서는 인터넷이 안 되게 했다. 그 결과 독자들은 오히려 신경 써서 골라 둔 책장의 책들에 완전히 집중할 수 있다. 리브레리아의 책 분류는 '바다와 하늘' '환상이 깨진 이들을 위한 황홀'처럼 상반되는 주제의 책들을 접목하는 방식으로 소개한다. 그래서 독자들은 처음 보는 제목이나 장르의 책을 뜻하지 않게 발견할 수 있다.

더 재즈홀

나이지리아, 라고스

라고스의 번화한 거리에 숨은 듯 자리잡은 더 재즈홀(The Jazzhole)은 그 이름에 걸맞게 아늑한 가게로 음악뿐만 아니라 책과 예술품도 구비하고 있다. 쿤레 테주오쇼는 존 콜트레인과 존 리 후커의 팬으로 전 지구적 현대 흑인문화의 안식처를, 특히 음악과 책에 집중해서 만들고 싶었다. 그래서 그의 어머니가 설립한 유명 서점 '체인 글렌도라'의 분점으로 자신의 가게를 키웠다. 때로 테주오쇼는 같은 이름의 임프린트를 만들어 직접 음반을 내고 문학잡지『글렌도라 리뷰』도 발행한다. 요즘은 아프리카 전역의 공예품 가운데 엄선한 최고의 제품들도 판다. 이곳을 찾는 사람들 중에는 작가 치마만다 응고지 아디치에가 있다. 그녀는 이 서점을 좋아하는 곳으로 꼽는다.

Ottolenghi & Goh SWEET
LEWIS & POLIAFITO BAKED NEW FRONTIERS IN BAKING
PRUEITT/ROBINSON TARTINE CHRONICLE BOOKS
JIM LAHEY WITH RICK FLASTE my bread THE REVOLUTIONARY NO-WORK, NO-KNEAD METHOD NORTON
COOKIE LOVE
CURL CANDY IS MAGIC
WEISS CLASSIC GERMAN BAKING
GEMIGNANI The Pizza BIBLE TEN SPEED PRESS
HOW TO BE A DOMESTIC GODDESS BAKING AND THE ART OF COMFORT COOKING NIGELLA LAWSON
BIG GAY ICE CREAM Petroff and Quint POTTER
Maida Heatter's BOOK OF GREAT AMERICAN DESSERTS Knopf
MILK BAR LIFE Christina Tosi POTTER
jenis SPLENDID ICE CREAMS AT HOME • JENI BRITTON BAUER ARTISAN
THE CAKE BIBLE ROSE LEVY BERANBAUM Morrow
BOUCHON BAKERY THOMAS KELLER ARTISAN
BRAVETART ICONIC AMERICAN DESSERTS STELLA PARKS NORTON
Betty Crocker's COOKY BOOK GOLDEN PRESS
Wilson JOY THE BAKER Homemade Decadence POTTER
Lebovitz Ready for Dessert TEN SPEED PRESS

도서 목록: 228쪽 참조

베이킹 & 디저트

사탕은 마법을 부린다. 아이스크림도 컵케이크도 그렇다. 삶은 때때로 힘들지만 이 자그마한 달콤함 덕분에 (일시적이나마) 좀 나아진다. 그리고 상황이 좋을 땐 케이크만 한 '축하'도 없다. 혹은 피자 파티나.

엘리자베스 프루이트(Elizabeth Prueitt)와 남편 채드 로버트슨(Chad Robertson)은 2002년 샌프란시스코 미션 지구에 타르틴 베이커리를 열었다. 그는 아티장 브레드를, 그녀는 그 외 모든 제품을 맡았고, 세상은 그들이 만든 빵에 반했다. 이후 부부는 요리책 세 권을 냈고 훨씬 큰 규모의 타르틴 매뉴팩토리을 열었다.

맨 처음 낸 요리책『타르틴(Tartine)』에서는 프루이트가 만드는 놀라운 페이스트리와 디저트가 돋보인다. 최고의 모닝 번(그림을 보라)과 말도 안 되게 맛있는 코코넛 크림 파이도 있다. 그녀는 글루텐을 잘 소화시키지 못하는 체질이지만 그럼에도 이 특별한 빵들을 완벽히 만들어낸다. 타르틴에서는 이제 글루텐 프리 제품도 속속 선보이고 있다.

포틀랜드에 위치한 가게 퀸(콘페티처럼 생긴, 케이크나 쿠키에 뿌리는 장식용 토핑 재료인 동그란 스프링클에서 이름을 따서 지었다)에서 제이미 컬(Jami Curl)은 오리건주의 신선한 과일과 그 지역에서 볶은 원두를 재료로 마법을 부리듯이 인공 향신료는 쓰지 않고 막대 사탕과 설탕 젤리, 캐러멜 등을 만든다. 컬은 사탕을 만들기 전엔 컵케이크를 만들었다. 그전엔 변호사협회의 마케터로 일하며 "오리건주 사람들에게 변호사는 나쁘지 않다는 믿음을 주려고" 애썼다.

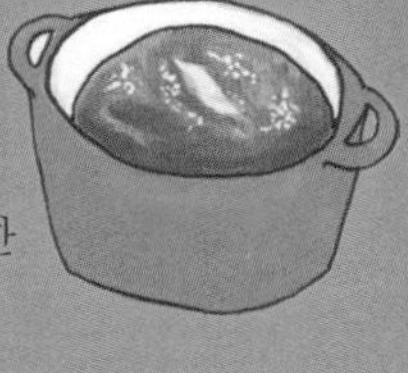

짐 레이(Jim Lahey)의 '반죽이 필요 없는 빵'은 단언컨대 제일 쉽게 바삭한 빵을 만들 수 있는 레시피다.

맷 루이스(Matt Lewis)와 레나토 폴리아피토(Renato Poliafito)가 만든 구운 브라우니는 진짜 최고의 브라우니다, 단연코.

브라이언 페트로프(Bryan Petroff)와 더글러스 킨트(Douglas Quint)는 2009년에 재미로 '빅 게이 아이스크림' 트럭을 시작했다. 아이스크림을 판매하면서 몇 차례의 여름을 보낸 뒤 그들은 맨해튼 이스트빌리지에 가게를 냈고, 지금은 필라델피아 지점을 포함해 두 곳을 더 냈다.

가장 잘 나가는 콘 아이스크림 중 하나는 '비 아서'다. 소프트 바닐라 아이스크림에 둘세데레체를 빙 둘렀고 계란 과자를 부숴서 뿌린 것이다.

더 읽고 싶다면

『안녕, 내 이름은 아이스크림이야(Hello, My Name Is Ice Cream)』 | 데이나 크리

『밀가루 물 소금 이스트』 | 켄 포키시

『쿠키(Cookies)』 | 도리 그린스펀

『슈가 러시(Sugar Rush)』 | 조니 아우치니 & 웨스 마틴

『킹 아서 플라워 제빵사의 벗(The King Arthur Flour Baker's Companion)』 | 킹 아서 플라워

『완벽한 스쿱(The Perfect Scoop)』 | 데이비드 리보비츠

『프랑스 페이스트리 만드는 법(The Art of French Pastry)』 | 재퀴 파이퍼 & 마사 로즈 셜먼

『브레드 베이커스 어프렌티스』 | 피터 라인하트

『진짜 디저트(Real Sweet)』 | 쇼나 세버

『빵 토스트 부스러기(Bread Toast Crumbs)』 | 알렉산드라 스태퍼드

우리가 사랑한 책들

낸시 펄

사서이자 『조지와 리지(George & Lizzie)』 『북 러스트(Book Lust)』의 작가

『르네상스 창녀』
사라 더넌트

랜덤하우스 2006년 하드커버
디자인 앨리슨 솔츠먼
그림 티치아노

“때는 1527년이다. 아름답고 유혹적인 정부 피암메타 비안치니와 그녀의 일을 관리하는 가장 친한 친구인 난쟁이 두치노는 로마를 떠나 피암메타의 고향 베네치아에 오게 된다. 여기서 둘은 다시금 재산과 사회적 지위를 동시에 쟁취하는 어려운 일에 나선다. 사라 더넌트(Sarah Dunant)의 글은 시대적인 묘사가 풍부하다. 어떤 캐릭터든 생기가 넘친다. 역사소설 애독자, 잘 쓴 글에 끌리는 사람이라면 누구나 더넌트의 『르네상스 창녀』가 진짜 재미있는 책이라는 걸 알게 될 것이다.”

『스푸너(Spooner)』
피트 덱스터

그랜드센트럴
2008년 하드커버
디자인 플래그
사진 세르주 블로크

“피트 덱스터(Pete Dexter)의 자전적 소설 『스푸너』는 재미도 있고 가슴도 아픈 책인데, 종종 이런 기분을 동시에 느끼게 한다. 잊지 못할 캐릭터가 가득하다. 스푸너의 양아버지 칼머와 친구 해리(스푸너를 따르는 권투 챔피언 지망생으로 상식적으로는 둘 중 어느 쪽도 이해가 안 된다), 스푸너와 함께 사는 개 여러 마리가 그렇다. 그리고 책을 다 읽은 뒤에 내가 이 캐릭터들을 오랫동안 마음에 담고 있었다는 걸 깨달았다. 『스푸너』는 조지아주 밀리지빌 출신의 소년이 자라 성인이 되고, 그 성인이 예측 불가능한 세상에 어떻게 적응하면 좋을지 배워가는 잊기 힘든 이야기다.”

매슈 C. 위너

학교 사서이자 팟캐스트 「모든 경이로움」의 진행자

리틀,
브라운북스포영리더스
2016년 하드커버

『침묵의 소리(The Sound of Silence)』
카트리나 골드사이토
삽화 줄리아 쿠오

“‘마(Ma)’. 침묵. 가장 아름다운 소리. 소년 요시오는 어느 음악가에게 좋아하는 소리가 있는지 묻는다. 음악가는 가장 아름다운 소리는 침묵의 소리라고 답한다. 그리하여 요시오는 ‘마’를 찾아 나선다. 온종일 자신이 마주친 소리와 장소를 탐색한다. 우산을 들고 다니는 소년이 도쿄를 걸으며 소리를 만나는 동안, 『침묵의 소리』 속 카트리나 골드사이토(Katrina Goldsaito)의 글은 소년과 함께 깡충깡충 뛰어다닌다. 줄리아 쿠오는 질감이 느껴지고 청각적 깊이를 더하는 삽화를 그렸다. 덕분에 처음 이 책을 읽은 후 마음속 깊이 아로새겨졌다. 『침묵의 소리』는 내가 읽고 또 읽는 이야기인데, 독자가 잠시 동안 머물다갈 방이 있는 이야기이기 때문인 듯하다. 문장은 실용적이고 명확하다. 이야기를 전달하는 데 필요한 단어만 있을 뿐 그 이상은 없다. 그러면서도 책은 문장이나 그림으로 끝나지 않는 마법을 부린다. 이야기는 독자와 함께 여정을 끝내지만, 독자가 책을 덮은 후에야 비로소 ‘마’도 끝난다.”

앤 보겔

'모던 미시즈 다르시' 설립자이자
「다음엔 무얼 읽어야 하나?」
진행자

**『안전으로 건너가기
(Crossing to Safety)』**
윌리스 스테그너

모던라이브러리
2002년 페이퍼백
디자인 에밀리 마혼
그림 대런 부스

"나는 이 화려하고 우아한 소설을 셀 수도 없이 읽었다. 매번 책을 집어들 때마다 새로운 것을 발견하기 때문이다. 월리스 스테그너(Wallace Stegner)의 글은 신중하고 한결같지만 절대 지루하지 않다. 그는 평범해 보이는 네 사람의 삶과 40년 동안 그들을 묶어준, 보기 드물고 인생을 바꿀 만한 우정 이야기를 자신의 개인사에 기대 펼쳐나간다. 작가가 사랑, 결혼, 의무, 소명 의식 같은 큰 주제와 씨름하는 동안 나는 그의 지혜롭고 사색적인 어조에 이끌려 그가 쓴 단어를 모두 곱씹게 된다."

**『살면서 배우다
(You Learn by Living)』**
엘리노어 루스벨트

하퍼페레니얼
2016년 페이퍼백
디자인 밀런 보직
그림 준 박

"고백하자면, 나는 역사서를 읽으며 엘리노어 루스벨트가 건조하고 시시하고 대놓고 재미없는 사람이라고 여겼다. 그래도 역사적으로 중요한 여성들에 대해 더 알아야 할 것 같아서 그녀의 회고록을 집어 들었다. 페이지를 넘기면서 이 여성에게 깜짝 놀랐는데, 그녀가 똑똑하고 재미있으며 용감한 사람이었기 때문이다. 그녀는 커피를 마시며 몇 시간 동안 같이 수다를 떨고 싶은 사람이다. 이 책은 회고록이자 조언집으로, 루스벨트가 1960년에 썼다. 그녀 나이 76세였을 때다. 그런데도 그녀의 통찰은 오늘날에도 얼마나 신선하고 현명하며 공감을 불러일으키는지 실로 대단하다. 이 책은 누구에게나 의미가 있다. 그녀는 역사에 흥미로운 관점을 제공하며, (개인적 비극이 놀라울 만큼 많은 부분을 차지하는) 자신의 삶을 독특한 통찰로 들여다본다. 그리고 독자 스스로 자기 삶에 적용할 수 있는 지혜도 상당하다."

가엘 레라메

미국 플로리다주 마이애미의
'북스 앤드 북스' 구매 담당자

『어제의 세계』
슈테판 츠바이크

푸시킨프레스
2014년 하드커버
디자인 네이선 버튼 디자인

"1942년, 슈테판 츠바이크(Stefan Zweig)가 자살하기 전날 완성한 이 회고록에는 그의 진심 어린 호소가 담겨 있다. 제1, 2차세계대전 사이의 유럽에 대한 가슴 아픈 역사적 기록이자 예술에 매달리고 향수에 압도당한 삶을 쓴 이야기로 독자의 마음을 움직인다. 읽은 책들 가운데 가장 훌륭한 회고록 중 하나다."

제나 샤퍼

미국 캘리포니아 멘로공원의
'케플러 북스 앤드 매거진'의
책 판매 & 구매 담당자

『뱀의 왕(The Serpent King)』
제프 젠트너

크라운북스포영리더스
2015년 하드커버
디자인 앨리슨 엠페이
사진 롤프 브레너 / 게티 이미지

"이 책은 내가 늘 손에 꼽는 세 권의 책 중 하나다. 책을 읽으며 웃고 울었고 책과 그 의미에 대해 생각하며 많은 시간을 보냈다. 하지만 이 책이 얼마나 근사하고 생생한지 잘 설명하진 못하겠다. 제프 젠트너(Jeff Zentner)는 처음부터 끝까지 독자를 사로잡으면서 가장 친한 세 명의 친구들의 서로 다른 이야기를 힘들이지 않고 엮어 완벽한 걸작을 창조해낸다."

도서 목록: 228~229쪽 참조

음식에 대해 글쓰기

우리는 음식에 집착한다. 그 음식이 어디에서 왔는지, 맛은 있는지, 어떻게 하면 최고의 맛을 낼 수 있는지….
음식에 대한 글을 읽는 것도 마찬가지다. 인터넷은 음식 블로거들로 가득하고 그중 잘 나가는 블로거들은 달콤한 크림처럼 최고 인기를 누린다. 그러나 M. F. K. 피셔(M. F. K. Fisher)나 로리 콜윈(Laurie Colwin), 엘리자베스 데이비드(Elizabeth David), 루스 라이클(Ruth Reichl) 같은 작가들이 먼저 오븐을 180도로 예열하고, 팬에 버터를 두르고, 요리에 쓸 물을 끓이지 않았다면, 블로거들은 자신들의 첫 요리를 실험해볼 수 없었을 것이다.

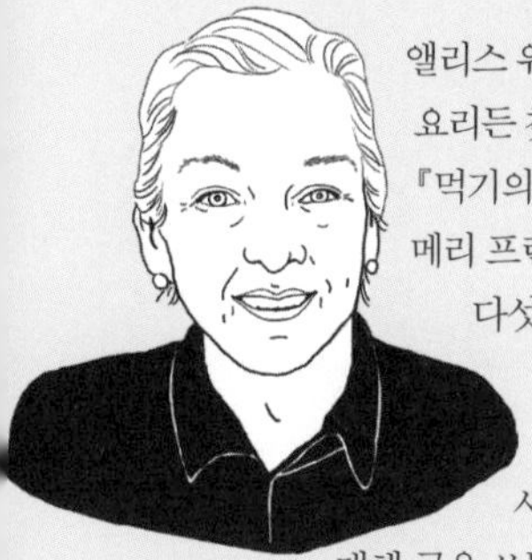

앨리스 워터스(Alice Waters)가 "어떤 요리든 찾아볼 때 필수"라고 말하는 『먹기의 기술(The Art of Eating)』은 메리 프랜시스 케네디 피셔가 쓴 다섯 권의 책을 한 권으로 묶은 것이다. 『잘 먹는 나(The Gastronomical Me)』를 보면 사람들은 피셔에게 음식에 대해 글을 쓰는 이유를 종종 묻는다. 그것도 트집잡는 투로, 마치 그녀가 좀더 중요한 주제에 대해 글을 쓰지 않아서 재능을 낭비하고 있다는 양. 그녀는 배고픔이란 인간의 다른 핵심적인 욕구, 안전 및 사랑과 깊이 연결되어 있으며, 이중 하나에 대해 글을 쓰는 건 그 세 가지 전부를 다루는 것이라고 말한다.

제2차세계대전 당시 주방에서 검소하게 음식을 만들던 시절에 피셔는 『늑대를 요리하는 법』을 냈다. 이 책에 나오는 하프 앤드 하프 칵테일은 달지 않은 셰리주와 달지 않은 베르무트를 반반 섞고 레몬주스와 약간의 레몬 껍질을 넣은 것이다.

로리 콜윈의 『홈 쿠킹(Home Cooking)』은 1980년대에 잡지 『고메』에 쓴 음식 에세이를 모은 책이다. 포장 음식이 잘 팔리고 저녁 외식이 지나치게 선호되던 시절, 그녀는 집에서 사랑하는 사람들과 만든 간단하지만 영양가 있는(때로는 유기농 재료로, 심지어 그게 중요하게 여겨지기 전이었음에도) 음식에 관심을 기울였다. 그녀는 대화체로 글을 쓰면서 개인적인 사색도 풀어낸다(블로그 글쓰기와 비슷할 때가 있다. 심지어 그게 중요하게 여겨지기 전에도). 그 결과, 음식평론가 루스 라이클에 따르면 "그녀는 우리 모두가 원하는 최고의 친구"가 됐다. 콜윈은 1992년 48세로 세상을 떠났다. 그래서 본인을 좀더 닮아간 세계를 볼 수 없게 됐다.

콜윈의 『좀더 홈 쿠킹을(More Home Cooking)』에 소개된 토마토 파이

데이비드 리보비츠(David Lebovitz)는 오랫동안 셰 파니즈 및 샌프란시스코만 일대의 식당에서 일했는데, 주로 페이스트리 담당이었다. 이후 글쓰기를 주된 일로 삼고 파리로 이주했다. 그는 맨 처음 활약한 음식 블로거 가운데 한 명이다. 주방에서 일하는 국외거주자로서 자신이 겪은 모험을 시간순으로 써내려갔다.

더 읽고 싶다면

『본 라운드(Born Round)』 | 프랭크 브루니
『샥스핀과 쓰촨 후추(Shark's Fin and Sichuan Pepper)』 | 푸치시아 던롭
『날 것과 요리된 것(The Raw and the Cooked)』 | 짐 해리슨
『줄리 & 줄리아』 | 줄리 파월
『모든 것을 먹어본 남자』 | 제프리 스타인가튼
『부엌의 호랑이(A Tiger in the Kitchen)』 | 셰릴 루-리엔 탄
『먹자, 앨리스(Alice, Let's Eat)』 | 캘빈 트릴린
『숟가락 핥기(Licking the Spoon)』 | 캔디스 월시
『나의 베를린 부엌(My Berlin Kitchen)』 | 루이자 바이스
『음식과 도시(food and the city)』 | 이나 야로프

사랑받는 서점들

선독 북스

미국, 플로리다주, 시사이드

선독 북스(Sundog Books)는 1986년 플로리다주 시사이드 마을, 걸어서 이동 가능한 중심가 한가운데에 문을 열었다. 시사이드는 개인 소유 저택이 모여 있는 동네로 미국에서 뉴어버니즘(지속가능하고 대안적인 방향을 추구하는 도시 개발 방식_옮긴이)의 원칙에 따라 디자인한 첫번째 마을 중 하나다. 영화 「트루먼 쇼」의 촬영지이기도 하다. 마을의 좌우명은 "단순하고 아름다운 삶"인데, 물론 그런 삶에서는 책 또한 필수 요소다.

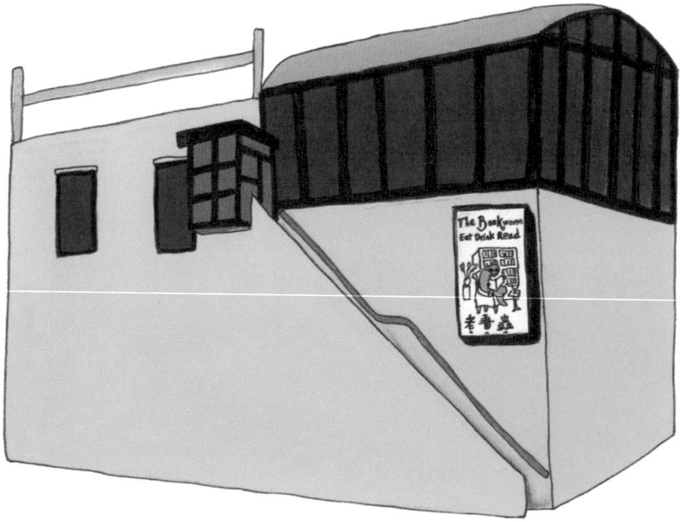

더 북웜

중국, 베이징

베이징, 칭다오, 쓰촨에 위치한 이곳은 서점, 도서관, 카페 겸 이벤트 홀이다. 더 북웜(the Bookworm)은 언제나 빛나는 문학적 등대로 자리하고 있다. 이곳은 중국에 거주하는 외국인 알렉산드라 피어슨이 중국 내에서 영어로 된 책을 찾기가 얼마나 어려운지 깨달은 뒤, 1990년대 초반에 작은 대여도서관으로 출발했다. 당시에는 정부 운영 서점에서 제공하는 빽빽하게 편집된 고전들 말고는 구하기 어려웠다.

이제 서점 책장은 영어와 중국어로 된 수천 권의 책들로 가득 차 있다. 북웜은 국제적으로 활동하는 작가, 아직 덜 알려진 중국 작가의 저서 번역에 주력하는 출판사와 함께 해마다 대중적이면서도 조예가 깊은 이벤트를 개최한다.

McNALLY ★ JACKSON
나는 책 로봇!
문학잡지와 아트북부터 여행서, 요리서까지 뭐든 다 있는 엄청난 (하지만 세심하게 고른) 책들에 더하여, 맥널리 잭슨은 '에스프레소 북 머신'이라는 기계도 갖고 있다. 책을 그 자리에서 바로 만들 수 있는 기계다. 독자들은 희귀본이나 절판본, 저작권이 무료인 원고나 책을 가지고 와 똑같이 만들어달라고 요청할 수 있다. 그리고 작가들은 맥널리 잭슨 상담원의 도움을 받거나 혹은 도움 없이, 원고를 직접 출판할 수 있다.

맥널리 잭슨

미국, 뉴욕주, 뉴욕시

2004년 로어 맨해튼에 처음 문을 열었을 때, 맥널리 잭슨(McNally Jackson)의 상호는 맥널리 로빈슨(McNally Robinson)이었다. 서점주인 세라 맥널리의 부모가 만든 캐나다 마니토바의 서점들 이름을 따른 것이다. 2008년, 맥널리는 독립을 했고, 서점 이름에 로빈슨 대신 남편의 성을 넣었다. 문학을 지리적으로 배치하는 것부터 카페를 장식하는 벽지 선택까지 곳곳에 그녀의 손길이 닿아 있다. 심지어 벽지는 그녀가 개인적으로 모은 책의 페이지를 스캔해 만든 것이다.

맥널리는 자신이 쓴 메모며 여백에 쓴 글 또한 벽지를 꾸미는 데 이용되기를 바랐지만, 벽지를 만든 이가 실수로 그 글들을 공들여 잘라냈다.

맥널리 잭슨 서점은 로어 맨해튼에서 계속 성장해 이제는 가구, 문구, 조명, 아트프린트를 파는 굿즈 포 스터디와, 예술가의 아트프린트와 소량 제작한 미술품을 파는 픽처 룸도 운영한다.

THE IMMORTAL LIFE OF HENRIETTA LACKS
REBECCA SKLOOT
CROWN
Keith Richards
Life
LITTLE, BROWN
RON CHERNOW
ALEXANDER HAMILTON
LAURA HILLENBRAND
SEABISCUIT
BALLANTINE BOOKS
THE POWER BROKER
ROBERT A. CARO
VINTAGE
VANCE
ELON MUSK
QUEST FOR A FANTASTIC FUTURE
HARPER
THE AUTOBIOGRAPHY OF
MALCOLM X
AS TOLD TO ALEX HALEY
Catherine THE GREAT
ROBERT K. MASSIE
RANDOM HOUSE
ZORA NEALE HURSTON
Dust Tracks on a Road
NELSON MANDELA
LONG WALK TO FREEDOM
Macdonald Purnell
SHILTS
THE MAYOR OF CASTRO STREET
The Life & Times of HARVEY MILK
ST. MARTIN'S PRESS
John Adams.
DAVID McCULLOUGH
SIMON & SCHUSTER
BARACK OBAMA
Dreams from My Father
A Story of Race and Inheritance
BROADWAY
BORN STANDING UP
STEVE MARTIN
SCRIBNER
Steve Jobs by Walter Isaacson
SIMON & SCHUSTER
THE LAST LION
Winston Spencer Churchill
ALONE 1932-1940
William Manchester
LITTLE, BROWN
BOSWELL
The Life of SAMUEL JOHNSON
282
MODERN LIBRARY
BLANCHE WIESEN COOK
ELEANOR ROOSEVELT
VOLUME ONE 1884-1933
VIKING
INFIDEL
AYAAN HIRSI ALI
POCKET BOOKS

도서 목록: 229쪽 참조

전기 & 자서전

제임스 보스웰(James Boswell)의 『새뮤얼 존슨의 생애(The Life of Samuel Johnson)』는 1791년에 출간되었는데, 흔히 최초의 현대적인 전기로 꼽힌다. 주요 업적에 대한 설명에 그치는 대신, 외모가 어떠하고 행동은 어떠했으며 생각은 어떠했는지 책에서 다루는 유명 인물의 전체적인 그림을 그리기 때문이다. 이제 우리는 영웅의 모든 면모를 담은 책을 바란다. 그들이 실제로 어떤 사람이고 그들이 어떻게 그런 사람이 되었는지 알고 싶어한다. 그들이 아는 비밀을 알고 싶고, 우리 또한 그런 사람이 될 수 있게끔 도와줄 비밀을 듣고 싶다. 우리는 언제나 타인이 궁금하다. 상대가 네 다리 짐승이거나 아예 육체가 없다 해도.

로라 힐렌브렌드(Laura Hillenbrand)의 『시비스킷』은 대공황 시절 침체에 빠진 미국인들 앞에 나타나 감동을 안겨준 어느 짧은 다리 경주마, 있음직하지 않은 챔피언의 전기다. 말 소유주 찰스 하워드, 말 훈련사 톰 스미스, 복서 출신의 기수 '레드' 폴라드까지 세 명의 챔피언에 대한 이야기이자, 말까지 넷이서 힘을 합쳐 어떻게 33번의 경주에서 승리하고 16번의 새로운 기록을 세웠는지에 대한 이야기이기도 하다.

스미스가 처음 시비스킷을 보았을 때, 말은 신경질적이고 난폭한 상태로, 마구간을 서성대며 아무나 무는 등 전반적으로 훈련을 받을 수 없는 상태였다. 경주마는 종종 다른 동물이 달래주기 때문에, 스미스는 '펌프킨'이라는 이름의 노란 늙은 말을 데려왔고 마구간 사이의 벽을 허물었다. 이후에는 '포커틀'이라는 이름의 길 잃은 개와 '조조'라는 이름의 거미 원숭이가 팀에 합류했다.

오리지널에코
2015년 하드커버
디자인 앨리슨 솔츠먼

애슐리 반스(Ashlee Vance)는 백만장자 일론 머스크(Elon Musk)의 베스트셀러 전기를 어린이용으로 각색했다. 그래서 어린이들은 살아 있는 토니 스타크에 대한 책을 읽고 미래를 환상적으로 만들어갈 힘을 얻을 수 있게 됐다.

헨리에타 랙스(Henrietta Lacks)는 완벽하진 않지만 결코 죽지 않을지도 모른다. 그녀의 자궁암 세포 '헬라'는 전 세계 연구실에 계속 살아 있다. 문화 속에서 배양된 첫 인간 세포다. 1951년에 수집된 이래 그녀의 암세포는 셀 수 없이 많은 실험과 발견에 쓰였는데 요나스 살크의 폴리오 백신 발명도 그중 하나다. 그러나 랙스는 세포 수집에 절대 동의한 적이 없다. 그녀의 가족들은 1975년이 되어서야 이 사실을 알게 되었는데 그녀가 사망한 지 24년이 지난 뒤였고, 관련 수익을 하나도 받지 못했다. 2010년 레베카 스클루트(Rebecca Skloot)가 철저하게 조사해서 쓴 책 『헨리에타 랙스의 불멸의 삶』은 2017년에 영화로 제작됐고, 오프라 윈프리가 헨리에타의 딸 데버러 역을 맡았다.

더 읽고 싶다면

『주문을 외다(Knock Wood)』 | 캔디스 버건
『턱이 살인을 저지른다면(If Chins Could Kill)』 | 브루스 캠벨
『힘든 선택들』 | 힐러리 로댐 클린턴
『그 녀석은 영화에 계속 나온다(The Kid Stays in the Picture)』 | 로버트 에번스
『보시팬츠』 | 티나 페이
『간디 자서전』 | 마하트마 간디
『제이지 스토리』 | 잭 오말리 그린버그
『샬럿 브론테 — 격렬한 마음(Charlotte Brontë: A Fiery Heart)』 | 클레어 하먼
『헬렌 켈러 자서전』 | 헬렌 켈러
『세계의 왕(King of the World)』 | 데이비드 렘닉

세계를 바꾸는 독서인

말리 디아스

책은 어린이에게 이 세계 속에서 자신이 어디에 있는지 알려주는 아주 강력한 수단이다. 그러나 어린이가 자신이 읽고 있는 책 속에서 스스로를 비춰볼 수 없다면 어떻게 될까?

말리 디아스(Marley Dias)라면 행동에 나설 것이다. 열한 살 때 디아스는 마구 읽어댄 책들의 캐릭터 대다수가 자신과는 다르다는 걸 깨달았다(대부분 소년이고 백인이었다). 실제로 2015년 위스콘신 대학교 아동도서협회의 분석에 따르면 그해 출간된 동화책에서 흑인이 주인공인 경우는 10퍼센트밖에 안 됐다. 그래서 디아스는 흑인 소녀가 나오는 책을 1000권 모으자는 취지로 #1000blackgirlbooks 태그 달기를 시작했다. 태그를 통해 4000권이 넘는 책이 모였고, 그 수는 지금도 늘고 있다. 해시태그 달기는 하나의 운동처럼 번졌고, 말리는 사회운동과 통합과 교육에 관한 책『말리 디아스는 해냈다 — 당신도 할 수 있다!(Marley Dias Gets It Done: And So Can You!)』를 썼다.

돌리 파튼

돌리 파튼(Dolly Parton)이 태어났을 때, 영세한 농민이자 공사 현장 인부로 글을 읽지도 쓰지도 못했던 그녀의 아버지는 돌리를 받아준 의사에게 오트밀 한 자루로 병원비를 대신했다. 열두 명의 아이들 중 넷째였던 돌리는 테네시주 시골의 방 한 칸짜리 오두막에서 자랐다. 그녀는 5000곡 이상의 노래를 쓰면서 역대 가장 많은 상을 받은 여성 컨트리 음악가가 되었다.

그런 그녀가 가장 자랑스럽게 여길 명칭은 '북 레이디'다. 1995년에 돌리는 아버지를 기리며 '상상 도서관'을 설립했다. 덕분에 수많은 어린이들이 가족의 수입과 상관없이 책이 부리는 마법을 알 수 있게 됐다. '상상 도서관'은 비영리 프로그램으로 매달 100만 명 이상의 미국과 영국 그리고 캐나다 아이들에게 우편으로 새 책을 보낸다.

엘런 오

청소년 판타지 작가 엘런 오(Ellen Oh)는 '우리는 다양한 책이 필요하다(WNDB)'의 CEO이자 대표다. WNDB의 임무는 단순하지만 파급력은 대단하다. "모든 아이들이 책에서 자기 자신의 모습을 볼 수 있는 세계"를 위해 일한다. '우리는 다양한 책이 필요하다' 및 그 이름의 SNS 해시태그를 시작하기 전, 엘런은 여러 작가들로부터 10대들을 위한 이야기들을 모아『비행 수업과 그 밖의 이야기들(Flying Lessons & Other Stories)』을 펴냈다. 책 속 이야기는 종종 진저리나는 중·고등학교 시절을 겪는 아이들에게 경이와 용기와 창조성을 불어넣어준다.

데이비드 리셔와 콜린 매켈리

데이비드 리셔(David Risher)는 마이크로소프트와 아마존(그는 제품 및 점포 개발 부서의 부사장이었고, 아마존의 수입은 1600만 달러에서 40억 달러로 증가했다)에서 일한 후, 콜린 매켈리(Colin McElwee)와 손을 잡고 '월드리더(Worldreader)'를 창립했다.

미국과 유럽과 아프리카에 근거지를 둔 월드리더는 50개 개발도상국 어린이들에게 인도와 아프리카 작가들이 쓴 의미 있고 매력적인 책들을 소장한 도서관을 제공한다. 그런데 반전이 있다. 월드리더의 도서관은 완전한 디지털 시스템으로, 손쉽게 접하는 모바일 장치에 최적화되어

있다는 점이다. 재정 상태가 좋지 않은 학교는 장학금을 통해 학생들에게 전자 리더기를 지원한다. 또한 월드리더는 교사들과 전자 리더기 수리 기업에게 현장 학습을 제공한다.

월드리더는 2010년 이래로 50개국에 630만7795명의 독자들과 424곳의 학교 및 도서관을 도왔다.

로라 몰턴

로라 몰턴(Laura Moulton)은 작가이자 예술가, 교수이고 거리 도서관 사서다.
2011년 그녀는 오리건주 포틀랜드에서 노숙하는 사람들에게 책을 대여해주는 '스트리트 북스(Street Books)'를 설립했다. 몰턴과 거리 도서관 사서들은 오토바이로 책을 전달했고, 옛날식 도서관 대출카드를 써서 사람들이 그냥 서명만 하고 책을 대출할 수 있도록 했다. 주소나 아이디는 필요 없었다. 몰턴은 너그러운 마음을 가지고 일을 시작했으며, 노숙자들에게는 때맞춰 도서를 반납하는 일이 가장 절박한 문제가 아닐 수도 있다고 생각했다. 그러나 도서 반납 비율은 일정하며 책을 돌려주지 못하는 사람은 종종 그 이유를 설명하기 위해서라도 스트리트 북스에 온다고 한다. 스트리트 북스의 후원자들은 스트리트 북스의 사서 및 게시판 회원이 되었다.

레이철 매코맥

로드아일랜드주 로저 윌리엄스 대학교에 있는 문해교육 교수 레이철 매코맥(Rachel McCormack)은 시민단체 '북스 포 레퓨지(Books for Refugees)'를 운영하며 난민 사태에서 가장 취약한 집단인 어린이를 돕는 일에 매달리고 있다. 단체를 통해 기부받아 모든 돈은 아랍어로 된 질 좋은 어린이책 구입에 쓰이며, 그 책들은 난민 어린이들에게 제공된다. 지금까지 네덜란드, 그리스, 터키에 있는 난민 어린들에게 1000권 이상의 책을 보냈다.

레버 버턴

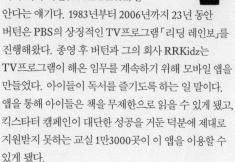

"하늘 위의 나비, 두 번 높이 날 수 있다…." 만일 당신이 이 노래를 끝까지 부른다면 이미 레버 버턴(LeVar Burton)을 안다는 얘기다. 1983년부터 2006년까지 23년 동안 버턴은 PBS의 상징적인 TV프로그램 「리딩 레인보」를 진행해왔다. 종영 후 버턴과 그의 회사 RRKidz는 TV프로그램이 해온 임무를 계속하기 위해 모바일 앱을 만들었다. 아이들이 독서를 즐기도록 하는 일 말이다. 앱을 통해 아이들은 책을 무제한으로 읽을 수 있게 됐고, 킥스타터 캠페인이 대단한 성공을 거둔 덕분에 제대로 지원받지 못하는 교실 1만3000곳이 이 앱을 이용할 수 있게 됐다.

버턴은 성인을 위한 「리딩 레인보」로 불리는 팟캐스트 '레버 버턴 리즈(LeVar Burton Reads)'도 운영한다.

데이브 에거스 & 니니베 칼레가리

'826 발렌시아(826 Valencia)'는 학생들이 글쓰기 기술을 익히고 교사가 학생의 글쓰기를 북돋울 수 있도록 돕는 비영리 단체로, 처음에는 해적 관련 상점 안쪽에 출판 및 교육센터를 열면서 시작했다. 지역 규제에 따라 상품도 소매로 팔아야 했기에, 데이브 에거스(Dave Eggers)와 그의 친구들은 정기간행물들 옆에 안대와 작은 망원경을 비치하고 수족관 극장과 천장 부비트랩을 설치했다. 이곳에 찾아올 잠재 고객들에게 겁을 줄거라고는 생각도 하지 못한 채 말이다. 이후 몇 주 동안 한 명의 학생도 나타나지 않자 에거스는 교사 니니베 칼레가리(Nínive Calegari)를 끌어들였고, 그녀는 학교 및 교사들이 이곳으로 학생들을 데려오도록 가교 역할을 했다. 이제 에거스는 다음 단계의 문제를 고심하게 됐다. 학생은 수십 명인데 화장실은 하나밖에 없다는 문제.

'826 발렌시아'는 '826 내셔널(826 National)'로 확장되어

브루클린, 로스앤젤레스, 시카고, 미시건, 보스턴 및 워싱턴D.C에 지부를 열었다. 브루클린 지부는 슈퍼히어로 서플라이 회사 뒤에 숨어 있고 LA센터는 에코공원의 시간여행 마트 안에 있다. 재미나고 게임 같지만, LA지부의 어느 학생이 말하듯, "예술은 무척 힘이 세다. 예술을 통해 우리 사회의 공해인 압제와 인종차별과 성차별에 맞서 싸울 수 있다."

메러디스 알렉산더

메러디스 알렉산더(Meredith Alexander)가 만든 귀여운 이름의 비영리 단체 '밀크+부키스(Milk+Bookies)'는 그녀가 사는 지역의 서점에서 6개월에 한 번 아이들의 생일파티를 여는 방식으로 가볍게 시작했다. 그녀는 자신의 친구들과 그들의 아이들을 모두 초대했다. 그런 다음 아이들에게, 책이 없는 동네 아이에게 주고 싶은 책을 하나씩 골라 간단히 글을 쓰고 기증을 하도록 했다. 이 전통은 다른 부모들에게도 가닿았고, 이후 LA를 기반으로 하는 그녀의 단체가 탄생했다. 이제 밀크+부키스는 레나 던햄, 제니퍼 가너, 데이브 그롤 같은 유명인사가 후원하는 전국적인 자선단체로 성장했다. 지원이 부족한 학교와 학생들을 돕기 위해 도서 운동과 도서전을 꾸린다.

디네시 시레스타, 존 우드, 에린 간주

존 우드(John Wood)는 네팔을 여행하면서 그곳의 따뜻하고 활기찬 교실을 좋아하게 되었지만 동시에 그곳에 자원이 얼마나 부족한지도 알게 됐다. 그는 마이크로소프트사를 그만두고 디네시 시레스타(Dinesh Shrestha), 에린 간주(Erin Ganju)와 함께 '책 읽는 공간'을 설립했다. 전 세계 개발도상국의 문해력과 성평등을 증진하는 단체다.

책 읽는 공간은 초등학생들이 글을 읽고 쓰는 기술 및 책 읽는 습관을 익히고, 중학교를 졸업하는 여학생들이 목표를 이루는 데 필요한 사회생활 기술을 배우도록 지원하기 위해 지역사회와 단체, 정부와 협력한다. 그들은 지금까지 전 세계적으로 1160만 명의 아이들을 도왔다.

제너비브 피투로

파자마 프로그램의 '잘 자요 권리 장전(Good Night Bill of Rights)'에 따르면 모든 어린이들은 안정과 안전을 느낄 권리, 잠잘 때 사랑을 느끼며 보살핌을 받을 권리, 깨끗한 잠옷을 입고 잠잘 때 읽는 동화책을 즐거이 볼 권리, 인간으로서 가치 있고 인정받았다고 느낄 권리, 잠을 잘 자고 하루를 잘 보낼 권리가 있다.

제너비브 피투로(Genevieve Piturro)는 2001년 안정적인 가정생활을 누리지 못하거나 아예 집이 없는 아이들이 제 권리를 찾도록 돕기 위해 비영리 단체를 만들었다. 파자마 프로그램은 설립 이래 전국적으로 잠자리에 드는 과정을 바꾸기 위해 파자마 297만4431벌을 기부했고 223만442권의 책을 기증했다.

마야 누스바움

컬럼비아 대학교 졸업생인 마야 누스바움(Maya Nussbaum)은 그녀가 들어가고자 했던 문학계가 백인 남성으로 가득하다는 걸 깨달은 후 젊은 여성 작가를 위한 공동체를 만들어 네트워크를 지원하고 싶었다. 그러기 위해 1998년에 '지금 여자들이 쓴다(Girls Write Now)'를 설립했다.

이후 단체는 지원이 부족한 뉴욕시 고등학교

여학생들(90퍼센트 이상이 가정형편이 아주 어렵고 95퍼센트 이상이 유색 인종)과 전문작가 및 매체 제작자로 일하는 여성 멘토의 만남을 주선했다. 이들의 프로그램은 백악관이 선정한 미국 최고의 방과 후 프로그램 중 하나로 꼽혔다. 한 번도 아니고 세 번이나.

무스칸 아히르와

무스칸 아히르와(Muskaan Ahirwar)는 매일 방과 후 자신이 사는 인도 보팔의 가난한 동네에 도서관을 세운다. 아히르와가 도서관을 운영하겠다고 자원하자 비영리 단체 '책 읽는 공간'에서는 책 50권을 기증했고, 이후 도서관의 책이 점점 늘어나 200권을 넘기자 아히르와는 책 관리를 위해 기록부를 사용하기 시작했다. 그리고 아이들이 책을 반납할 때 그 책을 제대로 읽었는지 확인하는 퀴즈를 내곤 한다.

아히르와는 아홉 살에 최연소로 인도 국가개조위원회의 상을 수상했다.

카일리 짐머

1992년 워싱턴D.C의 무료 급식소에서 자원봉사를 하던 카일리 짐머(Kyle Zimmer)는 함께 일하는 어린이들에게 책이 없다는 걸 깨달았다. 이후 그녀가 설립한 조직 '첫번째 책(First Book)'은 30개국의 저소득층 가족이나 군인가족 혹은 교육재정 보조금을 받는 학교에 1억7000만 권의 책을 건넸다.

짐머는 사회적 기업가 정신을 비롯하여 교육의 평등, 문해력의 중요성이라는 이 세 가지 개념을 도입한 주창자로도 유명하다. 그녀는 2014년에 국제도서협회상, 2016년에 미즈여성재단으로부터 페기차렌/프리투비유앤드미상 등 여러 상을 받았다.

톰 매슬러와 퀜틴 블레이크

퀜틴 블레이크(Quentin Blake)의 그림으로 꾸민 버스는 책과 이야기꾼 자원봉사자로 가득한 도서관이 되어 잠비아, 말라위, 에콰도르에 있는 10만 아이들을 찾아간다. 이 '북 버스(Book Bus)'는 조너선 케이프에서 일했던 출판인 톰 매슬러(Tom Maschler)가 2006년에 설립한 것이다. 매슬러는 어린이 문학의 오랜 지지자이다. 그는 작가 로알드 달을 조너선 케이프로 데리고 갔고 퀜틴 블레이크와 짝지어주었다. 그래서 로알드 달의 책을 읽는 전 세계 어린이들의 기쁨(그리고 공포!)에 기여했다. 톰 매슬러가 그다음으로 벌인 모험에 블레이크는 2009년 참여를 결심하고, 버스를 밝혀줄 그림과 디자인을 기부했다.

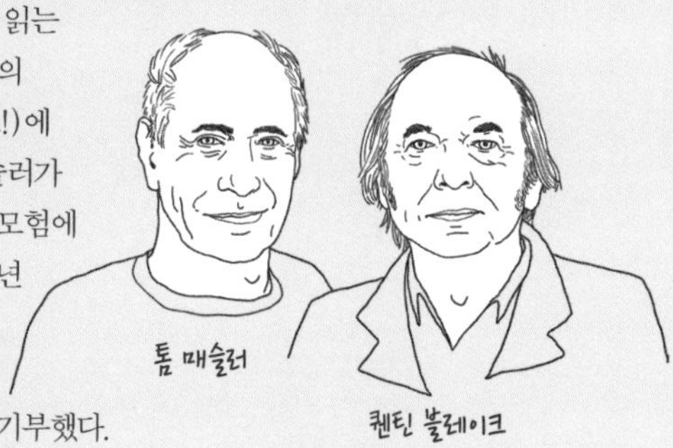

시드니 키스 3세

시드니 키스 3세(Sidney Keys III)는 열한 살 때 아프리카계 미국 어린이를 위한 책을 전문으로 다루는 세인트루이스의 서점 '아이시미(EyeSeeMe)'를 방문한 후 영감을 얻어 '북스 N 브로스(Books N Bros)'를 시작했다. 배경과는 상관없이 그와 나이가 같은 소년이면『히든 피겨스』와『대니 달러 대단한 백만장자 — 레모네이드 모험(Danny Dollar Millionaire Extraordinaire: The Lemonade Escapade)』같은 아프리카계 미국 문학을 함께 읽는 북클럽이다.

회고록

자서전의 경우 작가는 어느 정도까지는 자신들의 삶 전체를 다룬다. 반면 회고록은 특정 시기나 하나의 측면에만 집중한다. 프랭크 콘로이(Frank Conroy)가 1967년에 쓴 『시간 멈추기(Stop-time)』는 자신의 성년을 다룬 저서로 보통 회고록 분야의 시초, 혹은 회고록이라고 불린 최초의 책으로 꼽힌다. 토비아스 울프(Tobias Wolff)와 메리 카(Mary Karr) 덕분에 회고록은 상당히 중요한 분야가 됐다.

펭귄클래식스
디럭스에디션
2015년 페이퍼백 그림 브라이언 리

레나 던햄(Lena Dunham)은 메리 카의 『거짓말쟁이 모임(The Liar's Club)』 출간 이후에 나온 회고록 대부분이 "자, 나도 할 수 있어"라고 생각한 팬들이 쓴 작품 같다고 썼다. 2015년에 카는 『자전적 스토리텔링의 모든 것』을 출간했다. 카가 자신만의 글쓰기 과정에 대해 쓴 책이다.

에코 2010년 하드커버
디자인 앨리슨 솔츠먼

『저스트 키즈』에서 뮤지션이자 시인인 패티 스미스는 사진작가 로버트 메이플소프와 나눈 우정을 이야기한다. 그녀의 성장에 큰 영향을 준 열정적인 우정이었다. 그들은 스무 살에 뉴욕에서 처음 만났고, 두 사람 다 지독할 만큼 창조적이고 야망이 넘쳤다. 스미스는 메이플소프의 임종 때 그에게 한 약속을 지키기 위해 이 책을 썼다고 말했다.

그래픽 회고록은 글만 있는 회고록이 처음 나온 때와 꼭 같은 시기에 등장했다. 이 분야 최고의 책 중 하나는 마르잔 사트라피(Marjane Satrapi)의 『페르세폴리스』다. 이슬람 혁명 시기에 이란에서 유년시절을 보낸 경험을 그린 뛰어난 책으로 프랑스에서 맨 처음 출간되었다.

판테온 2003년
하드커버

에이미 크루즈 로젠탈(Amy Krouse Rosenthal)은 짧은 생애 동안 30권의 책(멋진 동화책 28권에, 2권의 회고록)을 썼으며 사랑과 죽음을 다룬 역대 가장 아름다운 에세이(「너는 나의 남편과 결혼하고 싶을지도 모른다(You May Want to Marry My Husband)」)도 한 편 남겼다. 그녀가 쓴 『평범한 삶의 백과사전(Encyclopedia of an Ordinary Life)』은 사람의 삶을 구성하는 자그만 것들이 알파벳순으로 나열되어 있다.

퍼핀 2016년 페이퍼백
디자인 테레사 에반겔리스타

재클린 우드슨(Jacqueline Woodson)은 자유시 형식으로 청소년을 위한 책 『꿈꾸는 흑인 소녀(Brown Girl Dreaming)』를 썼다. 그녀는 초등학교 때 랭스턴 휴스(Langston Hughes)를 읽으면서 시학의 경이를 알게 됐다. 그전엔 시가 "나이든 백인들이 서로에게 건넸던 일종의 암호"라고 생각했다.

더 읽고 싶다면

『해가 지기 전에』 | 레이날도 아레나스
『배고픔은 나를 모던 걸로 이끈다(Hunger Makes Me a Modern Girl)』 | 캐리 브라운스타인
『보이 이레이즈드(Boy Erased)』 | 개러드 콘리
『나의 특별한 동물 친구들』 | 제럴드 더럴
『행복(Happiness)』 | 헤더 하펌
『처음 만나는 자유』 | 수재너 케이슨
『이런 일은 결코 없었던 척 하자(Let's Pretend This Never Happened)』 | 제니 로슨
『컬러 오브 워터』 | 제임스 맥브라이드
『거짓말쟁이면 모든 것은 완벽하다(Everything Is Perfect When You're a Liar)』 | 켈리 옥스퍼드
『토성의 고리』 | W. G. 제발트

DAVE EGGERS
A HEARTBREAKING WORK of STAGGERING GENIUS
Notes Corrections Clarifications Apologies Addenda
PICADOR
WILD SWANS JUNG CHANG
Harper Collins
AMY KROUSE ROSENTHAL
Encyclopedia of an Ordinary Life
A AMY
THE DIVING-BELL & THE BUTTERFLY JEAN-DOMINIQUE BAUBY
4th
THIS BOY'S LIFE A Memoir
TOBIAS WOLFF
P.S.
FIRST THEY KILLED MY FATHER
A DAUGHTER OF CAMBODIA REMEMBERS
LOUNG UNG
Night
ELIE WIESEL
HILL AND WANG
Hold Still Sally Mann
A Memoir with Photographs
LB
JACQUELINE WOODSON
brown girl dreaming
JUST KIDS | PATTI SMITH
ecco
a long way gone ishmael beah
FSG
NELSON THE ARGONAUTS
CONROY THE WATER IS WIDE
HOUGHTON MIFFLIN COMPANY
MAYA ANGELOU
I KNOW WHY THE CAGED BIRD SINGS
RANDOM HOUSE
All Creatures Great and Small · James Herriot
EDDIE HUANG FRESH OFF THE BOAT
SPIEGEL&GRAU
JEANETTE WINTERSON
ORANGES ARE NOT THE ONLY FRUIT
William Finnegan
Barbarian Days A Surfing Life
corsair
LAKOTA WOMAN MARY CROW DOG
READING LOLITA IN TEHRAN
Azar Nafisi
RANDOM HOUSE
DAVID MITCHELL
Black Swan Green
SCEPTRE
Angela's Ashes
Frank McCourt
SCRIBNER
MY STRUGGLE 1 KARL OVE KNAUSGAARD
FSG
THE COMPLETE PERSEPOLIS
Marjane Satrapi
PANTHEON
MARY KARR THE LIARS' CLUB
PENGUIN CLASSICS DELUXE EDITION
HEART BERRIES
Terese Marie Mailhot
C

도서 목록: 229쪽 참조

사랑받는 서점들

푸네는 인도에서
일곱번째로
인구가 많은 도시로
마하라시트라주의
문화 중심지로 알려져
있다. 이곳에는
학자들의 활력 넘치는
에너지가 가득하다.
유명 대학 여러 곳과
인도 외국인 유학생의
절반이 있다.

비샬과
네하 피프라이야

파그단디

인도, 푸네

이제는 부부가 된 비샬과 네하 피프라이야는 직장을 그만두고 여행을 하다 만났다. 이후 그들은 2013년에 인도 푸네에 '파그단디(Pagdandi)'를 열었다. 그곳에서 그들은 폭넓게 고른 문학작품과 건강한 음식과 따뜻한 차이로 마음과 영혼이 닮아 있는 이들을 따뜻하게 맞이한다. 둘은 서로를 발견했을 뿐 아니라 그들만의 항로, 파그단디를 찾았다. 여행 다니는 일은 줄었지만 성취감을 더 얻고 있으며, 다른 사람들도 자신만의 길을 찾을 수 있도록 돕고자 한다. 부부는 당신이 여행 계획을 짜는 일도 도와줄 것이고 마음에 와닿는 책도 찾아줄 것이다.

애비드 북숍

미국, 조지아주, 애선스

프린스가 애비드 북숍(Avid Bookshop)의 현관 위에 붙은 간판에는 "반체제 2011"이라는 선언문이 함께 적혀 있다. 재닛 게디스의 반체제 서점은 조지아주 애선스에 두 곳이 운영되고 있다. 그녀는 성공적으로 사업을 운영하고 있지만 서점을 설립하고 운영하는 일이 얼마나 힘든지 솔직하게 털어놓았다. 그리고 통찰과 영감을 준 독립 서점들을 언급했는데, 월드 브루클린, 그린라이트 북스토어(역시 브루클린에 있다), 조지아주 디케이터의 리틀 숍 오브 스토리, 버지니아주의 오버 더 문 스토어 앤드 아르티장 갤러리, 마이애미의 북스 앤드 북스 등이 그곳이다.

게디스의 추천

『나는, 나는, 나는 — 죽음으로 그린 열일곱 번의 붓질
(I Am, I Am, I Am: Seventeen Brushes with Death)』

매기 오패럴

"매기 오패럴(Maggie O'Farrell)은 내가 좋아하는 작가다. 『나는, 나는, 나는』은 타는 듯 강렬하고 선명한 회고록이다. 죽음을 열일곱 번 탐구하는 과정을 따라가다보면 작가와 지독히도 가까워진 느낌이 든다. 삽화가 실린 그녀의 짤막한 이야기를 읽고 있으면, 우리 모두는 자기 자신을 숨긴 채 살고 있다는 사실을 절절히 의식하지 않을 수 없다. 이미지를 떠올리게 하는 오패럴의 문학적 기술은 독보적이다. 그녀가 쓴 문장을 읽으면, 그녀의 언어가 인간의 경험을 어찌나 적절히 잡아내는지 놀라움에 숨이 막히곤 한다."

틴더프레스
2017년 하드커버
디자인 예티 램브레츠

WE SHOULD ALL BE FEMINISTS CHIMAMANDA NGOZI ADICHIE ANCHOR BOOKS
Bad Feminist | Essays | Roxane Gay
a room of one's own Virginia Woolf The Hogarth Press
Men Explain Things to Me REBECCA SOLNIT
THIS BRIDGE CALLED MY BACK: WRITINGS BY RADICAL WOMEN OF COLOR MORAGA, ANZALDUA
FEMINIST THEORY from margin to center bell hooks
Clarissa Pinkola Estés, Ph.D. Women Who Run With the Wolves Myths and Stories of the Wild Woman Archetype
THE SECOND SEX SIMONE DE BEAUVOIR VINTAGE
SCHATZ & STAHL RAD WOMEN WORLDWIDE
REBECCA TRAISTER ALL THE SINGLE LADIES
Maxine Hong Kingston The Woman Warrior
shrill lindy west
How To Be a Woman CAITLIN MORAN
Melissa V. Harris-Perry Sister Citizen Yale
GRACE BONNEY IN THE COMPANY OF WOMEN ARTISAN
LORDE SISTER OUTSIDER CROSSING PRESS
Merlin Stone WHEN GOD WAS A WOMAN Harcourt
OUR BODIES, OURSELVES A BOOK BY AND FOR WOMEN BY THE BOSTON WOMEN'S HEALTH BOOK COLLECTIVE TOUCHSTONE
ANGELA Y. DAVIS | WOMEN, RACE & CLASS VINTAGE
VALENTI FULL FRONTAL Feminism SEAL

도서 목록: 229쪽 참조

페미니즘

페미니즘에 대해 아직도 의견이 극단적으로 갈라진다니 믿기지 않는다. 우리 모두는 이 단어와 그 의미의 해석에 있어서 조금씩 다른 관계를 맺는다. 그러나 핵심은, 페미니즘이 이제는 시대의 뒤안길로 보내야 할 성차별을 꼬집고 성평등에 대해 이야기한다는 점이다.

앵커북스
2015년 페이퍼백
디자인 조앤 웡

비욘세의 2013년 앨범에 실린 곡 「***티 하나 없는(***Flawless)」은 치마만다 응고지 아디치에의 테드 강연 '우리는 모두 페미니스트가 되어야 합니다'의 일부를 샘플링했다. 이 강의를 토대로 같은 제목의 책이 나왔다. 2015년에 스웨덴 정부는 전국의 16세 학생 모두에게 이 책을 한 부씩 제공했다. 핀란드도 2017년에 15세 학생 모두에게 나눠줬다.

페르세포네프레스
1981년 하드커버
그림 조네타 팅거
디자인 마리아 본 브린켄

1981년에 발간된 중요 선집 『이 다리는 내 등이라 불린다(This Bridge Called My Back)』의 서문에서 편집자 체리 모라가(Cherríe Moraga)와 글로리아 E. 안살두아(Gloria E. Anzaldúa)는 '페미니스트'라는 단어가 책에 실린 에세이, 시, 예술작품과 함께 유색인종 여성도 포함하는 영역으로 확장되길 바란다고 썼다.

록산 게이는 스위트밸리 고등학교 시리즈를 좋아한다고 인정한다. 독서는 무엇이든 다 독서이고 독자는 자신의 선택에 대해 부끄러워해서는 안 된다는 것이다. 히틀러의 『나의 투쟁』을 읽는 게 아니라면 말이다. 그녀의 에세이 『나쁜 페미니스트』는 현 세계에서 어떻게 여성이 되는지, 또 아름다운 단점들을 안고서 어떻게 한 인간이 되는지에 대해서 이야기한다.

『여전사』에서 맥신 홍 킹스턴(Maxine Hong Kingston)은 과거의 기억을 중국 설화와 엮는다. 그녀는 이민자 부모의 아이로 자란 성장기, 새로 정착한 곳과 부모가 살던 곳에서 성차별과 인종차별을 겪은 경험을 회고한다. 킹스턴은 출간된 책의 제목을 좋아하지 않았는데 그녀가 반전주의자였기 때문이다.

크노프 1976년 하드커버
표지 엘리아스 도밍게즈, 디자인 리디아 페라라

2009년 미국 여성의 혼인율은 처음으로 50퍼센트 이하로 떨어졌다. 레베카 트레이스터(Rebecca Traister)의 『싱글 레이디스』는 세상이 변화하여 여성이 더 많은 선택을 하고 있으며 이제는 모두가 "일찌감치 이성과의 결혼을 결심하고 모성으로 달려가는 하나의 고속도로"만을 따라갈 필요가 없게 된 상황을 살핀다.

더 읽고 싶다면

『페미니스트 파이트 클럽』 | 제시카 베넷
『젠더 트러블』 | 주디스 버틀러
『여성/생태학(Gyn/Ecology)』 | 메리 데일리
『여성성의 신화』 | 베티 프리단
『비행공포』 | 에리카 종
『용감한 소녀들이 온다』 | 캐롤린 폴
『뉴욕을 만든 여성들(The Women Who Made New York)』 | 줄리 스켈포(글), 할리 헬드(그림)
『글로리아 스타이넘의 일상의 반란』 | 글로리아 스타이넘
『무엇이 아름다움을 강요하는가』 | 나오미 울프
『여성의 권리 옹호』 | 메리 울스턴크래프트

작가의 방

로알드 달

로알드 달과 그의 가족은 영국 버킹엄셔주 그레이트미센덴의 집시 하우스에서 살았다. 그 무렵 달은 아이들이 너무 시끄러워 자기만의 글쓰기 공간이 필요하다고 느꼈다. 웨일스에 있는 딜런 토머스의 헛간을 보고서 그는 정원에 자신을 위한 헛간을 지었다.

달은 이곳에서
『찰리와 초콜릿 공장』과 『마틸다』 같은
주요 작품을 전부 썼다.
달은 상당한 양의 사진과 장식품,
기념품을 모았는데, 본인의 엉덩이 뼈
일부도 보관했다.

『자기만의 방』에서 울프는 여성이 글을 쓰고
창작할 자유를 갖기 위해서는 돈과 자기만의
방이 필요하지만, 여자들은 그 어느 것도 갖지
못할 때가 많다고 썼다.
버지니아와 레너드의 재는
소유지에 있는 두 그루의 커다란
느릅나무 아래
뿌려졌는데
안타깝게도
나무는 이후에
잘려나갔다.

버지니아 울프

버지니아 울프와 남편 레너드는 1919년에 몽크스하우스를 사서 자주 찾았고, 1940년에는 아예 그곳으로 이사했다. 그 무렵 런던 블룸스버리의 집은 공습으로 파괴되었다. 울프 부부는 무성한 숲과 편안한 느낌을 주는 풍경이 어우러진 이 집을 사랑했다. 이탈리아식 정원과 연못, 그리고 테라스와 과수원도 있었다. 본채는 10킬로미터 떨어진 곳에 살던 울프의 언니이자 화가이며 장식가인 버네사 벨의 도움을 받아 꾸몄다. 벨의 그림 여러 점이 아직도 그곳 벽에 걸려 있다.

부부는 새 집으로 블룸스버리그룹 회원들을 초대했다. 영향력 있는 영국 작가와 철학가, 예술가로 구성된 그룹이었다. E. M. 포스터(E. M. Foster)가 레너드 옆에서 행복하게 가지치기를 하는 모습이 사진에 담겼다. 방문객들은 론 볼링(잔디에서 하는 볼링) 같은 규칙이 엄격한 게임도 즐겼다.

울프는 주요 저작의 일부를 공구 창고를 개조한 작업실에서 썼다. 그녀는 이곳을 '글 쓰는 오두막'이라고 불렀다. 이스트서식스주에서 제일 높은 곳 중 하나인 카번산을 바라볼 수 있는 공간이었다. 오두막은 1941년 3월 28일 그녀가 주머니에 돌을 집어넣은 채 우즈강에 들어가기 전 레너드에게 작별의 편지를 쓴 곳이기도 하다.

우리는 모두 인간입니다

작가와 사상가는 인간이 아주 강인한 존재임을 일깨운다. 많은 사람들이 파괴나 창조를 할 수 있고 슬픔이나 희망의 원천이 될 수 있다. 창조와 희망을 더하고 파괴와 슬픔을 덜어내려면 우리는 서로를 더 잘 이해해야 한다. 닐 게이먼이 말했듯 책은 "작은 공감 기계"이고 "특정 집단에 속한 누군가가 쓴 책을 막 읽고 난 뒤에는 그 집단을 혐오하기가 무척 어렵다."

다수의 상을 받은 클라우디아 랭킨(Claudia Rankine)의 저서 『시민(Citizen)』은 시와 에세이, 그리고 예술작품을 모은 책이다. 책은 미국의 인종차별에 대한 문화적 논평으로 세레나 윌리엄스의 테니스 경기, 버락 오바마의 취임식, 비무장 흑인에게 총을 쏜 경찰을 언급한다.

책 표지는 「후드에서」라는 제목의 조각으로 데이비드 하몬스가 1993년에 만들었다. 작품은 후드 티에 달린 모자로, 헌팅 트로피처럼 벽에 걸려 있다.

그레이울프프레스 2014년 페이퍼백 디자인 존 루카스

뉴욕과 캘리포니아, 런던에 살았던 파키스탄 출신의 모신 하미드(Mohsin Hamid)는 자신을 "잡종"이라고 말한다. 또한 "인간은 모두 잡종"이라고도 한다. 그는 편견과 외국인 혐오가 과거에서 벗어나 앞으로 나아가는 대신 그것을 열망하는 데서 기인한다고 본다. 그는 "이야기는 과거와 현재의 독재에서 우리를 해방시켜주는 힘이 있다"고 쓴다.

1998년, 센트럴파크 동물원에서 로이와 실로라는 이름의 수컷 펭귄 두 마리가 사랑에 빠졌다. 그들은 서로를 향해 울어댔고 목을 휘감았으며 결국 둥지를 함께 지었고 마치 그들이 낳은 알인 양 돌을 둥지에 품었다. 이들에게 매혹된 동물원 직원은 이성애 펭귄 커플이 품은 여분의 알을 주었고, 로이와 실로는 돌아가며 알을 품어 마침내 딸 탱고가 태어났다. 저스틴 리처드슨(Justin Richardson)과 피터 파넬(Peter Parnell) 커플은 펭귄 이야기로 사랑스러운 어린이책을 썼다. 그들은 이 책으로 부모들이 동성애에 대해 이야기하게 되길 바랐다. 미국 도서관협회는 『사랑해 너무나 너무나』가 2006년, 2007년, 2008년 그리고 2010년에 도서관에서 책을 치워달라는 요청을 가장 많이 받은 작품이라고 밝힌다. 협회는 그런 요청이 어디에서 왔는지 조사하고 사서가 그에 대응하도록 돕는다.

사이먼&슈스터 북스 포 영리더스 하드커버, 그림 헨리 콜

카말라 칸은 2014년 『미즈 마블』로 데뷔했다. 열여섯 살, 뉴저지 출신의 밀레니얼 세대이자 무슬림 슈퍼히어로로 편집자 사나 아마나(Sana Amanat)와 스티븐 워커(Stephen Wacker)가 창조한 캐릭터다. 책은 G. 윌로우 윌슨(G. Willow Wilson)이 쓰고 에이드리언 알폰나(Adrian Alphona)가 그림을 그렸다.

더 읽고 싶다면

『새로운 짐 크로 법(The New Jim Crow)』 | 미셸 알렉산더
『토박이의 기록(Notes of a Native Son)』 | 제임스 볼드윈
『배반』 | 폴 비티
『보이지 않는 인간』 | 랠프 엘리슨
『랜덤 패밀리(Random Family)』 | 에이드리언 니콜 르블랑
『아시아계 미국 만들기(The Making of Asian America)』 | 에리카 리
『우리 본성의 선한 천사』 | 스티븐 핑커
『행동(Behave)』 | 로버트 M. 새폴스키
『다른 태양의 따뜻함(The Warmth of Other Suns)』 | 이저벨 윌커슨
『평등이 답이다』 | 리처드 윌킨슨 & 케이트 피킷

도서 목록: 229~230쪽 참조

작지만 큰 무료 도서관

2016년 현재
무료로 운영되는 작은
도서관은 5만 곳
이상이 있다!

스쿨하우스 무료 소형도서관

미국, 위스콘신주, 허드슨

이곳은 최초의 무료 소형도서관이다. 2009년에 토드 볼은 자신의 어머니이자 학교 선생님인 에스터를 기념하는 뜻으로 도서관을 디자인하고 책을 채웠다. 이웃들은 '대여/반납'을 하려고 그의 뜰을 즐겨 찾았다. 그와 친구 리처드 브룩스는 20세기 초에 자선가 앤드루 카네기가 도서관을 여러 채 지은 데서 영감을 얻어, 소형도서관을 더 많이 만들어 설치했고, 그렇게 세계적 운동이 시작되었다.

부셔 도서관

독일, 프로이덴슈타트

나무는 종이가 되고
책이 되고 그런
다음 다시 나무로
돌아간다!

비크모어 무료 소형도서관

미국, 유타주,
솔트레이크시티

아주 잘 만든
작은 도서관이다.
심지어 테마도 있고
이벤트도 연다.

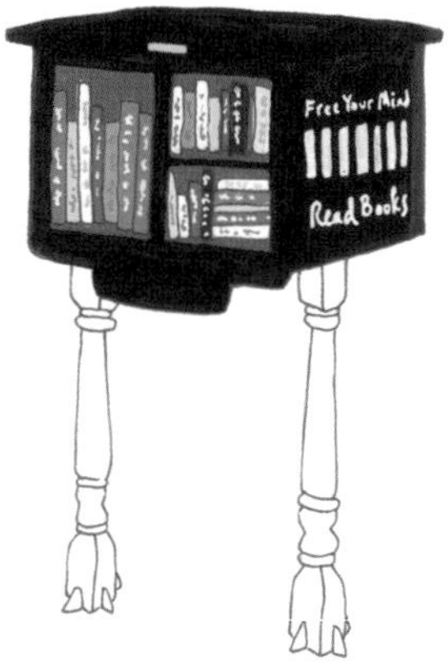

버섯 도서관

일본, 교토,
교토식물정원

책들은 이 노란 도넛의 내부를 빙 두르고 있다. 대여자는 도넛 내부에 머리를 넣고 그 안의 책을 살펴볼 수 있다.

싱크 탱크

미국, 뉴욕주, 뉴욕

뉴욕건축연맹과 펜월드보이스 축제는 무료 소형도서관 공모전을 열었고, 열 명의 디자이너가 선정되어 도서관을 하나씩 만들었다. 그중 맨해튼의 놀리타 지역에서 자주 볼 수 있는 이것은 스테레오탱크가 디자인한 것으로, 책 속에 푹 빠져든다는 개념에서 착안했다.

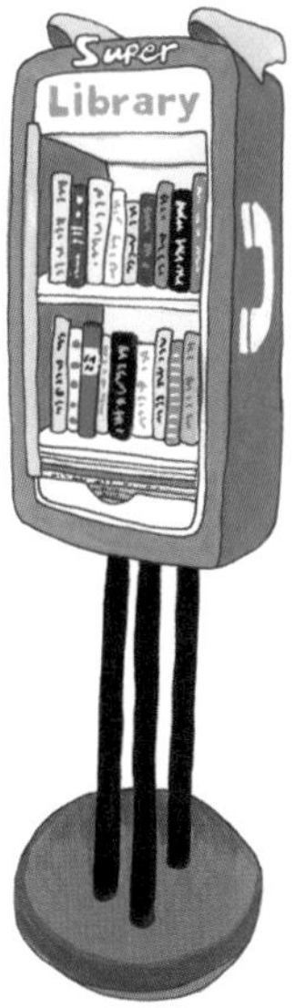

공중전화 무료 소형도서관

미국, 워싱턴주, 스포캔

구식 공중전화 디자인을 아주 훌륭하게 활용했다!

통나무집 무료 소형도서관

미국, 미네소타주, 레이크빌

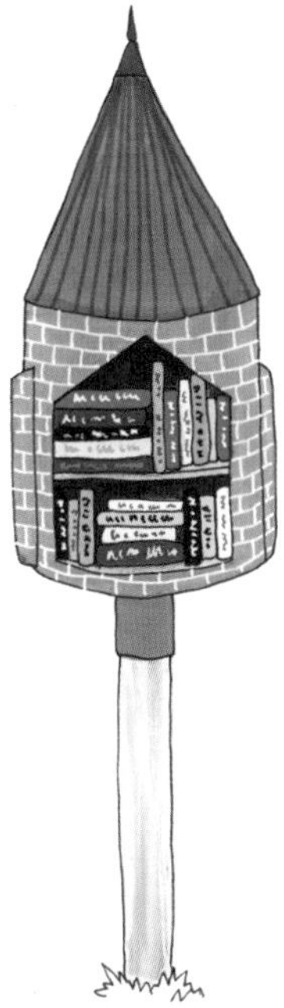

중세 성 무료 소형도서관

미국, 코네티컷주, 바크햄스테드

이 도서관은 성 같기도 하고, 우주선 같기도 하지만, 무엇을 닮았든 위대한 책으로 가득하다.

만화 무료 소형도서관

미국, 미네소타주, 세인트폴

타디스 무료 소형도서관

미국, 조지아주, 메이컨

이 도서관은 드라마 「닥터 후」에 나오는 시간과 공간의 기계 타디스와 크기가 똑같은 복제품으로 크리스토퍼 마르니와 젠 룩이 만들었다. 타디스가 크기에 비해 내부가 넓듯이, 이 도서관도 안쪽에 책이 더 많이 있다!

BURY MY HEART AT WOUNDED KNEE
DEE BROWN
P.S.
THE CLASSIC NATIONAL BESTSELLER
A PEOPLE'S HISTORY OF THE UNITED STATES 1492 to PRESENT
HOWARD ZINN
HARPER PERENNIAL MODERN CLASSICS
DORIS KEARNS GOODWIN
TEAM OF RIVALS
THE POLITICAL GENIUS OF ABRAHAM LINCOLN
IRIS CHANG
THE RAPE OF NANKING
THE WARMTH OF OTHER SUNS
ISABEL WILKERSON
RANDOM HOUSE
Ballantine Books
THE GUNS OF AUGUST
BARBARA W. TUCHMAN
THE BOYS IN THE BOAT
NINE AMERICANS AND THEIR EPIC QUEST FOR GOLD AT THE 1936 BERLIN OLYMPICS
Daniel James Brown
VIKING
GUNS, GERMS, AND STEEL
JARED DIAMOND
NEW YORK TIMES BESTSELLER
WINNER OF THE PULITZER PRIZE
NORTON
PARIS 1919
SIX MONTHS THAT CHANGED THE WORLD
MARGARET MACMILLAN
RANDOM HOUSE
THE RIGHT STUFF
TOM WOLFE
THE DEVIL IN THE WHITE CITY
MURDER, MAGIC, AND MADNESS AT THE FAIR THAT CHANGED AMERICA
ERIK LARSON
CROWN
ROBERT K. MASSIE
Peter the Great
KING LEOPOLD'S GHOST
HOCHSCHILD
HOUGHTON MIFFLIN
Mark Kurlansky
Cod
A BIOGRAPHY OF THE FISH THAT CHANGED THE WORLD
NATHANIEL PHILBRICK
Mayflower
A STORY of COURAGE, COMMUNITY, and WAR
VIKING
1491
NEW REVELATIONS OF THE AMERICAS BEFORE COLUMBUS
CHARLES C. MANN
VINTAGE
INDIA AFTER GANDHI
THE HISTORY OF THE WORLD'S LARGEST DEMOCRACY
RAMACHANDRA GUHA
PICADOR INDIA

도서 목록: 230쪽 참조

역사

역사책을 읽으면 최악의 사건을 반복하는 과오를 피하고 최선을 반복하게 될까? 그럴 수도 있고 아닐 수도 있다. 그러나 역사책은 인간의 본성이 무엇인지, 우리가 왜 그런 행위를 했는지 밝혀준다(때늦은 깨달음). 더 자세히 들여다보면 우리가 미래에 무엇을 할지 알 수도 있다. 우리가 이에 부응해서 계획을 세우면 좋으련만.

빈티지북스
2006년 페이퍼백
디자인 애비 와인트라웁

찰스 C. 맨(Charles C. Mann)이 『1491년』에서 밝힌 이야기를 보면, 그해 아메리카 대륙은 인구수가 유럽과 비슷했고 토종 기술은 유럽 기술보다 더 우수하거나 거의 동등했다. 예를 들어 스페인 사람들은 원주민들이 놓은 현수교를 건너지 않았는데, 현수교가 어떻게 지탱되는지 알 수 없어서였다. 그리고 전투를 치르며 스페인군대는 철제 갑옷을 버렸다. 그곳 지리적 위치와 기후에는 단단한 면직물로 만든 잉카의 옷에 비해 갑옷이 별로였기 때문이다.

퓰리처상을 두 번이나 수상한 바버라 터크먼(Babara Tuchman)은 역사학 석·박사학위는 없었지만, 독자가 계속 책장을 넘기게 하는 데는 서사적 글쓰기가 중요하다고 봤다. 자신이 선택한 주제를 돌아보며 그녀는 "선과 악은 언제나 공존하고 불가분하게 섞여 있다…"고 했다.

맥밀런
1962년 하드커버
디자인 엘렌 라스킨

터크먼은 외교적 실수가 어떻게 제1차세계대전으로 이어졌는지 빈틈없이 조사하고 노련하게 극화했다. 존 F. 케네디에겐 터크먼의 책이 역사 수업이었다. 그는 제3차세계대전 발발을 피하려고 실제로 조심했다. 『8월의 포성』은 존 F. 케네디가 쿠바 미사일 위기를 분산시킨 데 영향을 미쳤다고 폭넓게 인정받고 있다. 그는 이 책에 빠져들었고 보좌관과 방문 고위 관료에게도 이 책을 주었다.

패러, 스트라우스&지루
1979년 하드커버
디자인 기요시 가나이

톰 울프는 『필사의 도전(The Right Stuff)』을 쓰기 위해 인터뷰한 우주비행사들에게 자신의 책을 한 권씩 보냈다. (울프가 국가적 영웅으로 신성시한) 존 글렌(John Glenn)은 답신을 보낸 몇 안 되는 사람 가운데 한 명이었다. 글렌과 관련된 내용은 다음 쇄에 정정됐다. 그는 4기통 푸조를 몰지 않았고 훨씬 작은 차인 2기통 NSU 프린츠를 몰았다. 동료 우주비행사들은 스포츠카 콜벳을 선호했지만 글렌은 소형차 프린츠를 타고 출퇴근을 했다. 차는 리터 당 13~19킬로미터를 달렸기 때문에 아이들 대학 교육에 필요한 돈을 모으는 데 보탬이 됐다.

더 읽고 싶다면

『불굴의 용기』 | 스테판 앰브로스
『피의 기록, 스탈린그라드 전투』 | 안토니 비버
『권력으로 가는 길(The Path to Power)』 | 로버트 A. 카로
『대륙의 딸』 | 장융
『왕의 귀환 — 아프가니스탄 전쟁, 1839~42(Return of a King: The Battle for Afghanistan, 1839~42)』 | 윌리엄 달림플
『로마제국 쇠망사』 | 에드워드 기번
『1776』 | 데이비드 매컬로우
『시어도어 루스벨트의 부상(The Rise of Theodore Roosevelt)』 | 에드먼드 모리스
『제3제국의 흥망성쇠(The Rise and Fall of the Third Reich)』 | 윌리엄 L. 시어
『칭기스칸, 잠든 유럽을 깨우다』 | 잭 웨더포드

사랑받는 서점들

블루 바이시클 북스

미국, 사우스캐롤라이나주, 찰스턴

찰스턴의 블루 바이시클 북스(Blue Bicycle Books)는 서점주인 조너선 산체스가 출근할 때 타는 준마에서 이름을 딴 것으로, 그는 자전거 뒷바퀴 위에 높이 쌓은 책과 함께 출근한다.

서점 건물은 원래 책 인쇄업자의 집이었고 그다음엔 어느 안과 의사가 사용했다. 서점 재고를 다 쌓으면 그 높이가 477미터가 될 만큼 책이 아주 많다. 반값으로 파는 페이퍼백 소설, 아름다운 고전, 초판본(윌리엄 포크너, 하퍼 리, 마거릿 미첼의 사인 본), 군사 서적, 그리고 지금까지 쓰인 찰스턴의 거의 모든 신간과 중고서적을 취급한다. 신간도 많이 파는데 동화책과 요리책도 있다.

산체스는 서점에서 있었던 기억할 만한 일들로 더스틴 호프먼 흉내를 내는 빌 머레이, 한 차례 탈수증이 와서 거의 실패한 청혼 이벤트, 기저귀를 찬 닭을 안고 다니는 손님 등 몇 가지를 꼽는다.

태터드 커버

미국, 콜로라도주, 덴버

24만 제곱미터의 목장에 있는
건물 여러 채 가운데 두 채.

콜로라도주 덴버의 태터드 커버(Tattered Cover)는 미국에서 가장 큰 독립 서점 중 한 곳이다. 1호점은 1971년에 문을 열었고 지금은 도시 전역에 네 곳의 지점이 있으며, 다 합쳐서 50만 권 이상의 책을 보유하고 있다. 그들의 말에 따르면 "우리는 덴버의 기관이자 공동체가 모이는 곳으로 당신이 다운로드할 수 없는 경험을 선사한다."

오랫동안 태터드 커버에서 일한 앤 마틴과 제프 리는 '로키마운틴랜드도서관'을 만들기 위해 서부의 토지, 역사, 사람들에 관한 책을 개인적으로 3만2000권 이상 모았다. 킥스타터 캠페인이 엄청난 성공을 거둔 데다 열정적 지역 공동체가 도움을 준 것도 한몫하여, 도서관은 콜로라도사우스공원의 버팔로피크스목장에 점진적으로 변화 중인 보금자리를 마련하게 됐다. 이처럼 문학적 꿈은 이루어진다.

서점은 무척
사랑받고 있다!
서점이 거리
건너편으로
이사할 때 많은
손님들이 책
상자 옮기는 일을
도왔다.

전쟁

바라건대 전쟁에 관한 책을 읽음으로서 전쟁의 빈도가 줄어들기를 희망한다. 적어도 이 책들은 전장의 자랑스러운 전사와 정치적 전략을 짜는 천재의 영광만을 보여주지는 않는다. 때로는 군인들이 종종 맞이하는 불명예스러운 죽음과 일반 시민에게 미치는 전쟁의 악영향도 보도록 한다.

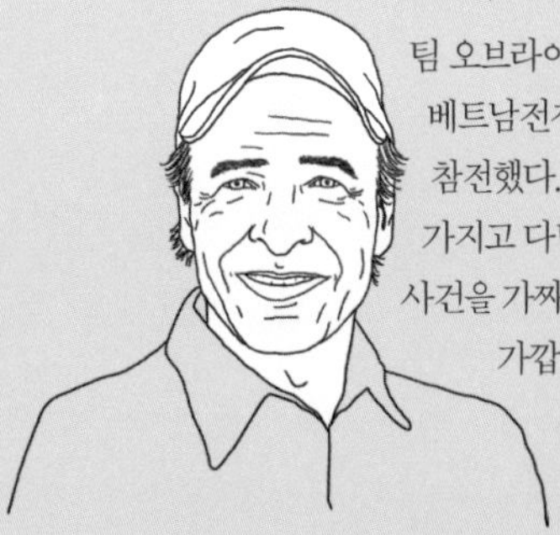

팀 오브라이언(Tim O'Brien)은 베트남전쟁에 23보병 사단 소속으로 참전했다. 그의 단편집 『그들이 가지고 다닌 것들』은 실존 인물과 사건을 가짜 이름, 디테일과 섞어 진실에 가깝게 썼다. 그는 "전쟁은 지옥"이라고 인정하면서도, 또한 혼란스럽고 모순되는 부분이 있다고도 썼다. 전쟁이란 "미스터리이자 공포이고 모험이자 용기이고 발견이자 성스러움이며 유감과 절망과 갈망과 사랑"이라는 것이다.

사이먼앤드슈스터
1961년 하드커버
디자인 폴 베이컨

조지프 헬러(Joseph Heller)가 1961년에 발표한 고전 풍자소설 『캐치 — 22』는 전쟁에 지친 공군이 겪는 해결할 수 없는 딜레마에 관한 이야기다. 당신이 미쳤다면, 더이상 비행 임무를 수행할 필요가 없다. 그러나 비행을 그만두려면 어떤 부분이 걱정스러운지 합리적으로 설명을 해야 하는데, 설명이 가능하다는 건 정신이 나가지 않았다는 얘기고 따라서 비행 임무를 해야 한다. 책의 제목은 '캐치 — 18'이 될 뻔했다. 하지만 편집자 로버트 고틀레브는 같은 해에 발간된 레온 우리스(Leon Uris)의 『밀라 18』과 이 책이 헷갈리지 않았으면 했다.

2007년에 기자 데이비드 핀켈(David Finkel)은 미국 보병대대와 함께 바그다드에 파견됐다. 2008년에 그는 랄프 코즐라치 중령과 그의 부대원들이 전쟁에서 겪은 경험을 다룬 책 『좋은 군인들(The Good Soldiers)』을 펴냈다. 『복무에 감사드립니다(Thank You for Your Service)』는 5년 뒤 출간한 후속작품으로 군인들이 미국의 고향으로, '전후' 사회로 돌아와 겪는 고난을 연대기적으로 서술했다.

조 홀드먼(Joe Haldeman)은 물리학과 천문학 박사학위를 딴 직후 베트남전쟁에 바로 징집됐다. 전장에서 돌아온 후 1974년에 『영원한 전쟁』을 발표했는데, 이 소설에는 윌리엄 만델라라는 군인이 등장한다. 그는 1997년에 외계인과 싸우도록 우주로 보내진 엘리트 그룹의 일원이다. 2년간 전장에서 시간을 보낸 다음 집으로 돌아오지만 시간 팽창 때문에 지구의 시간은 2024년이고 그는 급변한 사회에 심한 충격을 받는다. 이후 그는 다시 전장으로 가는데, 전쟁은 지구 시간으로 천 년 동안 이어진다. 급격하게 변화하는 문화에 점점 더 환멸을 느낀 그는 바깥세상과 거리를 둔다.

더 읽고 싶다면

- 『태양의 제국』 | 제임스 그레이엄 밸러드
- 『갱생(Regeneration)』 | 팻 바커
- 『잠 못 드는(Restless)』 | 윌리엄 보이드
- 『전쟁의 소문(A Rumor of War)』 | 필립 카푸토
- 『역사는 누구의 편에 서는가 — 난징대학살, 그 야만적 진실의 기록』 | 아이리스 장
- 『붉은 무공 훈장(The Red Badge of Courage)』 | 스티븐 크레인
- 『디스패치(Dispatches)』 | 마이클 허
- 『지혜의 일곱 기둥』 | T. E. 로렌스
- 『우리는 한때 군인이었고…어렸다(We Were Soldiers Once…and Young)』 | 해럴드 G. 무어 & 조지프 L. 갤러웨이
- 『최초의 경례(The First Salute)』 | 바버라 터크먼

A FAREWELL TO ARMS
ERNEST HEMINGWAY
SCRIBNER
SUN TZU
THE ART OF WAR
CLAUSEWITZ
ON WAR
PRINCETON
ONE BULLET AWAY
NATHANIEL FICK
Houghton Mifflin
DAVID HALBERSTAM
THE BEST AND THE BRIGHTEST
Coerr
Sadako and the Thousand Paper Cranes
Putnam
SUITE FRANÇAISE
KNOPF
Irène Némirovsky
BAND OF BROTHERS
STEPHEN E. AMBROSE
GATES OF FIRE
STEVEN PRESSFIELD
THUCYDIDES History of the Peloponnesian War
PENGUIN CLASSICS
ALL QUIET ON THE WESTERN FRONT
Remarque
THE FOREVER WAR
JOE HALDEMAN
Weidenfeld & Nicolson
burnt shadows
Kamila Shamsie
THE Killer Angels
MICHAEL SHAARA
McKay
THANK YOU FOR YOUR SERVICE
DAVID FINKEL
SARAH CRICHTON BOOKS
FSG
NATIONAL BESTSELLER
GENERATION KILL
DEVIL DOGS, ICEMAN, CAPTAIN AMERICA, AND THE NEW FACE OF AMERICAN WAR
EVAN WRIGHT
MATTERHORN
A NOVEL OF THE VIETNAM WAR
KARL MARLANTES
NEW YORK TIMES BESTSELLER
WAR
SEBASTIAN JUNGER
TWELVE
CATCH -22
JOSEPH HELLER
SIMON AND SCHUSTER
Tim O'Brien
THE THINGS THEY CARRIED
MARINER
UNBROKEN
LAURA HILLENBRAND
RANDOM HOUSE

도서 목록: 230쪽 참조

TV프로그램으로 만들어진 책들

'얼음과 불의 노래' 시리즈

조지 R. R. 마틴

「왕좌의 게임」
HBO 시리즈,
2011년부터~

밴텀 1996년 하드커버
디자인 데이비드 스티븐슨
그림 래리 로스턴트

『시녀 이야기』

마거릿 애트우드

「시녀 이야기」
훌루 시리즈, 2017년~

호턴 미플린 하코트
2017년 하드커버
디자인 패트릭 스벤슨

『뿌리』

알렉스 헤일리

「뿌리」
ABC 미니시리즈,
1977년

더블데이
1976년 하드커버
디자인 알 나기

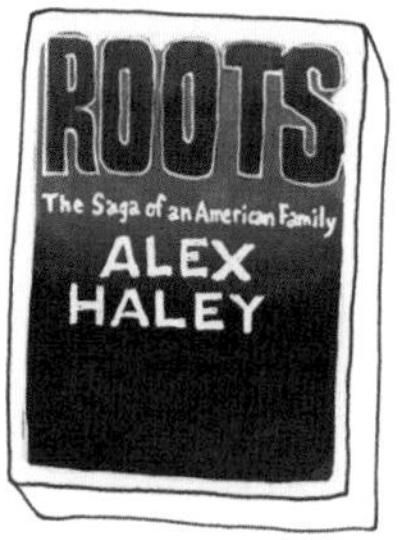

『신들의 전쟁』

닐 게이먼

「아메리칸 갓」
스타즈 시리즈, 2017년~

윌리엄 모로
2016년 페이퍼백
그림 로버트 E. 맥기니스
서체 토드 클라인

셜록 홈스는 여러 번 각색되었다. 영화는 200편이 넘고 CBS TV시리즈 「엘레멘트리」도 있다.

『보물섬』

로버트 루이스 스티븐슨

「블랙 세일스」
스타즈 시리즈,
2014년~2017년

퍼핀
2008년 페이퍼백
그림 맷 존스

이 시리즈는 책보다 앞선 시기의 이야기다. 같은 캐릭터가 다수 등장하며(젊은 짐 호킨스는 나오지 않지만) 롱다리 존 실버가 어떻게 탄생하게 되었는지를 다룬다.

『마법사들』

레브 그로스먼

「더 매지션스」
사이파이 시리즈,
2015년~

바이킹 2009년 하드커버
디자인 자야 마이셀리
그림 디디어 마사드

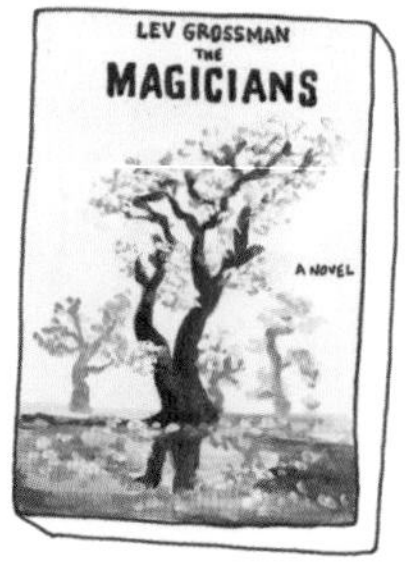

『셜록 홈스』

아서 코난 도일

「셜록」
BBC1 시리즈, 2010년~

화이츠북스
2010년 하드커버
디자인 마이클 커크햄

『커져버린 사소한 거짓말』

리안 모리아티

「빅 리틀 라이즈」

HBO 시리즈, 2017년~

G. P. 푸트넘스 선스
2014년 하드커버
그림 야만다 타로/이미지 뱅크/게티 이미지

『외로운 비둘기 (Lonesome Dove)』

래리 맥머트리

「론섬 도브」

CBS 미니시리즈 1989년

사이먼&슈스터
2010년 페이퍼백
디자인 로드리고 커랠 디자인
그림 보니 클래스

맥머트리는 각본도 쓴다. 「브로크백 마운틴」으로 아카데미 각색상을 수상했다. 그의 소설 『마지막 영화상영』과 『애정의 조건』 또한 영화화되어 상을 받았다.

『아웃랜더』

다이애너 개벌든

「아웃랜더」

스타즈 시리즈, 2014년~

밴텀 1992년 페이퍼백
디자인 마리에타 아나스타사토스
그림 다이애너 개벌든과 러닝체인지그룹

'수키 스택하우스' 시리즈

샬레인 해리스

「트루 블러드」

HBO 시리즈,
2008년~2014년

에이스 2001년 하드커버
그림 리사 데시미니

『초원의 집』

로라 잉걸스 와일더

「초원의 집」

NBC 시리즈
1974년~1983년

하퍼 1953년 하드커버
그림 가스 윌리엄스

『오렌지 이즈 더 뉴 블랙 (Orange Is the New Black)』

파이퍼 커먼

「오렌지 이즈 더 뉴 블랙」

넷플릭스 시리즈, 2013년~

스피겔&그라우
2011년 페이퍼백
디자인 크리스토퍼 세르기오
그림 버트램 글렌 모시어

『프라이데이 나이트 라이츠 (Friday Night Lights)』

H. G. 비신저

「프라이데이 나이트 라이츠」

NBC 시리즈, 2006년~2011년

다 카포 2000년 하드커버
디자인 알렉스 캄린
사진 로버트 클락

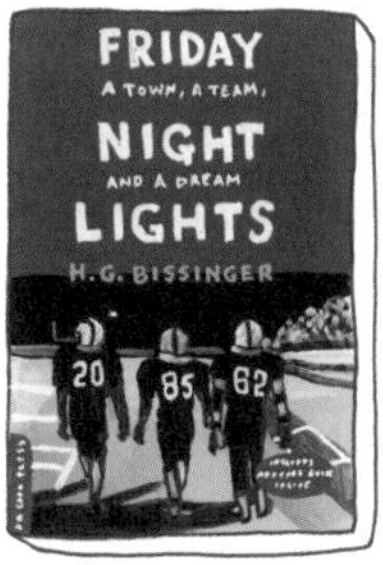

『아이 러브 딕』

크리스 크라우스

「아이 러브 딕」

아마존 비디오 시리즈,
2016년~

터스카 록 2015년 하드커버
디자인 피터 다이어

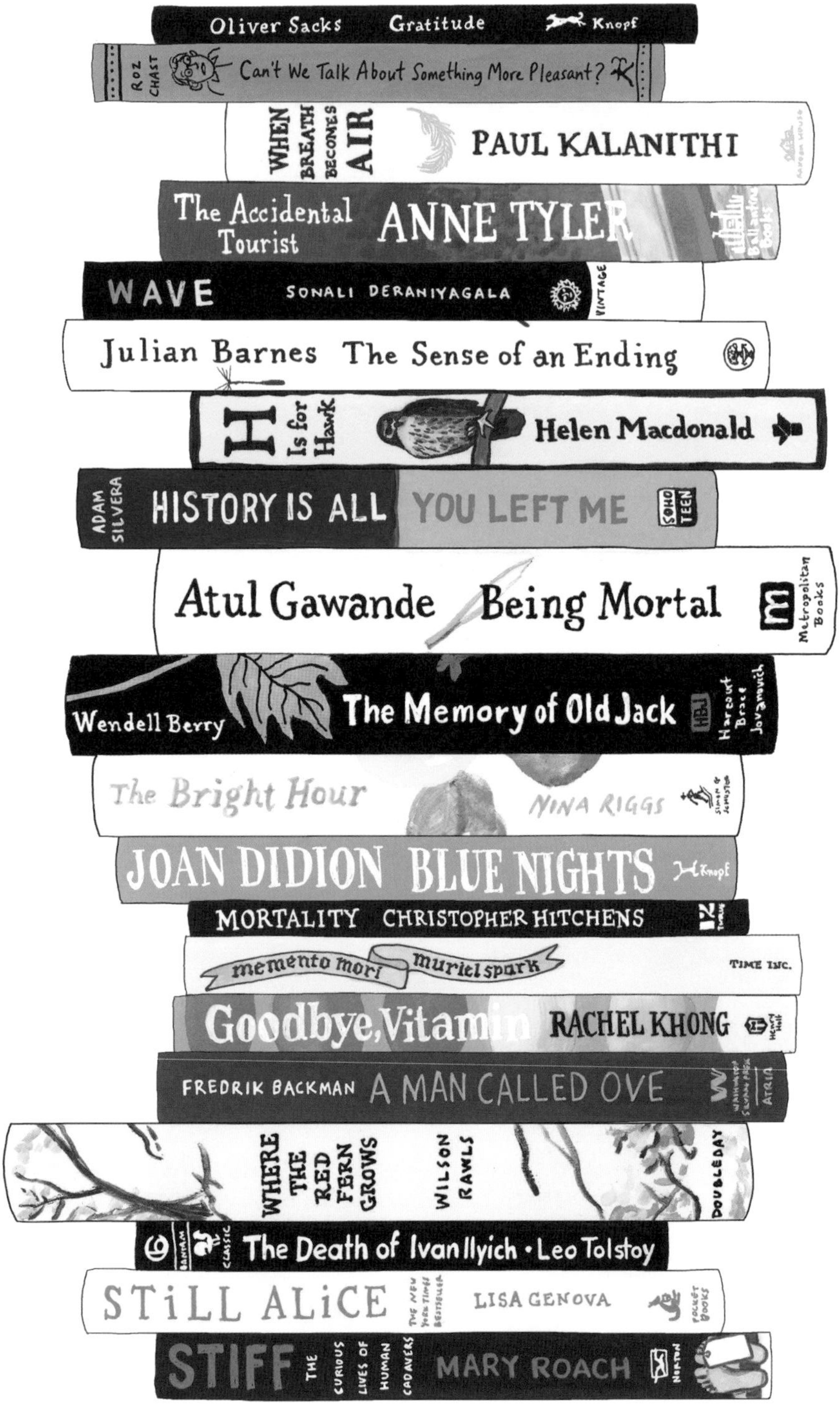
Oliver Sacks Gratitude Knopf
ROZ CHAST Can't We Talk About Something More Pleasant?
WHEN BREATH BECOMES AIR PAUL KALANITHI
The Accidental Tourist ANNE TYLER Ballantine Books
WAVE SONALI DERANIYAGALA VINTAGE
Julian Barnes The Sense of an Ending
H Is for Hawk Helen Macdonald
ADAM SILVERA HISTORY IS ALL YOU LEFT ME SOHO TEEN
Atul Gawande Being Mortal Metropolitan Books
Wendell Berry The Memory of Old Jack HBJ Harcourt Brace Jovanovich
The Bright Hour NINA RIGGS
JOAN DIDION BLUE NIGHTS Knopf
MORTALITY CHRISTOPHER HITCHENS
memento mori muriel spark TIME INC.
Goodbye, Vitamin RACHEL KHONG
FREDRIK BACKMAN A MAN CALLED OVE ATRIA
WHERE THE RED FERN GROWS WILSON RAWLS DOUBLEDAY
BANTAM CLASSIC The Death of Ivan Ilyich • Leo Tolstoy
STiLL ALiCE THE NEW YORK TIMES BESTSELLER LISA GENOVA POCKET BOOKS
STIFF THE CURIOUS LIVES OF HUMAN CADAVERS MARY ROACH NORTON

도서 목록: 230쪽 참조

우리 모두 언젠가는 죽는다

우리는 모두 죽는다. 우선 우리는 늙는다. 그리고 거의 모든 사람들이 적어도 한 번은 사랑하는 이의 죽음과 맞닥뜨린다. 용감한 영혼을 지닌 작가들은 우리가 이런 날들을 준비하도록 안내하기 위해 글을 쓴다. 마치 그리스신화에 등장하는 스틱스강의 카론처럼.

올리버 색스(Oliver Sacks)가 남긴 많은 저서들은 인간성에 대해 더 잘 이해하도록 돕는다. 그는 암 투병 중에 마지막 책을 썼다. 제목은 『고맙습니다』이다. 사랑을 하고 사랑을 받고 있다는 사실, 그리고 "이 아름다운 행성에서 감각이 있는 존재이자 생각하는 동물"로 산다는 사실에 대해 그가 가장 먼저 느끼는 감정이 고마움이기 때문이다.

많은 사람들은 어릴 때 가슴 아픈 책을 읽으면서 슬퍼하는 법을 배운다. 윌슨 롤스(Wilson Rawls)의 『나의 올드 댄, 나의 리틀 앤』의 쿤하운드 올드 댄과 리틀 앤을 그냥 떠올려보자. 눈물은 흘리지 말고.

아툴 가완디(Atul Gawande) 박사의 『어떻게 죽을 것인가』는 아버지가 암과 사투를 벌인 개인적 이야기와 더 나은 보건 철학 및 시스템이 필요하다는 공적인 발언 두 가지를 담고 있다. 인간은 무엇보다도 "삶의 질을 유지할 수 있어야" 한다. 심지어 생존보다도. 그리고 각자 때가 되면 인간적인 죽음을 맞이할 수 있어야 한다. 가완디는 작가이자 의사일 뿐 아니라, 교수이자 공공 의료 연구자이다. 그는 앨 고어와 빌 클린턴의 대선 캠페인에서 일했고 훗날 클린턴의 헬스 케어 테스크 포스에서 수석 자문을 맡았다.

헬렌 맥도널드(Helen Macdonald)는 아버지가 세상을 떠나자 무시무시한 야생 참매를 길들이고 훈련시키는 일에 몰두했다. 그녀가 새에게 지어준 이름은 '메이블'이었다. 라틴어 아마빌리스(amabilis)에서 온 이름으로 '사랑스럽다'는 뜻이다. 『메이블 이야기』는 맥도널드의 회고록이기도 하고 자연에 대한 글쓰기이면서 또 T. H. 화이트의 전기가 그림자처럼 길게 드리운 작품이기도 하다.

랜덤하우스 2016년 하드커버 디자인 레이철 아크

폴 칼라니티(Paul Kalanithi)는 저서 『숨결이 바람 될 때』가 출간되기 전 폐암으로 세상을 떠났는데, 그전에 아내 루시에게 책의 출판을 부탁했다. 그녀는 맺음말을 썼고 표지 디자인을 도왔으며 출간 기념 투어에 참여했다. 책이 성공을 거두자 그녀는 남편을 다시 만날 수 있다는 환상에 불이 붙었다고 말했다. 단 몇 초만이라도 만나서, 그에게 "수상 후보작이라고 쓰인 책 한 권"을 건넬 수 있으리라는 환상 말이다.

더 읽고 싶다면

『모리와 함께한 화요일』 | 미치 앨봄
『달콤한 내세』 | 러셀 뱅크스
『왜 살아남는가? — 미국에서 나이들기(Why Survive?: Being Old in America)』 | 로버트 N. 버틀러 박사
『알래스카를 찾아서』 | 존 그린
『하얀 개와 춤을』 | 테리 케이
『분리된 평화』 | 존 놀스
『죽음과 죽어감』 | 엘리자베스 퀴블러 로스
『헤아려 본 슬픔』 | C. S. 루이스
『사람은 어떻게 죽음을 맞이하는가』 | 셔윈 B. 눌랜드
『우리는 언젠가 죽는다』 | 데이비드 실즈

가보고 싶은 도서관

옥스퍼드 대학교 보들리언도서관의 래드클리프 카메라

영국, 옥스퍼드
디자인 제임스 깁스
1749년 개관

이 건물은 원래 과학도서관이었지만 지금은 옥스퍼드 대학교의 독서목록에 오른 영문학 도서와 역사서, 이론서를 소장하고 있다. 열람실도 많다.

시애틀 중앙도서관

미국, 워싱턴주, 시애틀
디자인 OMA와 LMN 건축사무소의 조슈아 프린스래이무스와 렘 콜하스
2004년 개관

많은 공공 건물이 그렇듯, 이 프로젝트도 건축 공모전을 통해 설계됐다. 최종 선택된 OMA와 LMN의 디자인은, 도서관의 주요 역할은 도서 대여지만 그 밖에 여러 기능을 갖고 있으며 다양한 공간, 특히 사회적 공간으로서의 역할도 필요하다는 점을 인식하고 있었다. 건축가들은 기능적 공간들을 수직 단면 모양으로 배치한 다음, 그 공간들을 제멋대로 쌓아올린 책더미 형태로 포갰고 그 위를 모두 유리 표면으로 덮었다.

이 도서관에는 100만5000권의 장서를 보관할 수 있다. 개장 첫해 200만 명의 사람들이 방문했다.

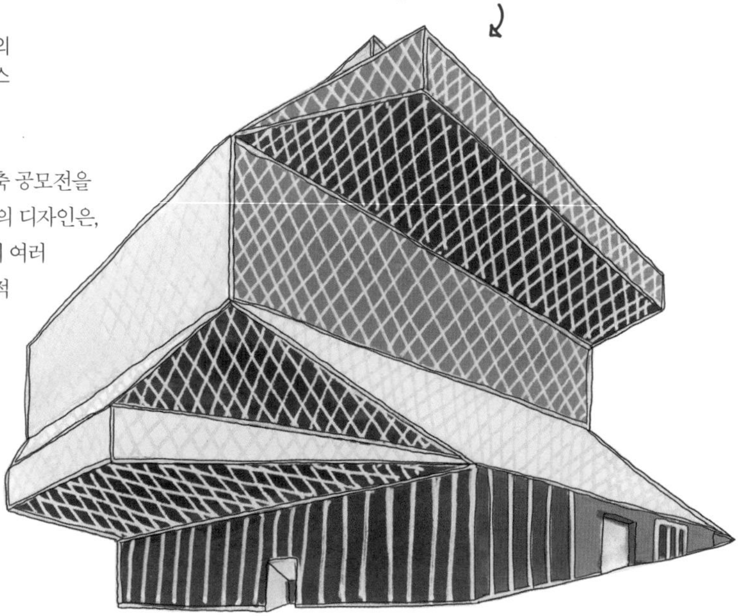

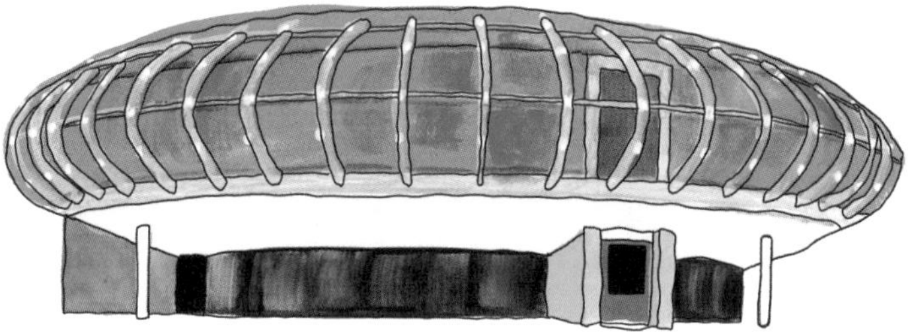

산드로펜나도서관

이탈리아, 페루자
디자인 스튜디오 이탈로로타
2004년 개관

이 건물은 밤이면 환히 빛난다. 도서관의 이름은 페루자 출신의 시인 이름을 따서 지었다.

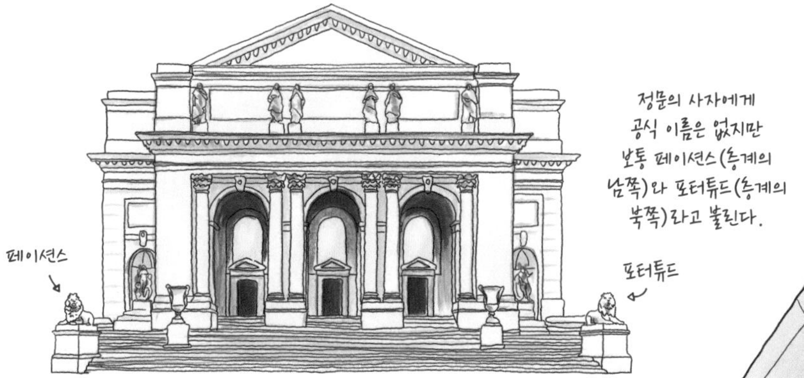

정문의 사자에게
공식 이름은 없지만
보통 페이션스(층계의
남쪽)와 포터튜드(층계의
북쪽)라고 불린다.
페이션스
포터튜드

뉴욕 공공도서관, 스티븐 A. 슈워츠먼빌딩

미국, 뉴욕시, 맨해튼
디자인 카레리 & 헤이스팅스
1991년 개관

이 건물은 아마 세계적으로 가장 유명한 도서관으로 뉴욕시 한복판에 있다. 도서관 건물은 보자르 건축 양식의 훌륭한 예다. 디자인은 맨 처음 도서관 관장을 맡은 존 쇼 빌링스 박사가 그린 간단한 스케치를 밑그림 삼았다. 내부에는 1500만 권 이상의 장서와 소장품이 있으며 아름다운 장미 열람실이 있다.

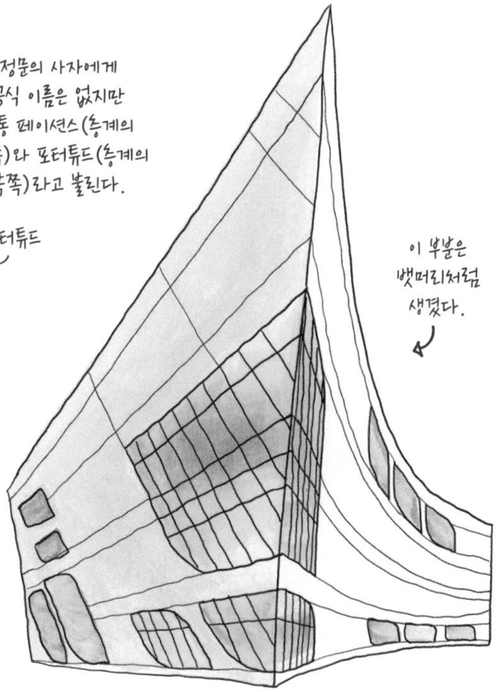

이 부분은
뱃머리처럼
생겼다.

서리시 중앙도서관

캐나다, 브리티시콜롬비아주, 서리
디자인 빙톰 건축사무소
2001년 개관

이 도서관은 당연히 책을 소장하는 곳이지만 건축가들의 말에 따르면 "독서와 공부를 위한 공간, 그리고 무엇보다도 공동체 모임을 위한 공간을" 창조하는 일이 우선 사항이었다.

의미를 찾아서

우리는 광활한 우주 속, 우리가 왜 여기에 존재하는지, 살아 있는 동안 어떻게 최선을 다해 살아야 하는지 알고자 분투한다. 누군가의 허황된 믿음이 또다른 누군가에겐 한 줄기 빛나는 희망이 되기도 하지만, 우리 모두는 어느 한 순간 형편없는 곳에 빠지기도 한다. 그럼에도 우리는 행복해지기 위해, 자기 자신과 서로를 더 사랑하며 더 좋은 사람이 되기 위해, 가능한 모든 시도를 해야 한다.

라이더
2011년 하드커버
디자인 투 어소시에이츠

아우슈비츠 수용소 수감자였던 빅터 프랭클(Viktor Frankl)은 같이 수감된 이들의 정신과 의사이기도 했다. 그 경험을 담은 저서『죽음의 수용소에서』는 1000만 권 이상 팔렸고 24개 언어로 번역되었다. 책은 인간의 심리 상태에 대한 보석 같은 지식을 가득 담고 있다. 그중 특히 빛을 발하는 통찰은, 인간에게서 모든 것을 앗아갈 수 있지만 "자신의 길을 선택하고, 상황이 어떠하든 어떤 태도를 취할지 선택하는" 능력은 손댈 수 없다는 것이다.

브레네 브라운(Brené Brown)은 약점과 용기에 대해, 그리고 사람들이 어려움에 처하고 실패를 겪은 후 어떻게 다시 일어나 행복을 찾고 성공을 할 수 있는지에 대해 오랫동안 연구하고 글을 썼다. 그녀의 테드 강연 '취약성의 힘'은 조회수가 2000만을 넘는다. 저서『라이징 스트롱』에서 그녀는 "우리는 우리 삶의 저자"라고 선언한다. "우리는 우리 자신의 대담한 결말을 쓰고 있다."

타처페리지
2016년 페이퍼백

스스로를 이해하는 활동적이고 생산적인 방법 한 가지는 워크북이나, 주제가 있는 다이어리에 글을 쓰거나 그림을 그리는 것이다. 예술가 애덤 J. 커츠(Adam J. Kurtz)가 쓴 재치 있는 책『픽 미 업(Pick Me Up)』처럼 말이다. 그는 책에 대해 이렇게 설명한다. "삶에 지친 뉴요커가 마음공부에 대해 이야기하면 이럴 것 같다(사실 이 책이 정확히 그 내용이다)." 음악가이자 인생 상담사로 거침없는 성격의 소유자인 젠 신체로에게 원하는 삶을 살기 위해 무엇을 바꾸었느냐고 묻자 그녀는 "머릿속에서 거대하고 놀라운 생각이 떠오르면 이제는 이를 회피하는 대신 그 생각에 몰입한다"고 답했다. 또한 자기 자신을 의심하는 건 전적으로 정상적인 일이며 "의심하는 순간이 없는 바로 그 사람이 거짓말쟁이"라고도 말한다.

크로니클북스
2016년 하드커버

예술가 수전 오말리(Susan O'Mally)는 다양한 연령과 배경의 사람들 100명에게, 여든 살이 된 자신이 현재의 자신에게 어떤 충고를 할지 물어보았다. 그 결과를 담은 책은 아름답고 날카로울 만큼 선명하다. 우리는 행복해지기 위해서 무엇을 해야 하는지 알고 있다. 그저 그 일을 하면 된다. 책이 출간되기 전 오말리는 갑자기 세상을 떠났다. 38세의 나이에 쌍둥이를 임신하고 있을 때였다. 그녀는 책을 더 생생하게 만들어달라는 말을 남겼다.

더 읽고 싶다면

『우주에는 기적의 에너지가 있다』 | 가브리엘 번스타인
『연금술사』 | 파울로 코엘료
『착한 인류』 | 프란스 드 발
『사랑의 전사 — 회고록(Love Warrior: A Memoir)』 | 글레넌 도일
『4중주(Four Quartets)』 | T. S. 엘리엇
『싯다르타』 | 헤르만 헤세
『카를 융 기억 꿈 사상』 | 칼 구스타프 융
『삶의 진실을 찾아서』 | 지두 크리슈나무르티
『순전한 기독교』 | C. S. 루이스
『라마크리슈나 — 세계가 흠모한 인도의 영혼』 | 라마크리슈나

도서 목록: 230~231쪽 참조

사랑받는 서점들

프레이리 라이츠 북스토어

미국, 아이오와주, 아이오와

프레이리 라이츠 북스토어(Prairie Lights Bookstore)는 아이오와 작가 워크숍과 같은 동네에 자리잡고 있다. 워크숍과 가까워 눈에 띄며, 유명 작가들이 책을 읽으러 많이들 온다.

서점은 1978년에 자그마한 공간에 문을 열었다. 이후 시간이 흐르면서 서점 규모가 점점 커져 결국 어느 문학회가 쓰던 공간으로 옮겼다. 칼 샌드버그(Carl Sandburg), 로버트 프로스트(Robert Frost), 셔우드 앤더슨(Sherwood Anderson), 랭스턴 휴스, E. E. 커밍스(E. E. Cumings) 등을 초청한 문학회였다.

프레이리 라이츠의 주인 얀 바이스밀러와 제인 미드는 둘 다 시인이다. 미드가 북부 캘리포니아의 가족 소유 목장을 관리하는 동안, 과거 서점 직원이었던 바이스밀러가 그날그날의 일을 처리한다. 여전히 시집들을 책장에 꽂을 시간이 있길 고대하면서.

수년간 프레이리 라이츠가 성공가도를 달린 이유 중 하나는 사업을 다각화했기 때문이다. 2010년에 서점은 내부 공간을 더 임대해서 카페를 차렸는데 이제 카페 수익이 전체의 10퍼센트를 차지한다. 2013년에는 서점 자체적으로 책을 출간하기 위해 아이오와 대학교 출판부와 협업을 시작했다.

산 리브라리오

콜롬비아, 보고타

보고타의 산 리브라리오(San Librario)는 좁은 서점 안에 주인 알바로 카스티요가 신중하게 골라 한 줄로 쌓아올린 책더미들이 가득하다. 검색대 몇 대를 더 둘 여유도 거의 없다. 하지만 어렵게 가게 안으로 들어간다면 희귀 번역본이나 어디에서도 찾기 힘들었던 초판본을 발견할 수 있을 것이다.

THE WRITING LIFE ANNIE DILLARD
HARPER & ROW
RAY BRADBURY ZEN IN THE ART OF WRITING
NONFICTION
ON MORAL FICTION
JOHN GARDNER
Basic Books
On Writing Well
30TH ANNIVERSARY EDITION
William Zinsser
Collins
Eats, Shoots & Leaves
LYNNE TRUSS
GOTHAM BOOKS
IF YOU WANT TO WRITE BRENDA UELAND
THE ART OF MEMOIR | MARY KARR
HARPER PERENNIAL
RAINER MARIA RILKE LETTERS TO A YOUNG POET VINTAGE
Anne Lamott bird by bird Some Instructions on Writing and Life
ANCHOR BOOKS
ERNEST HEMINGWAY on WRITING EDITED BY LARRY W. PHILLIPS
STEPHEN KING On Writing
SCRIBNER
THE ELEMENTS OF STYLE • STRUNK/WHITE/KALMAN The Penguin Press
READING LIKE A WRITER Francine Prose
Goldberg Writing Down the Bones Shambhala
EUDORA WELTY ON WRITING INTRODUCTION BY RICHARD BAUSCH
The Chicago Manual of Style
The University of Chicago Press
BROWNE & KING SELF-EDITING FOR FICTION WRITERS
How Fiction Works JAMES WOOD
FSG
Stein on Writing
SOL STEIN

도서 목록: 231쪽 참조

글쓰기의 기술

자기만의 책을 쓰고 싶다는 불타는 욕망을 갖고 있는가? 다음의 책들이 도와줄 것이다! 이 책에서 소개한 다른 책들도 전부 도움이 된다. 노벨상을 받은 작가 주제 사라마구에게 글을 쓰는 방식에 대해 묻자 이렇게 대답했다. "두 페이지를 씁니다. 그리고 읽어보고 또 읽어보고 또 읽어봅니다."

글쓰기란 보통 쉽지 않은 일이다. 당연하다. 위대한 작가 커트 보니것(Kurt Vonnegut)도 인정했다. "글을 쓸 땐 팔다리 없이 입에 크레용을 문 기분이다." 제대로 시동을 걸고 싶다면, NaNoWriMo.org의 '나노라이모(소설 쓰기 행사)'에 참여하라. 매년 11월에 40만 명이 넘는 사람들이 단 30일 만에 5만 단어로 된 소설을 쓴다. 멘토가 응원해준다. 날마다 단어를 세며 글을 쓰라고 서로 북돋는다. '나노라이모'를 통해 완성된 소설 중에는 에린 모겐스턴(Erin Morgenstern)의 『나이트 서커스』, 새러 그루언(Sara Gruen)의 『워터 포 엘리펀트』, 휴 하위(Hugh Howey)의 『울』, 레인보 로웰의 『팬걸(Fangirl)』이 있다.

빈티지클래식스
2016년 페이퍼백
그림 케이트 포레스터

스티븐 킹 또한 글을 쓰려면 먼저 책을 읽어야 한다고 생각한다. 본인은 책을 천천히 본다고 하는데, 해마다 70권에서 80권씩 읽는다. 유익하고 정직하며 통찰력 넘치는 조언이 담긴 저서 『유혹하는 글쓰기』는 (그의 소설을 좋아하든 아니든) 글쓰기를 시작하게 해줄 것이다. 그는 영감이 떠오를 때까지 기다리지 말고 작업을 시작해야 한다고 말한다. 심지어 "해낼 수 있는 일이라고는 시시한 소리를 늘어놓는 것" 뿐일지라도.

앤 라모트(Anne Lamott)의 『쓰기의 감각』은 당신이 쓰고 싶은 이야기의 핵심에 도달하도록 가르쳐줄 것이다. 무언가 진짜거나 진실하다면, 그건 흥미로울 것이고 어떤 면에서는 보편적일 것이다. "글의 중심에 과감히 진짜 감정을 실어야 한다." 그리고 "호감을 얻지 못할 가능성도 각오해야 한다."

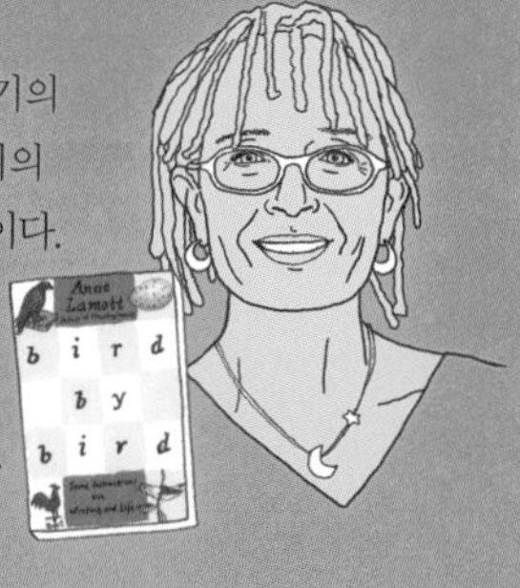

앵커 1995년 페이퍼백
디자인 마저리 앤더슨

초안을 완성했다면 블라디미르 나보코프가 한 말을 기억하라. "나는 이제껏 출간한 책의 모든 단어를 여러 번 퇴고했다. 내 연필은 지우개보다 오래간다." 그렇게 편집을 시작하라. 그리고 『글쓰기의 요소 — 지적 문장을 위한 영어의 18원칙』을 가장 친한 새 친구로 삼아라(마이라 칼만이 삽화를 그린 판이 더 인기가 좋다).

펭귄 2007년 페이퍼백
디자인 대런 해거

더 읽고 싶다면

『글 쓰는 삶 — 작가들은 어떻게 생각하고 글을 쓰는가(The Writing Life: Writers on How They Think and Work)』 | 마리 아라나

『움베르토 에코의 문학 강의』 | 움베르토 에코

『소설의 이해』 | E. M. 포스터

『써나가라(Write Away)』 | 엘리자베스 조지

『상황과 이야기(The Situation and the Story)』 | 비비언 고닉

『나무를 위한 숲(The Forest for the Trees)』 | 벳시 러너

『Story — 시나리오 어떻게 쓸 것인가』 | 로버트 맥키

『나는 왜 쓰는가』 | 조지 오웰

『신화, 영웅 그리고 시나리오 쓰기』 | 크리스토퍼 보글러

『어느 작가의 일기』 | 버지니아 울프

책의 형태

책의 각 부분 명칭을 궁금해한 적 있는가?

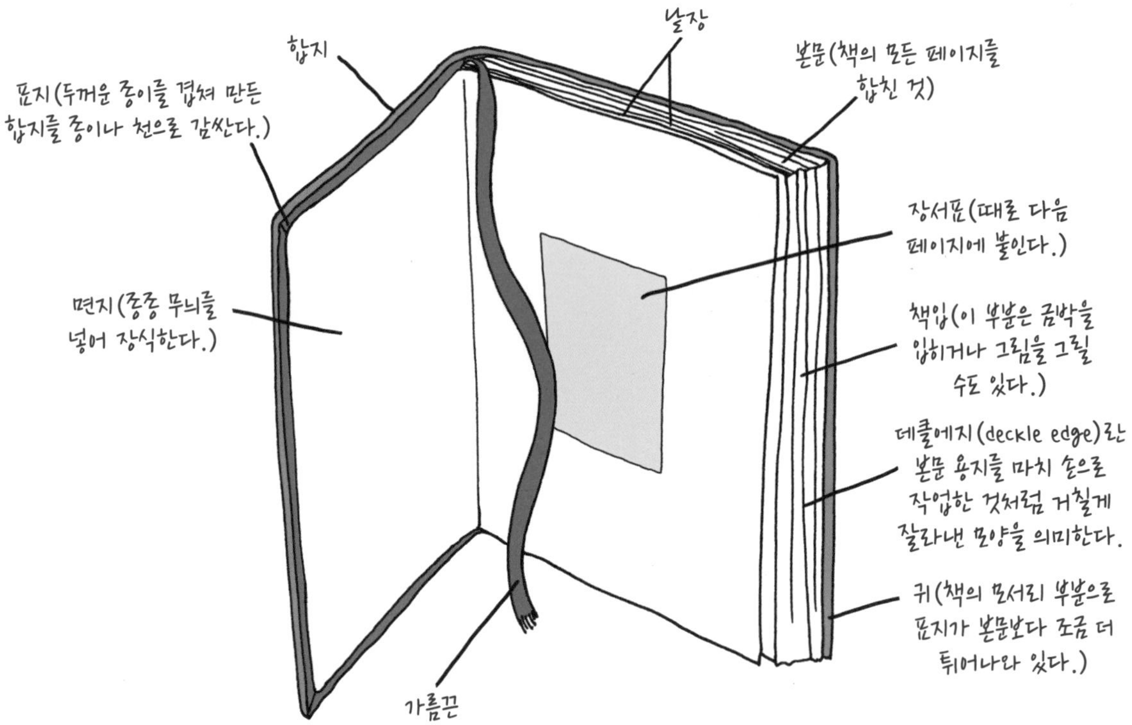

합지
표지(두꺼운 종이를 겹쳐 만든 합지를 종이나 천으로 감싼다.)
날장
본문(책의 모든 페이지를 합친 것)
장서표(때로 다음 페이지에 붙인다.)
면지(종종 무늬를 넣어 장식한다.)
책입(이 부분은 금박을 입히거나 그림을 그릴 수도 있다.)
데클에지(deckle edge)란 본문 용지를 마치 손으로 작업한 것처럼 거칠게 잘라낸 모양을 의미한다.
귀(책의 모서리 부분으로 표지가 본문보다 조금 더 튀어나와 있다.)
가름끈

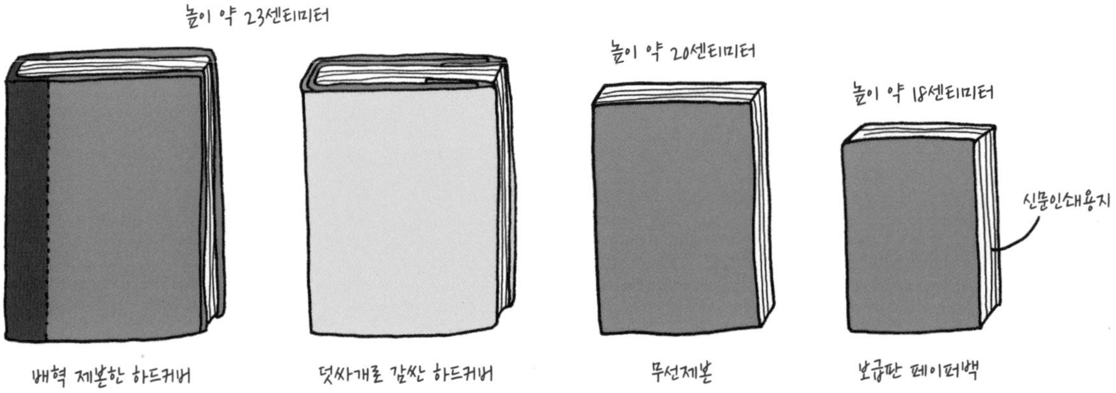

높이 약 23센티미터
높이 약 20센티미터
높이 약 18센티미터
신문인쇄용지
배혁 제본한 하드커버
덧싸개로 감싼 하드커버
무선제본
보급판 페이퍼백

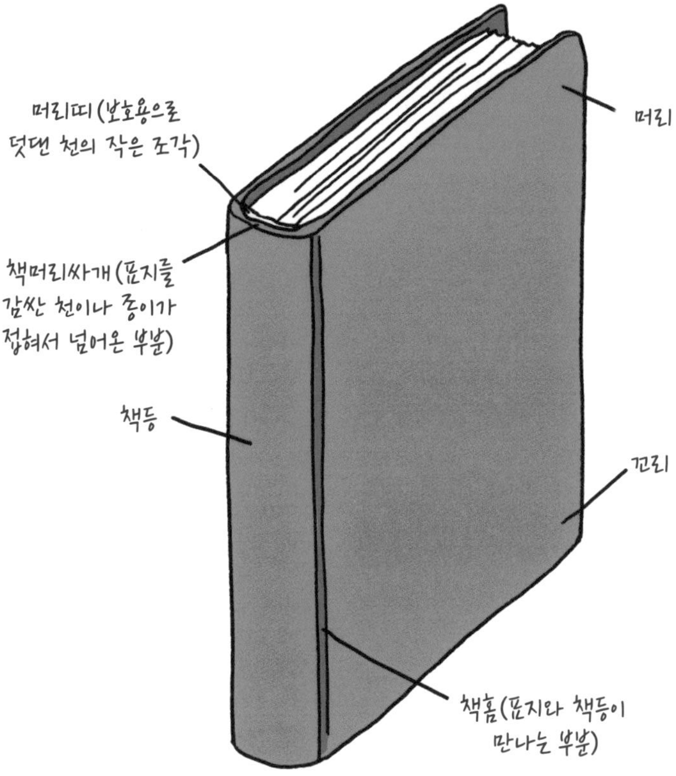
머리띠(보호용으로
덧댄 천의 작은 조각)
머리
책머리싸개(표지를
감싼 천이나 종이가
접혀서 넘어온 부분)
책등
꼬리
책홈(표지와 책등이
만나는 부분)

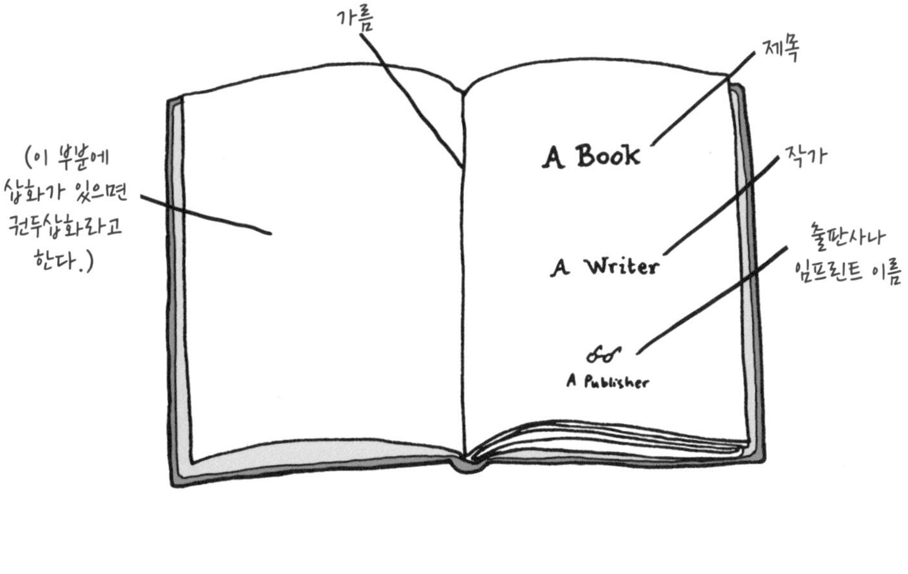
가름
제목
A Book
(이 부분에
삽화가 있으면
권두삽화라고
한다.)
작가
A Writer
출판사나
임프린트 이름
A Publisher

용기가 필요하다면

"네가 하는 일을 사랑하고 네가 사랑하는 일을 하라." 창조적인 사람들 사이에서 자주 회자되는 이 주문의 다양한 변주는 온갖 똑똑한 사람들의 기여 덕분이었다. 이 세상은 창조적 사고와 차세대 아이디어에 높은 가치를 부여한다. 그리고 새로운 것을 만드는 일은 실제로 다수를 행복하게 한다. 그러나 창조적인 작업은 결코 그리 쉽지 않다. 대부분은 전혀 돈이 되지 않거나(완전히 빈털터리가 되어 세상을 떠난 후 지금에서야 존경받는 예술가들이 얼마나 많은지 보라) 혹은 수지타산이 맞기까지 한참 걸린다(그리고 그렇게 될 무렵엔 처음과는 아주 다른 뭔가로 변해 있을 것이다). 작업하는 내내 혼란스럽고, 자신이 의심스럽고, 어찌할 바를 모르는 시간이 이어질지라도 그냥. 계속. 하라.

타처페리지
2012년 페이퍼백
디자인 조 폴리

베티 에드워즈(Betty Edwards)가 1979년에 『내면의 그림, 우뇌로 그리기』를 펴냈을 때, 그녀의 방식은 혁명적이었다. 책은 우리가 본다고 생각하는 것이 아니라 우리가 실제로 보는 것을 그리도록 구성되어 있다. 효과적이고 언제 봐도 신선한 이 책에는 뇌를 바꾸어서 사용하도록 하는 훈련법이 가득하다. 벌써 네 번의 개정판이 나왔다.

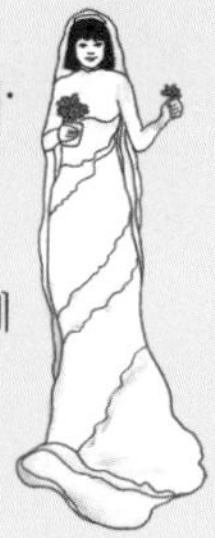

다작하는 시인·퍼포먼스·예술가·싱어송라이터·트위터 전문가인 어맨다 팔머(Amanda Palmer)는 하버드 광장에서 키가 2.4미터에 달하는 하얀 신부 동상인 척 굴면서 행인들에게 꽃을 건넸다. 그렇게 자신의 경력을 시작했다.

하모니 2014년 하드커버
디자인 마이클 나진

크리스 길아보(Chris Guillebeau, 35세 생일을 맞이하기 전 193개국을 여행했다)는 삶을 바꾸는 창조적인 '탐구'란 여행, 모험, 정치적 실천, 자선 활동, 예술적 활동에 이르기까지 다양한 방식으로 가능하다는 사실을 일깨운다.

창조적인 삶의 별난 점을 아는 이가 있다면, 그건 바로 엘리자베스 길버트(Elizabeth Gilbert)를 두고 하는 말일 것이다. 베스트셀러 『먹고 기도하고 사랑하라』를 쓰기 전 그녀는 그리 유명하진 않았지만 능력 있는 기자이자 단편소설 작가였고, 이는 잡지 『에스콰이어』에서 데뷔한 노먼 메일러(Norman Mailer) 이후 최초였다. 그녀는 농담조로 말한다. 회고록이 엄청난 성공을 거둔 뒤로, 사람들은 그녀를 운이 다 된 사람 취급하며 "다시는 정상에 오르지 못하게 되는 게 두렵지 않아?" 같은 질문을 던졌다는 것이다. 그녀의 대답은 저서 『빅매직』에 있다. 물론 공포가 닥쳐와 창조성을 짓누를 때도 있지만, "공포보다는 호기심을 선택해야" 한다고 말이다.

빈티지북스 1960년
페이퍼백

예술가 벤 샨(Ben Shahn)은 1950년대에 그가 하버드 대학교에서 강연한 내용을 엮은 저서 『내용의 모양(The Shape of Content)』에서 이렇게 썼다. "예술에서 영감이란 실제로… 오랫동안 수업을 받은 결과다." 즉 배워라, 그리고 그냥 계속하라.

더 읽고 싶다면

『예술가여, 무엇이 두려운가! — Art and Fear』 | 데이비드 베일즈 & 테드 올랜드

『스케치(Sketch)!』 | 프란스 벨빌-반 스톤

『피벗하라』 | 제니 블레이크

『디자인 유어 라이프』 | 빌 버넷 & 데이브 에번스

『매일 15분 나만의 그림 한 끼』 | 대니 그레고리

『창조 행위(The Act of Creation)』 | 아서 케스틀러

『창조적인 응원(Creative Pep Talk)』 | 앤디 J. 밀러

『삶 그리기(Drawing Your Life)』 | 마이클 놉스

『1년만 나를 사랑하기로 결심했다』 | 숀다 라임스

『가능성의 세계로 나아가라』 | 벤저민 잰더 & 로저먼드 잰더

KRYSA YOUR INNER CRITIC IS A BIG JERK CHRONICLE BOOKS
BEN SHAHN THE SHAPE OF CONTENT VINTAGE
DRAWING ON THE RIGHT SIDE OF THE BRAIN EDWARDS TARCHER PENGUIN
AMANDA PALMER THE ART OF ASKING
Rothman/Goren/Cole Ladies Drawing Night CHRONICLE BOOKS
1 Page AT A TIME A DAILY creative COMPANION ADAM J. KURTZ
THE BOOK OF THINK BURNS LITTLE, BROWN
BIG MAGIC ELIZABETH GILBERT RIVERHEAD BOOKS
BurgerMan It's great to create CHRONICLE BOOKS
NONFICTION WARNER BOOKS the WAR of ART Break Through the Blocks and Win Your Inner Creative Battles STEVEN PRESSFIELD
HENDRIX DRAWING IS MAGIC
flow the psychology of optimal experience mihaly csikszentmihalyi
Neil Gaiman's 'Make Good Art' Speech.
CREATIVE CONFIDENCE TOM KELLEY & DAVID KELLEY CROWN BUSINESS
the ARTIST'S WAY JULIA CAMERON TARCHER PENGUIN
THE HAPPINESS OF PURSUIT CHRIS GUILLEBEAU HARMONY BOOKS
TWYLA THARP with MARK REITER THE CREATIVE HABIT LEARN IT AND USE IT FOR LIFE SIMON & SCHUSTER
STEAL LIKE AN ARTIST · AUSTIN KLEON Workman
MOOREA SEAL the 52 lists project SASQUATCH BOOKS
CREATIVITY, INC. ED CATMULL WITH AMY WALLACE RANDOM HOUSE
the Anti-Coloring Book Susan Striker holt
DARING GREATLY BRENÉ BROWN, Ph.D., LMSW GOTHAM BOOKS
DRAW EVERY DAY · DRAW EVERY WAY SKETCHBOOK
HOW TO BE EVERYTHING EMILIE WAPNICK
The Artist's HANDBOOK Ray Smith DK
ART INC. Lisa Congdon CHRONICLE BOOKS

도서 목록: 231쪽 참조

작가의 방

조지 버나드 쇼

조지 버나드 쇼(George Bernard Shaw)가 사용한 가로 2.5미터 세로 2.5미터 넓이의 작업실은 그의 집 쇼스코너정원의 구석에 있다. 이 1만4000제곱미터의 대지에는 1902년, 에드워드 7세 시대의 미술공예운동에 영향을 받은 집도 지어졌다. 위치는 영국 허트포드셔주의 작은 마을 아욧세인트로런스로, 이곳에서 아일랜드 태생의 극작가는 『피그말리온』(1912년)과 『세인트 죠운』(1923년)을 썼으며, 노벨문학상을 받았다.

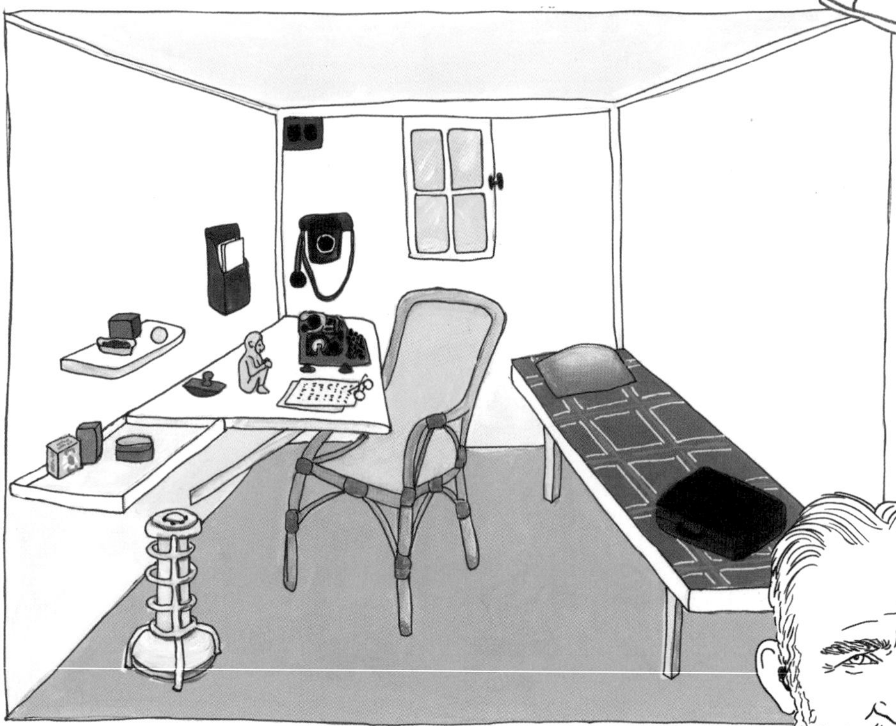

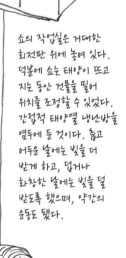

쇼의 작업실은 거대한 회전판 위에 놓여 있다. 덕분에 쇼는 태양이 뜨고 지는 동안 건물을 밀어 위치를 조정할 수 있었다. 간접적 태양열 냉난방을 염두에 둔 것이다. 춥고 어두운 날에는 빛을 더 받게 하고, 덥거나 화창한 날에는 빛을 덜 받도록 했으며, 약간의 운동도 됐다.

쇼는 작업실에 '런던'이라는 별명을 붙였다. 그래서 아내는 친구들과 방문객들이 그를 찾으면 그가 수도로 갔다고 했고, 덕분에 그는 혼자 지낼 수 있었다. (사실 쇼 부부는 피츠로이광장에 두번째 집이 있었다.)

브론테 자매

샬럿, 에밀리, 앤 브론테는 1820년에 웨스트요크셔의 하워스 목사관으로 이사했다. 목사이자 시인인 아버지 패트릭이 그곳에 부임한 때였다.

1861년에 패트릭 브론테가 세상을 떠나자(그는 자식들보다 더 오래 살았다) 가족들이 살던 집의 물건은 모두 경매로 처분되었다. 수십 년이 지난 1893년에 어느 사서가 그들의 유물을 모아 보존해야 한다고 주장하면서 브론테 재단이 세워졌고, 주요 물건들을 모으기 시작했다.

브론테 자매들은 집에서 책등에 인쇄된 그들의 성(姓)을 보며 자랐음에도(아버지 패트릭은 책을 출간한 시인이었다), 자매들이 함께 작업한 시 선집은 커러(샬럿), 엘리스(에밀리), 액튼(앤) 벨이라는 남자 이름으로 냈다. 책은 세 부가 팔렸다.

한 세기 넘게 개인 소장품이었던 샬럿의 작업용 마호가니 책상은 2만 파운드로 거래돼, 2011년에 박물관에 기증되었다.

2015년 자매들 모두가 사용한 커다란 마호가니 접이식 탁자는 브론테박물관에서 58만 파운드의 보조금으로 구입했다. 에밀리는 앤과 그녀 자신이 탁자에서 작업하는 모습을 1837년 일기에 스케치했다.

우리가 사랑한 책들

펭귄클래식스
2012년 페이퍼백
디자인 코랄리
빅포드 스미스

마거릿 윌슨&소피 브룩오버

투 보시 데임스 뉴스레터의
사서이자 편집자

**『아내들과 딸들
(Wives and Daughters)』**
엘리자베스 개스켈

"19세기 이래 고등교육기관이 영국 소설가들에게 바치는 존경을 감안하면, 엘리자베스 개스켈이 덜 읽히고 덜 유명한 작가라는 사실은 거의 범죄나 다름없다. 그녀는 제인 오스틴풍의 따뜻함과 재치와 사회적 역학관계를 바라보는 날카로운 눈을 갖고 있을 뿐 아니라 조지 엘리엇풍의 지역색과 도덕적 복잡성도 품고 있다. 그리고 찰스 디킨스처럼 이야기가 만족스럽게 이어지는 플롯도. (주간지『하우스홀드 워드』는 개스켈의 가장 유명한 소설 중 다수를 게재했다.) 그녀는 읽어볼 만한 작가이고, 앞서 언급한 세 작가 중 누구만큼이라도 유명해질 자격이 있다. 그녀의 작품은 모두 추천하고 싶지만, 나는 그녀의 마지막 소설『아내들과 딸들』이 가장 좋았다. 오스틴의 최고작과 유사한 사랑 이야기로, 모두가 근본적으로는 친절하고 최선을 다하기 위해 노력하고 있을 때조차 상황이 얼마나 나빠질 수 있는지에 관한 통찰이 담겨 있다."

**『벨웨더 랩소디
(Bellweather Rhapsody)』**
케이트 래큘리어

호턴미플린하코트
2014년 하드커버
디자인과 그림
레이저고스트

"문화계의 마녀로 활동해오면서, 케이트 래큘리어(Kate Racculia)의『벨웨더 랩소디』를 추천했을 때만큼 환영받은 경우는 거의 없었던 것 같다. 엘렌 라스킨(Ellen Raskin)의『웨스팅 게임』과 스티븐 킹의『샤이닝』사이 한가운데에 있는 미스터리·서스펜스·성장소설이다. 애거서 크리스티! 위저! 데이비드 보위! 페임!을 멋지게 참조하는 동시에 그만의 대단하고 독특한 뭔가를 갖고 있는 보기 드문 작품이다. 지금으로부터 15년이 지나면 책을 시작하면서 이렇게 말할 수 있을 것이다. '오, 이 사람도『벨웨더 랩소디』를 좋아했네.' 마치 래큘리어가 라스킨을 좋아했다고 말하듯이 말이다. 이 책이 갖고 있는 정취는 매우 독특하고도 유혹적이다."

레이시 사이먼스

미국 메인주 록랜드의 헬로 헬로
북스의 주인이자 운영자

『블랙스완그린』
데이비드 미첼

호더앤드스토턴
2006년 페이퍼백
디자인 카이 앤드 서니

"『블랙스완그린』을 읽기 전에는 10대 시절 이래로 좋아하는 책을 언급한 적이 없었다. 너무 많았기 때문인데, 이 책을 읽고 나서는 바로 이거구나 싶었다. 10월을 닮은 책이다. 실제로 5년 동안 해마다 10월이 되면 다시 이 책을 읽었다(서점을 연 뒤로는 매번 두세 번 읽었다). 책은 마치 마법 같은 세 가지 특징을 지녔다. 먼저 인간 내면의 독창성, 무심함, 감정을 흔드는 힘을 포착한다. 둘째로 현실적이고 공감이 잘 되며 믿을 수 없을 만큼 친숙한 방식으로 이야기가 흘러간다. 셋째로 주인공은 자신의 내면과 외부 세계를 불가피하게 분리하는데 어색하고, 걱정스럽고, 아름답고, 가슴이 아프다. 이제껏 운 좋게 읽은 가장 천재적인 작품 가운데 하나다. 진심이다. 왜 아직도 책 소개를 읽고 있는지? 어서 가서 책을 보라, 얼른."

애닉프레스
1980년 하드커버
그림 마이클 마첸코

앨리슨 K. 힐

미국 캘리포니아주 패서디나의 브로먼스 북스토어, 웨스트 할리우드의 북수프 대표이자 최고경영자

『종이 봉지 공주』
로버트 먼치

"이 매력적인 동화는 내가 좋아하는 책 중 하나다. 로버트 먼치(Robert Munsch)의 이야기는 생기가 넘친다. 그의 글은 큰 소리로 낭독하라고 애원하는 것 같다. 마이클 마첸코의 그림은 이 특이한 모험 이야기를 완벽하게 삽화로 그려냈다. 내가 아이들과 부모들, 그리고 힘을 얻고 싶어하는 여성들에게 추천하기로 마음먹은 건, 책이 담고 있는 페미니즘 메시지 때문이다. 용은 엘리자베스 공주의 성을 파괴하고 옷을 태우고 공주의 왕자를 납치한다. 그러자 공주는 종이 봉지를 쓰고 나선다. 그녀는 용을 이기고 로널드 왕자를 구하지만 로널드가 머저리라는 걸 알게 된다. 그녀가 용감하게 왕자를 구해주었는데도, 왕자는 공주에게 재 냄새가 나고 더러운 종이 봉지를 걸치고 있다고 비난한 것이다. 그래도 책은 해피엔딩이다. 엘리자베스 공주는 영원히 행복하게 산다. 그저 로널드 왕자와 함께하지 않을 뿐. 그녀는 왕자와 헤어지고 혼자서 지는 해를 향해 춤추며 나아간다."

벳시 버드

에반스턴 공공도서관 사서이자 『퍼니 걸—지금까지. 가장 재미있는. 이야기(Funny Girl: Funniest. Stories. Ever.)』의 편집자

애뮬러트 2017년 하드커버
디자인 알리사 나스너
그림 빈센트 총

**『유리 같은 얼굴
(A Face like Glass)』**
프랜시스 하딩

"내가 가장 좋아하는 책들은 나를 종종 책 속으로 완전히 몰입하게 만들고, 그 순간 어둠은 밝음이, 밤은 낮이, 안은 밖이 되어버린다. 오직 하딩만이 지하 세계를 그려낼 수 있다. 그 지하 세계에서는 다양한 얼굴 표정은 부자만이 지을 수 있고, 치즈는 치명적인 음식이며, 혁명의 기운이 감도는데, 세상에서 가장 위험한 소녀는 자신이 무엇을 느끼는지 매 순간 표정으로 보여준다. 책에 대해 말할 때 '달콤한' 같은 단어는 쓰지 않지만, 이 소설이 그렇다. 과즙이 흐르고 호화로우며 뭔가 삐딱한 축제 같다."

리틀, 브라운북스포영리더스
2007년 페이퍼백
디자인 사호 퍼치

**『개띠해
(The Year of the Dog)』**
그레이스 린

"나는 저주 받은 여자다. 왜냐하면 어느 사악한 정신이 상상할 수 있는 가장 괴로운 상황에 나 자신이 빠져버렸다는 걸 깨달았으니까. 나는 곧 비행기를 탈 텐데, 바닥에 앉아서 어떤 맛있는 음식도 먹으러 가지도 않고, 예상대로 그레이스 린의 책을 읽기 시작할 것이다. 타이완 음식에 대한 묘사는 압도적이다. 특히 린이 그것에 대해 아름답고 간결한 이야기를 들려줄 때면 더욱 그렇다. 그녀의 책은 초등학교 저학년과 고학년 사이, 사춘기를 건너는 다리 같은 역할을 해준다. 뉴잉글랜드에서 자라, 친구를 사귀고, 자신의 장점을 찾아내는 단순한 이야기는 사람들이 자주 읽고 싶어하는 유형의 글이다. 모드 하트 러브레이스(Maud Hart Lovelace)나 시드니 타일러(Sydney Taylor)의 작품을 더 읽어야 할까? 아닐 것 같다. 나는 이 책이 21세기의 고전이 되리라 생각한다."

스포츠

스포츠는 적어도 기원전 2000년 이래로 인간 경험의 본질적인 부분이었다. 스포츠는 참여자와 관찰자 모두 윤리와 통합부터 정치, 기술, 아름다움까지 모든 주제를 사유할 수 있다. 데이비드 포스터 월리스는 로저 페더러의 테니스 경기를 찬양하는 에세이를 썼다. 스포츠란 우리에게 인간 육체를 소유하고 사용하는 행위의 아름다움을 환기하며 그 나머지(고통, 질병, 그리고 궁극적으로는 죽음)를 받아들이게끔 한다는 것이다.

유년시절 성적 학대에서 살아남았고 상자 해파리에게 무수히 쏘이면서 34년 동안 네 번이나 실패했으나 다이애나 나이아드(Diana Nyad)는 결국 64세의 나이에 쿠바에서 플로리다까지 상어가 득실대는 바다를 177킬로미터 헤엄쳐 건넌 최초의 사람이 되었다.

나이아드는 전문 지식은 없었지만 평생 천체물리학의 팬이었다. 칼 세이건(Carl Sagan)과 스티븐 호킹(Stephen Hawking)의 책을 읽었다. 그녀는 메리 올리버(Mary Oliver)의 시에 매료되었으며 좋아하는 시로 「여름날」을 꼽는다.

메이저리그 투수로 활약한 짐 바우튼(Jim Bouton)의 책 『볼 포』가 1970년에 출간됐다. 야구선수들의 약물 남용, 성적 표현, 특히 키스게임에 대해 폭로한 이 책은 이제는 한물 간 것처럼 보일 수도 있다. 야구 위원이었던 보위 쿤은 이 책이 "야구에 해롭다"고 했고, 동료 선수 피트 로즈는 바우튼이 공을 던질 때마다 "꺼져라, 셰익스피어!"라고 소리 질렀다. 스포츠 기자 딕 영은 바우튼을 사회의 왕따라고 불렀으며 많은 선수들이 다시는 그와 말을 섞지 않겠다고 했다. 1950~60년대 최고의 타자로 불리는 미키 맨틀은 훗날 음성 메시지를 남겨 바우튼을 용서했는데 바우튼은 손주들을 위해 그 음성 메시지를 갖고 있다.

씹는담배가 야구선수들의 건강에 좋지 않다보니, 바우튼과 그의 포틀랜드 메브릭스 동료 롭 넬슨은 씹는담배처럼 생겼지만 맛은 껌처럼 좋은 뭔가가 필요하다고 생각했다. 바우튼은 이 아이디어를 리글리사에 넘겼고, 그렇게 탄생한 '빅 리그 츄'는 7억5000만 개 이상 팔렸다.

스테프 데이비스(Steph Davis)는 요세미티국립공원의 거봉 엘캐피탄의 살라테 암벽을 프리 클라이밍으로 오르고, 로키마운틴국립공원의 최고봉 롱스피크의 동쪽 벽 다이아몬드를 장비 없이 맨몸의 프리 솔로로 올랐으며, 파타고니아의 토레에거산을 정복한 첫번째 여성이다. 그녀는 클라이밍 스폰서를 받고 있었는데 남편이었던 딘 포터가 유타주 아치스국립공원의 바위 델리키트아치를 오르다 논란이 생기고 말았다. 그로 인해 포터와 데이비스 둘 다 스폰서 계약이 끊겼고 결국 결혼도 깨졌다. 데이비스는 스카이다이빙과 베이스 점핑에 도전했다. 포터 또한 그렇게 했고 결국 윙슈트 플라잉 사고로 사망했다. 데이비스의 두번째 남편 마리오 리처드가 그랬듯이.

골퍼 하비 페닉(Harvey Penick)의 『하비 페닉의 리틀 레드북』은 그의 나이 87세에 출간되어 130만 권 넘게 팔렸다. 아흔 살이 된 페닉이 병석에 누워 있을 때 그의 오랜 제자였던 벤 크렌쇼가 안부 인사를 하러 왔다. 페닉은 크렌쇼가 카펫 위에서 퍼트하는 모습을 지켜보면서, 침대에 누운 채로 수업을 했다. 일주일 뒤 크렌쇼는 페닉의 장례식에서 관을 멨다. 그로부터 일주일 뒤, 크렌쇼는 1995년 마스터스에서 승리했다.

사이먼&슈스터 2012년 하드커버 디자인 재닛 페르

더 읽고 싶다면

『오픈』 | 안드레 애거시
『여덟 명의 제명자들(Eight Men Out)』 | 엘리엇 아시노프
『울 수 있는 용기(Courage to Soar)』 | 시몬 바일스
『훌리건들 속에서(Among the Thugs)』 | 빌 버포드
『게임(Game)』 | 켄 드라이든
『잇앤런』 | 스콧 주렉 & 스티브 프리드먼
『맨발의 조(Shoeless Joe)』 | W. P. 킨셀라
『게임의 단계(Levels of the Game)』 | 존 맥피
『루스 볼(Loose Balls)』 | 테리 플루토
『골프 옴니버스(The Golf Omnibus)』 | P. G. 우드하우스

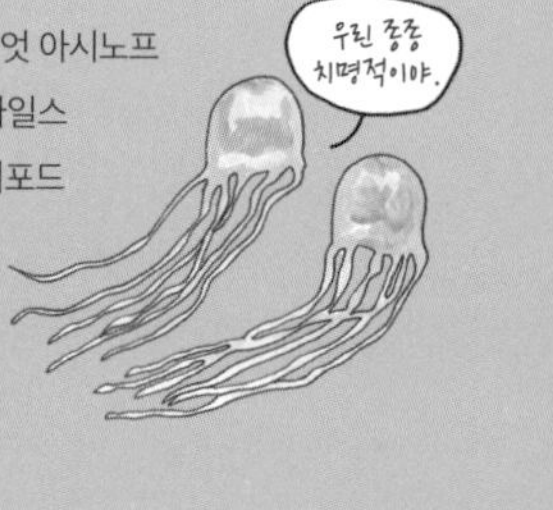

Nick Hornby FEVER PITCH
STRING THEORY DAVID FOSTER WALLACE LOA
THE BLIND SIDE MICHAEL LEWIS NORTON
BEN HOGAN'S FIVE LESSONS The Modern Fundamentals of Golf
GAME CHANGERS MOLLY SCHIOT SIMON & SCHUSTER
WHAT I TALK ABOUT WHEN I TALK ABOUT RUNNING MURAKAMI
H. G. BISSINGER FRIDAY NIGHT LIGHTS A TOWN, A TEAM, AND A DREAM Da Capo
BORN TO RUN A Hidden Tribe, Superathletes, and the Greatest Race the World Has Never Seen Christopher McDougall VIKING
DELL BALL FOUR JIM BOUTON LEONARD SHECTER, Ed.
HARVEY PENICK'S LITTLE RED BOOK HARVEY PENICK with BUD SHRAKE SIMON AND SCHUSTER
A LIFE WITHOUT LIMITS CHRISSIE WELLINGTON
THE BREAKS OF THE GAME DAVID HALBERSTAM ALFRED A. KNOPF
LEARNING to FLY WITH A NEW FINAL CHAPTER STEPH DAVIS
ALONE ON THE WALL ALEX HONNOLD WITH DAVID ROBERTS PAN
JOHN FEINSTEIN A GOOD WALK SPOILED LITTLE, BROWN
THE ART OF FIELDING CHAD HARBACH LITTLE, BROWN
POCKET BOOKS PAPER LION · George Plimpton 95053
FORWARD ABBY WAMBACH DEY ST.
THE GREATEST GAME EVER PLAYED Harry Vardon, Francis Ouimet, and the Birth of Modern Golf MARK FROST HYPERION
Norman Maclean A RIVER RUNS THROUGH IT Chicago
SIGNET E 3954 THE BOYS OF SUMMER Roger Kahn
Don DeLillo End Zone
THE SWEET SCIENCE A.J.Liebling Viking
RAISE THE ROOF Pat Summitt with Sally Jenkins
KING OF THE WORLD DAVID REMNICK PICADOR
Diana Nyad Find a Way MACMILLAN

도서 목록: 231쪽 참조

가보고 싶은 도서관

국회도서관

캐나다, 온타리오주, 오타와
디자인 토머스 풀러와 칠리온 존스
1876년 개관

이 도서관은 캐나다 국회의 연구 중심지로 약 60만 권의 역사서 및 소장품이 있다.

도서관 이미지는 캐나다 10달러 지폐의 뒷면에 실려 있다.

그렇다, 이것들이 나뭇가지다! 건축가는 장작용으로 집 밖에 쌓아둔 비슷한 모양의 나뭇가지 더미를 보고 영감을 얻었다.

리유안도서관

중국, 리유안
디자인 리 샤오동
2011년 개관

이곳은 베이징 바로 밖의 작은 마을에 있는 작은 도서관이다. 외벽의 유리는 나뭇가지로 꽉 채운 강철 구조물이 덮고 있다.

애틀랜타 풀턴 공공도서관

미국, 조지아주, 애틀랜타
디자인 마르셀 브로이어
1980년 개관

이 도서관은 모더니스트 건축가 마르셀 브로이어의 마지막 작품이다. 그가 지은 뉴욕 휘트니미술관 건물(지금은 멧 브로이어)과 비슷하다.

내가 자란 애틀랜타에 있는 공공 도서관 시스템의 본관이다. 고등학교 때 과제를 하기 위해 이곳에서 오랜 시간을 보냈다.

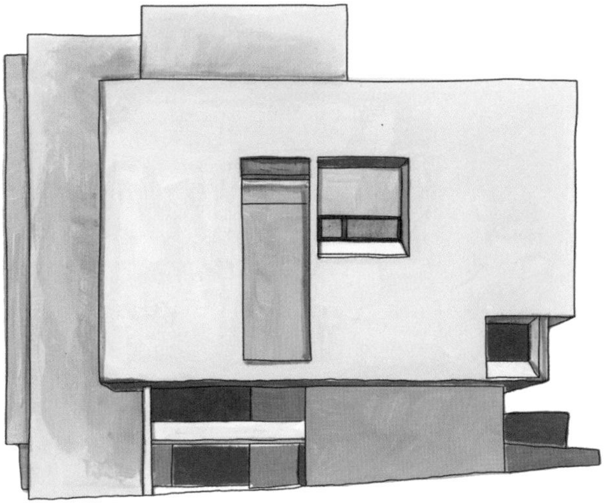

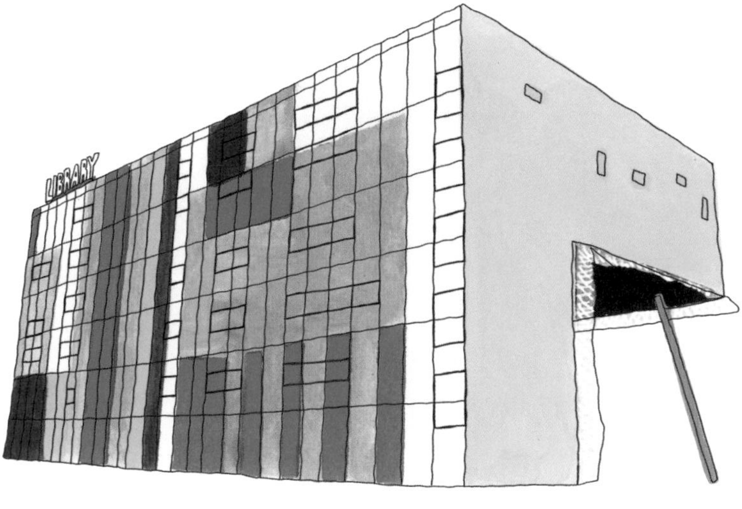

페컴도서관

영국, 런던
디자인 알솝&스토머
2000년 개관

선명한 색유리로 뒷벽을 덮어 한낮이면 알록달록한 빛이 내부로 들어온다. 나머지 부분은 동판으로 덮었다.

도서 목록: 231~232쪽 참조

혁신 & 비즈니스

"물고기를 한 마리 주면 하루 먹여 살리는 것이고, 물고기를 어떻게 잡는지 가르쳐주면 평생을 먹여 살리는 것이다"라는 오래된 속담이 있다. 그러나 이 책들은 물고기를 어떻게 잡는지 가르쳐주는 일을 넘어선다. 혁신부터 관리까지, 생산 활동부터 명상까지, 협동 작업, 조언, 그리고 자기 관리에 이르는 모든 것을 다룬다. 요컨대 무슨 일이든 하고자 한다면, 이 책들 중 한 권이 그 일을 더 잘하도록 도와줄 것이다.

백베이북스
2000년 페이퍼백
디자인 존 폴브룩 3세

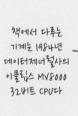

1981년에 출간된 트레이시 키더(Tracy Kidder)의 『새로운 기계의 영혼』은 컴퓨터 산업이 처음으로 활기를 띤 시절을 조명하면서 앞으로 다가올 기술적 혁신의 시대도 암시했다. 그는 강박적으로 일하는 열정적인 엔지니어팀 두 그룹을 추적했다. 하디 보이스는 하드웨어에 초점을 맞추었고 마이크로키즈는 코드에 집중했는데, 마법의 기계를 만들기 위해서였다. 의욕 넘치고 카리스마 있는 톰 웨스트가 리더다.

책에서 다루는
기계는 1984년
데이터제너럴사의
이클립스 MV8000
32비트 CPU다

나이키의 공동 설립자 필 나이트(Phil Night)의 매혹적인 회고록 『슈독 — 나이키 창업자 필 나이트 자서전』에 따르면, 그가 회사를 설립할 당시 다들 그가 미쳤다거나, 결국 망할 거라고 했지만 그는 남들 말은 신경 쓰지 말라고 스스로를 다독였다. 그는 그저 "계속 해야 했다".

스크리브너 2016년 하드커버
디자인 자야 마이셀리
& 조너선 부시

이 신발은 1972년 올림픽에서 마크 코버트가 착용한 첫번째 나이키 운동화 중 하나다.

나이트의 파트너(이자 전직 고등학교 육상 코치)인 빌 보어맨은 가족용 와플 기계를 가지고 최초의 고무창을 만들었다. 보어맨은 오리건 산길을 구축한 그의 선조를 언급하며 종종 이렇게 말했다. "겁쟁이들은 출발도 안 했다. 약한 자들은 도중에 죽었다. 그렇게 우리만 남았다."

세인트마틴스프레스
2017년 하드커버
디자인 제임스
래코벨리

구글에서 일한 경험(셰릴 샌드버그가 보스였다), 트위터와 십(Shyp), 그 외 테크 스타트업에서 코칭 매니저로 일한 경력을 바탕으로 킴 스콧(Kim Scott)은 『실리콘밸리의 팀장들』을 집필했다. 그녀 생각에, 직원의 성장에 정말로 관심이 있다면 성과를 낼 경우 칭찬해주고 실수를 하면 도전 의식을 끌어내야 한다. 유용하고, 겸손하고, 사적 감정이 섞이지 않은 방식으로 말이다.

더 읽고 싶다면

『상식 밖의 경제학』 | 댄 애리얼리
『그들의 생각은 어떻게 실현됐을까』 | 스콧 벨스키
『컨테이저스 전략적 입소문』 | 조나 버거
『나는 늘 새로운 것에 도전한다(Losing My Virginity)』 | 리처드 브랜슨
『성공하는 사람들의 7가지 습관』 | 스티븐 코비
『감정이라는 무기』 | 수전 데이비드
『부족들(Tribes)』 | 세스 고딘
『이노베이터의 10가지 얼굴』 | 톰 켈리 & 조너던 리트맨
『헤어볼』 | 고든 매켄지
「인간과 공학이야기」 | 헨리 페트로스키

역대 베스트셀러

다음은 (지금까지) 역대 베스트셀러 1위부터 10위까지로, 많이 팔린 순서대로 나열했다. 믿을 만한 독립적인 자료에 근거한다. (『성경』과 『코란』 같은) 종교 서적과 (『마오쩌둥 어록』 같은) 사상 서적은 제외했다. 엄청난 판매고를 올렸지만 정확한 확인이 어렵기 때문이다.

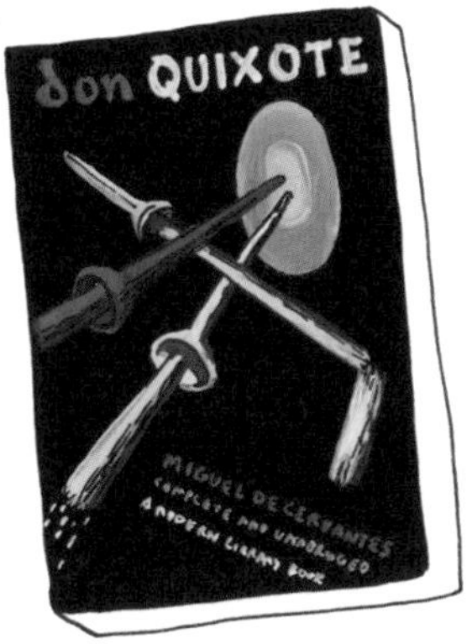

1위

『돈키호테』
미겔 데 세르반테스

5억 부 이상 판매
초판 1612년 스페인
(초판 제목은 『라만차의 재치 있는 시골 귀족 키호테 씨(El ingenioso hidalgo don Quijote de la Mancha)』)

모던라이브러리 1950년 하드커버
번역 피터 모뚜
개정 존 오젤
디자인 E. 맥나이트 카퍼

2위

『두 도시 이야기』
찰스 디킨스

2억 부 이상 판매
초판 1859년 영국

워싱턴스퀘어프레스
1963년 페이퍼백
그림 레오 딜런 & 다이앤 딜런

3위

『연금술사』
파울로 코엘료

1억5000만 부 이상 판매
초판 1988년 포르투갈

하퍼샌프란시스코 1993년 페이퍼백
번역 알랜 R. 클라크
디자인 마이클 웨더비
그림 스테파노 비탈

생텍쥐페리가 표지 그림을 직접 그렸다!

4위

『어린 왕자』
앙투안 드 생텍쥐페리

1억4000만 부 이상 판매
초판 1943년 프랑스

레이날&히치콕 1943년 하드커버

시리즈 일곱 권은 다 합쳐서 4억5천만 부 넘게 팔렸고 74개 언어로 번역되었다.

5위

『해리포터와 마법사의 돌』
J. K. 롤링

1억700만 부 이상 판매
초판 1997년 영국
(초판 제목은 『해리포터와 철학자의 돌(Harry Potter and the Philosopher's Stone)』)

숄라스틱 1998년 하드커버
그림 메리 그랑프레

6위

『호빗』
J. R. R. 톨킨

1억 부 이상 판매
초판 1937년 영국

조지앨런&어윈
1937년 하드커버

톨킨이 표지 그림을
직접 그렸다!

7위

『그리고 아무도 없었다』
애거서 크리스티

1억 부 이상 판매
초판 1939년 영국

도드, 미드
1940년 하드커버

8위

『홍루몽』
조설근

1억 부 이상 판매
초판 1791년 중국에서 북경어로 발간

더블데이앵커 1958년 페이퍼백
번역 왕치첸
그림 모이상

이 아름다운 표지는
라이플 페이퍼 회사의 애나
라이플 본드가 그렸다.

9위

『이상한 나라의 앨리스』
루이스 캐럴

1억 부 이상 판매
초판 1865년 영국

퍼핀 2015년 하드커버

10위

『사자, 마녀, 옷장』
C. S. 루이스

8500만 부 이상 판매
초판 1950년 영국

조프리블레스 1950년 하드커버

이 책은 폴린 베이너스가
삽화를 그린 초판이다.
베이너스는 J. R. R. 톨킨의
책에도 삽화를 그렸다.

디자인

디자인은 문제를 풀기 위해 아름다움과 기능을 결합하는 작업이다. 디자인이 잘된 경우 당신은 그것을 의식하지 못할 수도 있지만 언제든 감지할 수는 있다(잘되지 않은 디자인이라면 아마도 알아챌 것이다. 만듦새가 형편없는 리모콘을 생각해보라). 디자인은 우리 삶의 모든 면에 시각적으로 영향을 미친다. 혹은 디자이너 에릭 애디가드가 말하듯 "디자인은 우리가 만드는 모든 것에 있다. 그런데 그렇게 만든 것들 사이에도 존재한다. 디자인은 공예, 과학, 이야기, 선전, 철학의 혼합물이다."

에드워드 터프트(Edward Turfte) 교수는 데이터 시각화가 삶과 죽음을 가르는 문제라고 본다. 어느 에세이에서 그는 나사 엔지니어들이 중요한 정보를 글머리 기호로 정리한 파워포인트에 밀어넣는 바람에, 그 정보가 어떻게 소실되고 왜곡되었는가를 보여준다. 이로 인해 결국 일곱 명이 사망한 콜롬비아호 재난이 발생했다.

『살면서 내가 배운 것들(Things I Have Learned in My Life So Far)』은 스테판 자그마이스터(Stefan Sagmeister)가 안식년 동안 일기에다 행복의 추구에 관해 써내려간 목록으로 시작한다.

해리 N. 에이브럼스 2008년 페이퍼백
디자인 스테판 자그마이스터 & 마티아스 에른스트베거

디자이너이자 유명 서체 디자인 전문가 제시카 히쉬(Jessica Hische)는, 자신의 책『작업 중(In Progress)』에서 수백 가지 이미지를 가지고 작업하는 과정을 상세히 알려준다. 작업 자체는 디지털 형식으로 완성하지만, 그녀는 언제나 공책에다 손으로 직접 스케치를 하며 일을 시작한다. "마감을 미룰 때 하는 일", 그러니까 뭔가 해야 할 때 손이 가는 딴 짓이 창조적인 작업을 찾는 열쇠라고 믿는다.

일스 크로포드(Ilse Crawford)는『엘르 데코레이션』의 초대 편집장이었다. 공간이란 인간이 사용하는 것인데도, 그런 부분에 집중하지 않는 아주 많은 공간들을 보면서 그녀는 환멸을 느꼈다. 그래서 잡지사를 떠나 직접 디자인회사, 스튜디오일스를 시작했다. 그녀는 우선 공간을 둘러보고 질문을 던지는 일에 집중한다. 그런 다음 진실로 삶의 질을 높이는 공간을 창조하고자 한다.

이케아
시너링 물주전자
스튜디오일스 2015년

피카소는 디자이너 브루노 무나리를 "새로운 레오나르도"라고 불렀다. 1971년에 낸 책『예술로서의 디자인(Design as Art)』에서 무나리는 자신의 신념을 밝힌다. 예술은 삶의 필수적인 부분이고 모두에게 접근 가능해야 하며, 일상 사물의 좋은 디자인이란 이런 철학을 품고 있어야 한다는 것이다.

펭귄모던클래식스
2008년 페이퍼백
디자인 예스

더 읽고 싶다면

『몰리 뱅의 그림수업』| 몰리 뱅
『타이포그래피의 원리』| 로버트 브링허스트
『클래식 펭귄 — 처음부터 끝까지(Classic Penguin: Cover to Cover)』| 폴 버클리
『다른 각도에서 보기(The Art of Looking Sideways)』| 앨런 플레처
『티보 칼만, 삐딱한 낙관주의자(Tibor Kalman, Perverse Optimist)』| 피터 홀 & 마이클 베이르트
『IDEO 인간중심 디자인툴킷』| IDEO.org
『건축을 향하여』| 르코르뷔지에
『오늘이 마감입니다만』| 크리스토프 니먼
『휴무먼트(A Humument)』| 톰 필립스
『더 크게 만들어라(Make It Bigger)』| 폴라 셰어

Two-Dimensional Man
Paul Sahre
Abrams Press
thinking with type 2ND EDITION Ellen Lupton
S,M,L,XL
THE MONACELLI PRESS
Tufte
Envisioning Information
GRAPHIC PRESS
home is where the heart is
ILSE CRAWFORD
PHOTOGRAPHY BY MARTYN THOMPSON
GIORGIA LUPI
Dear Data
STEFANIE POSAVEC
(un)FASHION
Wabi-Sabi for Artists, Designers, Poets & Philosophers
EAMES beautiful details
AMMO
J. Müller
LOGO MODERNISM
TASCHEN
Paul Rand
Design Form and Chaos
Josef Müller-Brockman
Grid systems in graphic design
Rastersysteme für die visuelle Gestaltung
Niggli
Jessica Hische
In Progress
CHRONICLE BOOKS
ABRAMS
THINGS I HAVE LEARNED
STEFAN SAGMEISTER
Vitra Design Museum
Alexander Girard
Wheeler
Designing Brand Identity
fourth edition
WILEY
JOSEF ALBERS
INTERACTION OF COLOR
YALE
DON NORMAN
The DESIGN of EVERYDAY THINGS
BASIC BOOKS
Michael Bierut How to
use graphic design to sell things, explain things, make things look better, make people laugh, make people cry, and (every once in a while) change the world
Draplin Design Co.
Pretty Much Everything
Aaron James Draplin
ABRAMS
Design as Art. Bruno Munari
HOMAGE TO A TYPEFACE

도서 목록: 232쪽 참조

디자이너가 말하는 표지

표지 디자이너들은 글을 압축적이고도 이목을 끄는 이미지로 옮겨야 한다. 다음의 디자이너 10인에게서 그들이 창작한 표지 하나를 골라 그 작업 과정을 들어본다.

판테온 2016년
하드커버

켈리 블레어

『모든 것에 반대한다』

마크 그리프

"에세이는 언제나 흥미로운 퍼즐이다. 디자인을 할 때 더 폭넓은 방향으로 가면서 동시에 하나의 관점을 표현해야 하기 때문이다. 처음 이 책의 표지 작업을 시작했을 땐 완전히 그릇된 방향으로 갔다. 크고 붉은 X자들을 가지고 작업했다. '반대한다'를 너무 문자 그대로 해석했다. 작가는 꼭 반대의 입장들을 내세우고 있지 않다. 오히려 사물을 가까이서 보고 검증하는 쪽이다. 최종 디자인은, 무언가 안에서 밖으로 나오고 모서리로 밀고 나가는 느낌의 도안으로 훨씬 나아졌다."

언바운드 2016년
하드커버

제임스 폴 존스

『좋은 이민자(The Good Immigrant)』

편집 니케시 슈클라

"출간 당시 영국에서 시기를 잘 탄 책이었고, 표지가 자주 언론에 언급됐다. 처음에는 '디자인 공포'가 닥쳤다. 의뢰한 곳에서 21명의 공저자 이름이 책 표지에 모두 들어가기를 바란다고 했기 때문이다. 하지만 나는 그 과제를 표지의 주요 특징으로 삼기로 결심했다. 바로 순수한 타이포그래피 디자인으로 가자는 생각이 떠올랐다. 마치 영국 곳곳에서 보이는 공연 포스터처럼 공저자마다 별을 하나씩 배당해서 21개의 별을 넣었다. 테두리에 두른 액자는 보는 이의 시선을 실제로 안쪽으로 끌어들이는 장식 역할을 한다."

헨리 신 이

피카도르 모던 클래식

시리즈 02

피카도르 2017년
페이퍼백
그림 세실리아 칼스테트

"피카도르 모던 클래식 시리즈 01은 네 권의 고전 선집이다. 시리즈 02 제작 과제 가운데 하나는, 네 권의 비소설 고전이 그전 시리즈와 다르면서도 연결이 되어야 한다는 것이었다. 시리즈 01은 알록달록한 무늬가 있는 바탕을 써서 사탕 포장지 같은 느낌으로 제작되었기 때문에, 나는 시리즈 02를 흑백으로 처리하고 작가의 얼굴 삽화를 무늬보다 두드러지게 작업하기로 결정했다. 서체를 정하다보니 네모 모양이 작가의 입을 가리는 경우가 있었다. 작가가 여성이라 우리가 그녀의 입을 다물게 하는 상징적인 이미지 같았다. 네 명의 작가들 모두 여성이라는 것을 그때 깨달았다. 마침 '여성 행진'이 막 열렸고, 나는 여성 삽화가를 찾아보기로 했다. 세실리아 칼스테트의 삽화는 흑백 이미지에 선명한 색으로 활기를 불어넣는 작업을 완성했다."

판테온 2014년
하드커버

린다 후앙

『천국의 책(The Book of Heaven)』

퍼트리샤 스토레이스

"이것은 내가 디자인한 초기 작업 중 하나로 정말 좋아하는 표지다. 그만큼 내겐 특별하다. 당시 나는 책의 본문을 간략하게 발췌만 했는데, 이는 작업에 집중하는 데 도움이 됐다. 디자인에 영감을 준 대목은, 천국은 다양하고 그곳은 언제나 우리가 아는 것 이상의 모습이라는 내용과, 끝없이 다른 이야기로 진화하는 이야기들이었다."

킴벌리 글라이더

『펜(Fen)』

데이지 존슨

그레이울프프레스
2017년 페이퍼백

"『펜』은 마술적 리얼리즘과 날것의

리얼리티 사이를 흐르는 단편집이다. 15년이 넘도록 책을 디자인해왔는데, 단 세 글자의 제목으로 표지를 만든 적은 한 번도 없었다. 보통은 일반적인 책 크기 안에 긴 제목을 넣으려고 씨름하는데, 사실 긴 제목은 읽기 쉽게 배치하기 힘들다. 존슨의 글은 원초적인 데가 있었다. 본능적으로 제목을 쓸 넓은 붓을 고르게 됐다. 결국 제목의 형태가 강력한 표지 이미지가 됐다."

에코 2016년 하드커버

앨리스 솔츠먼

『둥지(The Nest)』

신시아 다프릭스 스위니

"에코의 출판팀은 이 책이 엄청난 성공을 거두길 원했다. 이런 경우 표지 디자인 과정이 순탄한 적이 없다. 나는 디자인 방향을 여러 번 셀 수 없이 잡아보았다. 삽화, 타이포그래피, 사진, 뉴욕시 배경, 형제자매 간의 질투, 영감을 주는 라이프스타일, 제목 배치 등. 하지만 모두 거절당했다. 디자인 방향을 스물일곱 번쯤 궁리하고 있을 때, 가문의 문장을 수놓은 벨벳 슬리퍼 한 켤레를 보았다… 그리고 떠오른 아이디어가 이 책에 딱 맞을 것 같았다. 그러나 이 문장 디자인도 작업을 도와준 새러 우드와 여러 번 반복해서야 완성할 수 있었다. 결국 이 책이 얼마나 잘 팔렸는지 보니 내 생각이 옳았음을 입증받은 기분이 들었다."

조앤 웡

『노래하는 모든 새들 (All the Birds, Singing)』

이비 와일드

판테온 2014년 하드커버 그림 출처 아트 리소스

"『노래하는 모든 새들』은 브리튼 해안에 사는 제이크 와이트의 인생 이야기다. 그녀는 농장에서 일하며, 남겨두고 온 어두운 과거에서 탈출하려 애쓴다. 표지의 빈티지 동물 삽화는 이야기에 적절한 분위기를 잡아줄 것 같았다. 표지 작업은 양의 연약함과 늑대의 불길한 위협 사이에서 균형을 잘 잡기만 하면 됐다. 과거가 현재로 몰려드는 와중에 제이크는 조용히 살려고 애쓰는데, 이 이야기 전반에 흐르는 긴장감이 표지에 드러났다."

리버헤드북스 2016년 하드커버

레이철 윌리

『보이 이레이즈드(Boy Erased)』

개러드 콘리

"나는 작가가 책에 쓴 지극히 개인적인 경험을 세밀하게 표현하려다 몇 차례 실패했다. 결국 자리에 앉아 표지의 방향이 어떠해야 할지, 내가 '생각하는' 바 대신 내가 '느끼는' 바가 무엇인지 스스로에게 물었다. 결국 완성된 표지는 희망찬 느낌을 주면서도 책 속에서 가장 진중하게 다루는 주제의 일부를 건드린다고 생각한다. 표지에 좀더 개인적인 느낌을 주려고 콜라주 작업을 했다."

제니퍼 캐로

『네가 애쓴 거 알아 (I See You Made an Effort)』

애너벨 거위치

블루라이더프레스 2014년 하드커버

"이 유쾌한 에세이집은 그만큼 재미있는 표지를 마땅히 가질 만했다. 작업을 하면서 구글을 검색하다 여러 번 난처한 상황을 겪기도 했고, 할머니 팬티를 사서 의외의 느낌을 주는 검은색 배경에다 놓고 사진을 찍기도 했다."

스크리브너 2016년 하드커버

자야 미셀리

『제로 K』

돈 드릴로

"이토록 상징적인 미국 작가의 책 표지를 디자인하게 되어 대단히 영광이었다. 『제로 K』는 냉동 보존, 사랑, 죽음을 다루는 강렬한 책이다. 나는 조각된 여성의 얼굴 이미지를 사용하자고 생각했다. 표지 글자 사이 그녀의 미묘한 눈길이 표지에 인간적인 느낌을 부여했다."

사랑받는 서점들

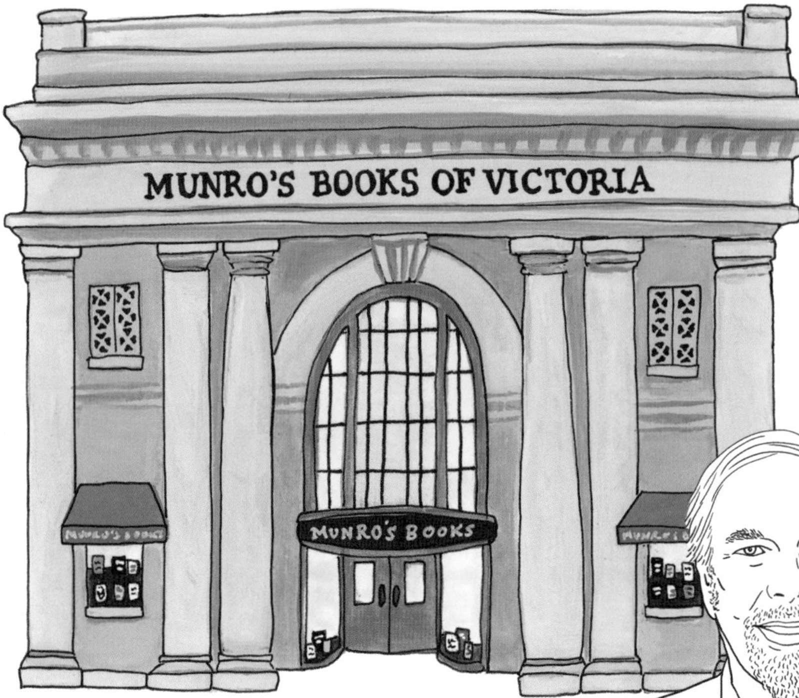

먼로스 북스

캐나다, 브리티시콜롬비아주, 빅토리아

빈티지인터내셔널 2013년 페이퍼백
디자인 매건 윌슨, 그림 린 섀프턴,
데릭 섀프턴의 사진으로 작업

1963년에 생긴 먼로스 북스(Munro's Books)는 빅토리아 구도심의 랜드마크다. 신고전주의 양식의 이 건물은 원래 캐나다 왕립은행을 위해 디자인되었다. 천장 높이가 7.3미터로 그 생김새가 터키 에페소에 있는 2세기 무렵 로마 도서관 포치의 천장을 닮았다. 짐 먼로, 그리고 당시에는 그의 아내였던 앨리스 먼로(Alice Munro)가 정성껏 건물을 복구했다. 서점이 번창하는 동안 이룬 지대한 공헌 가운데 하나가, 먼로 부인에게 용기를 북돋운 일일 텐데 그녀는 서점의 책들을 읽고서 본인이 뭔가 더 좋은 걸 쓸 수 있겠다고 생각했다. 그리고 그녀는 2013년에 노벨문학상을 받았다.

짐은 2014년까지 서점을 운영하고 은퇴하면서 오랫동안 근무한 직원 네 명에게 서점을 인계했다. 그는 이렇게 말했다. "나는 정말로 좋은 시간을 보냈다… 어쩐지 이제 떠날 시간인 것 같다." 그는 2년 후 세상을 떠났고 캐나다와 전 세계 독자들에게 좋은 추억으로 남았다.

나파 북마인

미국, 캘리포니아주, 나파

중고서적 판매인의 딸 나오미 챔블린은 책과 사업에 대해 잘 알고 있었다. 새로 이사 온 나파에 서점이 하나도 없다는 걸 알게 되었을 때, 그녀는 직접 중고서점을 열기로 하고 아버지의 이름을 따서 '챔블린 북마인'이라고 지었다. 2013년에 문을 연 이래 서점은 나파의 옥스보공설시장으로도 진출해서 열정적인 독서광들에게 책을 판매하고 있다.

챔블린의 추천:
『얼마 남지 않은 끝없는 날들
(Our Endless Numbered Days)』
클레어 풀러

"이 책은 클레어 풀러(Claire Fuller)의 데뷔작으로, 세계 종말에 대비하는 일에 사로잡혀 어린 딸을 데리고 유럽 숲속 깊이 들어간 아버지의 이야기다. 그는 더이상 세계가 존재하지 않는다고 선언한 뒤 숲속 작은 오두막에서 수년간 생활한다. 이 책을 읽었을 땐 이야기를 따라가는 동안 마음이 조마조마해 새벽 세 시까지 깨어 있었다. 이 책은 추천 목록 맨 위에서 절대 내려간 적이 없다."

틴하우스북스 2015년 페이퍼백
디자인 제이콥 빌라, 그림 줄리아나 스와니

GRIFFIN & SABINE Nick Bantock Chronicle Books
YOUR ILLUSTRATED GUIDE TO BECOMING ONE WITH THE UNIVERSE SAKUGAWA
THE PRINCIPLES OF UNCERTAINTY Kalman The Penguin Press
YOON BEASTLY VERSE Enchanted Lion Books
JULIA WERTZ THE INFINITE WAIT KOYAMA PRESS
LEANNE SHAPTON SWIMMING STUDIES blue rider press
OWLS MATT SEWELL TEN SPEED PRESS
This Book is a Camera MoMA
Shen Bad Girls Throughout History CHRONICLEBOOKS
ALL BLACK CATS ARE NOT ALIKE
Jean Jullien MODERN LIFE teNeues
PENGUINS WITH PEOPLE PROBLEMS MARY LAURA PHILPOTT
HYPERBOLE and a HALF Allie Brosh
SÍS TIBET Through the Red Box FSG
AMPHIGOREY FIFTEEN BOOKS BY EDWARD GOREY PUTNAM
IN THE GARDEN OF MY DREAMS The Art of Nathalie Lété
LEAVE ME ALONE WITH THE RECIPES CIPE PINELES
EVERY PERSON IN NEW YORK BY JASON POLAN VOL I CHRONICLE BOOKS
Watterson Calvin and Hobbes
CHRISTOPH NIEMANN ABSTRACT CITY ABRAMS
ROTHMAN HELLO NY CHRONICLE BOOKS
MEANWHILE in SAN FRANCISCO WENDY MACNAUGHTON
THE illustrated COMPENDIUM of amazing ANIMAL FACTS
GNOMES Poortvliet/Huygen ABRAMS
B. SEASONS ELB
KRAUSE DEEP DARK FEARS
daisy HOW to be a Wildflower

도서 목록: 232쪽 참조

어른을 위한 동화

루이스 캐럴의 앨리스는 원더랜드에서 생각했다. "그림이나 대화가 없으면… 책이 다 무슨 소용이람?" 디킨스의 소설에는 삽화가 있었다. 그리고 중세시대 최고의 필사본은 채색으로 빛난다. 그러나 20세기 초에 접어들면서 언제부턴가 우리는 그림이 대체로 어린이를 위한 거라고 치부해버리기 시작했다. 하지만 고맙게도 삽화가 있는 성인을 위한 책들이 귀환하고 있다. 물론 어린이 그림책을 사서 보는 것도 늘 환영받는다는 사실 또한 기억해두길, 설령 자녀가 없다 해도 말이다.

바이킹 주버널
1989년 하드커버

마이라 칼만(Maira Kalman)의 첫번째 그림책『밤늦도록 잠들지 마(Stay Up Late)』는 데이비드 브린이 그룹 토킹 헤드의 앨범『리틀 크리처』에 쓴 노래의 가사를 바탕으로 만들었다. 공식적으로는 어린이용 도서인데 그건 눈속임이고 성인용 도서에 가깝다. 칼만은 30권 이상의 책을 쓰고 삽화를 그렸다. 신발, 케이크, 개와 같이 자신이 좋아하는 것들을 다룬 작업이 많다.

에드워드 고리(Edward Gorey)는, 천재(다섯 살 때 그는『드라큘라』와『이상한 나라의 앨리스』를 읽었는데 두 책 모두 그의 작업에 아주 깊은 영향을 끼쳤다)이자 시인이고, 크로스 해칭 기법으로 아주 오싹한 캐릭터들을 100권 넘게 그린 삽화가이며 평생 동물 애호가였다(특히 고양이!). 그는 살아 있는 모든 생명체의 복지를 위해 쓰도록 유산을 공익신탁에 남겼다.

칼만은 글을 쓸 때 어린이용이나 성인용이나 똑같은 방식으로 작업한다고 한다. "같은 종류의 상상, 같은 종류의 엉뚱함, 같은 종류의 언어 사랑."

줄리아 로스먼(Julia Rothman)은 아홉 권의 책을 썼으며 굉장히 많은 작업을 했는데 그중에는 벽지와 비영구적 타투도 있다.『헬로 뉴욕』은 개인적인 안내서이자, 안내서의 수준을 끌어올린 안내서로 고향에 보내는 연서다.

크로니클북스
1991년 하드커버

닉 밴톡(Nick Bantock)의『그리핀 & 사비네』는 경이로운 책이다. 삽화를 곁들인 서간체 연애물로, 독자들은 책에 붙은 봉투에서 편지를 꺼내보아야 한다. 세 권으로 된 이 시리즈는 전부『뉴욕타임스』베스트셀러 목록에 100주 이상 올랐고 300만 부 이상 팔렸다.

제이슨 폴란(Jason Polan)은 뉴욕의 모든 사람을 그린다. 이 책이 그 첫 시리즈다.

← 크로니클북스
2015년 페이퍼백

더 읽고 싶다면

『어른이 되기는 글렀어』 | 사라 앤더슨
『동물들의 슬픈 진실에 관한 이야기』 | 브룩 바커
『들어보라! 방랑자여(Hark! A Vagrant)』 | 케이트 비튼
『제인 에어와 여우, 그리고 나』 | 패니 브리트(글), 이자벨 아르스노(그림)
『수영의 기쁨(The Joy of Swimming)』 | 리사 콩던
『여자, 독서가(Well-Read Women)』 | 서맨사 한
『위대한 사람들 그리고 그들을 만든 사소한 사물들』 | 제임스 걸리버 핸콕
『내 친구들은 다 죽었어(All My Friends Are Dead)』 | 에이버리 몬슨 & 조리 존
『까마귀 소녀(Raven Girl)』 | 오드리 니페네거
『어린 왕자』 | 앙투안 드 생텍쥐페리

감사의 말

이 책을 만드는 작업은 내가 해본 가장 힘든 일 가운데 하나였다. 나는 종종 일을 일단 저지른 다음 얼마나 정확하게 그 일을 해내야 하는지 파악하는데, 왜냐면, 음, 내가 도전을 좋아해서다. 전체적인 아이디어는 엄두가 나지 않을 만큼 어마어마했다. 하지만 책을 끝내고 나면 말도 안 되게 기분이 좋으리란 걸 알았다. 스스로에게 도전하지 않는다면, 할 수 있는 한 최고의 작업을 해내도록 밀어붙이지 않는다면, 그렇다면 정말로 무슨 의미가 있을까?

이 책을 어떻게 만들지 정확하게 파악하는 과정에서(그 과정에서 실수도 했고, 그래서 더 많은 것들을 알아냈고, 그래서 실수를 더 저질렀다), 진짜로 뛰어난 사람들의 도움을 얻었다. 끝내주는 에이전트 케이트 우드로가 끌어주지 않았다면, 그 두렵기만 했던 아이디어 단계까지도 가지 못했을 것이다. 자료를 찾고 본문 대부분을 쓰는 일을 도와준 침착한 새러 디스틴에게, 자료를 훨씬 더 잘 찾아준 샤론 마운트에게 참으로 깊은 고마움을 전한다. 그리고 크로니클북스의 편집자 미라벨 콘과 크리스티나 애미니, 디자이너 크리스틴 헤윗, 제작 매니저 에린 새커에게도 감사의 마음을 전한다. 이들은 나의 뜻을 공유했고 책을 만드는 과정에서 나를 인도했으며 내가 마음속으로 그린 것보다 훨씬 좋은 쪽으로 다 함께 작업을 끌어냈다. (내 말은, 훨씬 좋다는 거다! 모두들 대단하다!)

또한 믿음직한 충고를 해준 켈리 탈코트, '이상적인 서가'라는 요새를 계속 지키도록 도움을 준 라이 프레이와 나이트 울스에게 감사를 전한다. 내게 아낌없이 조언을 해주고 책에 수록된 추천을 보내준 모든 이들에게, 특히 메리 로라 필포트와 킴벌리 글라이더에게 고마움을 전한다. 모든 작가, 편집자, 책 디자이너, 세계 곳곳의 서점, 그리고 책을 사랑하는 아름다운 모두에게 세상을 더 나은 곳으로 만들어준 점에 대해 감사를 전한다. 그리고 마지막으로 언제나 그 자리에 있어준 메디슨 마운트, 샤메인 에르하르트, 샤론 마운트, 섀넌 맥개리티에게 사랑을 전한다. 글을 쓰느라 스트레스를 받는 동안 꼭 껴안아도 나를 봐준 고양이 에머와 카샤에게도 사랑을 전한다. 그중에서도 특히, 소중한 내 사람으로 언제나 "그냥. 계속. 해"를 떠올리게 해준 다르코 카라스에게 사랑을 전한다.

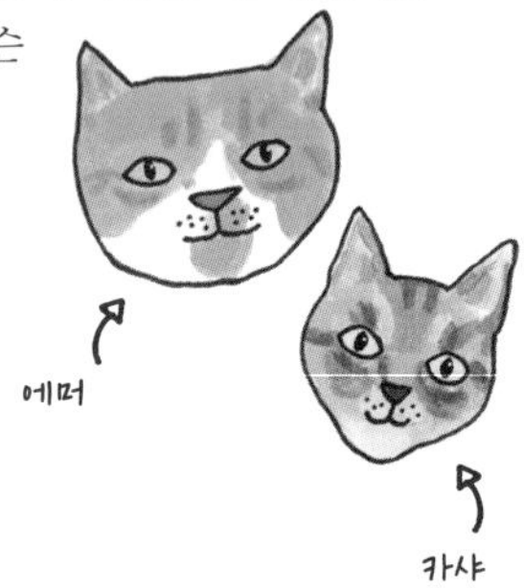

옮긴이 후기

언젠가 코랄리 빅포드 스미스가 디자인한 펭귄 고전 시리즈를 살피며 생각했다. 만듦새가 근사한 책은 이미 갖고 있다 해도 또 사고 싶다고. 그리고 이 책을 옮기며 다시 한번 생각했다. 갖고 싶은 책이 여전히 참 많다고.
책 정리를 할 때마다, 특히 이사할 때마다 쌓아올린 책더미 앞에서 이사업체의 투덜거림에 난처해진 적이 한두 번이 아니지만, 그때마다 어쩌자고 이렇게 많이 모았을까 후회하지만, 그래도 책은 언제나 갖고 싶다. 표지 이미지부터 서체며 내지의 종류까지 정성이 들어가지 않은 구석이 없는 물건이니까.

번역 작업 자체가 행운이었다. 제인 마운트가 그린 그림을 넉넉히 감상할 수 있었다. 그녀의 꼼꼼한 그림은 책의 작은 활자 하나도 놓치지 않는다. 그러면서도 대상의 특징을 잘 잡아낸다. 유명 작가의 얼굴부터 작가가 키우던 반려동물이며, 사용하던 소품까지. 종이 몇 장과 펜과 잉크병만 올려도 꽉 찬다는 제인 오스틴의 탁자 그림을 보며, 저렇게 자그만 책상에서 세상을 비추는 거대한 명작이 탄생했다니 나 또한 경외감을 느꼈다.

주제별로 소개된 책 표지를 보며, 내가 갖고 있거나 내가 보고 싶은 책이 다른 나라에서는 어떤 모습으로 출간되었나 확인하는 재미 또한 쏠쏠했다. 세계 곳곳에 근사한 도서관과 서점이 얼마나 많은지도 알게 됐다. 언젠가 해외여행을 떠나면 꼭 가보자고 마음속에 담아두었다. 더 읽고 싶을 때 권하는 책 목록도 알차다. 소개된 동화책 몇 권을 첫째 딸에게 읽어주었는데 반응이 좋았다. 공간 문제며 비용 문제로 책을 모으기가 쉽지 않고 전자책 구매로 손이 더 가는 시절이 된 지 오래지만, 오히려 그렇기 때문에 이 책은 '책' 자체를 기분 좋게 감상할 수 있게 해준다. 그 점이 무엇보다 반가웠다.

진영인

그림 속 도서 목록

11쪽

『앵무새 죽이기』 | 하퍼 리

『위대한 개츠비』 | F. 스콧 피츠제럴드

『호밀밭의 파수꾼』 | J. D. 샐린저

『오만과 편견』 | 제인 오스틴

『해리 포터와 마법사의 돌』 | J. K. 롤링

『제인 에어』 | 샬럿 브론테

『반지의 제왕』 | J. R. R. 톨킨

『에덴의 동쪽』 | 존 스타인벡

『빨간 머리 앤』 | 루시 모드 몽고메리

『작은 아씨들』 | 루이자 메이 올컷

『어린 왕자』 | 앙투안 드 생텍쥐페리

12쪽

『아모스와 보리스』 | 윌리엄 스타이그

『꽃을 좋아하는 소 페르디난드』 | 먼로 리프(글), 로버트 로슨(그림)

『밤나들이 고양이』 | 달로브 이프카

『비둘기에게 버스 운전은 맡기지 마세요!』 | 모 윌렘스

『코끼리 엘머와 친구들』 | 데이비드 맥키

『무, 바, 라라라(Moo, Baa, LA LA LA)』 | 샌드라 보인튼

『행복을 나르는 버스』 | 맷 데 라 페냐(글), 크리스티안 로빈슨(그림)

『배고픈 애벌레』 | 에릭 칼

『잘 자요, 달님』 | 마거릿 와이즈 브라운(글), 클레먼트 허드(그림)

『사자와 생쥐』 | 제리 핑크니

『훌라훌라 추추추』 | 카슨 엘리스

『작은 콩(Little Pea)』 | 에이미 크루즈 로젠탈

『눈 오는 날』 | 에즈라 잭 키츠

『내 모자 어디 갔을까?』 | 존 클라센

『깊은 밤 부엌에서』 | 모리스 샌닥

『여우와 별』 | 코랄리 빅포드 스미스

『그림 없는 책』 | B. J. 노박

『꼬마 곰 코듀로이』 | 돈 프리먼

『피트가 A부터 Z까지 먹은 것(What Pete Ate from A to Z)』 | 마이라 칼만

『해럴드와 자주색 크레파스』 | 크로켓 존슨

『세계 여행을 떠난 아기곰 무크』 | 마르크 부타방

『아낌없이 주는 나무』 | 셸 실버스타인

『씩씩한 마들린느』 | 루드비히 베멀먼즈

『치리와 치라(Chirri & Chirra)』 | 도이 가야

『샐의 블루베리(Blueberries for Sal)』 | 로버트 맥클로스키

『와작와작 꿀꺽 책 먹는 아이』 | 올리버 제퍼스

『잘 자, 고릴라(Good Night, Gorilla)』 | 페기 래스먼

『종이 꽃 나무(The Paper-flower Tree)』 | 재클린 에이어

『나야, 엘로이즈』 | 케이 톰슨(글), 힐러리 나이트(그림)

『리처드 스캐리의 북적북적 세상(Richard Scarry's Busy, Busy World)』 | 리처드 스캐리

『넌 할 수 있어, 꼬마 기관차』 | 와티 파이퍼(글), 도리스 하우먼(그림)

『리자 루와 소리를 지르는 불룩한 늪(Liza Lou and the Yeller Belly Swamp)』 | 머서 메이어

『네가 갈 곳!(Oh! the Places You'll Go)』 | 닥터 수스

『벨벳 토끼 인형』 | 마저리 윌리엄스

『달려라 달려, 개야!』 | 필립 디 이스트먼

『내가 아빠를 얼마나 사랑하는지 아세요?』 | 샘 맥브래트니(글), 아니타 제람(그림)

『브루노 무나리의 동물원』 | 브루노 무나리

18쪽

『팬텀 톨부스』 | 노턴 저스터(글), 줄스 파이퍼(그림)

『두 개의 달 위를 걷다』 | 샤론 크리치

『샬롯의 거미줄』 | E. B. 화이트(글), 가스 윌리엄즈(그림)

『세상에 단 하나뿐인 아이반』 | 캐서린 A. 애플게이트

『천둥아, 내 외침을 들어라!』 | 밀드레드 테일러

『라이온보이』 | 지주 코더

『안녕하세요, 하느님? 저 마거릿이에요』 | 주디 블룸

『팍스』 | 사라 페니패커(글), 존 클라센(그림)

『나무 위의 물고기』 | 린다 멀랠리 헌트

『초능력 다람쥐 율리시스』 | 케이트 디카밀로(글), K. G. 캠벨(그림)

『레모니 스니켓의 위험한 대결』 | 레모니 스니켓(글), 브렛 헬퀴스트(그림)

『초원의 집』 | 로라 잉걸스 와일더

『윔피 키드』 | 제프 키니

『스마일』 | 레이나 텔게마이어

『아이비랑 빈이 만났을 때』 | 애니 배로스(글), 소피 블래콜(그림)

『웨스팅 게임』 | 엘렌 라스킨

『원더』 | R. J. 팔라시오

『제임스와 슈퍼 복숭아』 | 로알드 달(글), 퀸틴 블레이크(그림)

『클로디아의 비밀』 | E. L. 코닉스버그

『구덩이』 | 루이스 쌔커

『와일드 로봇』 | 피터 브라운

『블랙 뷰티』 | 안나 스웰

『시간의 주름』 | 매들렌 렝글

23쪽

『네가 지나는 집(The House You Pass on the Way)』 | 재클린 우드슨

『열두 살의 특별한 여름』 | 재클린 켈리

『탐정 해리엇』 | 루이스 피츠허그

『어느 뜨거웠던 날들』 | 리타 윌리엄스가르시아

『산과 달이 만나는 곳』 | 그레이스 린

『줄리와 늑대』 | 진 크레이그헤드 조지
『내 이름은 삐삐 롱스타킹』 | 아스트리드 린드그렌
『나는 말랄라』 | 말랄라 유사프자이, 크리스티나 램
『이상한 나라의 앨리스』 | 루이스 캐럴
『롤러 걸』 | 빅토리아 제이미슨
『안네의 일기』 | 안네 프랑크
『빨간 머리 앤』 | 루시 모드 몽고메리
『비저스와 라모나(Beezus & Ramona)』 | 비벌리 클리어리
『비밀의 화원』 | 프랜시스 호지슨 버넷
『시인 X(The Poet X)』 | 엘리자베스 아세베도
『아카타 마녀(Akata Witch)』 | 은네디 오코라포르
『알라나 — 첫번째 모험(Alanna: the First Adventure)』 | 타모라 피어스
『황금 나침반』 | 필립 풀먼
『작은 아씨들』 | 루이자 메이 올컷
『세상을 바꾼 여성 과학자 50』 | 레이철 이그노토프스키
『오래된 시계의 비밀(Nancy Drew 01: The Secret of the Old Clock)』 | 캐롤린 킨
『하이디』 | 요한나 슈피리
『마틸다』 | 로알드 달(글), 퀀틴 블레이크(그림)
『푸른 돌고래 섬』 | 스콧 오델

26쪽

『롱 웨이 다운(Long Way Down)』 | 제이슨 레이놀즈
『아웃사이더』 | S. E. 힌턴
『성 안의 카산드라』 | 도디 스미스
『너에게 태양을 줄 거야(I'll Give You the Sun)』 | 잰디 넬슨
『0보다 적은(Less Than Zero)』 | 브렛 이스턴 엘리스
『위치 배트(Weetzie Bat)』 | 프란체스카 리아 블록
『애니 존(Annie John)』 | 자메이카 킨케이드
『켄터키 후라이드 껍데기』 | 셔먼 알렉시
『고스트 월드』 | 대니얼 클로즈
『당신이 남긴 증오』 | 앤지 토머스
『이츠 카인드 오브 어 퍼니 스토리』 | 네드 비지니
『망고 스트리트』 | 산드라 시스네로스
『에브리씽, 에브리씽』 | 니콜라 윤
『아리스토텔레스와 단테, 우주의 비밀을 발견하다』 | 벤하민 알리레 사엔스
『팬 걸(Fangirl)』 | 레인보 로웰
『줄리엣이 숨을 쉰다(Juliet Takes a Breath)』 | 개비 리베라
『월플라워』 | 스티븐 크보스키
『아메리칸 스트리트(American Street)』 | 이비 조보이
『10대 소녀의 일기(The Diary of a Teenage Girl)』 | 피비 글로크너
『나를 있게 한 모든 것들』 | 베티 스미스
『알래스카를 찾아서』 | 존 그린
『우리는 괜찮아(We are Okay)』 | 니나 라코어
『호밀밭의 파수꾼』 | J. D. 샐린저
『마틴에게(Dear Martin)』 | 닉 스톤
『산 위에서 말하라(Go Tell It on the Mountain)』 | 제임스 볼드윈

31쪽

『스토너』 | 존 윌리엄스
『연금술사』 | 파울로 코엘료
『나뭇잎의 집(House of Leaves)』 | 마크 Z. 대니얼레프스키
『창백한 불꽃』 | 블라디미르 나보코프
『은하수를 여행하는 히치하이커를 위한 안내서』 | 더글러스 애덤스
『어느 유랑극단 이야기』 | 캐서린 던
『호밀빵 햄 샌드위치』 | 찰스 부코스키
『바보들의 결탁』 | 존 케네디 툴
『인형의 계곡』 | 재클린 수잔
『프린세스 브라이드』 | 윌리엄 골드먼
『픽션들』 | 호르헤 루이스 보르헤스
『우리는 언제나 성에 살았다』 | 셜리 잭슨
『X세대(Generation X)』 | 더글러스 코플런드
『선과 모터사이클 관리술』 | 로버트 메이너드 피어시그
『보이지 않는 도시들』 | 이탈로 칼비노
『괴델, 에셔, 바흐』 | 더글러스 호프스태터
『고양이 요람』 | 커트 보니것
『비밀의 계절』 | 도나 타트
『신들의 전쟁』 | 닐 게이먼
『향수』 | 파트리크 쥐스킨트

35쪽

『제인 에어』 | 샬럿 브론테
『레 미제라블』 | 빅토르 위고
『오만과 편견』 | 제인 오스틴
『죄와 벌』 | 표도르 도스토옙스키
『도리언 그레이의 초상』 | 오스카 와일드
『프랑켄슈타인』 | 메리 셸리
『여인의 초상』 | 헨리 제임스
『미들마치』 | 조지 엘리엇
『두 도시 이야기』 | 찰스 디킨스
『드라큘라』 | 브램 스토커
『허영의 시장』 | 윌리엄 M. 새커리
『폭풍의 언덕』 | 에밀리 브론테
『몬테크리스토 백작』 | 알렉상드르 뒤마
『모비 딕』 | 허먼 멜빌
『보물섬』 | 로버트 루이스 스티븐슨

40쪽

『그들의 눈은 신을 보고 있었다』 | 조라 닐 허스턴
『태양은 다시 떠오른다』 | 어니스트 헤밍웨이
『멋진 신세계』 | 올더스 헉슬리
『기쁨의 집』 | 이디스 워튼
『싯다르타』 | 헤르만 헤세
『아들과 연인』 | 데이비드 허버트 로렌스
『한밤이여, 안녕』 | 진 리스

『변신』 | 프란츠 카프카
『등대로』 | 버지니아 울프
『잃어버린 시간을 찾아서 ― 스완네 집 쪽으로』 | 마르셀 프루스트
『밤은 부드러워라』 | F. 스콧 피츠제럴드
『인도로 가는 길』 | E. M. 포스터
『마음은 외로운 사냥꾼』 | 카슨 매컬러스
『마의 산』 | 토마스 만
『정글』 | 업튼 싱클레어
『율리시스』 | 제임스 조이스
『나의 안토니아』 | 윌라 캐더
『분노의 포도』 | 존 스타인벡

44쪽

『네이키드 런치』 | 윌리엄 S. 버로스
『어둠의 왼손』 | 어슐러 K. 르 귄
『아틀라스』 | 에인 랜드
『벨 자』 | 실비아 플라스
『보이지 않는 인간』 | 랠프 엘리슨
『길 위에서』 | 잭 케루악
『면도날』 | 서머싯 몸
『백년의 고독』 | 가브리엘 가르시아 마르케스
『이방인』 | 알베르 카뮈
『프래니와 주이』 | J. D. 샐린저
『비스와스 씨를 위한 집』 | V. S. 나이폴
『라스베이거스의 공포와 혐오』 | 헌터 S. 톰슨
『사랑의 종말』 | 그레이엄 그린
『롤리타』 | 블라디미르 나보코프
『인 콜드 블러드』 | 트루먼 커포티
『제5도살장』 | 커트 보니것
『뻐꾸기 둥지 위로 날아간 새』 | 켄 키지
『추운 나라에서 돌아온 스파이』 | 존 르 카레
『앵무새 죽이기』 | 하퍼 리
『파리대왕』 | 윌리엄 골딩
『시계태엽 오렌지』 | 앤서니 버지스
『워터십 다운』 | 리처드 애덤스

48쪽

『더 컬러 퍼플』 | 앨리스 워커
『영혼의 집』 | 이사벨 아옌데
『아메리칸 사이코』 | 브렛 이스턴 엘리스
『루비프루트 정글』 | 리타 메이 브라운
『중력의 무지개』 | 토마스 핀천
『소피의 선택』 | 윌리엄 스타이런
『도시 이야기(Tales of the City)』 | 아미스테드 모핀
『시녀 이야기』 | 마거릿 애트우드
『오언 미니를 위한 기도(A Prayer for Owen Meany)』 | 존 어빙
『빌러비드』 | 토니 모리슨
『날씬한 다리까지(Skinny Legs and All)』 | 톰 로빈스
『안전으로 건너가기(Crossing to Safety)』 | 월리스 스테그너
『참을 수 없는 존재의 가벼움』 | 밀란 쿤데라
『한밤의 아이들』 | 살만 루슈디
『외로운 비둘기(Lonesome Dove)』 | 래리 맥머트리
『조이럭 클럽』 | 에이미 탄
『화이트 노이즈』 | 돈 드릴로
『소유』 | 앤토니어 수잔 바이어트
『핏빛 자오선』 | 코맥 매카시
『허영의 불꽃』 | 톰 울프

53쪽

『클라우드 아틀라스』 | 데이비드 미첼
『벨칸토』 | 앤 패칫
『태엽 감는 새』 | 무라카미 하루키
『작은 것들의 신』 | 아룬다티 로이
『길리아드』 | 메릴린 로빈슨
『캐벌리어와 클레이의 놀라운 모험』 | 마이클 셰이본
『고독의 요새(The Fortress of Solitude)』 | 조나단 레덤
『야만스러운 탐정들』 | 로베르토 볼라뇨
『모든 것이 밝혀졌다』 | 조너선 사프란 포어
『한밤중에 개에게 일어난 의문의 사건』 | 마크 해던
『포이즌우드 바이블』 | 바바라 킹솔버
『나를 보내지 마』 | 가즈오 이시구로
『적절한 균형』 | 로힌턴 미스트리
『러블리 본즈』 | 앨리스 세볼드
『파이 이야기』 | 얀 마텔
『하얀 이빨』 | 제이디 스미스
『파이트 클럽』 | 척 팔라닉
『이름 뒤에 숨은 사랑』 | 줌파 라히리
『속죄』 | 이언 매큐언
『휴먼 스테인』 | 필립 로스
『인피니트 제스트(Infinite Jest)』 | 데이비드 포스터 월리스
『미들섹스』 | 제프리 유제니디스

56쪽

『라운드 하우스』 | 루이스 어드리크
『작은 불씨는 어디에나』 | 실레스트 잉
『내 치아 이야기(The Story of My Teeth)』 | 발레리아 루이셀리
『언더그라운드 레일로드』 | 콜슨 화이트헤드
『오스카 와오의 짧고 놀라운 삶』 | 주노 디아스
『리틀 라이프』 | 한야 야나기하라
『몽유병자의 춤 안내서(The Sleepwalker's Guide to Dancing)』 | 미라 제이컵
『귀향(Homegoing)』 | 야 기야시
『우달라 나무 아래서(Under the Udala Trees)』 | 치넬로 옥퍼란타
『배반』 | 폴 비티
『동조자』 | 비엣 타인 응우옌
『나이팅게일』 | 크리스틴 한나
『망할 놈의 나라 압수르디스탄』 | 게리 슈테인가르트

「뭐가 뭐지(What Is the What)」 | 데이브 에거스
「우리가 볼 수 없는 모든 빛」 | 앤서니 도어
「깡패단의 방문」 | 제니퍼 이건
「바르도의 링컨」 | 조지 손더스
「튜더스, 앤불린의 몰락」 | 힐러리 맨틀
「황금방울새」 | 도나 타트
「아메리카나」 | 치마만다 응고지 아디치에
「파친코」 | 이민진
「사람은 어떻게 해야 하는가?(How Should a Person Be?)」 | 쉴라 헤티

61쪽

「태양은 노랗게 타오른다」 | 치마만다 응고지 아디치에
「괜찮은 남자(A Suitable Boy)」 | 비크람 세스
「나는 황제 클라우디우스다」 | 로버트 그레이브스
「침묵」 | 엔도 슈사쿠
「별을 헤아리며」 | 로이스 로리
「힐드(Hild)」 | 니콜라 그리피스
「일곱 건의 살인에 대한 간략한 역사」 | 말런 제임스
「브루클린」 | 콜럼 토빈
「가시나무새」 | 콜린 맥컬로우
「장엄한 태양(The Sunne In Splendour)」 | 샤론 케이 펜먼
「구리 태양(Copper Sun)」 | 샤론 M. 드레이퍼
「책도둑」 | 마커스 주삭
「주홍 글자」 | 너새니얼 호손
「운명의 딸」 | 이사벨 아옌데
「야코프의 천 번의 가을」 | 데이비드 미첼
「모든 것이 산산이 부서지다」 | 치누아 아체베
「대지의 기둥」 | 켄 폴릿
「울프 홀」 | 힐러리 맨틀
「줄리어스 시저」 | 윌리엄 셰익스피어
「세인트 마지(Saint Mazie)」 | 제이미 아텐버그
「닥터 지바고」 | 보리스 파스테르나크

64쪽

「압살롬, 압살롬!」 | 윌리엄 포크너
「알려진 세계(The Known World)」 | 에드워드 P. 존스
「허클베리 핀의 모험」 | 마크 트웨인
「바람과 함께 사라지다」 | 마거릿 미첼
「이브가 깨어날 때」 | 케이트 쇼팬
「영화광(The Moviegoer)」 | 워커 퍼시
「바람의 잔해를 줍다」 | 제스민 워드
「콜드마운틴의 사랑」 | 찰스 프레지어
「깜둥이 소년」 | 리처드 라이트
「사랑과 추억」 | 팻 콘로이
「플래너리 오코너」 | 플래너리 오코너
「다른 목소리, 다른 방」 | 트루먼 커포티
「뱀파이어와의 인터뷰」 | 앤 라이스
「모두가 왕의 부하들(All the King's men)」 | 로버트 펜 워런
「고딕 소녀」 | 카슨 매컬러스

68쪽

「잘못은 우리 별에 있어」 | 존 그린
「내 곁에 있어 줘(Stay with Me)」 | 아요바미 아데바요
「콜레라 시대의 사랑」 | 가브리엘 가르시아 마르케스
「파란색은 따뜻하다」 | 쥘리 마로
「엘리노어 & 파크」 | 레인보 로웰
「파 파빌리언스(The Far Pavilions)」 | M. M. 카예
「설득」 | 제인 오스틴
「40가지 사랑의 법칙」 | 엘리프 샤팍
「포에버」 | 주디 블룸
「브리짓 존스의 일기」 | 헬렌 필딩
「아웃랜더」 | 다이애너 개벌든
「노란 소파」 | 제니퍼 와이너
「로지 프로젝트」 | 그레임 심시언
「소년, 소년을 만난다(Boy Meets Boy)」 | 데이비드 리바이선
「조반니의 방(Giovanni's Room)」 | 제임스 볼드윈
「잉글리시 페이션트」 | 마이클 온다치
「남과 북」 | 엘리자베스 개스켈
「원 데이」 | 데이비드 니콜스
「상실」 | 존 디디온
「어린 왕자」 | 앙투안 드 생텍쥐페리
「달콤 쌉싸름한 초콜릿」 | 라우라 에스키벨
「로미오와 줄리엣」 | 윌리엄 셰익스피어
「안나 카레니나」 | 레프 톨스토이

73쪽

「펀 홈: 가족 희비극」 | 앨리슨 벡델
「온 뷰티」 | 제이디 스미스
「둥지(The Nest)」 | 신시아 대프릭스 스위니
「우리는 짐승들(We The Animals)」 | 저스틴 토레스
「가프가 본 세상」 | 존 어빙
「케빈에 대하여」 | 라이오넬 슈라이버
「운명과 분노」 | 로런 그로프
「가슴이 아린(Heartburn)」 | 노라 에프론
「가위 들고 달리기」 | 어거스텐 버로스
「난 당신의 완벽한 멕시코 딸이 아니야(I am not Your Perfect Mexican Daughter)」 | 에리카 L. 산체스
「레볼루셔너리 로드」 | 리처드 예이츠
「인생 수정」 | 조너선 프랜즌
「모던 러버(Modern Lovers)」 | 에마 스트라우브
「오래된 쓰레기(Old Filth)」 | 제인 가덤
「당신 없는 일주일」 | 조너선 트로퍼
「커져버린 사소한 거짓말」 | 리안 모리아티
「더 글라스 캐슬」 | 저넷 월스
「자격 있는(Eligible)」 | 커티스 시튼펠드
「크레이지 리치 아시안」 | 케빈 콴

『벌거벗은(Naked)』 | 데이비드 세다리스
『펭씨네 가족』 | 케빈 윌슨

77쪽

『경이의 땅』 | 앤 패칫
『헤밍웨이와 파리의 아내』 | 폴라 매클레인
『안나와디의 아이들』 | 캐서린 부
『룸』 | 엠마 도노휴
『엄마들(The Mothers)』 | 브릿 베넷
『벌들의 비밀생활』 | 수 몽크 키드
『꽃으로 말해줘』 | 버네사 디펜보
『미국식 결혼(An American Marriage)』 | 타야리 존스
『행운의 소년(Lucky Boy)』 | 샨티 세카란
『올리브 키터리지』 | 엘리자베스 스트라우트
『푸른 눈동자』 | 토니 모리슨
『시간 여행자의 아내』 | 오드리 니페네거
『인터레스팅 클럽』 | 메그 월리처
『내가 너를 구할 수 있을까』 | 루스 오제키
『어디 갔어, 버나뎃』 | 마리아 셈플
『우아한 연인』 | 에이모 토울스
『여자들에 관한 마지막 진실』 | 애니타 다이아먼트
『연을 쫓는 아이』 | 할레드 호세이니
『사랑의 역사』 | 니콜 크라우스
『고슴도치의 우아함』 | 뮈리엘 바르베리
『바다 사이 등대』 | M. L. 스테드먼
『나의 눈부신 친구』 | 엘레나 페란테
『엘리너 올리펀트는 완전 괜찮아』 | 게일 허니먼

80쪽

『빅 슬립』 | 레이먼드 챈들러
『말타의 매』 | 대실 해밋
『직관주의자(The Intuitionist)』 | 콜슨 화이트헤드
『테이블 위의 카드』 | 애거서 크리스티
『여자에게 어울리지 않는 직업』 | P. D. 제임스
『리플리 1: 재능있는 리플리』 | 퍼트리샤 하이스미스
『살인의 숲』 | 타나 프렌치
『장미의 이름』 | 움베르토 에코
『방화벽』 | 헤닝 만켈
『네 시체를 묻어라』 | 루이즈 페니
『레베카』 | 대프니 듀 모리에
『레드브레스트』 | 요 네스뵈
『블랙 에코』 | 마이클 코넬리
『스밀라의 눈에 대한 감각』 | 페터 회
『죽은 사람조차도(Even the Dead)』 | 벤저민 블랙
『셜록 홈스』 | 아서 코난 도일

84쪽

『왕좌의 게임』 | 조지 R. R. 마틴
『마지막 전투』 | C. S. 루이스
『디스크월드1: 마법의 색깔』 | 테리 프래쳇
『킬링 문(The Killing Moon)』 | N. K. 제미신
『하울의 움직이는 성』 | 다이애나 윈 존스
『황금 나침반』 | 필립 풀먼
『밤으로 만든 야수들(Beasts Made of Night)』 | 토치 오니부치
『과거와 미래의 왕(The Once & Future King)』 | T. H. 화이트
『퍼언 연대기: 용기사 3부작 1 — 드래곤의 비상』 | 앤 맥카프리
『아발론의 안개』 | 매리언 짐머 브래들리
『앰버 연대기1 — 앰버의 아홉 왕자』 | 로저 젤라즈니
『라스트 유니콘』 | 피터 S. 비글
『끝없는 이야기』 | 미하엘 엔데
『왕들의 길(The Way of Kings)』 | 브랜든 샌더스
『어둠이 떠오른다』 | 수잔 쿠퍼
『샨나라 요정의 돌(The Elfstones of Shannara)』 | 테리 브룩스
『스타더스트』 | 닐 게이먼
『호빗』 | J. R. R. 톨킨

91쪽

『해리 포터와 마법사의 돌』 | J. K. 롤링
『바람의 이름』 | 패트릭 로스퍼스
『어스시의 마법사』 | 어슐러 K. 르 귄
『캐리 온(Carry On)』 | 레인보 로웰
『뼈의 계절(The Bone Season)』 | 서맨사 섀넌
『니모나(Nimona)』 | 노엘 스티븐슨
『베네딕트 비밀클럽』 | 트렌톤 리 스튜어트(글), 카슨 엘리스(그림)
『마법사들』 | 레브 그로스먼
『어휘(Lexicon)』 | 맥스 베리
『미인들(The Belles)』 | 도니엘 클레이턴
『레드 런던의 여행자』 | V. E. 슈와브
『나이트 서커스』 | 에린 모겐스턴
『퍼시 잭슨과 올림포스의 신 1 — 미스터 D의 여름캠프』 | 릭 라이어던
『꿈 도둑들(The Dream Thieves)』 | 매기 스티브오터
『차산의 도서관(The Library at Mount Char)』 | 스콧 호킨스
『미스 페레그린과 이상한 아이들의 집』 | 랜섬 릭스
『피와 뼈의 아이들』 | 토미 아데예미

94쪽

『헝거 게임』 | 수잔 콜린스
『1984』 | 조지 오웰
『기억 전달자』 | 로이스 로리
『도그 스타』 | 피터 헬러
『로드』 | 코맥 매카시
『다섯 번째 계절』 | N. K. 제미신
『스탠드』 | 스티븐 킹

『레드 라이징』 | 피어스 브라운
『스테이션 일레븐』 | 에밀리 세인트존 맨델
『울』 | 휴 하위
『누가 죽음을 두려워하는가』 | 은네디 오코라포르
『브이 포 벤데타』 | 앨런 무어
『인간 종말 리포트』 | 마거릿 애트우드
『화씨 451』 | 레이 브래드버리
『통로(The Passage)』 | 저스틴 크로닌
『시티 오브 엠버 — 빛의 세계를 찾아서』 | 잔 뒤프라우

98쪽

『뉴로맨서』 | 윌리엄 깁슨
『안드로이드는 전기양의 꿈을 꾸는가?』 | 필립 K. 딕
『아키라』 | 오토모 가쓰히로
『암흑물질(Dark Matter)』 | 블레이크 크라우치
『쥬라기 공원』 | 마이클 크라이튼
『하늘의 모든 새들(All the Birds in the Sky)』 | 찰리 제인 앤더스
『멜라니 — 구원의 소녀』 | M. R. 캐리
『레디 플레이어 원』 | 어니스트 클라인
『다이아몬드 시대』 | 닐 스티븐슨
『일러스트레이티드 맨』 | 레이 브래드버리
『어글리』 | 스콧 웨스터펠드
『닫혀 있는 평범한 궤도(A Closed and Common Orbit)』 | 베키 체임버스
『가버린 세계(The Gone-Away World)』 | 닉 하커웨이
『타임머신』 | 허버트 조지 웰스
『리틀 브라더』 | 코리 닥터로우
『세계대전 Z』 | 맥스 브룩스
『개는 말할 것도 없고』 | 코니 윌리스

103쪽

『시간의 아이들(Children of Time)』 | 에이드리언 차이콥스키
『솔라리스』 | 스타니스와프 렘
『마션』 | 앤디 위어
『빈티(Binti)』 | 은네디 오코라포르
『화성 연대기』 | 레이 브래드버리
『스타십 트루퍼스』 | 로버트 A. 하인라인
『작고 화가 난 행성으로 가는 긴 여행(The Long Way to a Small Angry Planet)』 | 베키 체임버스
『사소한 정의』 | 앤 레키
『새벽(Dawn)』 | 옥타비아 E. 버틀러
『듄』 | 프랭크 허버트
『유년기의 끝』 | 아서 C. 클라크
『삼체』 | 류츠신
『세븐이브스』 | 닐 스티븐슨
『타이탄의 미녀』 | 커트 보니것
『링월드』 | 래리 니븐
『엔더의 게임』 | 오슨 스콧 카드
『익스펜스 — 깨어난 괴물1』 | 제임스 S. A. 코리

『히페리온』 | 댄 시먼스
『파운데이션』 | 아이작 아시모프

107쪽

『니오베 — 그녀는 생명(Niobe: She is Life)』 | 어맨들라 스텐버그, 서배스천 A. 존스(글), 애슐리 A. 우즈(그림)
『럼버제인(Lumberjanes)』 | 섀넌 워터스, 노엘 스티븐슨, 그레이스 엘리스, 브루클린 엘런
『사가』 | 브라이언 K. 본(글), 피오나 스테이플스(그림)
『샌드맨 1 — 서곡과 야상곡』 | 닐 게이먼(글), 샘 키스, 마이크 드링겐버그, 말콤 존스(그림)
『요푸공의 아야』 | 마르그리트 아부에(글), 클레망 우브르리(그림)
『지미 코리건 — 세상에서 가장 똑똑한 아이』 | 크리스 웨어
『맬리스 인 오븐랜드(Malice in Ovenland)』 | 미슐린 헤스
『나의 뉴욕 다이어리(My New York Diary)』 | 쥘리 두세
『스콧 필그림 1』 | 브라이언 리 오말리
『도착』 | 숀 탠
『팔레스타인 가자 지구 비망록』 | 조 사코
『블랙 팬서 — 우리 발밑의 국가 1(Black Panther: A Nation under Our Feet 1)』 | 타네히시 코츠, 브라이언 스텔프리즈
『당신 엄마 맞아?』 | 앨리슨 벡델
『배트맨 — 다크나이트 리턴즈 1』 | 프랭크 밀러(글), 클라우스 잰슨, 린 발리(그림)
『페이션스』 | 대니얼 클로즈
『왓치맨 1』 | 앨런 무어
『진과 대니』 | 진 루엔 양
『엘 데포』 | 시시 벨
『쥐』 | 아트 슈피겔만
『블랙홀』 | 찰스 번즈
『몬스터홀릭 1 — 내가 제일 좋아하는 것은 몬스터』 | 에밀 페리스
『E.X.O. — 웨일 윌리엄스의 전설 1(E.X.O.-the Legend of Wale Williams 1)』 | 로예 오쿱(글), 선칸미 아킨보예, 라파엘 카짐(그림)
『죽임과 죽음(Killing and Dying)』 | 에이드리언 토미네
『워킹 데드 1(The Walking Dead 1)』 | 로버트 커크먼(글), 토니 무어, 찰리 아들라르, 클리프 라스번(그림)
『신과의 계약(A Contract with God)』 | 윌 아이스너
『엑스맨 — 다크 피닉스 사가』 | 크리스 클레어몬트(글), 존 번(그림)
『잘자 뿡뿡 1』 | 아사노 이니오
『사랑은 엉망(The Love Bunglers)』 | 제이미 에르난데스
『담요』 | 크레이그 톰슨
『만화의 이해』 | 스콧 맥클라우드
『그건(What it is)』 | 린다 배리

110쪽

『그녀의 몸 그리고 다른 파티들(Her Body and Other Parties)』 | 카먼 마리아 마차도
『악어와 레슬링하기』 | 캐런 러셀
『예쁜 괴물들(Pretty Monsters)』 | 켈리 링크
『하늘에서 한 남자가 떨어지는 때가 의미하는 바(What It Means When A Man Falls from The Sky)』 | 레슬리 네카 아리마
『당신 인생의 이야기』 | 테드 창

『더블린 사람들』 | 제임스 조이스

『예수의 아들(Jesus's Son)』 | 데니스 존슨

『너만큼 여기 어울리는 사람은 없어』 | 미란다 줄라이

『크릭? 크랙!(Krik? Krak!)』 | 에드위지 당티카

『12월 10일』 | 조지 손더스

『체호프 단편선』 | 안톤 체호프

『축복받은 집』 | 줌파 라히리

『사랑을 말할 때 우리가 이야기하는 것』 | 레이먼드 카버

『난민들(The Refugees)』 | 비엣타인 응우옌

『이렇게 그녀를 잃었다』 | 주노 디아스

『네 것이 아닌 건 네 것이 아니다(What Is Not yours Is Not Yours)』 | 헬렌 오이예미

『미국의 새들(Birds of America)』 | 로리 무어

『런어웨이』 | 앨리스 먼로

『미로(Labyrinths)』 | 호르헤 루이스 보르헤스

『천국의 외로운 방랑자와 톤토 족의 주먹다짐(The Lone Ranger And Tonto Fistfight in Heaven)』 | 셔먼 알렉시

『블러드차일드』 | 옥타비아 E. 버틀러

『플래너리 오코너』 | 플래너리 오코너

115쪽

『아리엘(Ariel)』 | 실비아 플라스

『시 선집(Selected Poems)』 | 랭스턴 휴스

『댄스 댄스 레볼루션(Dance Dance Revolution)』 | 캐시 파크 홍

『루미의 정수(The essential Rumi)』 | 잘랄 앗 딘 루미

『악의 꽃』 | 샤를 보들레르

『시 전집(The Complete Poems: 1927-79)』 | 엘리자베스 비숍

『라이프 온 마스(Life On Mars)』 | 트레이시 K. 스미스

『현장 답사』 | 셰이머스 히니

『빨강의 자서전』 | 앤 카슨

『예이츠 — 시 선집(W. B. Yeats: Poems selected by Seamus Heaney)』 | W. B. 예이츠(지음), 셰이머스 히니(엮음)

『공동 언어를 향한 소망(The Dream of a Common Language)』 | 에이드리언 리치

『시 선집(Poems: new and Collected)』 | 비스와바 쉼보르스카

『죽기 전에 찬물 한 잔만 주오(Just Give Me a Cool Drink of Water 'Fore I Diiie)』 | 마야 엔젤루

『울부짖음 — Howl』 | 앨런 긴즈버그

『석탄(Coal)』 | 오드리 로드

『시 선집(Collected Poems)』 | E. E. 커밍스

『사랑 시(Love Poems)』 | 파블로 네루다

『시(The Poems)』 | 존 키츠

『황무지』 | T. S. 엘리엇

『시 선집(The Collected Poems)』 | 월러스 스티븐스

『점심 시(Lunch Poems)』 | 프랭크 오하라

『갈증(Thirst)』 | 메리 올리버

『디킨슨 — 시(Dickinson: Poems) | 에밀리 디킨슨

『라이너 마리아 릴케의 시 선집(The Selected Poetry of Rainer Maria Rilke)』 | 라이너 마리아 릴케

『77가지 꿈의 노래(77 Dream Songs)』 | 존 베리먼

『애니 앨런(Annie Allen)』 | 덜린 브룩스

『골목길이 끝나는 곳』 | 셸 실버스타인

『풀잎』 | 월트 휘트먼

118쪽

『길 잃기 안내서』 | 리베카 솔닛

『우리는 현실에선 절대 만나지 않는다(We are never meeting in real life)』 | 서맨사 어비

『존 맥피 리더(The John McPhee Reader)』 | 존 맥피

『나는 너를 판단한다 — 더 잘하기 매뉴얼(I'm Judging You: The Do-Better Manual)』 | 루비 아자이

『나도 말 잘하는 남자가 되고 싶었다』 | 데이비드 세다리스

『내 인생은 로맨틱 코미디』 | 노라 에프런

『베들레헴 방향으로 무너지다(Sloughing towards Bethlehem)』 | 존 디디온

『토박이의 기록(Notes of a Native Son)』 | 제임스 볼드윈

『공감 연습』 | 레슬리 제이미슨

『왜 내가 아니야?(Why Not Me?)』 | 민디 케일링

『재미있다고들 하지만 나는 두 번 다시 하지 않을 일』 | 데이비드 포스터 월리스

『다른 방식으로 보기』 | 존 버거

『거기 케이크가 있을 거라고 들었어(I Was Told There'd Be Cake)』 | 슬론 크로슬리

『불만과 그 문명(Discontent and Its Civilization)』 | 모신 하미드

『사진에 관하여』 | 수전 손택

『척 클로스터먼 — X(Chuck Klosterman: X)』 | 척 클로스터먼

『논쟁』 | 크리스토퍼 히친스

『안녕, 누구나의 인생』 | 셰릴 스트레이드

『펄프헤드(Pulphead)』 | 존 제러마이아 설리번

『나에게 컴퓨터는 필요없다』 | 웬델 베리

『유명하고 이상한 것들(Known and Strange Things)』 | 테주 콜

123쪽

『태양이 머무는 곳, 아치스』 | 에드워드 애비

『나무의 숨겨진 삶(The Hidden Life of Trees)』 | 페터 볼레벤

『마지막 기회라니? — 더글러스 애덤스와 마크 카워다인 두 남자의 멸종위기 동물 추적』 | 더글러스 애덤스, 마크 카워다인

『로랙스(The Lorax)』 | 닥터 수스

『종의 기원』 | 찰스 다윈

『모래 군의 열두 달』 | 알도 레오폴드

『새의 삶과 행동에 관한 시블리 안내서(The Sibley Guide to Bird Life and Behavior)』 | 데이비드 앨런 시블리

『원더풀 라이프』 | 스티븐 제이 굴드

『울지 않는 늑대』 | 팔리 모왓

『문어의 영혼』 | 사이 몽고메리

『황무지 에세이(Wilderness Essays)』 | 존 뮤어

『생명의 다양성』 | 에드워드 O. 윌슨

『동물의 생각에 관한 생각』 | 프란스 드 발

『드루이드 우두머리와의 만남(Encounters with the Archdruid)』 | 존 맥피

『신의 산으로 떠난 여행』 | 피터 매티슨

『부엉이와 또다른 판타지들(Owls and Other Fantasies)』 | 메리 올리버

『인투 더 와일드』 | 존 크라카우어

『침묵의 봄』 | 레이첼 카슨

『보이스 인 더 오션』 | 수전 케이시(국내 출간 예정)

『핀치의 부리』 | 조너선 와이너

『자연의 발명 — 잊혀진 영웅 알렉산더 폰 훔볼트』 | 안드레아 울프

127쪽

『감각의 박물학』 | 다이앤 애커먼

『아내를 모자로 착각한 남자』 | 올리버 색스

『우리는 왜 잠을 자야 할까』 | 매슈 워커

『우주에 오신 것을 환영합니다 — 천체 물리학 여행(Welcome to the Universe: An Astrophysical Tour)』 | 닐 디그래스 타이슨, 마이클 A. 스트라우스, J. 리처드 고트

『세포의 삶(The Lives of a Cell)』 | 루이스 토머스

『경도 이야기』 | 데이바 소벨

『생명 설계도, 게놈』 | 매트 리들리

『여섯번째 대멸종』 | 엘리자베스 콜버트

『짧고 쉽게 쓴 '시간의 역사'』 | 스티븐 호킹, 레오나르드 믈로디노프

『이기적 유전자』 | 리처드 도킨스

『엘러건트 유니버스』 | 브라이언 그린

『암: 만병의 황제의 역사』 | 싯다르타 무케르지

『광대한 여행』 | 로렌 아이슬리

『아르카디아(Arcadia)』 | 톰 스토파드

『트랜스휴머니즘』 | 마크 오코널

『내 속엔 미생물이 너무도 많아』 | 에드 용

『파인만의 여섯가지 물리 이야기』 | 리처드 파인만

『블랙 홀 블루스(Black Hole blues)』 | 재나 레빈

『찻잔 속 물리학』 | 헬렌 체르스키

『호모 데우스』 | 유발 하라리

『거의 모든 것의 역사』 | 빌 브라이슨

131쪽

『셸터링 스카이(The Sheltering Sky)』 | 폴 볼스

『새라 미다의 남부 프랑스 — 스케치북(Sara Midda's South of Africa: A Sketch Book)』 | 새라 미다

『빌 브라이슨의 대단한 호주 여행기』 | 빌 브라이슨

『아웃 오브 아프리카』 | 카렌 블릭센

『전망 좋은 방』 | E. M. 포스터

『죽음이 멈추고 일본인이 안녕이라고 말하는 곳(Where the Dead Pause and the Japanese Say Goodbye)』 | 마리 무츠키 모켓

『내 마음의 낯섦』 | 오르한 파묵

『티베트에서의 7년』 | 하인리히 하러

『카탈로니아 찬가』 | 조지 오웰

『어느 작은 섬(A Small Place)』 | 자메이카 킨케이드

『상실의 상속』 | 키란 데사이

『파타고니아』 | 브루스 채트윈

『샨타람』 | 그레고리 데이비드 로버츠

『비치』 | 알렉스 가랜드

『힌두쿠시 산맥에서 잠시 걷기(A Short Walk in the Hindu Kush)』 | 에릭 뉴비

『먹고 기도하고 사랑하라』 | 엘리자베스 길버트

『화이트 타이거』 | 아라빈드 아디가

『트랜스윈더랜드를 찾아서(Looking for Transwonderland)』 | 누 사로위와

『독립적인 사람들(Independent People)』 | 할도르 락스네스

『토스카나의 태양 아래서』 | 프랜시스 메이어스

『아틀라스 옵스큐라』 | 조슈아 포어, 딜런 투라스, 엘라 모턴

『일본에서의 1년(A Year in Japan)』 | 케이트 윌리엄스

『머나먼 섬들의 지도』 | 유디스 샬란스키

134쪽

『오디세이아』 | 호메로스

『와일드』 | 셰릴 스트레이드

『괴물들이 사는 나라』 | 모리스 샌닥

『섀클턴의 위대한 항해』 | 알프레드 랜싱

『캉디드』 | 볼테르

『콘티키』 | 소르 헤이에르달

『불타는 이구아나(Flaming Iguanas)』 | 에리카 로페즈

『암흑의 핵심』 | 조지프 콘래드

『나는 모험과 결혼했다(I Married Adventure)』 | 오사 존슨

『블루 하이웨이』 | 윌리엄 리스트 히트문

『잃어버린 도시 Z』 | 데이비드 그랜

『세 친구의 머나먼 길』 | 실라 번포드

『표류』 | 스티븐 캘러핸

『트랙(Tracks)』 | 로빈 데이비드슨

『희박한 공기 속으로』 | 존 크라카우어

『야성의 부름』 | 잭 런던

『세계 최악의 여정(The Worst Journey in the World)』 | 앱슬리 체리개러드

『모기 해안(The Mosquito Coast)』 | 폴 서루

『찰리와 함께한 여행』 | 존 스타인벡

『걸리버 여행기』 | 조너선 스위프트

『이 밤과 서쪽으로』 | 베릴 마크햄

139쪽

『사프론 이야기(The Saffron Tales)』 | 야스민 칸

『쌀 한 톨 마다(Every Grain of Rice)』 | 푸치시아 던롭

『페루 — 요리책(Peru: The Cookbook)』 | 가스톤 아쿠리오

『보트, 고래, 바다코끼리(A Boat, A Whale & A Walus)』 | 러네이 에릭슨

『예루살렘(Jerusalem)』 | 요탐 오토렝기, 새미 타미미

『바스크(Basque)』 | 호세 피자로

『모로코 음식(The Food of Morocco)』 | 폴라 울퍼트

『말레이시아(Malaysia)』 | 핑 쿰브스

『시골 주방(The Cottage Kitchen)』 | 마르테 마리 포스베리

『음식(Victuals)』 | 로니 룬디

『메이드 인 인디아(Made In India)』 | 미라 소하

『리 형제의 찰스턴 부엌(The Lee Bros. Charleston Kitchen)』 | 맷 리, 테드 리

『새로운 요리의 영혼(The Soul of a New Cuisine)』 | 마르쿠스 사무엘손

『장미수와 오렌지 블로섬(Rose Water & Orange Blossoms)』 | 모린 아부드

『마무시카(Mamushka)』 | 올리아 허큘리스

「내가 먹고 싶은 모든 것(Everything I Want to Eat)」 | 제시카 코슬로

「일본 영혼의 요리(Japanese Soul Cooking)」 | 오노 다다시, 해리스 살랏

「코리아타운(Koreatown)」 | 홍득기, 맷 로드바드

「사마르칸트(Samarkand)」 | 캐럴라인 이든, 엘리너 포드

「이탈리아 고전 요리법의 정수(Essentials of Classic Italian Cooking)」 | 마르첼라 아찬

「프랑스 요리법 마스터하기(Mastering the Art of French Cooking)」 | 줄리아 차일드

143쪽

「모든 것을 요리하기(How to Cook everything)」 | 마크 비트먼

「야채를 다루는 능력(Vegetable Literacy)」 | 데버러 매디슨

「여섯 계절(Six Seasons)」 | 조슈아 맥패든

「실버 팔레트 쿡북(The Silver Palate Cookbook)」 | 실라 러킨스, 줄리 로소

「뉴욕타임스 쿡북(The Essential New York Times Cookbook)」 | 어맨다 헤서

「소금, 지방, 산, 열(Salt, Fat, Acid, Heat)」 | 사민 노스랫

「궁극의 바 북 — 1000가지 칵테일 안내서(The Ultimate Bar Book: The Comprehensive Guide to Over 1,000 Cocktails)」 | 미티 헬믹

「간단한 요리 만드는 법(The Art of Simple Food)」 | 앨리스 워터스

「요리의 즐거움(Joy of Cooking)」 | 이르마 롬바우어, 마리온 롬바우어 베커, 이선 베커

「냠냠 팔레오 — 인간을 위한 음식(Nom Nom Paleo: Food For Humans)」 | 미셸 탬 & 헨리 퐁

「플레이버 바이블(The Flavor Bible)」 | 캐런 페이, 앤드루 도넌버그

「룰먼의 20가지 기술(Ruhlman's Twenty)」 | 마이클 룰먼

「베티 크로커의 그림 요리책(Betty Crocker's Picture Cook Book)」 | 베티 크로커

「더 푸드 랩」 | J. 켄지 로페즈알트

「리디아의 이탈리아 요리 마스터하기 — 위대한 이탈리아 요리사가 되기 위해 알아야 할 모든 것(Lidia's Mastering the Art of Italian Cuisine: Everything You Need to Know to Be a Great Italian Cook)」 | 리디아 마티키오 바스티아니크

147쪽

「패멀라 공주의 소울 푸드 요리서(Princess Pamela's Soul Food Cookbook)」 | 패멀라 스트로벨

「베트남 가정 요리(Vietnamese Home Cooking)」 | 찰스 판

「슈퍼내추럴 에브리데이(Supernatural Everyday)」 | 하이디 스완슨

「작은 성공(Small Victories)」 | 줄리아 터센

「농장의 몰리(Molly on the Range)」 | 몰리 예

「아침 — 잠을 깨우는 레시피(Breakfast: Recipes to Wake Up For)」 | 조지 웰드, 에번 핸크조

「자연으로 차린 맛있는 채식요리」 | 에린 글리슨

「이웃(Neighborhood)」 | 허티 매키넌

「활기찬 인도(Vibrant India)」 | 치트라 아그라왈

「시골 요리의 맛(The Taste of Country Cooking)」 | 에드나 루이스

「스미튼 키친 쿡북(Smitten Kitchen Cookbook)」 | 뎁 페럴먼

「맨발의 백작부인 가정식(Barefoot Contessa at Home)」 | 이나 가르텐

「다이닝 인(Dining In)」 | 앨리슨 로먼

「즉석 가정식(Ad Hoc at Home)」 | 토머스 켈러

「셰 파니즈 요리(Chez Panisse Cooking)」 | 폴 베르톨리, 엘리스 워터스

「바로 만들자(Off the Shelf)」 | 도나 헤이

「럭키 피치의 101가지 아시아 요리 레시피(Lucky Peach Presents 101 Easy Asian Recipes)」 | 피터 미한

「플렌티 모어」 | 요탐 오토렝기

「무스우드 쿡북(Moosewood Cookbook)」 | 몰리 카첸

「연기와 피클(Smoke and Pickles)」 | 에드워드 리

「대통령을 위한 샐러드(Salad for President)」 | 줄리아 셔먼

「매일 슈퍼 푸드(Everyday Super Food)」 | 제이미 올리버

「멕시코 요리를 먹자(Eat Mexico)」 | 레슬리 테예스

150쪽

「스위트(Sweet)」 | 요탐 오토렝기, 헬렌 고

「굽기 — 베이킹의 뉴 프론티어(Baked: New Frontiers in Baking)」 | 맷 루이스, 레나토 폴리아피토

「타르틴(Tartine)」 | 엘리자베스 프루이트, 채드 로버트슨

「나의 빵(My Bread)」 | 짐 레이

「쿠키 사랑(Cookie Love)」 | 민디 시걸, 케이트 레이히

「사탕은 마법(Candy Is Magic)」 | 제이미 컬

「독일 클래식 베이킹(Classic German Baking)」 | 루이자 바이스

「피자 바이블」 | 토니 제미냐니

「가정의 신 되기(How to Be a Domestic Goddess)」 | 니겔라 로슨

「빅 게이 아이스크림(Big Gay Ice Cream)」 | 브라이언 페트로프, 더글러스 킨트

「메이다 히터의 위대한 미국 디저트(Maida Heatter's Book of Great American Desserts) | 메이다 히터

「밀크 바 라이프(Milk Bar Life)」 | 크리스티나 토시

「집에서 먹는 제니의 멋진 아이스크림(Jeni's Splendid Ice Creams at Home)」 | 제니 브리튼 바우어

「케이크 바이블(The Cake Bible)」 | 로즈 레비 버랜바움

「부숑 베이커리」 | 토머스 켈러, 세바스티앙 루셀

「용감한 타르트(Bravetart)」 | 스텔라 파크스

「베티 크로커의 요리책(Betty Crocker's Cooky Book)」 | 베티 크로커

「홈메이드 데카당스(Joy the Baker Homemade Decadence)」 | 조이 윌슨

「디저트 준비 완료(ready for dessert)」 | 데이비드 리보비츠

154쪽

「홈 쿠킹(Home Cooking)」 | 로리 콜윈

「피와 뼈 그리고 버터」 | 개브리엘 해밀턴

「뼈에서 부드럽게(Tender at the Bone)」 | 루스 라이클

「엘리자베스 데이비드 클래식스(Elizabeth David Classics)」 | 엘리자베스 데이비드

「식사 사이(Between Meals)」 | A. J. 리블링

「홈메이드 라이프」 | 몰리 와이젠버그

「서른두 개의 노른자(32 Yolks)」 | 에릭 리퍼트

「끝없는 식사(An Everlasting Meal)」 | 타마르 애들러

「줄리아의 즐거운 인생」 | 줄리아 차일드, 알렉스 프루돔

「맛있는 인생」 | 루시 나이즐리

「망고 나무에 오르기(Climbing the Mango Trees)」 | 마두르 재프리

「요리 유전자(The Cooking Gene)」 | 마이클 W. 트위티

「까칠한 도시, 황홀한 디저트」 | 데이비드 리보비츠

「마이클 폴란의 행복한 밥상」 | 마이클 폴란

「앗 뜨거워 Heat」 | 빌 버포드

『키친 컨피덴셜』 | 앤서니 보뎅

『자연과 함께한 1년』 | 바버라 킹솔버, 스티븐 L. 호프, 카밀 킹솔버

『주방 일기(The Kitchen Diaries)』 | 나이절 슬레이터

『와인 로드에서의 모험(Adventures on the Wine Route)』 | 커밋 린치

『먹기의 기술(The Art of Eating)』 | M. F. K. 피셔

158쪽

『헨리에타 랙스의 불멸의 삶』 | 레베카 스클루트

『삶(Life)』 | 키스 리처즈

『알렉산더 해밀턴』 | 론 처노

『시비스킷』 | 로라 힐렌브렌드

『파워 브로커—로버트 모지스와 뉴욕의 몰락(The Power Broker: Robert Moses and the Fall of New York)』 | 로버트 A. 카로

『일론 머스크, 미래의 설계자』 | 애슐리 반스

『말콤 엑스』 | 알렉스 헤일리

『예카테리나 대제(Catherine the Great)』 | 로버트 K. 매시

『길 위의 먼지 자국(Dust Tracks on a Road)』 | 조라 닐 허스턴

『만델라 자서전 — 자유를 향한 머나먼 길』 | 넬슨 만델라

『카스트로 거리의 시장(The Mayor of Castro Street)』 | 랜디 실츠

『존 애덤스(John Adams)』 | 데이비드 매컬로

『내 아버지로부터의 꿈』 | 버락 오바마

『본 스탠딩 업(Born Standing Up)』 | 스티브 마틴

『스티브 잡스』 | 월터 아이작슨

『마지막 사자 — 윈스턴 스펜서 처칠(The Last Lion: Winston Spencer Churchill)』 | 윌리엄 맨체스터

『새뮤얼 존슨의 생애(The Life of Samuel Johnson)』 | 제임스 보스웰

『엘리노어 루스벨트(Eleanor Roosevelt)』 | 블랜시 위센 쿡

『이단자 아얀 히르시 알리』 | 아얀 히르시 알리

165쪽

『비틀거리는 천재의 가슴 아픈 이야기』 | 데이브 에거스

『대륙의 딸』 | 장융

『평범한 삶의 백과사전(Encyclopedia of an Ordinary Life)』 | 에이미 크루즈 로젠탈

『잠수종과 나비』 | 장 도미니크 보비

『이 소년의 삶』 | 토바이어스 울프

『그들이 먼저 내 아버지를 죽였다(First They Killed My Father)』 | 루앙 웅

『나이트』 | 엘리 위젤

『가만히 기다리기(Hold Still)』 | 샐리 만

『꿈꾸는 흑인 소녀(Brown Girl Dreaming)』 | 재클린 우드슨

『저스트 키즈』 | 패티 스미스

『집으로 가는 길』 | 이스마엘 베아

『아르고호의 선원들(The Argonauts)』 | 매기 넬슨

『물은 넓다(The Water Is Wide)』 | 팻 콘로이

『새장에 갇힌 새가 왜 노래하는지 나는 아네』 | 마야 안젤루

『이 세상의 모든 크고 작은 생물들』 | 제임스 헤리엇

『프레시 오프 더 보트(Fresh Off the Boat)』 | 에디 황

『오렌지만이 과일은 아니다』 | 지넷 윈터슨

『바바리안 데이즈』 | 윌리엄 피네건

『내 이름은 용감한새』 | 메리 크로우 도그

『테헤란에서 롤리타를 읽다』 | 아자르 나피시

『블랙스완그린』 | 데이비드 미첼

『안젤라의 재』 | 프랭크 매코트

『나의 투쟁 1』 | 칼 오베 크나우스고르

『페르세폴리스』 | 마르잔 사트라피

『거짓말쟁이 모임(The Liars' Club)』 | 메리 카

『심장 열매(Heart Berries)』 | 테레즈 마리 마일호트

168쪽

『우리는 모두 페미니스트가 되어야 합니다』 | 치마만다 응고지 아디치에

『나쁜 페미니스트』 | 록산 게이

『자기만의 방』 | 버지니아 울프

『남자들은 자꾸 나를 가르치려 든다』 | 리베카 솔닛

『이 다리는 내 등이라 불린다—급진적 유색인종 여성의 글(This Bridge called My Back: Writing By Radical Women of Color)』 | 체리 모라가, 글로리아 안살두아

『페미니즘-주변에서 중심으로』 | 벨 훅스

『늑대와 함께 달리는 여인들』 | 클라리사 에스테스

『제2의 성』 | 시몬 드 보부아르

『세계 곳곳의 너무 멋진 여자들』 | 케이트 샤츠(글), 미리엄 클라인 슈탈(그림)

『싱글 레이디스』 | 레베카 트레이스터

『여전사』 | 맥신 홍 킹스턴

『나는 당당한 페미니스트로 살기로 했다』 | 린디 웨스트

『아마도 올해의 가장 명랑한 페미니즘 이야기』 | 케이틀린 모란

『자매 시민(Sister Citizen)』 | 멀리사 해리스페리

『독립 수업』 | 그레이스 보니

『시스터 아웃사이더』 | 오드리 로드

『하느님이 여자였던 시절』 | 멀린 스톤

『우리 몸, 우리 자신(Our Bodies, Ourselves)』 | 보스턴 우먼스 헬스북 컬렉티브

『여성, 인종과 계급(Women, Race & Class)』 | 앤절라 데이비스

『처음 만나는 페미니즘』 | 제시카 발렌티

173쪽

『어둠 속의 희망』 | 리베카 솔닛

『미즈 마블』 | G. 윌로우 윌슨(글), 애드리언 알포나(그림)

『서쪽 출구(Exit West)』 | 모신 하미드

『자기 땅의 이방인들』 | 앨리 러셀 혹실드

『골칫거리로 취급당한다는 건 어떤 느낌을 주는가?(How Does It Feel to Be a Problem?)』 | 무스타파 바유미

『다른 해안에서 온 이방인들(Strangers from a Different Shore)』 | 로널드 타카키

『세상과 나 사이』 | 타네히시 코츠

『보호 구역의 삶(Rez Life)』 | 데이비드 트루어

『우리가 일어날 때(When We Rise)』 | 클리브 존스

『드라운』 | 주노 디아스

『이번에는 불(The Fire This Time)』 | 제스민 워드

『다시 보는 현실(Redefining Realness)』 | 재닛 목

『내가 너에게 절대로 말하지 않는 것들』 | 실레스트 잉

『우리가 사랑하는 나라에서(In the Country We Love)』 | 다이앤 게레로, 미셸 버퍼로

『자유는 끝없는 투쟁(Freedom Is a Constant Struggle)』 | 앤절라 Y. 데이비스

『또다른 웨스 무어(The Other Wes Moore)』 | 웨스 무어

『긴 여행』 | 프란체스카 산나

『흑인이 되는 법(How to Be Black)』 | 바라툰드 서스턴

『바른 마음』 | 조너선 하이트

『3월(March)』 | 존 루이스, 앤드루 아이딘(글), 네이트 파월(그림)

『나는 J다(I Am J)』 | 크리스 빔

『사랑해 너무나 너무나』 | 저스틴 리처드슨, 피터 파넬(글), 헨리 콜(그림)

『힐빌리의 노래』 | J. D. 밴스

『사피엔스』 | 유발 하라리

『어느 토착민의 미국사(An Indigenous Peoples' History of the United States)』 | 록산느 던바 오르티즈

『시민(Citizen)』 | 클라우디아 랭킨

176쪽

『나를 운디드니에 묻어주오』 | 디 브라운

『미국민중사』 | 하워드 진

『권력의 조건』 | 도리스 컨스 굿윈

『역사는 누구의 편에 서는가』 | 아이리스 장

『다른 태양의 따뜻함(The Warmth of Other Suns)』 | 이저벨 윌커슨

『8월의 포성』 | 바바라 터크먼

『1936년 그들은 희망이 되었다』 | 대니얼 제임스 브라운

『총 균 쇠』 | 재레드 다이아몬드

『1919년 파리 — 세상을 바꾼 6개월(Paris 1919: Six Months That Changed the World)』 | 마거릿 맥밀런

『필사의 도전(The Right Stuff)』 | 톰 울프

『화이트 시티』 | 에릭 라슨

『표트르 대제(Peter the Great)』 | 로버트 K. 매시

『레오폴드왕의 유령』 | 아담 호크쉴드

『대구』 | 마크 쿨란스키

『메이플라워』 | 너새니얼 필브릭

『인디언』 | 찰스 만

『간디 이후의 인도(India After Gandhi)』 | 라마찬드라 구하

181쪽

『무기여 잘 있어라』 | 어니스트 헤밍웨이

『손자병법』 | 손무

『전쟁론』 | 카를 폰 클라우제비츠

『총 한 방(One Bullet Away)』 | 너대니얼 픽

『최고의 인재들』 | 데이비드 핼버스탬

『사다코와 천 마리 종이학』 | 엘러노 코어

『스위트 프랑세즈』 | 이렌 네미로프스키

『밴드 오브 브라더스』 | 스테판 앰브로스

『불의 문』 | 스티븐 프레스필드

『펠로폰네소스 전쟁사』 | 투퀴디데스

『서부 전선 이상 없다』 | 에리히 마리아 레마르크

『영원한 전쟁』 | 조 홀드먼

『타버린 그림자(Burnt Shadows)』 | 카밀라 샴지

『살인마 천사(The Killer Angels)』 | 마이클 샤라

『복무에 감사드립니다(Thank You For Your Service)』 | 데이비드 핀켈

『세대 살해(Generation Kill)』 | 에번 라이트

『마터호른(Matterhorn)』 | 칼 말란테스

『War 워』 | 세바스찬 융거

『캐치 — 22』 | 조지프 헬러

『그들이 가지고 다닌 것들』 | 팀 오브라이언

『언브로큰』 | 로라 힐렌브랜드

184쪽

『고맙습니다』 | 올리버 색스

『우리 딴 얘기 좀 하면 안 돼?』 | 라즈 채스트

『숨결이 바람 될 때』 | 폴 칼라니티

『우연한 여행자』 | 앤 타일러

『천 개의 파도』 | 소날리 데라냐갈라

『예감은 틀리지 않는다』 | 줄리언 반스

『메이블 이야기』 | 헬렌 맥도널드

『역사는 당신이 내게 남겨놓은 전부(History Is All You Left Me)』 | 애덤 실베라

『어떻게 죽을 것인가』 | 아툴 가완디

『올드 잭의 추억(The Memory of Old Jack)』 | 웬델 베리

『이 삶을 사랑하지 않을 이유가 없다』 | 니나 리그스

『푸른 밤』 | 존 디디온

『신 없이 어떻게 죽을 것인가』 | 크리스토퍼 히친스

『메멘토 모리(Memento Mori)』 | 뮤리얼 스파크

『잘 가, 비타민(Goodbye, Vitamin)』 | 레이철 콩

『오베라는 남자』 | 프레드릭 배크만

『나의 올드 댄, 나의 리틀 앤』 | 윌슨 롤스

『이반 일리치의 죽음』 | 레프 톨스토이

『스틸 앨리스』 | 리사 제노바

『인체재활용』 | 메리 로취

189쪽

『도덕경』 | 노자

『라이징 스트롱』 | 브레네 브라운

『삶의 의미를 찾아서』 | 빅터 프랭클

『인생이 빛나는 정리의 마법』 | 곤도 마리에

『현명해지기(Becoming Wise)』 | 크리스타 티펫

『여든 살의 내가 하는 충고(Advice from My 80-Year-Old Self)』 | 수전 오말리

『지금부터 행복할 것』 | 그레첸 루빈

『STRESS 스트레스 — 당신을 병들게 하는 스트레스의 모든 것』 | 로버트 새폴스키

『지금 이 순간을 살아라』 | 에크하르트 톨레

『영혼의 의자』 | 게리 주커브

『긍정 키트(The Positivity Kit)』 | 리사 커리

『이른 아침 나를 기억하라』 | 틱낫한

『행복해지는 법 — 또는 적어도 덜 슬퍼하는 법[How to Be Happy(Or at Least Less Sad)]』 | 리 크러철리

『제대로 위로하기』 | 켈시 크로, 에밀리 맥도웰

『지금 여기에 살라(Be here now)』 | 람 다스

『휘게 라이프, 편안하게 함께 따뜻하게』 | 마이크 비킹

『곰돌이 푸, 인생의 맛』 | 벤저민 호프

『내적 공학 — 기쁨을 위한 요기 안내서(Inner Engineering: A Yogi's Guide to Joy)』 | 삿구루

『신경 끄기의 기술』 | 마크 맨슨

『풍요로운 삶을 위한 일곱 가지 지혜』 | 디팩 초프라

『모든 것이 산산이 무너질 때』 | 페마 초드론

『행복의 가설』 | 조너선 하이트

『성실함의 배신』 | 젠 신체로

『픽 미 업(Pick Me Up)』 | 애덤 J. 커츠

『JOY 기쁨의 발견』 | 달라이 라마, 데스몬드 엠필로 투투, 더글러스 에이브람스

192쪽

『작가살이』 | 애니 딜러드

『화성으로 날아간 작가』 | 레이 브래드버리

『도덕주의 소설에 대하여(On Moral Fiction)』 | 존 가드너

『글쓰기 생각쓰기』 | 윌리엄 진서

『먹고, 쏘고, 튄다』 | 린 트러스

『글을 쓰고 싶다면』 | 브렌다 유랜드

『자전적 스토리텔링의 모든 것』 | 메리 카

『젊은 시인에게 보내는 편지』 | 라이너 마리아 릴케

『쓰기의 감각』 | 앤 라모트

『헤밍웨이의 글쓰기』 | 어니스트 헤밍웨이(지음), 래리 W. 필립스(엮음)

『유혹하는 글쓰기』 | 스티븐 킹

『글쓰기의 요소—지적 문장을 위한 영어의 18원칙』 | 윌리엄 스트렁크, E. B. 화이트(지음), 스탠포드 프리처드(엮음), 마이라 칼만(그림)

『소설, 어떻게 쓸 것인가』 | 프랜신 프로즈

『뼛속까지 내려가서 써라』 | 나탈리 골드버그

『유도라 웰티의 소설작법』 | 유도라 웰티

『시카고 문체 매뉴얼(The Chicago Manual of Style)』 | 유니버시티오브시카고프레스

『소설가를 위한 직접 편집(Self-Editing for Fiction Writers)』 | 레니 브라운, 데이브 킹

『소설은 어떻게 작동하는가』 | 제임스 우드

『솔 스타인의 글쓰기(Stein on Writing)』 | 솔 스타인

197쪽

『네 내면의 비평가는 머저리야(Your Inner Critic Is a Big Jerk)』 | 대니엘 크리사

『내용의 모양(The Shape of Content)』 | 벤 샨

『내면의 그림, 우뇌로 그리기』 | 베티 에드워즈

『질문의 기술(The Art of Asking)』 | 어맨다 팔머

『밤을 그리는 여자들(Ladies Drawing Night)』 | 줄리아 로스먼, 레아 고렌, 레이철 콜

『한 번에 한 장씩(1 Page at a Time)』 | 애덤 J. 커츠

『생각하는 어린이가 힘이 세다』 | 마릴린 번스

『빅매직』 | 엘리자베스 길버트

『걱정 말고 그려봐!』 | 존 버거맨

『예술 전쟁 — 장벽을 뚫고 내면의 창조전에서 이겨라(The War of Art: Break Through the Blocks and Win Your Inner Creative Battles)』 | 스티븐 프레스필드

『드로잉은 마법(Drawing Is Magic)』 | 존 핸드릭스

『몰입의 즐거움』 | 미하이 칙센트미하이

『멋지게 실수하라』 | 닐 게이먼

『유쾌한 크리에이티브』 | 톰 켈리, 데이비드 켈리

『아티스트 웨이』 | 줄리아 카메론

『쓸모없는 짓의 행복』 | 크리스 길아보

『천재들의 창조적 습관』 | 트와일라 타프

『훔쳐라, 아티스트처럼』 | 오스틴 클레온

『나를 바꾸는 52주의 기록』 | 무리아 실

『창의성을 지휘하라』 | 에드 캣멀, 에이미 월러스

『안티 컬러링 북(The Anti-Coloring Book)』 | 수전 스트라이커, 에드워드 킴멜

『마음가면』 | 브레네 브라운

『매일 그리기, 백방으로 그리기(Draw Every Day, Draw Every Way)』 | 제니퍼 오킨 루이스

『모든 것이 되는 법』 | 에밀리 와프닉

『예술가의 핸드북(The Artist's Handbook)』 | 레이 캠벨 스미스

『예술 주식회사(Art, Inc.)』 | 리사 콩던

203쪽

『피버 피치』 | 닉 혼비

『끈 이론(String Theory)』 | 데이비드 포스터 월리스

『블라인드 사이드(The Blind Side)』 | 마이클 루이스

『벤 호건의 모던골프』 | 편집부

『게임을 바꾸는 사람들(Game Changers)』 | 몰리 시엇

『달리기를 말할 때 내가 하고 싶은 이야기』 | 무라카미 하루키

『금요일 밤의 빛(Friday Night Lights)』 | H. G. 비신저

『본 투 런』 | 크리스토퍼 맥두걸

『볼 포』 | 짐 바우튼

『하비 페닉의 리틀 레드북』 | 하비 페닉

『한계 없는 삶(A Life Without Limits)』 | 크리시 웰링턴

『게임의 휴식(The Breaks of the Game)』 | 데이비드 핼버스탬

『나는 법을 배우다(Learning to Fly)』 | 스테프 데이비스

『프리솔로』 | 알렉스 호놀드, 데이비드 로버츠

『좋은 산책 망쳐버리기(A Good Walk Spoiled)』 | 존 파인스타인

『수비의 기술』 | 채드 하바크

『종이 사자(Paper Lion)』 | 조지 플림턴

『포워드(Forward)』 | 애비 웜백

『내 생애 최고의 경기(The Greatest Game Ever Played)』 | 마크 프로스트

『흐르는 강물처럼』 | 노먼 매클린

『여름의 소년들(The Boys of Summer)』 | 로저 칸

『엔드 존(End Zone)』 | 돈 드릴로

『달콤한 과학(The Sweet Science)』 | A. J. 리블링

『소리쳐(Raise the Roof)』 | 팻 서밋, 샐리 젠킨스

『세계의 왕(King of the World)』 | 데이비드 렘닉

『길을 찾다(Find a Way)』 | 다이애나 나이아드

206쪽

『파도가 칠 때는 서핑을』 | 이본 취나드

『실리콘밸리의 팀장들』 | 킴 스콧

『당신이 얼마나 잘하는가는 문제가 아니다 얼마나 잘하고 싶어하는지가 문제다』 | 폴 아덴

『행복의 특권』 | 숀 아처

『새로운 기계의 영혼』 | 트레이시 키더

『새로운 미래가 온다』 | 다니엘 핑크

『콰이어트』 | 수전 케인

『린 인』 | 셰릴 샌드버그

『머니볼』 | 마이클 루이스

『신호와 소음』 | 네이트 실버

『생각에 관한 생각』 | 대니얼 카너먼

『제3의 성공』 | 아리아나 허핑턴

『제로 투 원』 | 피터 틸, 블레이크 매스터스

『습관의 힘』 | 찰스 두히그

『아웃라이어』 | 말콤 글래드웰

『쏟아지는 일 완벽하게 해내는 법』 | 데이비드 앨런

『슈 독 — 나이키 창업자 필 나이트 자서전』 | 필 나이트

『좋은 기업을 넘어… 위대한 기업으로』 | 짐 콜린스

『체크! 체크리스트』 | 아툴 가완디

『왜 나는 항상 결심만 할까』 | 켈리 맥고니걸

『성공하는 사람들의 13가지 행동철학』 | 나폴레옹 힐

『나는 4시간만 일한다』 | 팀 페리스

211쪽

『이차원 인간』 | 폴 사어

『타이포그래피 들여다보기』 | 엘런 럽튼

『S, M, L, XL』 | 렘 콜하스, 브루스 마우

『정보의 시각화(Envisioning Information)』 | 에드워드 R. 터프티

『마음이 머문 곳이 집(Home Is Where the Heart Is)』 | 일스 크로포드

『안녕, 데이터(Dear Data)』 | 조지아 루피, 스테파니 포세이벡

『패션(아님)[(Un)fashion]』 | 티보 칼만, 마이라 칼만

『와비사비』 | 레너드 코렌

『임스 — 디테일의 미학(Eames: Beautiful Details)』 | 임스 디미트리오스, 찰스 임스, 레이 임스

『로고 모더니즘(Logo Modernism)』 | 옌스 뮐러, R. 로저 레밍턴

『디자인, 형식과 혼돈(Design, Form, and Chaos)』 | 폴 랜드

『디자이너를 위한 그리드 시스템』 | 요제프 뮐러 브로크만

『작업 중(In Progress)』 | 제시카 히쉬, 루이스 필리

『살면서 내가 배운 것들(Things I have learned in my life so far)』 | 스테판 자그마이스터

『알렉산더 지라르(Alexander Girard)』 | 수전 브라운

『디자이닝 브랜드 아이덴티티』 | 앨리나 휠러

『색채의 상호작용』 | 요제프 알버스

『도널드 노먼의 디자인과 인간 심리』 | 도널드 A. 노먼

『어떻게 하면[How to Use Graphic Design to Sell Things, Explain Things, Make Things Look Better, Make People Laugh, Make People Cry, and (Every Once in a While) Change the World]』 | 마이클 베이르트

『드래플린 디자인(Draplin Design Co.: Pretty Much Everything)』 | 에런 제임스 드래플린

『예술로서의 디자인(Design as Art)』 | 브루노 무나리

『헬베티카 — 서체 오마주(Helvetica: Homage to a Typeface)』 | 라스 뮐러

216쪽

『그리핀 & 사비네』 | 닉 밴톡

『당신이 우주와 하나가 되도록 도울 그림책(Your Illustrated Guide to Becoming One With the Universe)』 | 유미 사쿠가와

『불확실성의 원리(The Principles of Uncertainty)』 | 마이라 칼만

『짐승 같은 시(Beastly Verse)』 | 윤주희

『끝없는 기다림』 | 줄리아 워츠

『수영 공부(Swimming Studies)』 | 린 섀프턴

『올빼미와 부엉이』 | 맷 슈얼

『이 책은 카메라(This book is a Camera)』 | 켈리 앤더슨

『역사 속의 나쁜 여자들(Bad Girls Throughout History)』 | 앤 셴

『검은 고양이는 다 달라(All Black Cats Are Not Alike)』 | 에이미 골드와서(글), 피터 아클 (그림)

『모던 라이프』 | 장 줄리앙

『인간적인 펭귄들(Penguins With People Problems)』 | 메리 로라 필포트

『큐큐 웃픈 내 인생』 | 앨리 브로시

『티베트』 | 피터 시스

『앰피고리(Amphigorey)』 | 에드워드 고리

『내 꿈의 정원에서(In the Garden of My Dreams)』 | 나탈리 레테

『레시피만 놔두고 가줘(Leave Me Alone with the Recipes)』 | 치페 피넬레스

『에브리 퍼슨 인 뉴욕』 | 제이슨 폴란

『캘빈과 홉스 만화일기』 | 빌 허터슨

『추상도시(Abstract City)』 | 크리스토프 니먼

『헬로 뉴욕』 | 줄리아 로스먼

『샌프란시스코에서(Meanwhile in San Francisco)』 | 웬디 맥노튼

『AMAZING ANIMALS 신기한 동물들』 | 마야 세프스트룀

『땅속 요정들(Gnomes)』 | 빌 하위헌(글), 린 포르트블릿(그림)

『계절(Seasons)』 | 블렉스볼렉스

『깊고 짙은 어둠(Deep Dark Fears)』 | 프랜 크라우스

『야생화가 되는 법(How to be a wildflower)』 | 케이티 데이지

참고문헌 & 출처

(본문에 언급된 순)

매들렌 렝글, "팽창하는 우주(The Expanding Universe)." 1963년 뉴베리상 수상 소감. http://www.madeleinelengle.com

요한 아모스 코메니우스와 찰스 훌(Charles Hoole), 『세계도해(Orbis sensualium pictus)』. 런던: 존스프린트, 1705년 인터넷 아카이브, 2009년. https://archive.org/details/johannamoscomeni00come

모리스 샌닥, 『칼데콧 앤드 컴퍼니—책과 그림에 대한 메모(Caldecott & Co.: Notes on Books and Pictures)』. 뉴욕: 눈데이, 1990년.

브라이틀리 에디터스(Brightly editors), "삽화가를 만나다—크리스티안 로빈슨(Meet the Illustrator: Christian Robinson)", 『브라이틀리』, 2017년 12월 1일. http://www.readbrightly.com/meet-illustrator-christian-robinson

모린 코리건(Maureen Corrigan), "E. B. 화이트는 어떻게 '샬롯의 거미줄'을 쳤나(How E. B. White Spun 'Charlotte's Web')", NPR: 「프레시에어」, 2011년 7월 5일.

노턴 저스터, "우연히 탄생한 나의 걸작—팬텀 톨부스(My accidental Masterpiece: The Phantom Tollbooth)", NPR: 「세상 모든 이야기(All Things Considered)」, 2011년 10월 25일.

애니 코리얼(Annie Correal), "퀴즈가 있을 것이다(There Will Be a Quiz)", 『뉴욕타임스』, 2016년 7월 17일.

"책 똑똑이인지 확인해보자(Test Your Book Smarts)", 『뉴욕타임스』, 2016년 7월 14일. http://www.nytimes.com/interactive/2016/07/14/nyregion/strand-quiz.html

앨리슨 플루드(Alison Flood), "아동 문학의 엄청난 성비 불균형 밝혀져(Study finds huge gender imbalance in children's literature)", 『가디언』, 2011년 5월 6일. http://www.theguardian.com/books/2011/may/06/gender-imbalance-children-s-literature.

카린 니만(Karin Nyman), "삐삐 롱스타킹 그 뒷이야기(The story behind Pippi Longstocking)", 라벤 앤드 쇠그렌. 유튜브, 2015년. https://www.youtube.com/watch?v=LVbnGk-iYTU.

"제임스 조이스" 위키피디아: 온라인 백과사전, 위키미디어 파운데이션, 가장 최근 수정은 2017년 12월 12일. https://en.wikipedia.org/wiki/James_Joyce.

니콜라 윤(Nicola Yoon), 아룬 라스와의 인터뷰, "비눗방울 안에서 드넓은 세상에 어른거리는 윤기를 보며—니콜라 윤과의 인터뷰", NPR: 「세상 모든 이야기」, 2015년 8월 30일.

브이로그브라더스(Vlogbrothers), "브이로그브라더스: 정보(Vlogbrothers: About)" 유튜브, 2017년 12월 10일. http://www.youtube.com/user/vlogbrothers/about

수지 메저(Susie Mesure), "청소년 문학의 새바람 앤지 토머스—출판계는 대단히 끔찍한 일을 했다. 흑인 어린이들이 독서를 안 한다고 억측해버렸다", 『텔레그라프』, 2017년 4월 11일. https://www.telegraph.co.uk/books/authors/meet-angie-thomas-author-new-ya-sensation-inspired-black-lives

리 드비토(Lee DeVito), "존 K. 킹 유스드 앤드 레어 북스의 존 킹(John King of John K. King Used & Rare Books)", 『디트로이트 메트로타임스』, 2014년 2월 5일. https://www.metrotimes.com/detroit/john-king-of-john-k-king-used-and-rare-books/Content?oid=2143899

케이틀린 로퍼(Kaitlin Roper), "『어느 유랑극단 이야기』 출간 25주년을 맞이하여—프릭쇼의 가족은 대중문화의 영웅들에게 어떻게 영감을 주었나(Geek Love at 25: How a Freak Family Inspired Yout Pop Culture Heroes)", 『와이어드』, 2014년 3월 7일. https://www.wired.com/2014/03/geek-love

폴 비텔로(Paul Vitello), "『선과 모터사이클 관리술』의 저자 로버트 M. 피어시그 영면하다(Robert M. Pirsig, Author of 'Zen and the Art of Motorcycle Maintenance', dies)", 『뉴욕타임스』, 2017년 4월 25일.

"퍼렐 윌리엄스(Pharrel Williams)", 「오프라 프라임」 시즌 1, 에피소드 108. OWN, 2014년 4월 13일.

찰스 디킨스, 『두 도시 이야기』, 런던: 펭귄, 2011년.

샬럿 브론테, 『제인 에어』, 뉴욕: 빈티지, 2009년.

가쿠타니 미치코(Kakutani Michiko), "영문학 모더니즘—1910년에 매달린 거대한 무게(English Modernism: A Big Weight to Hang on 1910)", 『뉴욕타임스』, 1996년 11월 29일.

앨리스 워커, "조라를 찾아서(Looking for Zora)", 『미즈』, 1975년.

"다이칸야마 T-사이트에 대하여(About Daikanyama T-site)", 다이칸야마 T-사이트 웹사이트. 2017년 12월 10일. http://real.tsite.jp/daikanyama/english/

"서점에 대해서(About Us)", 유니티 북스 웹사이트. 2017년 12월 10일. http://unitybooks.nz/about

랠프 엘리슨, "내셔널북어워드 수상 소감—랠프 엘리슨, 1953년 픽션 부문 『보이지 않는 인간』으로 수상", 내셔널북파운데이션 웹사이트. http://www.nationalbook.org/nbaacceptspeech_rellison.html

마갈릿 폭스(Margalit Fox), "저명한 스페인 문학 번역가 그레고리 라바사가 94세로 영면하다(Gregory Rabassa, Noted Spanish Translator, Dies at 94)", 『뉴욕타임스』, 2016년 6월 16일.

지미 스탬프(Jimmy Stamp), "F. 스콧 피츠제럴드가 표지로 소설 개츠비를 평가할 때(When F. Scott Fitzgerald Judged Gatsby by Its Cover)", Smithsonian.com, 2013년 5월 14일. https://www.smithsonianmag.com/arts-culture/when-f-scott-fitzgerald-judged-gatsby-by-its-cover-61925763

알렉산드라 앨터(Alexandra Alter), "책싸개 디자인으로 독자와 팬을 끌어 모은 폴 베이컨, 91세에 영면하다(Paul Bacon, 91, Whose Book Jackets Drew Readers and Admirers, Is Dead)", 『뉴욕타임스』, 2015년 6월 11일.

톰 울프, "'나'의 시대와 제3차 대각성(The "Me" Decade and the Third Great Awakening)", 『뉴욕』, 1976년 8월 23일.

"길가 벤치 프로젝트(Bench by the Road Project)", 토니모리슨협회 웹사이트. 2017년 12월 10일. https://www.tonimorrisonsociety.org/bench.html.

문학 허브(Literary Hub), "서점 인터뷰—포틀랜드의 파월 북스(Interview with a Bookstore: Powell's Books in Portland)", 『가디언』, 2016년 4월 4일. https://www.theguardian.com/books/2016/apr/04/interview-with-a-bookstore-portland-powells-books

제이디 스미스, "나는 이런 생각이 들었다(This is how it feels to me)", 『가디언』, 2001년 10월 13일.

케이트 하워드(Kait Howard), "『인피니트 제스트』의 20주년 기념 판형 표지는 팬이 디자인했다(20th anniversary edition of Infinite Jest features fan-designed cover)", 멜빌하우스블로그, 2016년 1월 4일. https://www.mhpbooks.com/20th-anniversary-edition-of-infinite-jest-features-fan-designed-cover.

무라카미 하루키, "재즈 메신저(Jazz Messenger)",

『뉴욕타임스』, 2007년 7월 8일. https://www.nytimes.com/2007/07/08/books/review/Murakami-t.html.

알렉산드라 앨터, "'윔피 키드'가 지은 집(The House the 'Wimpy Kid' Built)", 『뉴욕타임스』, 2015년 5월 24일.

린 니어리(Lynn Neary), "'대안적 사실'의 시대에 고전 『1984』의 판매가 늘었다(Classic Novel 1984 Sales are Up in the Era of 'Alternative Facts')", NPR: 「더투웨이」, 2017년 1월 25일.

주노 디아스, 아드리아나 로페즈와의 인터뷰. "너드스미스(Nerdsmith)", 『게르니카』, 2009년 7월 7일. https://www.guernicamag.com/nerdsmith.

주노 디아스, "몽구스와 이주자(The Mongoose and the émigré)", 『뉴욕타임스』, 2017년 5월 17일.

매건 모턴(Megan Morton), "책장 인생—책 1만2000권과 같이 사는 소설가 한야 야나기하라(Shelf life: novelist Hanya Yanagihara on living with 12,000 books)", 『가디언』, 2017년 8월 12일.

라리사 맥팔커(Larissa MacFarquhar), "망자는 실재한다—힐러리 맨틀의 상상력(The Dead Are Real: Hilary Mantel's imagination)", 『뉴요커』, 2012년 10월 15일. https://www.newyorker.com/magazine/2012/10/15/the-dead-are-real.

어슐러 르 귄, 존 레이와의 인터뷰, "어슐러 K. 르 귄, 아트 오브 픽션 221호(Ursula Le Guin, The Art of Fiction No. 221)", 『파리리뷰』, 206호, 2013년 가을.

데이비드 미첼, 데이비드 바 커틀리와의 인터뷰, "에피소드 175—데이비드 미첼(Episode 175: David Mitchell)", 은하수를 여행하는 긱의 안내서(Geek's guide to the Galaxy) 팟캐스트, 2015년 11월 2일. http://geeksguideshow.com/2015/11/02/ggg175-david-mitchell.

제니 본드와 크리스 시디(Bond, Jenny and Chris Sheedy), 『대체 팬지 오하라가 누구인가?(Who the Hell Is Pansy O'Hara?)』, 뉴욕: 펭귄북스, 2008년.

윌리엄 포크너, 진 스타인과의 인터뷰, "윌리엄 포크너, 아트 오브 픽션 12호(William Faulker, The Art of Fiction No.12)", 『파리리뷰』, 12호, 1956년 봄.

말콤 글래드웰, "슬리퍼의 과학(The Science of the Sleeper)", 『뉴요커』, 1999년 10월 4일.

레인보 로웰, 어맨다 그린과의 인터뷰, "레인보 로웰과의 럼퍼스 인터뷰(The Rumpus Interview with Rainbow Rowell)", 『럼퍼스』, 2014년 10월 17일. https://therumpus.net/2014/10/the-rumpus-interview-with-rainbow-rowell

커트 코베인(Kurt Cobain), 에리카 음과의 인터뷰, "커트 코베인이 문학과 삶에 대해 이야기하다(Kurt Cobain Talks About Literature and Life)", 『머치뮤직』, 1993년 8월 10일. https://dangerousminds.net/comments/kurt_cobain_talks_about_literature_and_life

"브루스 스프링스턴(Bruce Springsteen)", 『뉴욕타임스—선데이 북 리뷰』, 2014년 11월 2일.

숀 윌시(Sean Wilsey), "그들이 묻은 것들(The Things They Buried)", 『뉴욕타임스』, 2006년 7월 18일. https://www.nytimes.com/2006/06/18/books/review/18wilsey.html.

앨리슨 벡델, "OCD", 유튜브 동영상. 2006년 4월 18일. https://www.youtube.com/watch?v=_CBdhxVFEGc.

제이디 스미스, 테리 그로스와의 인터뷰, "소설가 제이디 스미스, 역사적 향수와 재능의 본성에 대하여(Novelist Zadie Smith on Historical Nostalgia and the Nature of Talent)", NPR: 「프레시에어」, 2016년 11월 21일.

케이티 우(Katie Wu), "북 클럽 현상(The Book Club Phenomena)", 『맥스위니스』, 2011년 2월 8일. https://www.mcsweeneys.net/articles/the-book-club-phenomena

드와이트 가너(Dwight Garner), "문학을 사랑한 어느 암사자를 달군 이방인들의 파리(Ex-Pat Paris as It Sizzled for One Literary Lioness)", 『뉴욕타임스』, 2010년 4월 19일.

브루스 핸디(Bruce Handy), "파리의 어느 서점에서(In a Bookstore in Paris)", 『베니티페어』, 2014년 10월 21일.

조이스 왈더(Joyce Walder), "P. D. 제임스(P. D. James)", 『피플』, 1986년 12월 8일.

오토 펜즐러(Otto Penzler), 댄 노스위츠와의 인터뷰, "가장 위대한 미스터리 서점의 주인은 어떻게 진창에서 그 장르를 끄집어냈는가(How the Owner of the Greatest Mystery Bookstore Pulled the Genre out of the Muck)", 『아틀라스 옵스큐라』, 2017년 5월 22일.

스티븐 킹, 앤디 그린과의 인터뷰, "스티븐 킹—롤링스톤 인터뷰(Stephen King: The Rolling Stone Interview)", 『롤링스톤』, 2014년 11월 6일.

닐 게이먼, "화약, 반역과 플롯(Gunpower, treason and plot)", 닐 게이먼(블로그), 2004년 11월 5일. http://journal.neilgaiman.com/2004/11/gunpowder-treason-and-plot.asp

닐 게이먼, "살아 있기. 대부분 다이애나에 대한 글.(Being alive. Mostly about Diana)", 닐 게이먼(블로그), 2011년 3월 27일. http://journal.neilgaiman.com/2011/03/being-alive.html

세이디 스타인(Sadie Stein), "과거와 미래(Once and Future)", 『파리리뷰』, 2014년 10월 24일. https://www.theparisreview.org/blog/2014/10/24/once-and-future

케이티 월드먼(Katy Waldman), "필립 풀먼과의 대화(A Conversation with Philip Pullman)", 『슬레이트』, 2015년 11월 5일. https://slate.com/culture/2015/11/philip-pullman-interview-the-golden-compass-author-on-young-adult-literature-william-blake-innocence-and-experience-daemons.html

존 로리스(John Lawless), "'해리 포터'를 구한 여덟 살 소녀가 밝혀지다(Revealed: the eight-year-old girl who saved Harry Potter)", 『인디펜던트』, 2005년 7월 2일. https://www.independent.co.uk/arts-entertainment/books/news/revealed-the-eight-year-old-girl-who-saved-harry-potter-296456.html

기미코 드 프레이타스타무라(Kimiko de Freytas-Tamura), "조지 오웰의 『1984』 판매가 갑자기 늘어났다(George Orwell's 1984 Has a Sales Surge)", 『뉴욕타임스』, 2017년 1월 26일.

노아 버랫스키(Noah Berlatsky), "NK 제미신—'인종차별주의자와 성차별주의자의 현재'를 뒤집는 판타지 작가(NK Jemisin: the fantasy writer upending the 'racist and sexist status quo')", 『가디언』, 2015년 7월 27일. https://www.theguardian.com/books/2015/jul/27/nk-jemisin-interview-fantasy-science-fiction-writing-racism-sexism.

윌리엄 깁슨, 데이비드 쿠시너와의 인터뷰, "사이버 스페이스맨—인터넷 안과 밖의 삶, 윌리엄 깁슨(Cyberspaceman: William Gibson on Life Inside and Outside the Internet)", 『롤링스톤』, 2014년 11월 18일. https://www.rollingstone.com/culture/culture-news/cyberspaceman-william-gibson-on-life-inside-and-outside-the-internet-181670

닐 스티븐슨, 스티브 폴슨과의 인터뷰, "살아남은 사람들, 『세븐이브스』의 저자 닐 스티븐슨과의 인터뷰(The People Who Survive, an interview with Neal Stephenson, author of Seveneves)", 『일렉트릭릿』, 2015년 6월 18일. https://electricliterature.com/the-people-who-survive-an-interview-with-neal-stephenson-author-of-seveneves-4582140577cf

하리 쿤즈루(Hari Kunzru). "『듄』의 50년—과학소설 한 권이 세상을 어떻게 바꾸었는가(Dune, 50 years on: how a science fiction novel changed the world)", 『가디언』, 2015년 7월 3일. https://www.theguardian.com/books/2015/jul/03/dune-50-years-on-science-fiction-novel-world

은네디 오코라포르, 미셸 몬쿠와의 인터뷰, "꼭 읽어야 할 과학소설—은네디 오코라포르의 『빈티』(와 인터뷰!)(Must-read sci-fi: Binti by Nnedi Okorafor)", 『USA 투데이: 해피 에버 에프터』, 2015년 10월 4일. https://happyeverafter.usatoday.com/2015/10/04/michelle-monkou-nnedi-okorafor-interview-binti

알렉산드라 앨터, “과학, 욕설은 빼고(Science, Minus the Swearing)”, 『뉴욕타임스』, 2017년 2월 25일.

에밀 페리스, 테리 그로스와의 인터뷰, “그래픽노블 작가 에밀 페리스는 『몬스터 홀릭』에서 내면의 어둠을 껴안는다(In Monsters, Graphic Novelist Emil Ferris Embraces the Darkness Within)”, NPR: 「프레시에어」, 2017년 3월 30일.

더글러스 월크(Douglas Wolk), “우주의 대가. 우주 이야기 『사가』는 만화계의 성공작이다(Masters of the Universe. The space story Saga is the comic world's big hit)”, 『타임』, 2013년 8월 5일.

아리엘 존슨(Ariell Johnson), 파비올라 시네아스와의 인터뷰, “나는 내 일을 사랑한다—아말감 코믹스 앤드 커피하우스 사장 아리엘 존슨(I Love My Job: Amalgam Comics & Coffeehouse Owner Ariell Johnson)”, 『필라델피아』, 2017년 5월 15일. https://www.phillymag.com/business/2017/05/15/ariell-johnson-amalgam-comics-coffeehouse-philadelphia

조시 스펜서(Josh Spencer), 「웰컴 투 더 래스트 북스토어(Welcome to the Last Bookstore)」, 채드 호윗 감독, 채드호윗 웹사이트, 2016년. https://www.shortoftheweek.com/2016/08/01/welcome-last-bookstore

폴라 코코자(Paula Cocozza), “조지 손더스—‘칭찬을 받자 약간 더 용기를 내는 데 도움이 됐다’(George Saunders: 'When I get praise, it helps me be a little bit more brave')”, 『가디언』, 2017년 10월 18일. https://www.theguardian.com/books/2017/oct/18/george-saunders-lincoln-in-the-bardo-when-i-get-praise-it-helps-me-get-a-little-bit-more-brave

“조지 손더스 소개(About George Saunders)”, 조지손더스 웹사이트. http://www.georgesaundersbooks.com/about

“꿈의 논리답지 않은 ‘골칫거리’의 세계로 떠내려가다(Drift Away into the Not-Quite-Dreamy Logic of 'Get in Trouble')”, NPR: 「세상 모든 이야기」, 2015년 2월 3일.

줌파 라히리, 존 번햄 슈워츠와의 인터뷰, “줌파 라히리는 글쓰기를 어떻게 다시 배웠나(How Jhumpa Lahiri Learned to Write Again)”, 『월스트리트저널』, 2016년 1월 20일.

“옥타비아 E. 버틀러”, 위키피디아: 온라인 백과사전, 위키미디어 파운데이션, 가장 최근 수정은 2019년 4월 7일. https://en.wikipedia.org/wiki/Octavia_E._Butler

“시티 라이츠의 짧은 역사(A Short History of City Lights)”, 시티라이츠 웹사이트, 2017년 12월 10일. http://www.citylights.com/info/?fa=aboutus

프레드 캐플런(Fred Kaplan), “『울부짖음—Howl』은 어떻게 세상을 바꾸었나(How Howl Changed the World)”, 『슬레이트』, 2010년 9월 24일. https://slate.com/news-and-politics/2010/09/how-howl-changed-the-world.html.

크리스토퍼 잉그러햄(Christoper Ingraham), “시(詩)가 사라지고 있다, 정부 자료가 그것을 증명한다(Poetry is going extinct, government data show)”, 『워싱턴포스트』, 2015년 4월 24일. https://www.washingtonpost.com/news/wonk/wp/2015/04/24/poetry-is-going-extinct-government-data-show/?noredirect=on&utm_term=.bbc246455958

트레이시 K 스미스, 마이크 월과의 인터뷰, “『라이프 온 마스』—퓰리처상을 수상한 시인 트레이시 K. 스미스와의 Q&A(Life on Mars: Q&A with Pulitzer-Winning Poet Tracy K. Smith)”, Space.com, 2012년 5월 4일. https://www.space.com/15538-life-mars-tracy-smith-pulitzer-interview.html

제시카 B. 해리스(Jessica B. Harris), “제임스 볼드윈과의 식사(Dining with James Baldwin)”, 『사보어』 189호, 2017년 5월 15일. https://www.saveur.com/dining-with-james-baldwin

올더스 헉슬리, 『에세이 선집(Collected Essays)』, 뉴욕: 하퍼&로, 1959년.

“맨스플레인(Mansplain)”, 『옥스퍼드 생활사전』. 2017년 12월 10일. https://en.oxforddictionaries.com/definition/mansplain.

테리 그로스, “삶을 바꾼 순간과 일상적인 순간에 대해 쓴 데이비스 세다리스의 옛 일기(David Sedaris on the Life-Altering and Mundane Pages of His Old Diaries)”, NPR: 「프레시에어」, 2017년 5월 31일.

조엘 아컨바크(Joel Achenbach), “거장에게 배우는 글쓰기(Writing with the Master)”, 『프린스턴 주간 동문회지』, 2017년 12월 10일. https://paw.princeton.edu/article/writing-master

크리스토퍼 히친스, 찰리 로즈와의 인터뷰, 「찰리 로즈」, PBS, WNET: 2010년 8월 13일.

“히치가 내렸다(The Hitch Has Landed)”, dish.andrewsullivan.com, 2012년 4월 20일. http://dish.andrewsullivan.com/2012/04/20/hitchs-service

존 버거, 『다른 방식으로 보기』, 뉴욕: 빈티지, 1992년.

사이 몽고메리, 시몬 워렐과의 인터뷰, “문어는 영혼을 갖고 있는가? 이 작가는 그렇다고 생각한다(Does an Octopus Have a Soul? This Author Thinks So)”, 『내셔널지오그래픽』, 2015년 6월 10일. https://news.nationalgeographic.com/2015/06/150610-octopus-mollusk-marine-biology-aquarium-animal-behavior-ngbooktalk.

플래너리 오코너, 『미스터리와 양식—특수한 산문(Mystery and Manners: Occasional Prose)』, 뉴욕: 패러, 스트라우스&지루. 1970년.

잭 케루악, 『빅 서(Big Sur)』, 뉴욕: 펭귄, 1992년.

빌 브라이슨, “빌 브라이슨이 독자의 질문에 답하다(Bill Bryson answers your questions)”, 『가디언』, 2005년 3월 10일. https://www.theguardian.com/culture/2005/mar/10/awardsandprizes.scienceandnature

다이앤 애커먼, 린다 리처즈와의 인터뷰, “다이앤 애커먼과 함께 노는 중(At Play with Diane Ackerman)”, 『재뉴어리매거진』, 1999년 8월.

레베카 미드(Rebecca Mead), “우주인(Starman)”, 『뉴요커』, 2014년 2월 17일과 24일.

에드 용, 『내 속엔 미생물이 너무도 많아』, 뉴욕: 에코, 2016년.

누 사로위와, 『트랜스원더랜드를 찾아서』, 버클리, CA: 소프트스컬프레스, 2012년.

딜런 투라스, 아리 샤피로와의 인터뷰. “‘아틀라스 옵스큐라’와 함께 맨해튼을 여행하며 붐비는 거리에 숨겨진 경이로움을 찾는다(Atlas Obscura's Tour of Manhattan Finds Hidden Wonders in a Well-Trodden Place)”, NPR: 「세상 모든 이야기」, 2016년 9월 20일.

섀넌 맥케나(Shannon Mckenna), “옥타비아 북스의 베스트셀러와 그렇게 된 이유(Octavia Books Bestsellers-And Why)”, 셸프 어웨어니스, 2006년 9월 21일. https://www.shelf-awareness.com/issue.html?issue=285#m1818.

어니스트 헤밍웨이, 『편지 선집(Selected Letters) 1917~1961년』, 뉴욕: 스크리브너, 2003년.

윌리엄 리스트 히트문, 『블루 하이웨이』, 뉴욕: 백베이북스, 1999년.

콜린 패트릭(Colin Patric), “모리스 샌닥이 받은 생애 최고의 찬사(The Highest Compliment Maurice Sendak ever Received)”, 『멘털 플로스』, 2012년 11월 3일. http://mentalfloss.com/article/12975/highest-compliment-maurice-sendak-ever-received

셰릴 스트레이드, 『와일드』, 뉴욕: 빈티지, 2013년.

줄리아 차일드, 알렉스 프루돔, 『줄리아의 즐거운 인생』, 뉴욕: 앵커북스, 2007년.

줄리아 차일드, “치킨 굽기(To Roast a Chicken)”, PBS, WGBH: 「프랑스 요리사」 시즌7, 에피소드 13. 1971년 1월 24일.

큐리어스 피어(The Curious Pear), “미라 소하는 인도 음식에 대한 생각을 바꾸고 싶다(Meera Sodha Wants to Change the Way You Think About Indian Food)”, 푸드52, 2016년 7월 1일. https://food52.com/blog/17324-

meera-sodha-wants-to-change-the-way-you-think-about-indian-food

발레리 리안(Valerie Ryan), "그는 현대의 미스터 마법사다(He's the modern Mr. Wizard)", 『보스턴 글로브』, 2015년 10월 20일. https://www.bostonglobe.com/lifestyle/food-dining/2015/10/20/side-science/R9T2htbijbQ3pfaOovQejN/story.html

라켈 펠젤(Raquel Pelzel), "요리책 만들기—모든 것을 요리하는 방법(Making the Cookbook: How to Cook Everything)", epicurious.com, 2015년 4월 13일. https://www.epicurious.com/expert-advice/how-mark-bittman-created-how-to-cook-everything-better-article

에릭 아시모프(Eric Asimov), 킴 시버슨(Severson), "에드나 루이스, 89세로 영면하다. 세련된 남부요리를 되살려낸 요리책을 썼다(Edna Lewis, 89, Dies; Wrote Cookbooks That Revived Refined Southern Cuisine)", 『뉴욕타임스』, 2006년 2월 14일. https://www.nytimes.com/2006/02/14/us/edna-lewis-89-dies-wrote-cookbooks-that-revived-refined-southern-cuisine.html?mtrref=www.google.com&gwh=8FE3A83F7D33AB76E6ADD5542228C9C6&gwt=pay.

카이사 칼슨(Cajsa Carlson), "런던의 리브레리아 북숍(London's Libreria Bookshop)", 쿨 헌팅, 2016년 2월 29일. https://coolhunting.com/culture/libreria-london-book-shop

"7명의 작가들이 좋아하는 서점을 꼽았다(7 Writers on Their favorite Bookstores)", 『뉴욕타임스』, 2016년 12월 7일. https://www.nytimes.com/interactive/2016/12/07/travel/7-authors-on-their-favorite-bookstores.html?mtrref=www.google.com&gwh=CC954283498B4D3C1BEC15C96F7D0EFA&gwt=pay

라이언 볼커(Ryan Voelker), "제이미 컬의 요리와 생활(Cooking and Living with Jami Curl)", 오레곤홈, 2017년 12월 10일 접속. https://www.oregonhomemagazine.com/profiles/item/1818-jami-curl

"빅 게이 아이스크림에 대하여(About Big Gay Ice Cream)", 비디오. 빅 게이 아이스크림 웹사이트. 2017년 12월 10일 접속. https://biggayicecream.com/about

앨리스 워터스, M. F. K. 피셔가 쓰고 조안 리든(Joan Reardon)이 편집한 『먹기의 기술: 50주년 기념 판』의 표지에 실린 광고(Cover Blurb for The Art of Eating: 50th Anniversary Edition by M. F. K. Fisher, edited by Joan Reardon), 보스턴: 호턴미플린하코트, 2004년.

M. F. K 피셔, 『잘 먹는 나(The Gastronomical Me)』. 런던: 던트북스, 2017년.

"M. F. K. 피셔의 하프 앤드 하프 칵테일(M. F. K. Fisher's Half-and-Half Cocktail)", 푸드52, 2015년 10월 28일. https://food52.com/recipes/38995-m-f-k-fisher-s-half-and-half-cocktail

제프 고디니어(Jeff Gordinier), "부엌의 친구(A Confidante in the Kitchen)", 『뉴욕타임스』, 2014년 4월 2일.

제레미아 챔벌린(Jeremiah Chamberlin), "인디 서점 속으로: 뉴욕시의 맥널리 잭슨 북스(Inside Indie Bookstore: McNally Jackson Books in New York City)", 『포에츠&라이터스』, 2010년 11월/12월 호.

로라 힐렌브랜드, "우리 사이 훌륭한 네 개의 다리(Four Good Legs between us)", 시비스킷 온라인. 2017년 12월 10일 접속. http://www.seabiscuitonline.com/article.htm

"강령(Mission Statement)", 위 니드 다이버스 북스 웹사이트, 2017년 10월 15일 접속. https://diversebooks.org/about-wndb/

킴벌리 터너(Kimberly Turner), "스트리트 북스의 1년—자전거로 운영되는 노숙인 도서관(One Year of Street Books: A Bike-Powered Library for the Homeless)", 『릿 리액터』, 2012년 6월 5일. https://litreactor.com/news/one-year-of-street-books-a-bike-powered-library-for-the-homeless

"리딩 레인보 주제가(Reading Rainbow Theme)", 스티브 호렐릭 작곡, 샤카 칸 노래. PBS: 「리딩 레인보」, 1983년.

아르투로 B.(Arturo B.), "너만의 길로 나아가며 써라: 2015년-2016년 연차 보고서(Write Your Own Path Forward: 2015-16 Annual Report)"에서 인용, 826 내셔널 웹사이트, 2016년. https://826national.org/826NAT_AR%2015-16WebFinal.pdf

"잘 자요 권리 장전(Good Night Bill of Rights)", 파자마 프로그램 웹사이트, 2017년 12월 10일 접속. https://pajamaprogram.org/good-night-bill-of-rights

레나 던햄, 메리 카의 『거짓말쟁이 클럽』 서문(Foreword to The Liars' Club), 뉴욕: 펭귄클래식스, 2015년.

재클린 우드슨, 캣 초와의 인터뷰. "꿈꾸는 '흑인 소녀'로 존재하기에 대한 재클린 우드슨의 생각(Jacqueline Woodson on Being a 'Brown Girl' Who Dream)", NPR: 「모닝 에디션」, 2014년 9월 18일.

패티 스미스, 이안 포트넘과의 인터뷰. "패티 스미스: 난 산업혁명 시기의 윌리엄 블레이크 같아(Patti Smith: "I'm like William Blake in the Industrial Revolution")", 팀록닷컴, 2014년 11월 26일. https://www.loudersound.com/features/patti-smith-i-m-like-william-blake-in-the-industrial-revolution.

체리 모라가와 글로리아 E. 안살두아 편집, 『이 다리는 내 등이라 불린다(This Bridge called My Back)』, 뉴욕: 키친테이블/우먼오브칼라프레스, 1983년.

록산 게이, 『나쁜 페미니스트』, 뉴욕: 하퍼페레니얼, 2014년.

레베카 트레이스터, 『싱글 레이디스』, 뉴욕: 사이먼&슈스터, 2016년.

허마이오니 리(Hermione Lee), "작가의 방: 버지니아 울프(Writer's rooms: Virginia Woolf)", 『가디언』, 2008년 6월 13일. https://www.theguardian.com/books/2008/jun/13/writers.rooms.virginia.woolf

버지니아 울프, 『자기만의 방』, 보스턴: 마리너북스, 1989년.

닐 게이먼, 토비 릿과의 인터뷰, "닐 게이먼—도서관은 문화적 씨앗이다(Neil Gaiman: Librarie are cultural 'seed corn')", 『가디언』, 2014년 11월 17일. https://www.theguardian.com/books/2014/nov/17/neil-gaiman-libraries-are-cultural-seed-corn

클라우디나 랭킨, 『시민(Citizen)』, 미네아폴리스: 그레이울프프레스, 2014년.

모신 하미드, 토치 오니뷰키와의 인터뷰, "모든 글쓰기는 정치적이다—모신 하미드와의 대화(All Writing Is Political: A Conversation with Mohsin Hamid)", 『럼퍼스』, 2017년 5월 17일. https://therumpus.net/2017/05/all-writing-is-political-a-conversation-with-mohsin-hamid

모신 하미드, "향수가 지닌 위험에 대한 모신 하미드의 생각—더 밝은 미래를 상상해야 한다(Mohsin Hamid on the dangers of nostalgia: We need to imagine a brighter future)." 『가디언』, 2017년 2월 25일. https://www.theguardian.com/books/2017/feb/25/mohsin-hamid-danger-nostalgia-brighter-future

"『사랑해 너무나 너무나』는 미국에서 가장 자주 항의 받는 책 1위를 향해 다시 뒤뚱뒤뚱 돌아가고 있다(And Tango makes Three waddles its way back to the number one slot as America's most frequently challenged book)", 보도자료. 미국도서협회, 2011년 4월 11일. http://web.archive.org/web/20110414234446/http://ala.org/ala/newspresscenter/news/pr.cfm?id=6874

"무료 소형도서관의 역사(The History of Little Free Library)", 무료 소형도서관 웹사이트. 2017년 12월 10일 접속. https://littlefreelibrary.org/ourhistory

찰스 C. 맨, 『1491』, 뉴욕: 빈티지북스, 2006년.

바버라 터크먼, 『역사 연습하기(Practicing History)』, 뉴욕: 랜덤하우스, 1992년.

톰 울프, 톰 브로코와의 인터뷰, "『필사의 도전』을 작업하는 울프(Wolfe on Researching The Right Stuff)", NBC 「투데이쇼」, 1979년 11월 5일.

조너선 산체스(Jonathan Sanchez), "블루 바이시클 북스의 주인이 문학계에서 보낸 20년을 돌아본다(The owner of Blue Bicycle Books looks back at 20 years in the literary biz)", 『찰스턴 시티 페이퍼』, 2015년 9월 16일. https://www.charlestoncitypaper.com/charleston/the-owner-of-blue-bicycle-books-looks-back-at-20-years-in-the-literary-biz/Content?oid=5453644.

"태터드 커버의 역사(History of Tattered Cover)", 태터드커버 웹사이트, 2017년 12월 10일 접속. https://www.tatteredcover.com/detailed-history-tattered-cover

"그들이 가지고 다닌 것들(The Things They Carried)", 위키피디아: 온라인 백과사전, 위키미디어 파운데이션 회사, 가장 최근 수정은 2019년 7월 6일. https://en.wikipedia.org/wiki/The_Things_They_Carried

팀 오브라이언, 『그들이 가지고 다닌 것들』, 보스턴: 휴턴미플린, 1990년.

데이비드 핀켈, 『복무에 감사드립니다(Thank You for Your Service)』, 뉴욕: 피카도르, 2014년.

올리버 색스, 『고맙습니다』, 뉴욕: 크노프, 2015년.

라디카 생가니(Radhika Sanghani), "루시 칼라니티 박사—2년이 지나고 폴을 잃은 아픔이 마침내 사라지고 있다(Dr Lucy Kalanithi: 'Two years on, the sting of losing Paul is finally fading)", 『텔레그라프』, 2017년 4월 23일. https://www.telegraph.co.uk/family/relationships/dr-lucy-kalanithi-two-years-sting-losing-paul-finally-fading

아툴 가완디, 『어떻게 죽을 것인가』, 뉴욕: 피카도르, 2017년.

조슈아 프린스래이무스(Joshua Prince-Ramus), "시애틀만의 도서관(Behind the design of Seattle's library)", 「테드」, 2006년 2월. https://www.ted.com/talks/joshua_prince_ramus_on_seattle_s_library

제나 맥나이트(Jenna Mcknight), "빙 톰은 브리티시 콜롬비아의 도서관에 곡선과 점을 결합한다(Bing Thom combines curves and points with library in British Columbia)", 「디진」, 2016년 5월 18일. https://www.dezeen.com/2016/05/18/bing-thom-architects-surrey-library-vancouver-canada-concrete

빅터 프랭클, 『죽음의 수용소에서』, 보스턴: 비컨프레스, 2006년.

브레네 브라운, 『라이징 스트롱』, 뉴욕: 랜덤하우스, 2017년.

애덤 J. 커츠, 케이티 올슨과의 인터뷰, "애덤 J. 커츠의 『픽 미 업』(Adam J. Kurtz's Pick Me Up: A Pep talk for Now and Later)", 『쿨 헌팅』, 2016년 9월 26일. https://coolhunting.com/culture/adam-j-kurtz-pick-me-up-book

젠 신체로, 캐롤린 켈로그와의 인터뷰, "『성실함의 배신』—저자 젠 신체로가 한방 먹이는 방법을 설명한다(You Are a Badass: Author Jen Sincero explains how to kick butt)." 『로스엔젤레스타임스』, 2013년 5월 6일. https://www.latimes.com/books/jacketcopy/la-et-jc-jen-sincero-you-are-a-badass-20130506-story.html

주제 사라마구, 애나 멧캘프와의 인터뷰, "담소—주제 사라마구(Small Talk: José Saramago)", 『파이낸셜타임스』, 2009년 12월 4일. https://www.ft.com/content/bfaf51ba-e05a-11de-8494-00144feab49a

커트 보니것, "커트 보니것—그가 남긴 말들(Kurt Bonnegut: In His Own Words)", 「타임스」, 2007년 4월 12일. https://www.thetimes.co.uk/article/kurt-vonnegut-in-his-own-words-mccg7v0g8cg.

스티븐 킹, 『유혹하는 글쓰기』, 뉴욕: 스크리브너, 2000년.

앤 라모트, 『쓰기의 감각』, 뉴욕: 판테온북스, 1994년.

블라디미르 나보코프, 『말하라, 기억이여(Speak, Memory)』 뉴욕: 빈티지, 1989년.

크리스 길아보, 『쓸모없는 짓의 행복』, 뉴욕: 하모니, 2016년.

엘리자베스 길버트, "창의성의 양육(Your elusive creative genius)", 「테드」, 2009년 2월. https://www.ted.com/talks/elizabeth_gilbert_on_genius

엘리자베스 길버트, 『빅매직』, 뉴욕: 리버헤드북스, 2016년.

벤 샨, 『내용의 모양(The Shape of Content)』, 보스턴: 하버드대학프레스, 1957년.

데이비드 포스터 월리스, "종교적 경험으로서 로저 페더러(Roger Federer as Religious Experience)", 『뉴욕타임스: 플레이 매거진』, 2006년 8월 20일.

다이애나 나이아드, "원칙대로—다이애나 나이아드(By the Book: Diana Nyad)", 『뉴욕타임스: 선데이 북리뷰』, 2015년 10월 11일.

마이크 쿠퍼(Mike Kupper), "험난한 시대에 야구 커미셔너로 활약한 보위 쿤이 80세로 영면하다(Bowie Kuhn. 80; baseball's commissioner in stormy era)", 『로스엔젤레스타임스』, 2007년 3월 16일. http://articles.latimes.com/2007/mar/16/local/me-kuhn16

댄 엡스타인(Dan Epstein), "포볼, 아웃—야구계의 고전은 어떻게 실패한 야구 시트콤이 되었나(Ball Four, You're Out: How a Classic Baseball Book Became a Failed Baseball sitcom)", 『바이스 스포츠』, 2016년 9월 22일. https://sports.vice.com/en_ca/article/78nx5z/ball-four-youre-out-how-a-classic-baseball-book-became-a-failed-baseball-sitcom

킴 스콧, 『실리콘밸리의 팀장들』, 뉴욕: 세인트마틴스프레스, 2017년.

필 나이트, 『슈 독—나이키 창업자 필 나이트 자서전』, 뉴욕: 스크리브너, 2016년.

필 나이트, "나의 빈자리, 아버지(My Fill-in Father)", 『뉴욕타임스』, 2016년 6월 18일.

에릭 애디가드, 치 펄먼과의 공개 토론, "선과 악과 추에 관한 대화(A Conversation about the Good, the Bad, and the Ugly)", 『와이어드』, 2001년 1월 1일. https://www.wired.com/2001/01/forum

"파워포인트가 로켓 과학을 한다. 그리고 기술 보고서에는 더 좋은 기술이 필요하다 (PowerPoint Does Rocket Science-and Better Techniques for Technique Reports)", 에드워드 터프트 웹사이트, 2017년 12월 10일에 접속. https://www.edwardtufte.com/bboard/q-and-a-fetch-msg?msg_id=0001yB&topic_id=1

제시카 히쉬, 『작업 중(In Progress)』, 샌프란시스코: 크로니클북스, 2015년.

마리아 포포바(Maria Popova), "예술과 삶 사이의 다리로서 브루노 무나리의 디자인(Bruno Munari on Design as a bridge between Art and Life)", 『브레인피킹스』, 2017년 12월 10일 접속. https://www.brainpickings.org/2012/11/22/bruno-munari-design-as-art

스테판 자그마이스터, 『살면서 내가 배운 것들(Things I Have Learned in My Life)』, 뉴욕: 해리 N. 에이브럼스, 2008년.

크리스틴 뮬크(Christine Muhlke), "스타일 약력—일스 크로포드(Profile in Style: Ilse Crawford)", 『뉴욕타임스: T 매거진』, 2008년 9월 25일.

이안 베일리(Ian Bailey), "빅토리아의 먼로스 북스 사장은 직원들에게 가게를 물려준다(Owner of Munro's Books in Victoria hands over shop to employees)", 『글로브 앤드 메일』, 2014년 7월 9일. https://www.theglobeandmail.com/arts/books-and-media/owner-of-munros-books-in-victoria-handing-over-shop-to-employees/article19530442

루이스 캐럴, 『이상한 나라의 앨리스』, 런던: 퍼핀, 2015년.

마이라 칼만, "삽화가 있는 여인", 「테드」, 2007년 3월. https://www.ted.com/talks/maira_kalman_the_illustrated_woman

나는 책이 좋아.

지은이 **제인 마운트 Jane Mount**
일러스트레이터이자 디자이너다. 2008년에 '아이디얼북셀프(Ideal Bookshelf)'라는 회사를 설립해 사람들의 삶을 변화시킨 책의 초상을 그리고 제품을 만들면서 애서가들에게 큰 사랑을 받고 있다. 고전부터 대중문학까지 '우리가 사랑한 책들'과 '이상적인 서가'의 모습을 아름답게 그려낸다. 또한 책에 얽힌 장소, 작가, 동물 등 책을 좋아한다면 마음을 빼앗길 수밖에 없는 것들을 소재로 꾸준히 작업하고 있다. 그녀의 작업은 『뉴요커』『파리 리뷰』『워싱턴포스트』『인스타일』 그리고 「오프라 윈프리 쇼」 등에서 주목받으며 소개되었다. 현재는 남편과 고양이 두 마리와 함께 마우이에서 살고 있다.

옮긴이 **진영인**
서울대학교에서 심리학과 비교문학을 공부했다. 옮긴 책으로 『아름답고 저주받은 사람들』『망작들』『그래서 우리는 계속 읽는다』 등이 있다.

우리가 사랑한 세상의 모든 책들

1판 1쇄 2019년 8월 20일
1판 5쇄 2023년 11월 23일

지은이 제인 마운트
옮긴이 진영인
펴낸이 김소영
책임편집 임윤정
편집 김찬성
디자인 강혜림
마케팅 정민호 박치우 한민아 이민경 박진희 정경주 정유선 김수인
제작처 한영문화사(인쇄) 경일제책사(제본)

펴낸곳 (주)아트북스
출판등록 2001년 5월 18일 제406-2003-057호
주소 10881 경기도 파주시 회동길 210
대표전화 031-955-8888
문의전화 031-955-7977(편집부) 031-955-2689(마케팅)
팩스 031-955-8855
전자우편 artbooks21@naver.com
@artbooks21
artbooks.pub

ISBN 978-89-6196-355-8 03840

- 값은 표지에 있습니다.
- 잘못된 책은 구입하신 서점에서 교환해 드립니다